"我再厉害，也不过是女扮男装跑去从军，
偷来世人眼中本不该属于我的五年。
所以我希望，若再有像我一样的姑娘，
她们可以不必跟我一样活得这么狼狈，这么不甘心。"

昔邀晓 著

北京联合出版公司
Beijing United Publishing Co.,Ltd.

图书在版编目（CIP）数据

阿浮/昔邀晓著. -- 北京：北京联合出版公司，2023.6
ISBN 978-7-5596-6880-6

Ⅰ.①阿… Ⅱ.①昔… Ⅲ.①长篇小说－中国－当代 Ⅳ.①I247.5

中国国家版本馆CIP数据核字(2023)第075267号

阿浮

作　　者：昔邀晓
出 品 人：赵红仕
监　　制：一　航
选题策划：航一文化
出版统筹：康天毅
责任编辑：李艳芬
特约编辑：丁娓娓
封面设计：光学单位
版式设计：罗佩佩
插画支持：画画的云淡风轻　癸猫　Rin_雨柠　摸鱼的一墨

北京联合出版公司出版
（北京市西城区德外大街 83 号楼 9 层　100088）
北京联合天畅文化传播公司发行
三河市嘉科万达彩色印刷有限公司　新华书店经销
字数：371千字　880mm × 1230mm　1/32　11印张
2023年6月第1版　2023年6月第1次印刷
ISBN 978-7-5596-6880-6
定价：49.80元

目录

目录

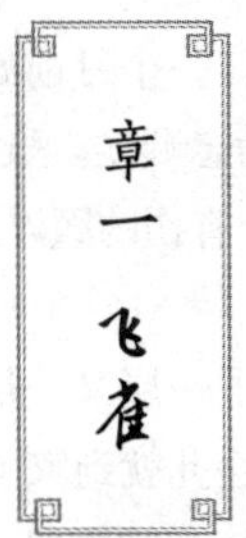

章一 飞雀

腊月初八，家家户户一大早就煮起了腊八粥，更有些人家提前一天做好准备，在京城内外几十处寺庙搭棚施粥。

往年腊八这一天，曲玉巷的顾家会和关系不错的赵家一块儿去万缘庵施粥。今年恰逢顾老夫人回府，顾家二夫人便取消了这次的行程，府上的两位老爷也告了一天假，带上各自的长子并侍从，一大早骑马出城，去接老夫人回家。他们一路紧赶慢赶，终于在巳正时分，于官道上遇着了顾老夫人的马车。

老夫人在坐忘山礼佛五年，其间不曾回过一次家，都是晚辈们上山拜见，故而这次回来，光是行李就装了满满三车。

打头的管事认出两位老爷，连忙叫停了车，并向车里的老夫人禀报。不多时，车里伺候老夫人的卫嬷嬷打起帘子，也没见老夫人露面，只听见卫嬷嬷扬声道：“大老爷、二老爷、两位少爷，老夫人说这道上尘土大，就不出来了，有什么事先回府再说。”

二老爷顾启榕是个没什么心眼儿的教书先生，知道自己母亲向来讲究，也没觉得哪里不对。

反而是大老爷顾启铮，知道母亲表面严肃冷峻，实则最疼爱自己的儿孙，对待特地来接自己的儿孙，不可能连面都不露。且卫嬷嬷掀起帘子的时候，他隐约看见车里有两个身影，一个是自己的母亲，另一个……

啧，多半是他那混账女儿——顾浮。

顾启铮曾在刑部任职，后来辗转到大理寺，还被外放了两年，回来才进的户部。所以和一心只读圣贤书的弟弟不同，顾启铮脑子活络，稍一想想就明白了老夫人为什么不露面。

五年前顾浮跑去北境参军，一个月前她女扮男装的那个身份因重伤不治“死”于歧淮，被圣上追封为忠顺侯。虽为假死，但受的伤应该是真的。老夫人不露面，多半是不想身上有伤的顾浮跟着自己下车受折腾。

——顾启铮猜得几乎全对。

马车里，防震的软垫子铺了一层又一层，老夫人半抱着顾浮，轻声安抚道：“好浮儿，再忍忍，过一会儿就到家了。”

顾浮半点儿没有受伤之人该有的虚弱，甚至嘴角还扬起一抹笑，对老夫人道：“没事的，祖母，早就不疼了。”

压低的声音带着些许沙哑，雌雄莫辨。

顾浮这些年摸爬滚打，已然习惯了伤痛。更别说此刻距离她受伤已经过去一个多月，再严重的伤也都好得差不多了，剩下几处不过是她从北境快马赶回时造成的伤口撕裂，看着吓人而已，其实并不严重。

然而老夫人从小养尊处优，受过最重的伤便是被绣花针扎破手指，哪里见过顾浮身上那些狰狞的伤口，自然也不会信，一门心思把她当作小可怜来哄。

一行人又走了一个多时辰，终于在午时过后，抵达金光门。因顾启铮有官位在身，入城登记并未耗费太多时间，马车行过街道，最终停在了曲玉巷顾家的大门前。

卫嬷嬷打起帘子，顾浮率先下车，接着转身去扶老夫人，对上老夫人担忧的眼神，顾浮回以一笑。老夫人也知道不能让人发现自己孙女有伤，只好忍下担忧，被二人一块儿扶下马车。

顾家大门口还候着女眷，她们同下马的两位老爷、少爷一块儿迎向老夫人，有叫老夫人“母亲”的，也有唤老夫人“祖母”的，一时间场面十分热闹。众人边说边进了门，去了老夫人在家时住的院子，围坐在主屋说话。

这时，终于有人开口，看着顾浮问了句：“这是二姐儿吧？都长这么高了。”

说这话的不是别人，正是顾启铮房里的杨姨娘。

顾启铮发妻早逝，至今不曾续弦，杨姨娘作为大房唯一的妾室，自然有点儿恃宠而骄，养出了几分正房太太的性子，敢在老夫人面前插话。

奈何老夫人见不得妾上台面，故意装作听不见，也不给眼神，还是二房的夫人开口，接了句："真是，我都快认不出来了。"

老夫人才笑着道："浮儿，快去见过你婶婶和你那几个弟弟妹妹。"

坐在一旁安静喝腊八粥的顾浮放下小碗，拿帕子擦了擦嘴，站起来朝二夫人李氏福了福身，道："见过婶婶。"

她放柔了语调，声音听着和在车上判若两人。

李氏是个性子和善的，她拉过顾浮的手，上下打量着，见顾浮个子高挑，样貌更是别具一格地出挑漂亮，赞道："不愧是养在老夫人身边的姑娘，看了就叫人喜欢。"

夸赞完，李氏还招呼自己年仅五岁的小女儿，让她叫顾浮"二姐"。

小姑娘怕生，几乎躲到李氏身后去，但还是很努力地喊了声："二姐姐好！"

顾浮虽没见过她，却也知道她在家行五，对她道："五妹妹好。"

顾小五顿时红了脸，彻底躲到李氏身后，把自己藏得严严实实的，惹得众人哄笑不已。

李氏身旁站着个十七八岁的阴郁少年，顾浮记得他，是二房的长子顾竹。

"三弟。"

阴郁少年朝着顾浮拱手行礼，低垂的视线不敢和任何人对上，音量也不高："二姐姐好。"

接着顾浮转身，看向站在顾启铮身边的青年。那青年样貌俊秀，和她有几分相似，是她一母同胞的哥哥，名字也和她对称，叫顾沉。

"大哥。"

顾沉张了张嘴，像是有千言万语想要诉之于口，可最后却只回了句："二妹。"

顾浮回来的路上就听说自家大哥已经娶妻，不免奇怪道："大嫂呢？怎么不在？"

顾沉心不在焉地回道："你大嫂病了，等病好再带你见她。"

顾浮假装看不出顾沉的异样，转向杨姨娘以及杨姨娘身边的妙龄少女顾诗诗。

"姨娘，四妹妹。"

杨姨娘刚刚被老夫人下了面子，对着顾浮笑得有些勉强。杨姨娘所出的顾诗诗就没这么能忍了，她看出祖母故意给她姨娘脸色，竟直接把不高兴写在脸上，可又不敢说什么，只能干巴巴地道："二姐姐。"

顾家两房，大房一子二女，二房一子一女，人口十分简单。但在顾诗诗身旁，还有个姑娘，顾浮见到她，笑容灿烂了几分："青瑶妹妹。"

穆青瑶是顾浮的表妹，虽长年寄住在顾家，却不见半点儿寄人篱下的怯懦，一颦一笑皆是大家闺秀的风范。

"浮姐姐。"

晚辈们相互见过礼，一家人又说了会儿话，老夫人记挂着顾浮身上的伤，故意装出一脸疲色，众人很快就散了。

如今家里是二夫人李氏执掌中馈，李氏怕顾浮离家太久认不得路，准备亲自带她回她原先住的院子，顺便挑几个新丫鬟过去。谁知才出老夫人的院门，顾启铮就把人给带走了，随后不久，李氏听说顾浮被她亲爹罚跪祠堂。

"这是为何？"李氏一头雾水，不明白顾浮才归家，犯了什么事会被扔去罚跪。

报信的嬷嬷也迷糊呢，李氏便去找自己的丈夫顾启榕，然而顾启榕自小就听自家大哥的，虽然不理解，但也叮嘱李氏："兄长这么做，自有他的理由，你就别管了。"

另一边，顾浮跪在顾家列祖列宗的牌位前，褪去一身的乖巧劲儿，背脊笔挺，如一柄利剑，隐隐透出一股子寻常官家女所没有的锋芒。

顾启铮站在一旁，劈头盖脸地训她——

"你让我说你什么好！啊？竟敢一个人在北境待了五年！去北境从军的举荐信还是从陛下那里骗来的，你吃了熊心豹子胆啊，你以为你救了圣驾，就能为所欲为吗？！

"我去信叫你回来你还不听，若非陛下有旨，你是不是要舍了女儿身，当一辈子的武夫？！"

顾启铮压了五年的火终于爆发，一身儒雅气度统统都被丢去喂了狗。他手指着顾浮，咬牙道："我跟你说，我不管你这些年做了什么，既然回来了，你就只是我顾家的女儿，平日里好生给我在家待着，多看看《女训》《女诫》，不许出去惹是生非！

"还有，你年纪也不小了，我托你婶婶给你相看人家，定不会委屈了你，若你再敢不听，我就将你逐出家门，权当没生过你这么个忤逆不孝的东西！我告诉你，别以为我狠不下心！"

顾浮任由顾启铮骂她，因为她知道，自己那五年的经历，哪怕是放在当朝长公主身上，也要被谏官参一句出格，更别说她只是个寻常的官家女。

可听到顾启铮叫她看《女训》《女诫》，还说要给她找夫家，顾浮终究没忍住，心头升起些许厌烦，并开口打断了顾启铮的话——

“听闻顾大将军的死讯传入宫中那天，父亲险些当着文武百官的面从玉阶上摔下来？”

打脸来得太快，方才还扬言自己能狠下心，宛若“京城第一冷血严父”的顾启铮喉头一哽，顿时涨得满脸通红。恼羞成怒的他左右看看，转身去拿一旁架子上的铁鞭，回来后举起铁鞭比画半天，最终还是没能下得了手，便将铁鞭往地上用力一扔，咆哮道：“滚！”

顾浮丝毫没被吓到，还作势要起身：“那女儿告退了？”

被气糊涂的顾启铮总算想起自己叫她罚跪的事，怒喝：“你还想去哪儿？给我跪下！”

顾浮一脸无奈，嘟囔着：“怎么还带出尔反尔的？”说完又跪了回去。

顾浮要罚跪，自然滚不了，所以最后反而是喊了“滚”的顾大老爷，被自己亲闺女气得疾步出了祠堂。

顾启铮走后，顾浮以为自己能得个清净，谁知没一会儿，杨姨娘又带着顾诗诗来了。

杨姨娘原先为了见老夫人，特意穿了颜色厚重的衣服，首饰也都是玉质的，看着沉稳大气。后来她回了自己的院子，第一时间就把衣服给换了，结果换好衣服还没坐稳，就听说顾浮被罚跪祠堂，于是又忙不迭地赶了过来，连口茶都没来得及喝。

顾浮循着脚步声回头，就看见杨姨娘头戴珍珠簪子并流云金钗，内着藕色交领窄袖夹衣，外穿一件色泽艳丽的柿红色褙子，绫面罗里丝棉裤外围着绣红梅的百迭裙，还特地用了时下最兴的穿法——裙门侧穿，缓步而来一摇一摆，不见冬季穿衣的臃肿，反而娇媚动人。

不得不说，顾启铮的眼光还是不错的，杨姨娘的样貌、身段、衣着、审美，确实是一等一地好。

杨姨娘身后还跟着满脸不情愿的顾诗诗，顾诗诗发现顾浮在看她，扬着下巴别过脸，很是响亮地哼了一声。

要说顾诗诗原来也不是这样的性格，只因这五年顾浮不在，顾诗诗是大房唯一的女儿，二房夫人李氏为了不落人话柄，对她好得不得了，杨姨娘又只有她这么一个骨肉，自然也宠着，结果就是将她养成了现在这副任性的模样。

对此顾浮倒不怎么意外，因为她自小就知道，杨姨娘虽然有心机但却不聪明，不仅没法儿看长远，就连打的什么算盘，也总能叫人一眼看穿。

比如方才，杨姨娘蹙着好看的远山眉快步进来，一副要来替顾浮解围的好人模样，显然是想借着这个机会，让顾启铮觉得她是个心善的好姨娘，把顾浮当成了自己的孩子来疼，同时给顾浮卖个人情。

又如现在，杨姨娘发现顾启铮不在，先是左右看看，确定人是真的走了，立马收起自己脸上那副"慈母相"，甩着帕子扭着腰走到顾浮身旁，看着她，眼底满满都是嫌弃。

顾浮不用猜都知道，杨姨娘接下来定是要趁着顾启铮不在，给刚回家的自己一个下马威。

果然，杨姨娘吩咐丫鬟、婆子去祠堂外候着，一时间，祠堂里就只剩下了她们三人。杨姨娘抓着帕子掩了掩唇，阴阳怪气地问："二姑娘一路劳顿，怎么没回去休息，反而被老爷罚来跪祠堂了？"

顾浮收回视线，看着牌位前的香炉，淡淡道："姨娘可以去问我爹。"

杨姨娘自然不敢去问，她想来想去，觉得也就只有顾浮的婚事能让顾启铮这般恼火，就自顾自地问："可是因为二姑娘的婚事？"

问完不见对方有什么反应，杨姨娘又看似关心实则戳人心窝子地添了句："说来这事也着实叫人着急，二姑娘今年……都十九了吧？寻常像二姑娘这样的，哪个不是十三四岁就定了亲？十七岁出阁都算晚了，偏老夫人拘着二姑娘在坐忘山上礼佛，白白耽误了姑娘的终身大事。二姑娘你也是，也不提醒老夫人一些，阖府上下都知道老夫人疼你，你若因为年纪大找不到好夫家，老夫人怕是要难过了。"

杨姨娘平时的声音是好听的，偏嘲讽起人来矫揉造作，比叫个不停的夏蝉还聒噪。

顾浮瞥了杨姨娘一眼，见她眉目故作忧虑，唇角却微微上扬，情绪分裂得厉害，于是决定替她统一一下表情。

顾浮调整姿势，从跪改成了不怎么优雅的盘腿坐，来了句："我倒觉得，姨娘该谢我才是。"

杨姨娘先是一愣，随后又觉得这人是在故弄玄虚，便无所畏惧地轻笑一声，反问道："二姑娘此话怎讲？"

顾浮淡淡道："我若早早提醒了祖母，祖母定然会和我一同归家，到时候恐怕不只会替我寻觅夫婿，还会替我爹爹找个续弦。姨娘你说，你是不是该谢我？"

杨姨娘闻言，像是才想到这层一般，笑容凝固。

顾浮不等杨姨娘说什么，又给了她一下："不过该来的总会来，爹爹已将为我挑选夫婿的事托付给了婶婶，祖母那边，应当会专下心给我爹爹找个新夫人，到时候，姨娘恐怕就不能像如今这般松快了。"

过了好些年舒坦日子的杨姨娘听了这话，满脸恍惚与无措，五官的情绪表达十分统一。

这边杨姨娘败下阵来，那边顾诗诗不满顾浮拿爹爹续弦一事挤对自己姨娘，便亲身上阵，又一次捡起了她的年龄，拿她至今没许人家一事做刀剑攻击——

"你管我姨娘还不如先管管你自己，我平日与人来往都没脸让她们知道家里有个还没嫁人的姐姐，也就你个老姑娘不知道羞，还一回来就惹爹爹生气，活该被爹爹罚跪。"

顾浮看向顾诗诗，上挑的眼尾不经意间带出几分冰霜："四妹妹当真觉得，我是个丢你脸的老姑娘？"

顾诗诗被这一眼看得脖颈发凉，但还是硬气道："不然呢？"

顾浮不怒反笑，说："那四妹妹可要小心了，长幼有序你总该知道吧，只要我没嫁出去，那就轮不到你，也就是说……"她缓缓勾起唇角，满是恶意地笑着，"只要我拖上个三四年，四妹妹就和我一样，是嫁不出去的老姑娘了。"

顾浮怕顾诗诗脑袋笨理解不了，故意放缓语速，看着对方从微愣到讶异再到惊恐，最后自欺欺人一般，摇着头说："不……你……你不敢！你才不敢！"

拖上三四年，那她不就二十多岁了吗？除非铰了头发做姑子，不然全京城都找不出一个二十多岁还不嫁人的官家女，顾诗诗不信她就为了自己刚刚那一句嘲笑，敢做到这个地步。

顾浮悠悠道："好叫四妹妹知道，我是不怕被人说的，不仅不怕，还觉得说我的那些人可笑，就是不知道四妹妹怕不怕了。"

顾诗诗看着顾浮眼底盈满的笑意，吓得后退了两步——她敢，她真的敢！

是啊，她怎么不敢？八岁那年，三哥的同窗接连数日故意打翻三哥的午饭，她就敢和三哥换衣服，假扮三哥去书院把欺负三哥的人揍得满地找牙。这么大胆的事情都能做得出来，她还有什么不敢的？

时隔五年，顾诗诗终于想起顾浮是个自小就离经叛道、不受约束的疯子。正常人哪有疯子豁得出去。

母女两个的心态从最初来看笑话，变成了惶惶不安。正当这时，又有人来了祠堂，并对杨姨娘和顾诗诗问道："你们怎么在这儿？"

杨姨娘和顾诗诗转头看向那人，杨姨娘福了福身："大少爷。"

顾诗诗也唤："大哥。"

顾浮则是在她们叫人的时候，就把自己的姿势调整回来，重新跪到了蒲团上，并在心里感叹：今儿的祠堂可真热闹。

顾家的大少爷，顾浮和顾诗诗的大哥，不用说自然就是顾沉。杨姨娘在家最怕的就是顾启铮和顾沉这对父子，见顾沉来了少不得要找个借口，好好解释自己为何会在祠堂，假惺惺地表达一番对顾浮的关心关爱。

可如今她满脑子都是顾启铮要续弦一事，说话也没了成算，最后只能落荒而逃。走之前顾诗诗还想和大哥告状，说顾浮要害自己当嫁不出去的老姑娘，只是话还没说出口，就被杨姨娘拉走了。

顾沉看着杨姨娘和顾诗诗离开，直到两人的身影彻底消失在门外，他才转头看向跪姿端正的顾浮。

和他爹一样，顾沉知道自己的妹妹这五年去了北境。不仅他知道，他们的表妹穆青瑶也知道，因为他们一个是顾浮的嫡亲哥哥，一个是和顾浮关系最好的闺密。即便老夫人用了上山礼佛来为自己孙女打掩护，他们二人也总会在去看望老夫人的时候，找顾浮见上一面。一次两次称病不见还能说是巧合，一整年下来一次都见不着，他们不起疑心才怪。

所以老夫人上山的头一年，他们就发现了顾浮并不在坐忘山，紧接着便找顾启铮问真相，顾启铮说出实情之后，让他们俩也帮着遮掩。

作为知情人之一，做大哥的有一肚子的话想对妹妹说。先前在老夫人那儿，他顾及旁人不敢多言，现下终于有了单独说话的机会，却反而不知该怎么开口。说得太过了，他怕伤了妹妹的心，可若是不说，又怕妹妹认识不到自己的错误，日后再犯。纠结的顾沉开始来回踱步，并时不时长吁短叹，欲言又止。

重重的叹气声让顾浮脑袋疼，她直接道："大哥，你想说什么就说，别把自己憋出病来。"

不出声还好，一出声顾沉就忍不住了，他走到顾浮面前，训斥道："我想说什么你心里也该有数，军营中可都是男人！你……你做出此等丑事，传出去会带累家中姐妹的，这些你都知道吗？"

顾沉羞于启齿顾浮的所作所为，就用“此等丑事”来做指代。

顾浮听大哥这么说，微愣后慢慢收起了自己那副没心没肺的模样，正色道：“保家卫国，不是丑事。”

她这话说得认真，语气也没慷慨激昂，就像是在陈述一个事实，因为太过直接简单，反而令人无法忽视。

顾沉愣愣地望进顾浮眼底，虽然对方跪着他站着，是他居高临下看着，但此刻，他却有种被人从高处审视的错觉。他掩下心底莫名而起的惊悸，别过脸，错开了视线。

外头的天空悄悄暗了下来，厚重的云层遮天蔽日，细小的雪花随着骤然而起的大风飘舞进燃着炭火的祠堂，才一触地就化作湿痕，慢慢淡去。

顾沉沉默许久，顾浮也没像面对杨姨娘似的对他步步紧逼，而是同样收回视线，看向案台上的香炉。

外头的雪越下越大，不知过了多久，顾浮才听到自家大哥的声音，他说：“那也不该是你。”

保家卫国固然不是丑事，但也不该是她去做。

顾浮望着插在香炉里的香，以及被风吹散的白色香烟，淡淡道：“因为我是女子？”

顾沉摇头，告诉她：“因为你生在此世。”

若叫人知道被追封忠顺侯的顾大将军是女子，那些赞誉美称能在顷刻间化作指责与谩骂。到时候或许还会有人记得忠顺侯是如何骁勇善战，在这五年间积累下不世军功，但更多的人会说顾浮不安于室，混在男人堆里早就没了清白，还会骂朝廷都是窝囊废，竟让一女子上战场杀敌。

——这世道便是如此。

顾浮并非不懂，恰恰就是因为看得太清楚，所以她才会在五年前不顾一切想要去北境参军，因为她知道那是她最后的机会。过了十四岁，定了人家，之后就是嫁人、生子，再无半点儿别的可能。

如今回到京城，她的未来又被拉回至世人眼中的“正轨”上。虽然她不喜欢这样的结果，但至少她有了那五年，旁人拍马都追不上的五年。

她也该知足了。顾浮劝慰自己，可还是忍不住想问：“如果让你空有一身才能却无法入朝为官，你可会甘心？”

若你有这个能力，可就是无法施展，只能眼睁睁看着旁人拥有你想要的成就，而你却连争取的资格都没有，你能甘心吗？

顾沉自小苦读，满肚子锦绣文章，便是最严苛的大儒都对他赞不绝口，所以顾浮的问题他不需要用心就能轻松代入，胸口升腾而起的情绪让袖中的手慢慢紧握成拳——

怎么可能甘心！

…………

顾沉离开祠堂，他满脑子都是刚刚与妹妹的对话，整个人都有些心不在焉，路上遇见提着食盒的穆青瑶都没怎么理会。

给穆青瑶打伞的丫鬟忍不住小声埋怨道："大少爷怎么能装作看不见你呢？"

穆青瑶并不在意："或许就是没看见吧。"

她拿过丫鬟手里的伞，让丫鬟先回去，自己进了祠堂，才一进去，就听见顾浮长叹道："好饿啊——"

穆青瑶脸上的表情慢慢淡去，宛若撕下一层面具，再不见得体的微笑，只剩一脸苍白。她开口，声音也没了婉转的起伏，语调平得像条直线："刚刚去厨房给你带了碗面，趁热吃。"

顾浮回头，笑着对穆青瑶唤道："青瑶。"

穆青瑶拉了个蒲团过来，斯斯文文地在上面坐下，然后打开食盒，将里面还热着的汤面端出来，递过去。顾浮则是盘腿而坐，接过汤面就吃了起来。

穆青瑶和顾浮一样，都是年纪还小的时候母亲就过世了。但穆青瑶更倒霉些，她的父亲是武官，才刚丧妻就被先帝一道圣旨扔去镇守西北。西北可是块出了名的贫瘠之地，穆将军怕女儿受苦，就只带走了儿子，把女儿托付给了自己的姐夫顾启铮，所以穆青瑶自小就在顾家长大。

和把"大逆不道"刻进骨子里的顾浮不同，穆青瑶虽然也有自己的想法，但她对很多事都无所谓，更不会去争取，甚至为了让大家都好过些，能把自己伪装成完美无缺的大家闺秀。

她们各自选择了全然不同的路，但两人之间的关系却比亲姐妹还亲。顾浮毫不怀疑，自己要是杀了人，穆青瑶定会弄把铁锹来，催促她找个僻静的地方把尸体埋了。

顾浮在北境的时候，穆青瑶还常常给她写信，所以哪怕分别五年，两人也没变得生疏。

穆青瑶不声不响地等着顾浮把面吃完，随后一只手接过空碗，另一只手递帕子，声音平静到有些发冷："前阵子去二夫人那儿，看见了几幅画，上头可都是年轻男子的肖像。”

顾浮用帕子擦了擦嘴，道：“婶婶和我二叔伉俪情深，这种事可不好乱说。”

穆青瑶不吃这套：“接着装。你明知道那些画像是二夫人给你挑选夫家用的。”

顾浮没办法，只能面对现实：“婶婶给我挑好了？”

“应当是挑好了，我见有一幅画像被单独放在一旁，就看了一眼……”穆青瑶微微一顿，终究还是挑了顾浮想听的话来说，“画像上写了那人的名字，叫谢子忱。我寻人打听，得知是二老爷的学生，年后参加春闱，二老爷笃定他能高中，未来可期，二夫人就给你选了他。”

顾浮得到如此详尽的信息，垂下眉眼陷入沉思。穆青瑶也不打扰她，还伸手替她整理了一下衣服首饰。

过了一会儿，顾浮抬眼，对穆青瑶露出个极尽甜美的笑。

穆青瑶习以为常：“说吧。”

顾浮道：“你说要是男方主动拒绝……”

穆青瑶早有预料，回答也干脆：“只要不是自污，我可以帮你。”

顾浮笑容更甚：“明儿带你出门吃金蝉轩的点心。”

一别五年，顾浮的容貌非但没有因北境风沙而折损分毫，反而越发出众漂亮。穆青瑶被她这一笑笑得脸颊发烫，心想北境军营里的男人恐怕都是瞎子，竟没人看出他们的将军是个女的。

穆青瑶哪里知道，顾浮在军营里的性格可比在她面前彪悍，且作风也像极了男人，痞得六亲不认，十足是浑蛋一个。

外头风雪越来越大，祠堂空旷，即便点了炭火，也难以抵御从窗缝溜进来的寒风。穆青瑶想回去给顾浮拿件厚实的披袄，却被拉住了：“费那事干吗，我待会儿就走了。”

穆青瑶不信：“姑父这回可是铁了心要教训你，我来之前叫人去老夫人那儿报信都被拦了，你还想待会儿就走？”

顾浮很有把握：“等着吧。”

果然没一会儿，老夫人身边的卫嬷嬷带着好几个人快步走了进来，嘴里还念叨着：“我的小祖宗，腿没……”

卫嬷嬷话没说完，看见顾浮是坐在蒲团上的，立时改了口：“没冻着吧？这大冷天的，大老爷怎么狠得下心呀？”

顾浮站起身，顺带拉起了穆青瑶，跟着卫嬷嬷一块儿去了老夫人的院子。老夫人气得够呛，让她晚饭前就待在自己这里休息，看谁还敢让她去罚跪。

老夫人还拉着露出笑颜的穆青瑶，夸她是个好孩子，知道心疼自家姐妹，还送去了热的面食。

穆青瑶轻轻柔柔道："老夫人不气了，气大伤身，先让浮姐姐去休息吧。"

老夫人一听提醒，连忙又让卫嬷嬷带顾浮去侧屋安置。

穆青瑶注意到，卫嬷嬷带着去侧屋的时候，边上有个年轻的嬷嬷也跟着走了。她一脸好奇地问："老夫人，那是谁呀？"

老夫人拍了拍她的手，低声道："浮儿从北境带回来的。"

穆青瑶猜测，就是这个嬷嬷成功报信，才让老夫人及时派人把顾浮从祠堂里带出来。不过她也没多问，并自觉地转了话题："老夫人，青瑶前阵子跟济世堂的大夫学了推拿，学得还不错，让青瑶给您按按吧。"

…………

顾浮去了侧屋，听着窗外的风雪一觉睡到傍晚。

因老夫人归家，晚上全家人坐一块儿吃了顿饭。饭后风雪停了，老夫人把顾启铮叫去好一通训斥，训完她又问起给顾浮相看人家的事，顾启铮就把二夫人李氏挑选的人说了一遍。

顾浮蹲在落满积雪的屋顶，把话偷听完后踩着瓦檐离开，没回自己的院子，而是去了穆青瑶那儿——因为她在饭后找了借口，今晚去穆青瑶院子里睡。

她跳下屋顶，翻窗回到屋里。屋内的烛火因骤然开窗而摇晃了一下，丫鬟都被支了出去，只剩穆青瑶一人，就着烛火在床上看书。穆青瑶看得入迷，直至顾浮走到床边才察觉人回来了，随口问道："如何？"

顾浮在床沿边坐下，说："就是谢子忱，家住城东福德街。"

穆青瑶注意到她说了那人的住址，问："你要出门？"

"嗯，你这儿有男装吗？"

顾浮从北境带回来的衣服遭老夫人嫌弃，都给扔了，之后老夫人叫丫鬟连夜给她裁制新衣，自然都是女装，女装可不方便在夜间出门。

穆青瑶摇头道："没有。"

"无妨。"顾浮起身走向窗户，"我去找人借一身。"三弟的身量和她差不多，就去找三弟借好了。

穆青瑶没有拦她，只淡淡道："回来洗澡。"

"知道了。"顾浮又一次跳出窗外，溜去了她三弟的院子。

说是“借”，其实她更想去偷，奈何三弟大晚上还没睡，屋里灯火格外明亮，顾浮只好在确定里面只有三弟一个人后，敲了敲窗户。

坐在桌前画图纸的顾竹被敲窗声吓了一跳，笔尖在纸上画出波浪，把整张图纸都给毁了。然而他此刻根本顾不上图纸，一双眼睛惊恐地盯着窗户，不知道跑也不知道叫人，像极了话本里活不过三页的倒霉路人。

窗户被缓缓推开，顾竹怕得险些滑到桌子底下去，幸好这时窗外传来了他熟悉的声音，让他整个人都安心下来——

“老三？借我身衣服。”

“……”

顾竹站在衣柜前找衣服，顾浮则坐在桌边，四下打量这间灯火通明的屋子。屋子里摆了许多木料、图纸以及凿子、铁锤之类的器具，博古架上放的也都是些上了漆料的木件，有以假乱真的木花，也有巴掌大小的楼屋，甚至还有弓弩、箭匣这类的武器，看着不像大户人家小少爷的卧房，更像是工匠起早贪黑打造物什的地方。

顾浮正要收回视线，忽然发现里间的墙上挂着三把弓。其中两把她见过，分别是军中通用的长弓和神射营才能用的重弓。长弓制作相对简单，能大量生产。重弓则比较少见，因为用料和工艺都特别复杂，所以产量不多。

最后一把顾浮没见过，那把弓不仅造型奇怪，上头弦线交错，还装着像轮子一样的东西，若非和另外两把弓放在一起，她根本不会想到这会是一把弓。

顾竹捧着衣服过来，顾浮向他确认道：“那是弓？”

他自己也不确定：“应该是吧……”

顾浮不解：“应该？”

顾竹说：“我是按照一本叫《天工记》的书来做的，样式、大小都对了，就是材质不对，需要缟石，还需要钢，可那些东西只有军造司才有……”

顾竹说话的时候一直垂着眼，不敢直视顾浮。准确地说，他不敢直视任何一个人，也不太喜欢和别人相处，他更喜欢把自己关在屋子里，埋头做自己感兴趣的事情。或许就是因为这样，旁人总会觉得他很难相处，在书院也没人愿意接近他。

顾浮一愣，道：“缟石和钢？那做出来的弓未免太重了。”

兵贵神速，在战场上带这么重的弓，简直是找死。

“嗯……”所以他才无法确定，这样的东西到底是不是弓，但是……

“但是按照书上所说，这样打造出来的弓能省力，精准度高，射程还远。寻常六十斤拉力的重弓，最多能射出百步。这把弓和火药箭一起用，二段推进，能射出一里左右——二姐？”

顾浮突然把手搭到了顾竹肩膀上，顾竹不明所以，快速地瞄了一眼她的表情，只见对方的神情略有些呆滞，他心里开始忐忑，想是不是自己说错了话。

下一刻，顾浮惊道：“一里？”

音量太大，吓得顾竹回头看了看门口，所幸他院里的丫鬟、小厮都知道他不喜欢被人打扰，夜间护院也都离得远远的，没听到这动静。

顾浮还在震惊，一里！整整一里啊！若能上报军造司……等等！

她问：“那本《天工记》是什么古籍孤本吗？”

顾竹摇头说：“不是孤本，很多书局都有卖。”

不是孤本，那军造司没道理注意不到这样的神兵利器，除非造出来的实物没有书上说的那么厉害，又或者……

顾浮把手放下，轻叹道：“老三，你可知羲和大道有多宽？”

羲和大道位于京城中轴线上，是从羲和门入城后直通皇城的一条大道，一般百姓官员入城都不能走这条道，故而又称御道。

“四十五丈。”

“多少里？”

“半里不到。”

顾浮见他还是一脸困惑，只能把话挑明了说：“寻常弓箭虽说能射百步，但真正伤人的也就二十一丈内。御驾行在羲和大道上，无论是左右哪边有刺客放箭，都不容易伤到陛下，可若有这把能射一里的弓……”在御道上行刺，简直就是探囊取物。

顾竹惊出了一身冷汗。若真能制造出射程一里的弓，或许军造司早就做出了成品，只因此弓太重不适合在军中推广，还容易给陛下造成威胁，故而藏着，不肯拿出来。

顾浮拿着找来的男装，绕去一旁的屏风后面换衣服。顾竹在原地呆呆地站了一小会儿，回过神后手忙脚乱地把弓从墙上拿下来，收进柜子里。

待换好男装，顾浮把自己的衣服留在这儿，跳出窗户准备离开。走前她还回头问了一句：“刚刚那把弓，有名字吗？”

顾竹做贼似的低声道：“落日弓。”

…………

顾浮翻墙，轻轻一跃就跃上了隔壁人家的屋顶，踩着屋檐朝城东福德街的方向跑去。家家户户的屋顶上都有积雪，顾浮却如履平地，飞快地掠过了几条大街。

璀璨星空下，整个京城像一只陷入沉睡的庞然大物，虽然许多人家都还点着灯火，却没有人出门，大街上也冷冷清清的，只有身着铠甲的武侯、街使和衙役在巡夜。

京城有宵禁——离京五年的顾浮才想起来这件事。可来都来了，总不好半途而废。于是她躲开巡夜的武侯，趁着夜色一路飞奔，终于顺利踩上了谢家的屋顶。

福德街就在宣阳街附近，宣阳街住的可都是达官显贵、皇亲国戚，可见谢家家底也算殷实，谢子忱若真像顾二爷说的那样未来可期，这门婚事倒也不算太糟。可惜顾浮就是不想成亲，就是不想被人安排得妥妥当当，就是不想什么都如了别人的意。

顾浮在谢家屋顶上跳来跳去，拿出侦察敌营的本事，找到了谢子忱的院子。她跳下屋顶，躲在窗户边暗中观察。只见灯火映照下，容貌斯文俊雅的谢子忱一只手执笔，另一只手挽袖，竹青色的长袍显得他格外俊逸风雅。

忽然屋内烛火轻晃，顾浮还以为是自己窗户开得太大，让风吹了进去，正准备把窗户关上，却发现不是自己的问题，而是有人推开了屋门。然后就听见一道极轻极柔的女子声音："少爷，都这么晚了，喝口热汤歇歇吧。"

原来是谢子忱屋里伺候的丫鬟端来了夜宵。

顾浮躲在窗外，看着那丫鬟将热汤放在桌边，柔荑似的双手落到了谢子忱肩头，很是暧昧地催促了一声："少爷……"

顾浮：哦嚯！

然而事情并未向着她期待的方向发展。屋里的谢子忱放下笔，侧头看了那丫鬟一眼，冷冷道："出去。"

那丫鬟被这态度吓到，缩回了自己的手，很是委屈。

不等丫鬟撒娇哀求，谢子忱就扬声叫来了屋外的下人，把想要求饶的丫鬟给捂住嘴拖了出去。

顾浮不禁苦恼：这么洁身自好的男子，自己该怎么劝退？

正想着，谢子忱拿起了桌上才画好的画，也不知是在端详还是在等墨迹干透，看了好久才将画卷起，放进桌边的白瓷画缸里。

谢子忱卷画的时候，顾浮隐约看到画上的内容，心中一喜——画上画的不是什么山水草木，而是一个女子。

怕不是他的心上人？

谢子忱收好画便去睡了，顾浮蹲窗外等了一会儿，确定屋内没有异动，才悄悄溜进去，准备在画缸里找刚刚那幅画，想确定自己没有看错。

画缸里有七八卷画，顾浮本以为自己要找上一会儿，结果打开第一幅就是那女子的画像。她一面觉得自己幸运，一面又觉得哪里不对。刚刚的画有大片蓝色，这幅画上的女子却穿了白衣，难道是她看错了？

怎么可能，顾浮心想，自己还没当上将军之前可是当过斥候的，眼力怎么可能这么差？她又拿了一卷，展开一看，果然又是那女子，不同的是，这幅画上的女子穿了件清丽的绿裙，裙摆飘飘。

顾浮不嫌麻烦，把剩下几幅全打开，险些没笑出声：这些画画的都是同一个女子，这要不是谢子忱的心上人，我头割下来给他。

她乐得不行，将画放回画缸，准备回家好好睡个安心觉。不承想乐极生悲，她在回家的路上被人给发现了——

顾浮偏头，一支箭正好从她脸颊旁掠过，箭尾的翎羽还钩走了她几根头发。落了空的箭带着她的发丝狠狠扎进地面，正好被巡逻到这儿的武侯看见。那队武侯中的一人立时就吹响了短笛，尖锐的笛声响彻天际，非常扰民。

顾浮拔腿就跑，偏那射箭之人锲而不舍，无论她走到哪儿，他都能一箭暴露她的位置，让开始警戒的武侯与街使、衙役三方人马寻着那一支支接连不断的箭追上去，导致顾浮连个喘息的时间都没有。

就在顾浮跑到仁安巷的时候，再次射来的箭失去了凶猛的力道，被树枝一拦就卡在了树上。

天空缓缓飘过的云层遮蔽了月光，视野顿时就暗了下来，提供了绝佳的藏匿机会。顾浮趁着这个时机躲到了一户人家的院子里，一边骂骂咧咧，一边回忆京城的道路布局，找出能够把追兵甩掉，并且回家的路线。当然最重要的是，绝对不能再回到射箭之人的射程内……

咦？

顾浮突然发现，从最开始到后来，射箭的似乎都是同一个人，来箭的方向也从来没变过，说明那人一直都在同一个地方，把她从福德街一路撵到了仁安巷。可这中间得有五六十丈，那人要站在什么地方，才能把她的行踪尽收眼底？

顾浮再一次跳上屋顶，站在上面四处看了看，最终看到了宣阳街边上的祁天塔。

宣阳街离皇城最近，所以那里住的都是达官贵人，而能在皇城附近矗立的高层建筑，也就只有他们大庸国师傅砚居住的祁天塔。

祁天塔和仁安巷的直线距离不超过一里，但也有一百来丈，远远超出了普通弓箭的射程。许是出门前听说了落日弓的存在，顾浮不免多想，并折回去找到了方才射落的箭。

那些箭大都被武侯回收，只有最后一支卡在树上，没被发现。顾浮一摸箭身，好家伙，触感冰凉，分明就是拿缟石混铁打制出来的。她啧啧称奇：产量少到只有军造司才有的缟石，居然被打造成了箭这样的消耗品。

箭都这么金贵了，那弓得讲究成什么样？除了他们的国师，又有谁能用得起？

顾浮望着高高的祁天塔，脸上没有半点儿被人拿箭撵着跑的恼怒，反而扬起了兴奋的笑——

若她的猜测全部属实，那射程一里的落日弓就是真的！

可要怎么证明，射箭之人就在祁天塔上呢？

以身做饵？

胆大包天的顾浮从衣服上撕下一块布，蒙住下半张脸，朝着祁天塔跑去，并十分找死地站在了宣阳街某位王爷家的屋顶上，离祁天塔极近。

厚重的云层在夜空中缓缓腾挪，终于露出被遮蔽已久的上弦月。月光洒落，清晰了视野，也让祁天塔上的一抹银白撞入了顾浮的视线。

银白的广袖长袍，银白的披肩长发，冷冷的面容比塞北的冬天还要冰寒彻骨，宛若九天神祇俯瞰众生，不可轻易亵渎。旁人见了这一幕，多半心生敬畏，偏偏顾浮一身反骨，非但不想着尊敬一二，反而有些手痒，想把这么一位貌若天神般的人物拉下凡尘，用世俗气息粗暴地将其玷污。

月似白玉弯钩，高高悬在祁天塔旁，仿佛只要登上高塔，便能将月摘下。而比明月更加圣洁无瑕的，是祁天塔上被月光所笼罩的男子。男子白衣白发，宽大的衣袖和丝绸般耀眼的长发随风轻轻扬起，像是夺走了世间所有的光辉，也夺走了顾浮的视线。

顾浮不确定自己究竟看没看清对方的容貌，只觉得四方皆静，唯独自己胸口的心脏，在怦怦作响。

须臾，高塔上的男子动了，他抬起一只手，手上拿的正是一把银白色的落日弓，样子虽然奇怪，但其威力顾浮刚刚切身体会过，可不敢小看。

男子抽了支箭搭在弦上，随着弓弦被拉开，箭镞反射出耀眼的星芒。

咻——

啪!

顾浮一个闪躲，导致这支箭射穿了她脚下的屋顶。这屋里还睡了人，那人被声音惊醒后睁开眼，看见正好扎在他床头的箭，吓得一声惊叫，衣服都没穿好就从屋里跑出来，口中还大喊“有刺客”。接着王府便热闹了起来，顾浮验证完自己的猜想打算跑路，却被四下里蹿出来的王府护卫阻拦。她夺了其中一个护卫手中的刀，想要杀出重围。

让她意外的是，王府护卫武功高强，一个个都是练家子，还有几个一看武功路数就知道是武林中人，导致自己一时半会儿逃不掉，只能和他们缠斗。幸好从王府护卫出现开始，祁天塔上的男子就停了手，不然被人包围了还得小心暗箭，她能忙死。

王府的护卫一波接着一波，蝗虫似的怎么杀都杀不完，顾浮正烦着，突然斜下里刺出一剑，同时，那些和她缠斗的护卫们纷纷散开，像是怕误伤持剑之人。

顾浮和持剑之人过了几招，发现对方的武功很是厉害，缺点是太端着架子，一看就是只在比武场上和人打过，不曾经历过殊死一搏，不知道生死时刻最重要的是赢，而不是赢得漂亮。

但她也没直接把人打趴下，因为这人要是退了，边上的护卫保准一拥而上，她得先拖着，想个法子跑了才行。

就在顾浮思索的瞬间，一记冷箭掠过她眼前，狠狠地穿透了持剑之人的肩膀，带着血迹扎进地面，因箭上力道未散，箭尾还在颤动，发出嗡响声。

这一箭太快太狠太突然，别说边上的护卫，哪怕是近在咫尺的顾浮都没反应过来。她愣愣地转头看向祁天塔，结果迎面又是一支冷箭，狠狠地落在了她胸口……

顾浮猛地从梦中惊醒，看着屋顶平复呼吸。淡淡的香味萦绕在鼻尖，屋里除了她再没别人，十分安静，只能隐约听见屋外的雀鸟鸣叫，以及扫帚划过地面时发出的声响。

她抬起右手，用手背盖在了眼睛上。昨夜她跑了，在持剑之人被一箭重伤后，她听从内心的直觉头也不回地逃了出去，身后王府乱作一团，只有零星几个护卫追上来，被她轻易甩掉。

祁天塔上的男子没再向她射箭，所以她一路有惊无险地回到了顾家，还跑去三弟那里换了衣服才偷偷溜回穆青瑶的院子。

对了，她不是没受伤吗，怎么胸口这么沉？好像还有点儿疼？

顾浮把手拿开，下移视线，就见自己胸口上落了只圆圆的大胖鸟。大胖鸟对着她歪了歪脑袋，然后抬起身子低下头，用小尖嘴在她寝衣上“哆哆哆”地啄个不停。

“……”难怪梦境的最后是她被人一箭穿胸。

她从胖鸟的爪子上拆下一个小蜡球，收好等着待会儿再看，要是现在捏碎弄得穆青瑶满床都是蜡球碎屑，穆青瑶能半个月不理她。

“醒了？”穆青瑶推门进来，绕过珠帘看见顾浮正和蹲在她胸口上的胖鸟大眼瞪小眼，疑惑道，“这是哪出？”

“信鸽，不知为什么送来信就不走了。”

顾浮想把胖鸟赶走，谁知这胖鸟岿然不动，一副要在她胸口筑巢的架势，可别是太胖了飞不起来。

“先养着吧，这么冷的天，别在外头冻死了。”说着，穆青瑶双手将胖鸟环住，胖鸟也没乱扑腾，还算乖巧。

安置好胖鸟，穆青瑶催促道：“起来洗澡。”

顾浮昨晚穿着别人的衣服在外头乱跑，回来却没洗澡，倒不是她懒，而是她衣服都脱了，穆青瑶突然叫她明天再洗。

顾浮很奇怪，因为穆青瑶最爱干净，昨天自己没洗澡就睡了她的床，她待会儿肯定会把床褥床帐都给换掉。

果然，顾浮在屏风后面洗澡的时候，几个丫鬟进来，把穆青瑶床上的东西都撤了，擦拭好床架后换上了干净的。那几个丫鬟是这五年里新来的，换被褥时轻手轻脚话都不敢多说，唯恐让顾浮发现她们把她睡过的褥子给换了，毕竟这举动怎么看都像是在嫌弃。

顾浮却习以为常，小时候她上树掏鸟蛋送给穆青瑶，穆青瑶接过之后才发现鸟蛋上有鸟粪，去洗了好几遍手，还拿手往墙上蹭，蹭得手都破了皮，最后还很是认真地问若将手上的肉削掉能不能重新长出来。

由此可见穆青瑶的“爱干净”是有些不同常人的，但还好，长大后她爱干净的程度没小时候那么厉害，对顾浮的容忍度也比对别人要高很多。

穆青瑶拿来了给顾浮替换的干净衣服，顾浮把身子浸在热水里问她：“昨天怎么不让我洗？弄得现在还要换被褥这么麻烦。”

穆青瑶将衣服放到一旁的架子上，没说话。

昨天顾浮脱了衣服，她看到顾浮身上有好多的疤。有些疤只留下了深色的痕迹，有些疤不仅留下了痕迹，还留下了凹凸不平的起伏，还有些疤像是才剥掉血痂，泛着艳丽的粉色，看起来格外可怖。

看到这些疤痕，穆青瑶突然觉得顾浮不洗澡也没事，就没再让她折腾。

穆青瑶不肯细说自己的心路历程，顾浮也没追问，她用皂丸和着水搓头发，搓出细细的泡沫。搓着搓着，她突然问道："祁天塔是国师的住所吗？"

她担心自己记错，或者这五年里祁天塔易了主，故而有此一问。

穆青瑶让屏风外的丫鬟都退去屋外，不答反问："昨夜潜入英王府的刺客是你？"

顾浮一愣，道："你怎么知道英王府昨夜有刺客……"说完反应过来，"这么快就传开了？"

"英王被伤了肩膀，王府的人连夜请了宫中的御医，现在全京城都知道英王府昨夜进了刺客。所以那个刺客是你吗？"

顾浮没想到那持剑之人竟是英王，她解释道："我也不算刺客，我就是去看看祁天塔，而且英王也不是我伤的。"

穆青瑶点头说："我知道，是国师伤的。"

顾浮意外："你怎么又知道？"

按照常理，难道不应该把一切都推到她这个"刺客"头上吗？怎么连穆青瑶都知道英王是被国师所伤。

穆青瑶说："英王一大早就带着伤入宫，请皇帝陛下为他主持公道。一路上但凡有人问起，英王皆直言不讳，还没出宫，国师伤了英王的消息就传遍了京城，陛下哪里来得及劝他对国师退让。"

顾浮听得津津有味，还问："国师那边可有交代？"

穆青瑶点了点头说："陛下下旨，说国师是为诛杀刺客才误伤了当时正和刺客交手的英王，不仅罚了国师，还惩处了昨夜护主不力的王府护卫。"

这可真是毫不遮掩的偏心。

至于所谓的误伤，顾浮拿方才那只大胖鸟做担保，国师射伤英王那一箭，绝对是故意的。也不知这两人什么仇什么怨，后来国师没再射箭追她，说不定也是因为英王受伤他心情好，故意放了她一马。

顾浮好奇地问："国师今年贵庚？我昨夜看见他，就记得他那一头白发了，模样倒是年轻，也不知道是不是修了什么长生不老之术。"

穆青瑶无语了片刻，说道："国师今年二十五。"

顾浮不信："怎么可能？满头白发呢。"

穆青瑶解释道："据说国师出生便是白发。"

顾浮小声嘟囔着："居然还有天生白发的，长见识了……"

这边顾浮优哉游哉地泡着澡，和穆青瑶闲聊着，那边皇帝出宫，亲临祁天塔。

皇帝即位九年，头两年受尽了挟制，忍气吞声，从第三年开始才慢慢摆脱世家老臣的桎梏，如今已是真正说一不二的君王，执掌天下权柄。

如今这位帝王挥退了左右，独自一人在祁天塔顶层与国师煮茶对饮。祁天塔顶层风景独好，朝北能将皇城尽收眼底，还能越过皇城隐约看见宫城里华美的亭台楼阁，朝南则是京城最繁华的地段，东、西两旁想看日出日落，也不会被别的建筑遮挡。

傅砚习惯将四面的推门都打开，景色只被柱子分割，像一幅幅会变幻的风景画。美则美矣，就是大冬天的，难免冷了些。皇帝裹着斗篷，捧着热茶，见一旁桌上压着一张纸，上面用水墨勾勒出一双隐隐有些熟悉的眼睛，便问："是昨晚的刺客？"

傅砚坐在皇帝对面，满头白发被一条玄色织金的缎带随意系着，坠在身后。他开口应答，音色如山涧冷泉，透着彻骨的凉："她并非刺客。"

她去王府，多半是为了确定一路射箭撵她的人就在祁天塔上。

皇帝问他，语气里带着些微妙的讨好，活像个当爹的在讨自闭的儿子开心："那朕派人加强搜捕，替你抓她？"

傅砚将目光放到了那张纸上，望着纸上那双微微上挑、充满了活力与不驯的眼睛，说道："臣自己抓。"

顾浮洗完澡穿上衣服，终于回了自己那阔别五年的小院子。

顾浮的院子名唤飞雀阁。她小时候特别喜欢这个名字，觉得"飞雀"听起来很自由，后来她才知道，燕雀其实飞不远的，就老琢磨着换个名，比如"鸿鹄"，或者"鲲鹏"什么的。再后来，她发现决定自己未来的不是住所的名称，而是自己的选择，便没再纠结这个。

顾浮五年未归，院里的丫鬟大多都被调去了别的地方，只剩下一个叫明珠的，是卫嬷嬷的孙女，曾被一同带去坐忘山给顾浮打掩护，也知道她过去五年并不在坐忘山，这次回来后直接成了这院里的大丫鬟。

顾浮对衣食住行不太讲究，回了院子也不过到处看看，追忆追忆往昔，然后就准备带着穆青瑶出门去吃金蝉轩的点心。谁知还没走出院门，二夫人李氏风风火火地赶了过来，身后还带着好些个丫鬟。

“二姐儿。”李氏唤道。

顾浮心头升起不祥的预感，问：“婶婶怎么来了？”

李氏拉起顾浮的手，亲切道：“这事本该昨日说的，一直没得空闲，正好今天你在，赶紧挑几个丫鬟，日后就是你院里的人了。”

顾浮还没彻底从男子的身份中调整过来，险些把“院里人”听成“房里人”，头皮一阵发麻，回过神来才道：“婶婶，我在坐忘山上习惯了清静，院里就别留这么多人了吧。”

李氏很坚持：“那可不行，没听说过谁家姑娘的院里像你这儿似的冷清。旁的不说，大丫鬟两个，二等的丫鬟四个总是要的吧。”

顾浮说不要也不行。

顾家大老爷房里没有夫人，只能让二房的李氏掌家。李氏这些年唯恐做错什么被人说了去，顾浮若是她的女儿，不希望院里人多，李氏定随着她性子去。偏偏顾浮是大房的，若院里少了人，知道的说她纵着侄女，不知道的定要说她借着掌家之便苛待大房的姑娘，所以她无论如何，都要再往飞雀阁里添几个伺候的下人。

顾浮没办法，转头对明珠道：“去把林嬷嬷叫来。”

很快，顾浮口中的林嬷嬷就来了。李氏知道这个嬷嬷，长得年轻漂亮，是老夫人从坐忘山带回来的下人，听说原是坐忘山下的农妇，摊上个好赌的丈夫要卖了她做赌资，老夫人见她可怜，便把她买了下来。

她还知道，昨日就是这个嬷嬷在老夫人院外闹了一通，才让老夫人知道顾浮被罚跪，叫了卫嬷嬷去把人从祠堂里带出来。可见其言行举止虽上不得台面，但却是个忠心护主的。

顾浮让林嬷嬷挑人，自己请了李氏进屋喝茶。林嬷嬷也不怯，还问顾浮想要怎样的丫鬟。

顾浮回答得干脆：“要省心的。”

林嬷嬷笑着应下，先去问了李氏身边的嬷嬷，从那嬷嬷口中了解了这些丫鬟的秉性，后又到那两排丫鬟面前走了几圈，问了些问题，最终挑出了一个大丫鬟、四个二等丫鬟。

选完人，李氏又在顾浮这里坐了一会儿，叮嘱她有什么需要一定要来找自己，然后才离开了飞雀阁。回去的路上，李氏身边的嬷嬷悄声说林嬷嬷挑选出去的，恰好都是这群丫鬟里最木讷的那几个。

李氏吃惊："一个出挑机灵的都没选？"

嬷嬷苦着脸道："老奴也提醒她了，可她说二姑娘只要省心的。"

李氏想了想，摇头道："罢了罢了，左右有明珠在飞雀阁，应当不会被人欺负了去。"只是这林嬷嬷，果然还是不懂他们这些大户人家，平日里得多教着些才行，可不能让二姐儿的院子因她出什么事。

今天的李氏，依旧为这个家操碎了心。

而看似愚忠的林嬷嬷，在李氏离开后，带着新来的丫鬟们见过了新主子。按理该由顾浮给她们取新名字，可她嫌麻烦，让她们沿用原来的，还说若真想换名字，就找明珠给她们取，由此奠定了明珠在这个院里的地位。

吩咐完琐事，顾浮带上林嬷嬷去找穆青瑶，准备出门。

被留下看院子的明珠赶忙追出来，叫住自己主子："姑娘，幂篱忘拿了。"

林嬷嬷折回去拿，拿好幂篱回到顾浮身边时，听到她嘴里抱怨麻烦。见左右无人，林嬷嬷唇角勾起一抹旁人从未见过的风情万种的笑，压低了声音娇媚道："早说了将军不适合做大家闺秀，合该留在北境，漫天的黄沙与兵戈烽火才是将军的归宿。"

顾浮也没和她客气，说："抗旨不遵是死罪，断头台你替我上？"

林嬷嬷掩唇娇笑道："奴可不敢。"

府里的管事得了吩咐，早早便将马车和随行护卫备好，所以顾浮只需去把穆青瑶带上，就能出门。

顾家的马车驶上大街。马车里，除了顾浮、穆青瑶和林嬷嬷，还有穆青瑶的丫鬟，所以她们这一路只是闲聊，没说什么重要的事情。到了金蝉轩，顾浮和穆青瑶戴着幂篱下车，围在帽檐上的纱罗垂至裙摆，随着她们的动作微微扬起。

两人定了二楼的雅间，点心茶水上齐后，顾浮又花钱在隔壁定了一间，让林嬷嬷带着穆青瑶的丫鬟到隔壁吃点心。穆青瑶的丫鬟没想到还有这等好事，晕乎乎地跟着林嬷嬷走了。

护卫守在门外，顾浮摘下幂篱，丢到一旁。穆青瑶则是动作轻柔地放下了幂篱，并端来一份点心，对顾浮道："上月新出的'满船清梦压星河'，很好吃，尝尝。"

顾浮仔细看了看，发现就是用蝶豆花泡水染色做的紫蓝色花茶冻，花茶冻切成了略长的方块状，上头还用豆沙捏出了一艘小舟，倒是和名字相衬，至于味道……她舀了一勺来吃，发现就是淡淡的甜而已，于是疑惑地看向穆青瑶，不懂这怎么就叫“很好吃”了。

穆青瑶拿起自己的勺子，将捏成小舟模样的豆沙压扁，然后将豆沙在花茶冻上涂抹均匀。

“再尝尝。”

顾浮：“……”

她原先还不太敢动那艘小舟，怕毁了意境，谁知这点心就是要这么吃的。

顾浮又吃了一口，发现豆沙绵密的口感和甜让这份花茶冻顿时变得有层次起来，还真就挺好吃的。

两人吃着点心，消磨了大约一盏茶的时间，其间顾浮总会时不时看向窗外。

“又要出去？”穆青瑶问。

顾浮摸了摸自己的脸，说：“很明显吗？”

“不明显，主要是我了解你，旁人见你这般，只会觉得你是才回京城，不习惯京城大街上的热闹。”穆青瑶又问，“要去哪儿？”

顾浮从袖子里摸出一张小字条递过去。这张字条是她从那颗蜡球里弄出来的，上头就写了几个小字，约她差不多这个时候到琳琅酒坊见。巧的是，琳琅酒坊和金蝉轩就隔着一条街。

穆青瑶念出了字条上的落款：“李禹。”

顾浮向她介绍道：“皇后侄子，曾经是我的上峰，后来我成了他的上峰，去年他被李家老太爷骗回了京城，现任禁军统领——做什么这么看着我？”

穆青瑶说：“一直就想问了，你若不满被人安排婚约，何不自己找一个？反正你这些年认识了这么多男的。”

顾浮扯了扯嘴角道：“你若见过他们半个月不洗澡，打嗝放屁，还有逛窑子，你就不会问出这个问题了。”

穆青瑶原地打了个冷战，脸色唰的一下就青了。显然对她而言，这样的描述堪比无间地狱。不过她对顾浮满口的粗鄙之语倒是适应良好，不仅感觉新奇，甚至还学着说了一下：“这位李家公子也逛……窑子？”

顾浮喝了口茶：“他当然不，锦衣玉食养出来的小少爷，肯来北境已经是一时冲动了，全凭着一股子倔劲儿逼自己留下，哪还能去逛北境那些个破窑子？”

她放下茶杯，接着道：“也曾有人笑话过他，他气急了就骂那些人脏。

也有人想讨好他，特地找了边境镇上的良家女子，他又说那女子肯跟过来做这等勾当，谁知道是不是真的完璧之身。想来我这样在军营里打过滚的，他也不乐意娶，就没想过考虑他。”

穆青瑶斟茶的手微微一顿，随后又问：“他怎知你还活着？”

“这就说来话长了。”顾浮尝试着精简了一下过程，“总之就是李禹得知我的死讯，念着昔日的同袍情谊，非要去北境为我收尸。皇后拦不下他，又怕他一去就不回来了，只好告诉他我还活着，但没和他说我是女的，还叫他写了字条，然后替他把字条送来了我这儿。”

“那你现在要去见他？”

顾浮轻叹道：“必须去啊，不然人跑去北境了，我拿什么赔给皇后娘娘？”

交代完原委，顾浮又等了约莫半盏茶的时间，终于在人群里看到了那抹熟悉的身影。

“我去去就回。”她撂下这句，戴上幂篱走出雅间，还叫上林嬷嬷，假装是去解手。

然而两人偷偷出了金蝉轩，顾浮让林嬷嬷在隔壁脂粉店等她，自己则去了琳琅酒坊，然后一眼就看到了身着玄色圆领袍、腰佩禁军鳞纹长刀、满脸不耐烦地站在酒坊幌子下面的李禹。

顾浮走上前去，李禹看都不看她一眼，直到她站定，李禹才蹙着眉头看过来，语气不善道：“是将军叫你来的？”

幂篱垂下的轻纱遮去了后面人的容颜身形，顾浮没说话，只点了点头。

李禹嗤笑一声，咬牙道：“又骗我。”

显然他是觉得将军已经死了，如今不过是皇后找了个人来糊弄他，想要拖住他不让他去北境。

顾浮清了清嗓子，尽力掐出柔和娇嫩的嗓音道：“将军料到你不会信，叫我给你带句话，说你听了就信了。”

李禹蹙眉问道：“什么话？”

“你还欠将军两次裤子没脱，将军问你什么时候还。”

北境的冬天需要烈酒取暖，顾浮也因此养出了不错的酒量。偶尔轮休的时候同人拼酒，喝上头了少不得说些为难人的惩罚，这也算惯例。谁让他们这些臭当兵的手上没东西，拿不出像样的好彩头给喝到最后还站着的人，只能退而求其次，去罚最先喝倒的人。

顾浮酒量虽好，但也怕输，所以每次都会起哄出个自己绝对接受不了的惩罚，这样就像悬了把剑在头上，不容易醉。

顾浮接受不了的惩罚不多，其中一样就是脱裤子在外边跑，只要有这个惩罚，她就从未喝倒过。

李禹不同，他性子高傲，很少参加这样的集体活动，所以他是在和顾浮单独喝酒的时候输的，还输了两次。李禹自然没办法舍下脸面脱了裤子去外头跑圈，顾浮将心比心也没为难他，所以这事儿只有他们两个人知道。

拿这件事出来说，李禹想不信顾浮还活着都不行。只是……

李禹饱受淬炼，本以为自己那一文不值的骄傲和自尊早就被舍弃在了苍茫边境，不承想还会有羞红了脸，恨不得找个地缝钻进去的时候。将军那个浑蛋！竟让一个姑娘来说这种不堪入耳的话！真是……太符合他一贯的作风了！

虽然不好意思，但李禹还是感到了安心，毕竟这种混账事一般人做不出来。

确定顾浮还活着，李禹思绪万千，想问眼前的姑娘将军在哪儿，怎么没亲自过来，是不是伤得太重，还想问将军日后作何打算……问题太多，反而让他不知道从哪儿问起才好。

顾浮看他还有话要说，侧身往边上让了让，道："有什么话，进去说吧。"

李禹这一身禁军专属的玄袍和腰间的鳞纹长刀实在是太显眼了。当然，她也很显眼，戴着幂篱的姑娘家，身边却连一个侍卫、丫鬟都没有，还主动去和男子搭话，怎么看都不像回事。

李禹有点儿犹豫，毕竟这里是京城，他怕和这位姑娘入酒坊会坏了人家的名声。顾浮知道他在担心什么，干脆自己先进了酒坊，反正戴着幂篱，迟点儿离开的时候绕个路，从金蝉轩隔壁的脂粉铺子出来，她不信还有人能认出她。

酒坊二楼有拿屏风隔开的小间，顾浮一连要了三个并排的小间，最后进了中间的那间，还叫了两壶酒并几碟子下酒的小菜。酒坊的小厮动作麻溜，本还想顺口问一句是否要叫唱小曲儿的姑娘来助兴，可一看客人是个女的，及时闭了嘴。

小厮退下后，整理好心情的李禹问："他现在在哪儿？"

顾浮给自己倒了杯酒，入口跟喝水似的，没甚滋味，于是放下酒杯，并回答："她不让我说。"

李禹着急："为什么？"

顾浮还是那句："她不让我说。"

李禹拿她一个姑娘家没办法，只能换了个问题："那他的伤怎么样了？"

"已经好了，就是又留了几道疤，有些难看。"

——你和他是什么关系？

李禹把这个问题咽回去，接着问："那他以后，可有什么打算？"

顾浮思虑一番，然后才道："先在京城待一段时日吧，等陛下得空召见过她了，她就会离开京城。"

这话当然是骗人的，她不可能和李禹一直联系下去，所以等过段时间她就换上男装，让李禹送她出城，之后偷偷回城，再托人送几封信，慢慢断了联系，便没有后顾之忧了。

李禹不解地问："他为何不留在京城？反正京城也没人见过他的模样，不会知道他是谁。"

顾浮一时口快，撑了句："你不是人？"

李禹："……"好熟悉的感觉。

顾浮连忙岔开话题道："反正她决定了要走，你们兄弟一场，到时候来送送她吧。"

得知自己还有见到将军的可能，李禹心情好了不少："那是自然的。"他还从袖子里拿出了一块玉佩，递过去，"这是我李家的玉佩，若遇到什么难事，只管拿出来用。"

嚯！顾浮心想，好大的手笔。

李家如今可不仅仅是出了一位皇后这么简单，皇后有两个哥哥、一个弟弟，大哥虽名不见经传，但有李禹这么个颇有出息的儿子；二哥在秘阁任职，是个令人闻风丧胆的狠角色，说是皇帝手里的刀也不为过；小弟据说最没出息，行商贾之事，但也听说户部那边没少沾这位的光，如今国库充裕，也有他的一份功劳。

最难得的是，国丈李老太爷会管家，所以即便李家现下如日中天，也没见有李家的人出门横行霸道，不仅让人挑不出错，也让人连个巴结的机会都没有，由此可见李禹手上这枚李家的玉佩有多稀罕。

但她不太想收，怕哪天因这块玉佩露了馅。然而不收不行，不收李禹不让她走。顾浮只好把玉佩收下，出了小间离开酒坊。

李禹不甘心等将军离京才能见到人，便偷偷跟了出去，想暗中探得将军的下落，可才走过拐角，就发现那个头戴幂篱的女子不见了。

竟是个会武功的。李禹轻“啧”一声，原地站了许久才离开。

顾浮绕路从后门进了脂粉铺，随后和林嬷嬷一块儿回了金蝉轩，却见雅间里除了穆青瑶和她的丫鬟，竟还站着一位嬷嬷。

“二姑娘，二夫人有要事，叫我来请二姑娘回府。”

顾浮一头雾水，问是怎么回事，嬷嬷不肯直说，她只好和穆青瑶一块儿乘马车回府。回府后那嬷嬷也没带顾浮去二夫人那儿，而是让她先回自己的院子，好好打扮一番。

顾浮有所猜测，问一直在家的明珠：“家里可是来客人了？”

明珠回：“是来了客人，听说是二老爷的学生，但不知为何去了大老爷那儿。一同来的还有那位公子的爹娘，正同老夫人说话呢。”

被拉着上妆的顾浮透过铜镜，看了眼身后的穆青瑶，穆青瑶收到视线，拍了拍她的肩，算作安慰。

“李大人。”

祁天塔下，守卫上前替骑马而来的李于铭拉住缰绳。李于铭翻身下马，道：“陛下叫我来请国师入宫，烦请通传一声。”

“李大人客气了。”

守卫们毕恭毕敬，然而通传后的回应却没那么令人如意。

“李大人，国师大人身体不适，你看这……”

李于铭倒是没什么不满，毕竟这也不是头一回了，他们的陛下对国师向来纵容，从不会因为召不来人就生气，他们这些个做臣子的自然也不会瞎操心。

不过该尽力的事情，即便厚着脸皮也要再试一把，这是李于铭的信条，也是他如今能到这个地位的原因之一。他让守卫又传了一次话，这次说是想要亲自见见国师，当面和国师说明来意。这回国师允了。

于是李于铭爬了七层楼的楼梯，上了祁天塔顶层，脸上没露出丝毫的不满。表面上国师没有品衔，但身为秘阁指挥使，李于铭知道，国师才是真正执掌秘阁的人。世人都说李于铭作为国舅，是皇帝手里的刀，却不知他这把明刀后边还藏了一把暗刀。这把暗刀杀的人、做的脏活儿，可比明刀多了去了。也正是清楚这点，李家才能维持住理智，不被眼前的富贵权柄迷瞎了眼。

李于铭对着凭栏而坐，明显没有哪里“不适”的国师行礼，说道：“陛下召大人入宫，想和大人说说忠顺侯的事。”

忠顺侯？

拿着“千里目”在城内看来看去的傅砚回忆了一下才想起来，那是顾浮大将军“死”后被追封的爵位。

顾浮的事情他听皇帝说过，也知道这位忠顺侯是女子，更知道这女子如今已经回了京城，皇帝正苦恼后续的安排。毕竟好好一个大将军，虽说是女子，但到底为国家洒过热血，总不好一道圣旨把人大好前程拦腰斩断就什么都不管了。

皇帝叫他入宫，多半是要他帮着一块儿出主意。可皇帝早上才来过他这儿，并没提及此事，想来此刻找他也不过是一时兴起，并不是非要听他的意见，便懒得入宫，再一次给拒了。

那日从金蝉轩回来，顾浮被打扮齐整带去见了谢子忱的爹娘。

时人对嫁娶一事表现得格外含蓄，只要还未交换庚帖，哪怕双方心知肚明，也绝不会在明面上提及。所以谢家夫妇见了顾浮，也不过是对她夸赞几句，不曾大大咧咧地表现出自己是否满意。

之后没多久，卫嬷嬷出去了一下，回来后老夫人便打发顾浮去花园里玩。顾浮也不知道相看人家究竟是个什么流程，等去了花园，远远看见谢子忱，这才知道双方家长是想让他们俩都见上对方一面。

顾浮问身旁跟来的卫嬷嬷：“我能过去吗？”

过去把话和谢子忱说清楚，鼓励他追求自己的爱情，别在她身上浪费时间。

谁知卫嬷嬷听见这话，竟是笑出了声：“我的好姑娘，你们的婚事还没定下呢，怎能私下里会面？”

顾浮心想：真定下就晚了。她可以不管顾诗诗，却不能不为如今还年幼的顾小五考虑，一旦过定，这门亲事便算昭告了亲朋好友，若那之后再退婚，多少会对家中还未出嫁的姑娘造成影响。所以她等不到过定之后。

顾浮被卫嬷嬷看着，不能去和谢子忱说话，但她注意到了谢子忱平静的表情，显然也是对她没什么感觉，这让她放心不少，说不准谢子忱回家就会让他爹娘拒了这门亲事。

结果却出乎预料，谢家人离开后的第二天，顾浮听到老夫人同二夫人在商量过定的日子。她呆愣了片刻，立即跑去找穆青瑶。当初她夜探回来的第二天早上，便和穆青瑶说了谢子忱有心上人，这门亲事绝对成不了，不需要自己费心，谁知打脸来得这么快。

到了穆青瑶那儿，顾浮先是挥退了屋里伺候的丫鬟，然后才道："我得知道谢子忱的心上人究竟是谁。"

谢子忱连刻意勾引自己的丫鬟都能置之不理，可见是个心性坚毅的，这样的人不大可能朝三暮四，除非那姑娘已经嫁人，或者已经不在人世。若真是这样，她恐怕得费点儿手段才能搅黄这门亲事。

正在做针线活的穆青瑶听了，问："有画像吗？若是京中大户人家的姑娘，我或许能认出来。"

顾浮手上没有画像，但她记得画像上那女子的模样，能模仿着画出来。她走到桌前，铺纸研墨。

穆青瑶也放下手里的针线，起身来到桌案边。

等顾浮画完，穆青瑶说："画得比以前好了。"

顾浮自小就不太爱舞文弄墨，于绘画一道更是不甚精通，怎么当完兵回来，反而会画画了？

"画得多了，自然就能画好。"顾浮展颜，想起自己在军中被人围着画画的日子。

相对闺阁女子而言，顾浮真是画啥啥不行，但对军中那些糙老爷们来说，她那点儿不及格的画技，堪比妙手丹青。而她初时作为斥候，少不得要去侦察敌军，于高处记下敌营布防或敌军大将的模样，再用笔画下。她画得还行，又没军中文书那般高贵冷艳不理人，于是常有想家的将士来找她，让她帮着画一画家中爹娘、妻儿、相好、看门大狗，抑或家乡的风景。

她虽然嫌麻烦，但也会在轮休没事干的时候帮着画几张。当时总有一大群人围着她，一个人描述，剩下的不是在看热闹就是排队催促，众人你一言我一语，嬉笑怒骂，吵得她头大如斗。后来一次清扫战场，她从死去的战友身上将铠甲卸下，看到了被其贴身放在胸口的家人画像……顾浮笑容淡去，穆青瑶察觉到她的情绪变化，不再追问什么，而是拿起画像端详着。

片刻后，穆青瑶吐出一个名字："棠沐沐。"

顾浮没反应过来："谁？"

"临安伯爵府家行七的庶女。"

顾浮满脸不可思议："你也未免太厉害了。"

穆青瑶摇了摇头说："不是我厉害，而是在我讨厌的人里，她位居榜首，我自然认得出来。"

顾浮没想到会是这样。

穆青瑶还说："若是她我就明白，为何谢子忱明明喜欢她，却还要同你说亲。"

"为何？可是这棠沐沐已有婚约？"

穆青瑶用最平静冷淡的语气，说出了最嫌恶一个人的话："她没有婚约，不过她总能把男人哄得团团转。若只是这样也就罢了，我兴许还会夸她一句手段厉害，毕竟男人都能拈花惹草，为何女人不行？偏她荤素不忌，连已有家室的男人也不放过，对她有意的男人也常常被她哄得心里有她，却还是听从家里安排娶了别人，免叫她为难，坏了她的名声。此等情意，真是能把我恶心死。"

顾浮长了回见识，并很奇怪："她图什么？"

"谁知道。"

穆青瑶话是这么说，心里的猜测却不少。可那都只是猜测，不能作为论断，且事关女子声誉，她再讨厌棠沐沐也不好随意毁人清白，所以并未随意说出口。

确定了画中女子的身份，新的问题又来了——若谢子忱是为了棠沐沐而娶妻，顾浮又该如何劝说谢子忱改变主意？

穆青瑶说："直接告诉老夫人吧，就说消息是我从旁人口中听来的，老夫人疼你，定不会就这么稀里糊涂把你嫁了。"

"听来的消息，如何能作准？除非把谢子忱画的画都拿来给祖母看。且婶婶那边……"

顾浮不是傻子，自然能看出李氏格外在意旁人对她的评价，事事都想做得无可挑剔，若叫李氏知道她给自己选的夫婿有问题，她定能羞愧死。

谢子忱的错，没道理让李氏来担。

顾浮好好想了想，最终做出决定——

"我要见他，当面把话说清楚。"她不信谢子忱能不要脸到被她戳穿了心底的秘密，还一意孤行要娶她。

"这好办，我认识临安伯爵府的五姑娘，叫她办一场诗会，再往谢家送封请帖便可。"

"你确定？"

会试在即，这种宴会邀约谢子忱不一定会去。

穆青瑶一脸冷漠地肯定道："确定。"

那些与棠沐沐结识的男人，有一个算一个，都对棠沐沐趋之若鹜，着迷起来连自己爹娘姓什么都能给忘了。

棠沐沐的五姐举办诗会，别说收到了请帖的谢子忱，其他没收到请帖的男人，但凡听说这件事，也一定会想办法去参加，只为见上心上人一面。

穆青瑶下午就去了一趟临安伯爵府，她前脚才从伯爵府出来，后脚伯爵府的五姑娘就遣人往各家送去了诗会的请帖。对此旁人也不觉得奇怪，因为穆青瑶确实有个诗社，临安伯爵府的五姑娘也是诗社的成员之一。

诗会定在三天后。

醉翁之意不在酒的顾浮没有留心林嬷嬷给自己上了什么妆，也没管明珠给自己挑了哪件衣服。出发前她去找穆青瑶准备一道过去，却不想在路上遇见了顾诗诗。

顾诗诗看见顾浮，先是一愣，接着不知怎的，突然就生气了，顾浮同她打招呼她也不理会，走得飞快。

又抽哪门子风？

顾浮没把顾诗诗的反应放在心上，到了穆青瑶的院子，听说人还在打扮，她便直接进去等。

“等我一下，我马上就……”穆青瑶转过头来，看清的瞬间，话语停滞在了喉间，直到对方坐下，她才回过神，问，“你的妆是谁化的？”

顾浮正奇怪怎么是个人见到她都要先顿上一顿，听穆青瑶这么问，瞬间就懂了，定是自己脸上的妆有问题。她给自己倒了杯茶，答：“林嬷嬷。”接着又问：“会很吓人吗？”

穆青瑶难得发自内心地笑了笑，说：“不，很好看。”

顾浮不以为意，只当对方是在安慰自己，喝了口茶道：“别笑话我了。”

林嬷嬷长居北境，惯用的妆面与京城风尚不相符也正常。反正她不在意自己是什么模样，只要不吓着人就行，且她是去劝退谢子忱，又不是挽留的，丑些就丑些吧，问题不大。

穆青瑶见顾浮误会，开口要解释，想想又作罢，免得她知道了自己现下的模样，会去把脸洗了重新上妆。

这样就挺好的。穆青瑶想，她们家顾浮，无论嫁不嫁人都该艳冠天下，断没有为了旁人不娶自己，就把自己扮丑的道理。

章二 娇娥

诗会在临安伯爵府的一座水榭里进行。听说这座水榭是今年年初才新建好的，名唤“并蒂莲亭”，如并蒂莲一般，只有一条水上主道，但在最后分割成两条小道，通往两座亭子。亭子与亭子之间相隔不过两人宽的距离，既可以分开男女席面，又不至于远到连一点儿互动都不能有。

亭子在湖泊中央，夏天来能看到一池子的莲花，冬天虽然看不见那样的美景，甚至有些冷，但只要放下竹帘，便可遮风挡雪，自成一室。亭内取暖的炉子还可以用来煮茶热酒，别有一番意境。

顾浮到了临安伯爵府，下车时就察觉到了四周的异样，并开始怀疑，自己脸上的妆怕不是很吓人，不然为何好些个姑娘、公子见着她，都会不由自主地安静下来，盯着她看。

但好在顾浮早就练出了一身钢筋铁骨，别说被人盯着看，便是有十来个大汉在她面前袒胸露背，她都能面不改色。

可她还是好奇，自己的脸到底被化成了什么模样。早知如此，出门前她定会多看一眼铜镜。

顾浮侧头望向罪魁祸首林嬷嬷，就见她一脸笑意，眼底还有些许得意之色。

得意?

顾浮又看向穆青瑶，穆青瑶也笑，不过那笑看起来温柔又完美，是她平日里拿来骗人的笑颜。

行，那就这样吧，顾浮破罐子破摔，一脸淡定地跟着伯爵府的下人去了并蒂莲亭。

女亭这边早就来了不少人，大多都是穆青瑶诗社的成员，还有些与诗社无关，是和棠五姑娘关系不错的小姐妹，她们对才回京不久、初次在正式场合公开露面的顾浮展现出了非同一般的热情。顾浮最开始以为这是穆青瑶的功劳，毕竟她在京城多年，人脉还是有点儿强大的，众人卖她个面子也不奇怪。

后来才发现，其中或许还有林嬷嬷的助力。因为那些姑娘总会盯着她的脸看，最后终于有个姑娘忍不住，问道："顾二姑娘，你这妆可有名字？"

顾浮只好再一次看向身旁的林嬷嬷，问："有名字吗？"

说来也是稀奇，别的姑娘身边都跟着年纪相当的娇俏丫鬟，唯独顾浮，身边跟着的是作妇人打扮的林嬷嬷。但因林嬷嬷外表年轻，所以看着也不怎么显眼。

林嬷嬷垂眸道："回姑娘的话，此妆名为'碎妆'。"

先前提问的姑娘拊掌而笑，赞道："妙！妙啊！"

另一个姑娘跟着附和道："这般饰面，零碎而不散乱，称作碎妆，确实是妙。"

更有诗兴大发的，当即就作了半首诗，可却无论如何都接不出下半首来，惹得女亭这边一个个都在苦思冥想。

那半首诗传到了隔壁男亭，男亭众人还不知道发生了什么，就有人胡乱瞎接，还有人盲目叫好，让女亭的姑娘们极为不高兴。连诗里的"碎妆"指的什么都不知道，就瞎接一通不知所谓的词句上去，真是好没意思！可姑娘们又都端着架子，不肯出言反驳，所以没人发现女亭这边的不乐意。

棠五姑娘眼见两亭起了矛盾，男亭那边还浑然不知，急得不行。就在这时，有个年纪小的姑娘，故意把顾浮拉到了靠近男亭的那一边坐席。同在一侧坐席的姑娘们看见这一幕，竟都不约而同地站起身，将地方让了出来。顾浮就这么被迫脱颖而出，叫男亭那边看了个清清楚楚。

原先胡乱接诗的少年羞红了脸，叫好的也都没了声，没多久男亭就步了女亭的后尘，一个个都开始绞尽脑汁，想后半首诗该怎么接，才能对应得上眼前这位佳人。

其间，顾浮宛若被遗弃的小可怜，坐在独她一人的席位上，供两边围观参考。临安伯爵府的下人还替她换掉了桌上的碗碟杯筷，茶点也都上了新的。

顾浮无语，想要起身回到人群中，那个年纪小的姑娘便又跑出来，对她撒娇，求她再坐一会儿。她捏了捏小姑娘的脸颊，手感柔软细腻，姑且答应了。这时她不得不再一次庆幸自己脸皮够厚，不然真顶不住。

之后终于有人接上了后边的半首诗，引两边亭子里的人纷纷拍案叫绝，诗会的气氛也跟着高涨起来。

在场众人皆知，今日过后，顾家二姑娘的名声与她的碎妆都会和今日这首诗一起传出临安伯爵府，成为又一则令人津津乐道的佳话。

顾浮内心毫无波澜，只想问有没有铜镜。她回到穆青瑶身边，真就问了对方这个问题，作为回应，早有准备的穆青瑶从袖中拿出了一块巴掌大的铜镜。

透过铜镜，她看到了自己此刻的模样——脸还是那张脸，不过眉形被画得极细极弯，眼角用石黛勾勒出上挑的弧度，口脂并未涂满嘴唇，而是先用薄粉覆盖，再用艳色口脂涂出小巧的唇形。然而这都还只是细节，在她的脸颊、眉心、额角、眼角、唇角皆装饰了五色云母，极致地艳丽繁复。

京城的人，竟喜欢这样的妆面吗？顾浮有些不解，因为在她的印象里，京城流行的都是些素雅的妆容，怎么突然就喜欢起了这样的重口味？

许久之后她才知道，北境虽还不算太平，但除北境以外，到处都是一片欣欣向荣的景象，更有东境境外的小国部族与大庸往来贸易，络绎不绝的商旅涌入京城，使京城日渐繁华，世家大族间亦是追求起了享受，慵懒奢靡之风初现端倪。

原先的素雅妆容已经无法满足京城的女子，她们开始追求更加艳丽的模样，可自前朝起就流行的审美倾向怎是一朝一夕就能改变的？所以姑娘们即便再过火，也不过是将前前朝的斜红与面靥翻出来，换着花样使用。

直到前阵子，瑞阳长公主在参加宴会时，将珍珠贴在了本该画花钿、斜红与面靥的地方，独创了珍珠妆，一时间风靡京城，引得后宅女子争相效仿。如今又出现了这么别具一格又好看的新妆容，她们自然会喜欢。

男亭，谢子忱看着回到人群里拥镜自览的顾家二姑娘，心底升起的些许异样瞬间一散而空。果然容貌只是无用的皮囊，并不能代表一个人的风骨，是他着相了。

但谢子忱不否认，自己确实有被惊艳到。他来这里不是为了见顾浮，自然对她毫无期待，却不想面饰碎妆，五色云母虽复杂但不会奇怪混乱，反而非一般的华贵艳丽，衬上顾浮这副被人注视着也依旧从容平静的模样，竟显出了几分难言的高贵雍容。就好像她生来就该活在万众瞩目之下，而她也早已习惯了成为人群中的焦点。这样强大的自信又与她作为闺阁女子的身份起了冲突，给人一种新奇的反差感。

要知道，其他姑娘若叫人这般盯着看，恐怕早就受不了了，偏她跟没事人一样，喝茶吃点心，甚至还尝了尝温在炉子上的酒，动作自在惬意。

谢子忱还注意到，顾浮喝酒的时候，男亭这边许多人都不约而同地拿起了酒杯，跟着喝了口酒。然而她只喝一口就没喝了，谢子忱觉得正常，毕竟那酒是醉仙楼最烈的仙人叹，对姑娘家来说，确实不好入口。

谢子忱就这么一直看着顾浮，险些忘了自己是来见棠沐沐的。可不等他在女亭那边找到棠沐沐，就有下人寻来，说临安伯爵府的公子请他借一步说话。他同临安伯爵府的公子没什么交情，怀疑是棠沐沐想私下里见自己，故而起身离席，跟着下人离开并蒂莲亭，去了临安伯爵府的花园。

花园里侍奉花草的下人早就被遣走了，谢子忱也支开身边的小厮，独自一人静静等候。不过片刻，脚步声自树后传来，谢子忱期待地望过去，却发现来的不是他心里想的那个人，而是即将和自己定下婚约的顾家二姑娘。

他垂下眼帘，表面不动声色，心里则有些失望。

然而来都来了，对方又是即将与自己成婚的女子，他也不好冷落对方。于是谢子忱开口道："你我的婚事还未定下，私下里见面，恐有损你的清誉。"

在他面前站定的顾浮闻言竟是笑了笑，说道："没办法，有些话，我总得在定亲之前和你说清楚。"

谢子忱第一次听到顾浮的声音，发现她嗓音清澈，与她上了妆的模样有些不相称，不免又想起棠沐沐。棠沐沐平日里妆容娇俏，言行举止也格外娇气可人，后来在他面前试了一次珍珠妆，声音作态竟变得端庄雅致，和珍珠妆极为契合。

或许心里喜欢一个人就是这样，看见谁都想要拿来和她比一比，然后发现这世上根本没有人能越过她去。

谢子忱心下感慨，对比不上棠沐沐的顾浮也多了几分怜惜："你说。"

顾浮单刀直入道："你有喜欢的人。"

谢子忱愣住，抬眼看过去。

顾浮接着说："我不希望我未来的夫君，连专情于我都做不到……"所以麻烦你，赶紧打消与我定亲的念头。

然而谢子忱并没有听完顾浮的话，就以为她是要自己放下棠沐沐，心底升起强烈的抵触情绪，打断了对方的未尽之语："你若嫁给我，那便是我的妻，我自不会做出有负于你的事情，至于你想要的专情……"

他凛然道："我只能说，喜欢谁并非我自己能控制的，不过你放心，我不会娶了你还和她有往来。她于我就像天上的明月，可望而不可即，我若娶了妻还找她，对她来说也是侮辱。"说着说着，谢子忱眼底闪过一丝痛色，他和棠沐沐，终究是有缘无分。

沉浸在哀伤之中的谢子忱没注意到顾浮的脸色。随后"砰"的一声闷响，他被抓住脖子，掼到了一旁的树干上，力道之大，让粗壮的树干都跟着震了震。

谢子忱背后剧痛，完全没反应过来刚刚到底发生了什么，只觉得脖子被人紧紧抓着，力道之大，甚至能让他感受到颈侧突突跳动的脉搏，并怀疑自己的脖子会被直接掐断。

颈部的疼痛使他不得不仰起头，只能转动眼珠子看向仅用一只手就掐住他，把他抵到树干上的顾浮。

他无措地望着那张艳丽的面容，撞进她冰冷的眼底，耳畔，是一道略微压低、杀气腾腾的声音——

"委屈死你了，是吧？"

谢子忱做梦都想不到，顾浮会直接对他动手。即便当下被掐着脖子，他依旧有种虚幻感——自己居然被一个姑娘掼到了树上，自己难道是活在什么奇闻逸事录里吗？

可顾浮的脸是这么近，这么真实。打磨平滑的云母片在日光下反射出亮光，上挑的眼尾让她看他的眼神显得格外轻蔑。

谢子忱用力挣扎，却无法撼动对面的人分毫，不由得涨红了脸，也不知是脖子被掐得难受，还是为自己如此轻易被一个女人制住而感到羞耻。

"你，你想——怎样？"谢子忱说话艰难，因为每说一个字，吐出的气都是从被扼住的脖子里挤出来的。

顾浮倒是言语轻松，详细阐述了自己的诉求，并在原定的基础上，多加了一项："回绝这门亲事，日后议亲需让对方知道你心里有别人。"这样一来，即便是自己摆脱了此人，也能确保别的姑娘在和他议亲时，不被欺骗，错付真心。当然，若议亲的姑娘明明知道却还是决定嫁给他，那就是人家姑娘的自由了。

谢子忱听完，没有考虑要答应还是要拒绝，而是自以为掌握了对方的弱点，反过来威胁她："放开——我，不然我回去——就——提早过——定的日子！"

顾浮挑眉，显然是没想到对方竟有这个胆子，于是收紧了手上的力道。谢子忱彻底无法呼吸，他试图把顾浮的手从自己脖子上掰开，可用尽力气，也不过是在自己的脖子和对方的手背上留下道道抓痕。他不受控制地翻起了白眼，舌头也吐了出来，眼看就要归西，顾浮才放开他，将人摔到地上。

谢子忱整个人软倒在地，手脚颤抖，爬都爬不起来。他大口大口地呼吸着，因为太过用力呛到口水，接着又是一阵撕心裂肺的猛咳。顾浮冷眼旁观，等他咳嗽得没那么厉害了，才在他身边蹲下。刚刚还想威胁人的谢子忱不由自主地轻颤起来，身体快过大脑，往远离她的方向躲了躲。

顾浮嗤笑一声把人拽回来，告诉他："你要娶我也行啊，我不介意当个寡妇，入门当天贼人闯房，夫君为了护我替我挡了一刀，自此我们夫妻天人永隔——听起来比你那段求而不得、祸害无辜女子的私情要感人多了，是不是？"

带着淡淡幽香的温热气息落在谢子忱耳边，如恶鬼私语，让他颤得越发厉害。

经历刚刚那一遭，谢子忱已经明白，顾浮这话绝不仅仅是威胁这么简单，她在阐述一个事实，一个自己敢娶她，就一定会发生的事实。他即便不甘心，也不想拿自己的命作赌，所以近乎屈辱地答应了。

顾浮搞定了的同时又出了口恶气，心情非常好。她走出花园，在花园外等候她的林嬷嬷跟上她的步伐，语含笑意道："恭喜将军。"

顾浮却说："这才哪儿到哪儿。"

谢子忱不过是家里给她选的第一个夫婿，等谢家拒婚后，无论是顾启铮还是老夫人或是李氏，都会继续给她物色下一个，后头的日子长着呢，现在道喜，还太早了。

林嬷嬷也不反驳，只问她："谢公子是遭了报应了，那这临安伯爵府的七姑娘呢？"

棠沐沐，在家行七。

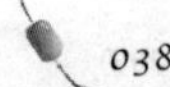

顾浮没想通："我又不认识她，连她长什么样都不知道，找她作甚？"

林嬷嬷垂眸道："此事毕竟因她而起……"

"日后再说吧。"顾浮扮男人扮久了，对女子总会有些莫名的宽容与怜惜。

此事虽因棠沐沐而起，但若棠沐沐没有亲自撞到她跟前，她也不会特意去找对方的麻烦——顾浮是这么想的。

可她没想到，棠沐沐非但撞到了她面前，还撞得挺用力。

顾浮丢下谢子忱回并蒂莲亭，才踏上主道，就听见了重物落水的巨响。她遥遥望去，发现女亭的帘子被人扯下一块掉入池中，池中水花四溅，有两个人在水里拼命挣扎，亭子里也响起了此起彼伏的尖叫与呼救声。

天寒地冻，掉进池子即便不被淹死，救上来恐怕也要大病一场。众人为这突发的意外惊慌不已。女亭里头除了有姑娘呼救叫人，也有姑娘趴在栏杆上伸出手去够，却怎么也摸不到落水之人挣扎挥舞的手，还有的姑娘呆立在原地，显然是被吓傻了。

男亭那边则是骚乱了一会儿，正有人要跳水救人，突然听见女亭那边又响起了一阵惊呼。

众人望去，就见一抹红色的身影掠过湖面，抓起其中一个落水之人抱进怀里，旋身的同时足尖点水，竟如轻盈的飞鸟一般抱着人跃进女亭。整套动作行云流水一气呵成，众人还没反应过来，顾浮已经抱着浑身湿透的穆青瑶落到亭子里，还冲男亭那边喊了一声："将帘子放下！"

并蒂莲亭的两个亭子四面都有竹帘，但为了不把男女席位彻底分割，两个亭子中间的帘子是没有放下的。顾浮喊完，立刻就有姑娘或公子跑去各自的亭子边，将朝着对方那边的帘子放下。

帘子全部放完需要时间，剩下一个落水之人等不了，顾浮索性脱掉自己穿在最外面的海棠红色对襟衫袄，裹住怀里的穆青瑶。她将穆青瑶交给这次诗会的东道主棠五，正要继续去救人，却被一身狼狈的穆青瑶抓住了衣袖。

穆青瑶嘴唇翕动，顾浮猜她有话要告诉自己，立时低下头，凑过去听。

"是她推我，我把她一块儿拉下了水……"穆青瑶说。

顾浮听明白了，她拍了拍穆青瑶的手背，穆青瑶也松开了手。她站起身，再次跃到湖面上方，去救剩下的那个人。不过这次，她并没有像抱穆青瑶一样抱着那个人，而是抓住对方的后衣领，拎兔子似的拎着对方。

她拎着那人跃进女亭的时候，直接松了手，于是那人又顺着力道被甩飞出去，撞到了放置茶点的桌上。姑娘们又是一阵惊呼，不过这会儿亭子里的竹帘都已经放下，所以除了女亭里的姑娘，并没有其他人看到刚刚那一幕。

且十分奇怪，那落水的姑娘因顾浮的恶意报复，摔得十分凄惨，可却只有几个丫鬟打扮的人上去将她扶起，其他姑娘不是围在穆青瑶身边，就是围在顾浮身边，没一个凑过去搭理她。就连棠五也只是简单地吩咐那几个丫鬟，叫她们送七妹妹回去换衣服。

棠五的妹妹？行七？

听了一耳朵的顾浮顿时明白了，另一个落水之人就是临安伯爵府里排行第七的庶女——棠沐沐。

因有人落水，诗会被迫中断，临安伯爵府的夫人也赶了过来。伯爵夫人对顾浮救人的举动满怀感激，但对于穆青瑶是被棠沐沐推下水这件事，并不敢就这么认下。

一来她家老爷格外疼爱这个庶女，若她此刻认下，只怕她家老爷回来，又要为了棠沐沐发作她，叫她这个当家主母没脸；二来，即便她不喜欢棠沐沐，棠沐沐也是他们临安伯爵府的女儿，恶意伤人的品行若是传了出去，少不得要影响她亲闺女。所以她没当面认下，只想着迟些派人登门，与顾家私下了结此事。

顾浮没有为难伯爵夫人，但也没在伯爵府久留，等穆青瑶换好衣服，她就带着人回了家。

得知穆青瑶落水，顾家上下也是好一番闹腾，不仅李氏跑了过来，就连老夫人也来了一趟穆青瑶的院子。顾浮趁她们来探望，走出屋子透了口气。

穆青瑶的院子她也不是第一次来了，院子里有哪些人她都记得，于是她就这么看着那些眼熟的丫鬟奔来跑去，端热水的端热水，搬炭火的搬炭火，还有一个像是怕养在廊下的胖鸽吵到主子休息，拿下鸟笼就往外走。

顾浮抬步跟上，随着那丫鬟走到了院子外面。那丫鬟回身，向她行礼，问她有什么吩咐。

顾浮也没客气，直接道："鸽子还给你们，你替我往宫里送道折子。"

丫鬟："……"

傍晚的时候，顾启铮回府，他不好直接到穆青瑶那儿，就把自己女儿叫了过来问话。

顾浮隐去自己找谢子忱那段，只说中途离开了一下，回去正好撞见穆青瑶落水的一幕，且按照穆青瑶所说，是棠沐沐将她推下了水。

书房内只有他们父女二人，刚沏好的热茶冒出白色的水汽。顾启铮得知伯爵夫人不认此事，开口道："待会儿我就去趟临安伯爵府，你在家待着，莫要添乱。"

顾浮侧头错开她爹的视线，声音小小地道："怎么能是添乱呢？"

顾启铮心底升起不祥的预感，问："你做什么了？"

顾浮双手背在身后，抬头挺胸理直气壮道："没什么，就是托潜藏在咱们府里的秘阁探子，往宫里送了道折子。"

按照秘阁的效率，这道折子现下应该已经呈到了皇帝面前。

顾启铮脸上一阵青一阵白。"顾浮往宫里送了折子"和"家里有秘阁的探子"，他一时竟分不清哪个消息更加恐怖。

然而顾浮对秘阁办事效率的判断，终究还是有些误差，秘阁的探子可不仅把折子送到了皇帝面前，还出宫将小胖鸽送到了祁天塔。

祁天塔顶层。

傅砚双手抱着鸽子，坐在桌案前听下属汇报今日发生在临安伯爵府的事情。雪白的胖鸽子在顾浮那儿安然淡定，赶都赶不走，到了他手中，却僵硬得像只假鸽，一动都不敢动。

这只胖鸽子是皇后从秘阁借去联络忠顺侯的，之后就再没飞回来过，秘阁自然要派人去寻。可让傅砚没想到的是，自己找了好些天都找不到的人，会因一只不肯回家的胖鸽子而寻到踪迹，更没想到那人察觉到了秘阁的探子，非但不惊慌，还直接把自己的下属拉去给她做跑腿。

忠顺侯顾浮，真是一个奇怪的人。

傅砚在桌上铺了张纸，又将鸽子放到纸上。可怜的小胖鸽宛若石像一般乖乖蹲着。而将小胖鸽充当镇纸的国师大人，则慢悠悠地挽起袖子，开始研墨。待墨汁足够浓郁，傅砚执笔写下诗会上众人以顾浮为主角，作的那首诗——

香袖云鬓朱门进，霞杯宴池映碎妆。

凛风骤起撞垂帘，如闻瑶台仙人叹。

这首诗前半首和后半首并非同一个人所作，听说后半首还叫诗会上的众人为难了许久。

傅砚没有放下笔，而是接着又写了两行。他的字力透纸背，写完他便站起身，唤奴仆来伺候他换衣，要入宫去。

随着傅砚的离去，胖鸽终于魂魄归位，扑腾着翅膀逃命似的飞走了。没有它压着，纸张被风吹起，在空中打了个旋，最后轻飘飘地落到地上，就见原本的诗句下面，又增加了这样两行字——

香袖云鬓朱门进，霞杯宴池映碎妆。

不知娇娥慕烈酒，寒衣铁剑照星芒。

“穆衡镇守西北十数年，他的女儿在京城险些丢了性命，若不给个交代，恐怕会叫西北的将士们心寒。”

暖阁内，怕冷的皇帝抱着手炉，面前的桌案上除了一盏热茶，还有那道顾浮托秘阁送来的折子。折子他看过了，刚刚那番话也是他最后做出的决定——不能叫将士的家眷在京城受委屈。

皇帝的眉眼与国师有三分相似，不同的是，傅砚不苟言笑，圣洁清冷，即便再跳脱顽劣的人，见了他也会发怵，不敢大声说话。皇帝就特别爱笑，看起来一点儿都不像话本里说的那样冷峻肃穆，若脱了身上的龙袍，说是谁家性格爽朗、不拘小节的秀才郎都有人信。可即便是这样，他穿着龙袍也不会给人格格不入的感觉，更不会让人误以为他是个好糊弄的傻子。能将平易近人与高不可攀结合得如此融洽，也算是位人才。

傅砚坐在一旁，看着暖阁里装饰用的梅花盆栽，淡淡道：“后宅之事，只要处理得当，便传不出去。”

皇帝笑得无奈，说：“可阿浮会生气的啊。”

一边是他一母同胞的亲弟弟，一边是过去五年为他在边境出生入死的小丫头，这不是叫他为难吗？

可傅砚太了解他了，一句话就戳穿了他的谎言：“陛下此举恐怕不是向着忠顺侯，而是向着英王。”

皇帝笑意不改，只垂下了眼帘，表情顿时就变得耐人寻味起来。他低声道：“一举三得，何乐不为？”

惩处临安伯爵府，既给了穆衡面子，又可以如了顾浮的意，还能警告借着诗会做掩护，偷偷会见临安伯的英王，一听就是笔划算的买卖。

可傅砚却觉得，皇帝这么做是在打草惊蛇。若英王真的意图不轨，这件事就该处理得更加隐秘些，免得叫英王起疑，发现自己的一举一动都在皇帝眼里，最后由着英王作死，给他收尸就行了。

偏偏皇帝不同，皇帝对英王这个兄弟还抱有希望，比起彻底除掉英王，他更加希望自己的敲打能让英王早日收手。所以面对傅砚的想法，皇帝只叹了一句："毕竟是手足兄弟啊……"

皇帝并非什么圣人，傅砚能做的事情他也能做，甚至可以比傅砚做得更绝。可同时他也比傅砚更加像个人，无法就这么轻易把血脉亲情抛诸脑后。

傅砚也明白，若皇帝当真是个薄情之人，最先死的绝不会是蹦跶这么多年还一无所成的英王，而是早已异姓，却流有皇室血脉并执掌秘阁的他。所以他也没有勉强皇帝，只道："只要陛下不后悔，臣便没什么可说的。"

见傅砚退让，皇帝又开始得寸进尺，再一次像个操碎了心的老父亲，假装不经意地提起了明年的选秀，还疯狂暗示傅砚，想给他找个知冷知热的媳妇儿，免得又大半夜不睡觉，拿着千里目居高临下地抓刺客玩。

方才傅砚一来就和他说了，那天站在英王府屋顶的就是顾浮，幸好顾浮没被伤着，不然便是一出惨剧。

可惜傅砚根本不领情："陛下若是期待，大可和皇后娘娘商量，将明年夏末的选秀提至开春。娘娘向来大度，应当也是不会介意的。"

皇帝眼皮猛地一跳，忙道："朕不是，朕没有，你别瞎说！"

明珠曾给顾浮做过一个手捂，外面是流云飞鹤图样的织锦，里面则是一层雪白的绒毛，双手揣进去十分暖和。顾浮晚上守在穆青瑶屋里，明珠怕她冷，特地把这个手捂也拿了过来。她不喜欢用，但却很喜欢揉捏手捂里面那层毛茸茸。

正捏着，穆青瑶院里的丫鬟进来，手里还捧着一只被冷风给打蔫了的胖鸽子，道："二姑娘，这是姑娘前阵养的鸽子，不知什么时候跑了出去，回来就成这样了。这可怎么办啊？"

丫鬟不知道鸽子的来历，以为是穆青瑶心血来潮养的，看见鸽子变成这样心慌得很，便请顾浮拿主意。

顾浮："……"怎么又回来了？

"二姑娘？"

顾浮和胖鸽的小豆眼对上，默了片刻，道："放这儿吧，暖一暖或许就好了。"

丫鬟应下，并去拿了一个平日装针线的小篮子，把里头的针线、布料都拿出来，垫上不要的碎布头，又从没法儿穿的破旧衣服上裁下一大块布，垫在上头，做了个简易的窝。

顾浮注意到丫鬟从篮子里拿出了一块鸦青色的布头，觉得这不像是拿来做女子衣裳或香囊的，就问了一嘴。

丫鬟说："这是我们家姑娘给您做衣服剩下的。"

"给我？"

丫鬟嘻嘻笑道："是啊，还是男装呢！应当是想练练手，学会怎么做男子衣服，又不好叫人见着误会什么，所以才做了二姑娘您的尺寸。这样即便被人看见，也好解释。"

丫鬟自己就给穆青瑶找好了恰当的理由，省了顾浮不少事。至于真正的原因，应当是上回夜探，她跑去找三弟借衣服，穆青瑶记下了，这才想着给她做一件新的。

说起来，上回她跟三弟借衣服，还把三弟的衣服给弄破了，之后作为赔礼，她把那支从树上捡来的箭给了三弟。三弟知道这是落日弓的箭，兴奋得几天几夜没睡觉，前日在书院里还晕了过去……

顾浮思绪乱飞，指腹无意识地揉搓着从手捂里露出来的毛茸茸。突然她感觉有东西在扯自己的手捂，低头一看，发现是那只小胖鸽，正奋力地把手捂从她手里推开，为此又是拿头去顶，又是用两只小爪子去推，急了还上嘴咬。

顾浮稍稍松开力道，让胖鸽把又厚又重的手捂推开。接着胖鸽就钻到了她手中，小爪子抓着她的大拇指，脑袋一个劲儿地往手心里蹭。奈何胖鸽实在太大，没办法一边抓着大拇指，一边蹭掌心，只能退而求其次，去蹭其他的手指。

顾浮笑出声，如胖鸽所愿不去碰那手捂，改成揉搓它。

穆青瑶夜里开始发热、说胡话，顾浮及时发现并叫了大夫，几碗药汁灌下去，总算在天亮前让穆青瑶的体温恢复了正常。

天亮后顾浮正准备去侧屋睡一觉，卫嬷嬷突然跑来，说是宫里派了位太医，专门过来给穆青瑶看病。顾浮十分淡定，让卫嬷嬷把太医带来就是，同时她还叫林嬷嬷出门打听。

林嬷嬷回来后告诉道，今儿一大早临安伯爵府就接到了圣旨，斥责临安伯管家不严，还专门提到了府里的七姑娘，最后说穆青瑶是西北将帅之女，朝廷不能让远在边境辛苦御敌的将士们觉得朝廷没有善待他们的家眷，于是狠罚了临安伯。

至于棠沐沐，有圣旨点名，未来别说高嫁，恐怕连京城都待不下去。林嬷嬷打听消息的时候，临安伯爵府内已经忙开了，最晚不超过三天，棠沐沐定然会被送出京城。

穆青瑶大病初愈后听说了这件事，半点儿没有为讨厌之人遭到报应而感到愉悦，而是感慨地说："我都没告诉你究竟发生了什么，你就替我出头，难道不怕我骗你，利用你去对付我讨厌的人吗？"

顾浮想也不想地回了句："你不是那种人。"

穆青瑶微愣，默了半晌才道："你若真是男子就好了，我一定嫁给你。"

顾浮却面露难色地说："我恐怕不敢娶。"

穆青瑶呆住，虽然自己也只是随口感叹，但没想到她会这么说，当即就问："为何？我哪里不好？"

顾浮摸了摸肩头的胖鸽，直言直语的模样像极了不解风情的臭男人："我怕碰你一下都要洗手，那也太累了。"

穆青瑶："……"要不她还是学学武功吧，被气着了又打不过，实在是吃亏。

听说穆青瑶身子渐好，临安伯爵府的棠五来了一趟。虽然因为落水的事，让临安伯受到责罚，伯爵府的几位姑娘名声也受了损，但棠五却觉得即便要怪也该怪棠沐沐，而不是穆青瑶。且只要棠沐沐离开京城淡出众人视野，那点儿影响总会过去，毕竟谁也不是瞎子，看不见棠家其他姑娘的好。

最重要的是，棠沐沐走了！她走了啊！这世上还有比这更好的消息吗？绝对没有！

所以棠五非但不为这件事感到难过，反而愉悦万分，唯一一点就是对穆青瑶感到愧疚，因为她落了水，至今还卧病在床。

棠五的反应让顾浮放下了心。

这件事的起因就是她要和谢子忱见上一面，不然不会有这场诗会。若因此害了临安伯爵府的其他姑娘，她反而会不安。但就棠五所说，她们家的姑娘都觉得，比起可以慢慢经营回来的名声，还是棠沐沐离开京城的事情更加重要。

顾浮听了不免好奇，棠沐沐究竟是怎么回事，能让自己的姐妹这么厌恶？不过人已经离开，此后余生能不能再遇上都是两说，这背后的答案，她恐怕这辈子都没法儿知道了。

这件事很快就被众人抛到了脑后，因为谢家终于来人，表达了不愿与顾家二姑娘定亲的想法。

李府。

李禹出门当差，正好遇见了从外头回来的堂哥李锦。李锦是京城出了名的浪荡子，吃喝玩乐样样精通，这还是有李老太爷拘着，如若不然，怕是能浪上天去。

李禹见这一大早的，自己堂哥就从外面回来，显然是在外头留宿了，正想说他几句，就被打断了话音——

“阿弟，你猜为兄弄来了什么好东西？”说着他还晃了晃手里的画轴。

李禹无语地说：“若是避火图就不用给我看了。”

“哎——”李锦摆手道，“怎么会是避火图那种俗物？”

李禹挑眉反问道：“那是什么？”

李锦凑过去，压低了声音道：“临安伯爵府的事你知道吧？”

“听说过。”李禹蹙眉，心想如果这画上画的是落水姑娘湿身后的模样，他定要把画烧了，再去找二叔告状。

结果李锦告诉他：“据闻落水的两个姑娘都是被顾家二姑娘救起来的，顾二姑娘身怀武艺，救人时足下踏水，姿态轻盈，飘飘如仙。我花重金请当时在场的人绘制了顾二姑娘救人的一幕，如何，阿弟可要与我同赏此画？”

李禹看自己堂哥的眼神顿时像是在看被骗了钱的傻子：“不必了，我赶着出门。”

李锦直呼可惜，李禹懒得理他，还撇嘴嘟囔了一句：“姑娘家习武，像什么样？”

谢家人走后，顾启铮叫顾浮随自己去书房。老夫人偏心孙女，当即就将自己儿子拦下，质问道：“你叫她去做什么？婚事不成，浮儿才是最难过的，你还要她给你赔不是吗？”

顾启铮被气笑了，他抬手指着顾浮，对老夫人道：“她难过？母亲，她心里恐怕都乐开花了，还她难过？她巴不得全天下的男人都不要她！”

作为争吵中心，顾浮瞄了顾启铮一眼，心想不愧是她亲爹，真了解她。

老夫人向来吃软不吃硬，她看顾启铮和自己大声说话，态度顿时变得强硬起来："谢家人之所以反悔，是不愿有个会武功的姑娘进他们家的门。我们浮儿本就身怀武艺，即便那日诗会不曾被人知晓她会武，日后嫁入他家朝夕相处，还能瞒过婆家人去？不如早早挑明白，也省得日后谢家人背地里说我们顾家刻意欺瞒。"

顾浮在心里为祖母鼓掌叫好，虽然祖母并不知道，谢家人所谓的"不愿未来儿媳会武功"不过是个托词，真正的原因是她威胁并差点儿掐死了谢子忱。谢子忱惜命。

顾启铮还想再辩，又怕气着老夫人，最后只能作罢。

顾浮担心她爹阳奉阴违，特地在老夫人这里待了大半天，陪着用了午饭才离开。最近没有下雪，天气也晴朗，她走过自家花园，正掐算日子，想着何时联系李禹，叫他送自己出京城，演一出兄弟别离的戏码。然而再过几日便是小年，那会儿有年终大典，城防会较平时要森严，进出城不大方便。可若选在这几日，难免仓促，李禹在禁军那边恐怕也腾不开时间，要不还是等年后吧。

顾浮想着，视野里突然闯入一抹倩影，定睛一看，发现是顾诗诗。

顾诗诗在老夫人院外等了许久，只为等顾浮出来，好质问她："你是不是故意的？！"

什么是不是故意的？顾浮有些蒙。

顾诗诗又说："你为了把我也拖成老姑娘，故意让谢家人悔婚，你怎么能这么恶毒！"

顾浮："……"她也想问，他们顾家怎么就出了顾诗诗这么个没脑子的傻子？

她不太想和傻子说话，但又忍不住天性作祟，回了句："四妹妹是把我当成谢家的老祖宗了吗？我让他们反悔，他们就一定听我的？"

顾诗诗争辩道："定是你知道谢家不喜欢会武功的姑娘，才故意在诗会上露了一手，让谢家人不要你了。"

顾浮摆出一脸惊讶的表情说："拿青瑶落水之事来'露一手'？四妹妹是在以己度人？那四妹妹的心肠，真是比我想的还要恶毒。"

顾诗诗没想到她会这么说，顿时又气又急："我才没有！你瞎说！你污蔑！我不和你说了！反正走了个谢子忱，定还会有王子忱、李子忱，你有本事让自己一直都嫁不出去！"

顾浮勾唇一笑，抬步朝前走去。顾诗诗先是没忍住后退几步，然后侧身让开了路。然而顾浮脚步不停，越过人的同时，用只有她们两人才能听到的声音说了句："好叫四妹妹知道，我真有这本事。"

顾诗诗瞪大眼睛，看着前方离去的背影，口中"你、你——"了半天，就是说不出一句完整的话来。

顾诗诗战力太差，偏又来找顾浮撩架，结果就是对方毫发无损，自己反而被气得原地直跺脚。

过了小年，京城内越发热闹起来，许多商贩入城，都想赶在年节前再赚一笔。

这天顾浮陪着穆青瑶去买胭脂，马车途经一条小巷子口时，她竟闻到一股熟悉的酒香，立时叫了随行的林嬷嬷入巷买酒。但顾忌如今的情况，林嬷嬷只买回来两小坛。

顾浮回到家中迫不及待地尝了一口，发现果真是曾在北境喝过的烈酒"黄沙烫"。

她奇怪道："这里怎会有北境的酒？"

林嬷嬷买酒时打听了一下，所以知道其中缘由，说："造酒的人家正是来自北境。"

顾浮敏锐地问："千里迢迢来京城卖酒？"

"那倒不是。"林嬷嬷对此很有些了解，"他们说是随着回京述职的北境官员一块儿来的，但我瞧着，这话半真半假，许是那官员在京中没有根基，又囊中羞涩不好打点，特地叫了家里的奴仆出来卖酒也不一定。"

这样就说得通了。

这酒只买了两小坛，顾浮也不敢放开了喝，一日最多不过两杯，纯粹过过嘴瘾。

除夕那天晚上，各家各户都是灯火通明，一大家子团聚在一块儿，吃着比平时更加丰盛的晚饭，彻夜守岁。晚饭时，顾浮还收到了祖母给她的压岁钱。

用完晚饭，宫里的宫宴也散了，顾启铮从宫中回来，换掉朝服去向老夫人请安，并和家人一块儿守岁。众人看烟火的时候，顾启铮悄声对老夫人说："方才从宫里回来，路上遇见了长宁侯。"

老夫人奇怪道："长宁侯府不是在宣阳街吗？"宣阳街和他们顾家可不

在一个方向。

且因为宵禁，他们这些参加宫宴的官员回府，身边都会跟着宫人，避免被巡夜的武侯冲撞。也因此很少有人会麻烦宫人陪自己绕路去别的地方再回府，可顾启铮却遇到了并不同路的长宁侯，这还真是稀奇了。

顾启铮解释说："长宁侯是特地来找我的，还问我浮儿有没有定亲。"

老夫人一惊，问："长宁侯要与我们家做亲？"

"八九不离十。"

"可是他家的那几个儿子，不是都有婚配了吗？"老夫人绝不会让顾浮给别人当小，哪怕是长宁侯府也不行，他们家浮儿自己还是忠顺侯呢。

顾启铮不得不提醒道："长宁侯还有一幼子，名叫温溪。"

老夫人愣住，随即惊道："那孩子可比浮儿年纪要小！"也是因此，她方才把还未婚配的温溪给排除在外了。

顾启铮说："听长宁侯的意思，就是想要给他家幼子寻个年纪大的姑娘。他还夸了浮儿之前救人的事。"

换言之，长宁侯不介意找个比他家幼子年纪大，且还会武功的姑娘当儿媳，也可能人家就是冲着这样的条件来的。

老夫人与顾启铮悄悄商量，准备趁着拜年，去打听打听长宁侯幼子的品行和为人。顾浮耳聪目明，坐在一旁把两人的对话收入耳中，但她并未说什么，只跟穆青瑶一块儿喝茶、吃点心，顺带气一气凑上来找不痛快的顾诗诗。

说是彻夜守岁，但老夫人年纪大，不好真的一晚上不睡觉，所以子时才过，顾启铮和顾启榕兄弟俩就一块儿将人送回了院子安歇。

同样没法儿熬夜的还有顾小五，以及顾浮那位身体不好的大嫂，最后干脆所有女眷都被顾启铮叫回去休息了。

顾浮离开后没回自己的飞雀阁，而是去了穆青瑶院里。她还叫林嬷嬷把自己的酒都拿来，喝了个痛快。穆青瑶换了寝衣坐在床上看话本，也不主动问怎么了，直到她把酒喝完，还不尽兴想要溜出门去买酒喝，这才开口，告诉她自己给她做的男装就放在衣柜里。

顾浮换掉漂亮的裙装，卸掉满头的珠钗，将长长的头发高束成利落的马尾，熟练地翻墙出府。她踩着屋檐一通跑，越过好几户还热闹着的人家，终于来到卖酒的铺子前。

她翻墙而入，发现铺子里一个人都没有。不过人没有，酒却是在的，顾浮把酒拿走，并将刚收到的压岁钱放到了原先摆酒的架子上。之后她又跳上屋顶，准备回家。

许是因为出门前喝了一小坛子酒，被酒意冲昏了头脑，她看着远处的祁天塔，突然就有些蠢蠢欲动。上回没防备，被国师居高临下撵着跑，这回她先发制人，说不准能把上回吃的亏给讨回来。

顾浮想到就做，拎着一大坛子酒往祁天塔跑去。

祁天塔下守卫森严，即便是年节也不见半分懈怠，偏偏顾浮最擅潜行，连敌营都进过，更别说是这么一座祁天塔。于是她在没有惊动任何守卫的情况下，成功溜了进去。

出于谨慎，也为了方便，顾浮没走楼梯，而是踩着高塔外部的飞檐往上攀越。最终来到祁天塔第七层，她进去后刚把酒坛子放下，就听见了箭矢破空而来的声响。躲开这一箭的同时，顾浮朝着箭矢飞来的方向快速掠去。

祁天塔第七层灯火昏暗，所以她才没有第一时间发现角落里站着一个人，现下那人自己暴露了位置，她当然不会手软。

落日弓重重地砸到地上，到底曾为北境军的统帅，顾浮几乎没费什么力气，就将傅砚压制在了墙角。看着昔日居高临下的白发仙人此刻就在她面前，还被她禁锢在连灯烛都照耀不到的昏暗角落里，像只待宰的羔羊动弹不得，顾浮心里升起莫名的满足感。

最棒的是，即便受制于人，仙人依旧模样冰冷凛冽，淡漠的眼神看什么都像在看蝼蚁一般。他薄唇微启，话音比凛冬的寒风还要冷上几分："放手。"

"不放。"顾浮比他要矮一些，正好能嗅到他颈间淡淡的药香。她是来"讨债"的，自然也想看他变脸恼怒的模样，于是凑过去，压低声音在他耳边极尽暧昧地说了句："你身上好香啊。"

一般人闻不到自己身上的味道，所以傅砚并不觉得自己身上有香味，反而从顾浮身上，闻到了闺阁女子常用的熏香与淡淡的酒香。熏香绵软，似缠绕指尖的绸缎；酒香凛冽，如塞外刮脸的风沙。衬上孟浪的话语和雌雄莫辨低哑勾人的嗓音，倒真像个擅闯姑娘闺阁的登徒子。

面对顾浮的无礼，傅砚并没有像她期待的那样恼羞成怒，而是简单干脆地点明了她的身份——

"顾侯。"

顾浮更习惯别人叫自己"将军"，所以她愣了一瞬才反应过来——国师好像知道自己是谁。

可她能就这么认下吗？必然不能啊！

于是她装傻道："什么'顾侯'？是你的相好吗？平日都是他来找你？要不要换我试试？"

傅砚终于恼了，语气越发冰冷，又一次开口道："顾浮！"

顾浮不为所动，继续装傻："顾浮又是谁？好像在哪儿听过，莫不是那死在北境的顾大将军？"

傅砚听了这话，不知为何反而不气了，只又唤了一声："顾二。"

连在家中的排序都被人喊出口，顾浮才算见了棺材，确定国师是真的知道自己的身份，知道北境统帅顾大将军没死，而且就是京城曲玉巷顾家的二姑娘。

这就没意思了。

如果国师不知道她是谁，她还能毫无顾忌地调戏逗弄，反正天一亮人一走，他想找也找不到她。偏偏事与愿违，顾浮只能松开手，脸上没有半点儿被人当面戳穿身份的尴尬，反而遗憾之情溢于言表："你还真知道，不是瞎蒙的啊？"

傅砚摆脱桎梏，整理了一下被弄乱的衣服，问道："我若是不知道，你准备如何？"

顾浮的视线随着傅砚的提问，落到了他整理衣服的那双手上。虽然光线昏暗，可她依旧能看清那双修长似竹的手是如何抚平衣襟、摆正衣袖的，一举一动都格外好看。

若国师不知道她是谁，她大概还会摸摸他的手，毕竟这么好看的手可不多见，总觉得碰一下都算冒犯。

回到原先放酒的桌边坐下，顾浮理直气壮地回了句："我一个姑娘家，能拿你如何？"

傅砚弯腰捡起地上的落日弓，迈步走到桌案另一侧，端正坐下，说："顾侯说这话，竟然不会脸红。"

顾浮打开酒坛子，一边四下张望，找盛酒的容器，一边回道："你这儿没几盏灯，红没红光靠看怎么看得出来，不如你摸摸？摸着烫手，那就是红了。"

傅砚终于耐不住了，惊诧道："你与旁人也是这么说话的吗？"

顾浮找不到杯碗，索性收回视线看向傅砚说："当然不是，就是想看看，怎么样才能让国师大人动怒。”结果调侃的话说了一大堆，只有其中一句起效，她太难了。

傅砚低垂视线，没再出声，大约是和她一样，都不喜欢和自己认为的傻子说话。顾浮只好主动问：“你这儿有碗吗？”

“没有。”

“那我就直接用坛子喝了，要是洒地上弄脏了你这儿，你可别怪我。”

傅砚默了默，最终在“叫人把不速之客赶走”和“叫人送碗”之间，选择了后者。因为想也知道，祁天塔的守卫打不过她，与其闹大了传入英王耳中，叫英王以为是个人都能擅闯祁天塔，自此麻烦不断，还不如忍一时。希望这人能把自己喝醉，这样他就能直接把人送进宫去，让皇帝来管教管教这个熊丫头。

清脆的铃铛声在祁天塔内响起，很快便有一个小道童从第五层跑上第七层。小道童发现国师身边多了个人，先是一惊，随即冷静下来，向傅砚恭敬行礼。

傅砚没有多说什么，只让他拿个酒碗上来。

顾浮不客气地添了句：“要两个。”

傅砚道：“我不喝。”

顾浮屈起一条腿，把手搭上边说：“我喝，我就爱拿两个酒碗喝酒。”

傅砚：“……”

小道童最终还是拿了两个酒碗上来，还在顾浮的使唤下，多点了几盏灯。室内顿时亮堂不少，顾浮把两个酒碗倒满，自己喝一碗，另一碗摆到了傅砚那边。傅砚不喝她也不催，自己喝自己的，还一碗接着一碗，喝得十分痛快。傅砚不管她，低头摆弄自己的落日弓，查看有没有摔坏什么地方，顺便把弓弦给换了。

浓郁的酒香在屋内弥漫开来，就像顾浮这个人一样，存在感强到令人无法忽视。临安伯爵府一事后，傅砚一直派人留意她，所以知道她爱喝这酒，也知道她没法儿多买，每次喝都只是小酌，珍惜得很。

他还知道，卖这酒的铺子属于一个北境官员，这位官员此次回京不仅是述职，也是调任，日后会在京城里当官，最重要的是，那官员和大将军顾浮的关系不错。他本来还想看在皇帝的面子上提醒一二，若是方便就替她解决了这个麻烦，现在看来，对方并不需要自己的帮助。

傅砚表面不动声色，暗地里把公报私仇安排得明明白白。

一大坛子酒很快被顾浮一个人喝光，她还意犹未尽，却也没放任自己再去买酒来喝。她站起身，傅砚以为她终于要走了，闭上眼等着自己的地盘恢复清静，谁知没走多远，她又折了回来。接着，一件毛茸茸的外衣被裹到了他身上。

傅砚微愣，睁开眼才发现顾浮刚刚并不是要走，而是去拿了一旁架子上挂着的狐裘。这件狐裘通体雪白，是今年刚入冬的时候，皇帝特地叫人送来给他的，但他没怎么穿过，总觉得太白了，穿着不舒服。

顾浮见傅砚披着狐裘，无端多了几分世俗贵气，心满意足地笑道："你这儿风景不错，就是太高了，容易冷。"说完转身走到栏杆边，一跃而下，不知道的还以为她刚刚那句是遗言，说完就寻死去了。

柔软的狐裘慢慢染上温热的体温，总睡不着觉的傅砚没有像过去的每一个夜晚一样，拿着千里目去眺望脚下的京城，而是端起顾浮最初给他倒的那碗酒，喝了一口。烈酒入喉，辛辣的口感让他蹙起了眉头，他喝不惯这个。但很快，酒意上头，身子也跟着热了起来，他难得有了些困意，于是支着额头在桌边睡了一觉。醒来时正好赶上破晓，他站起身走到外面，披着狐裘看完了新年第一天的日出。

与此同时，昨晚回来后惨遭穆青瑶嫌弃，没能睡床的顾浮也从窗边的榻上醒来，因为喝了太多酒，她这一晚老起夜，根本睡不安稳。她又一次去方便回来，正要躺下，早起的胖鸽就飞到窗框上，顶开了没关严实的窗户。

寒风夹着日光落在顾浮身上，她朝着东方望去，轻叹道："新一年的太阳啊……"

小胖鸽拍着翅膀，习惯性地往顾浮肩膀上落，结果小爪子才抓稳肩头的衣服，它就整个僵住了。

顾浮用脸蹭了蹭胖鸽的脑袋，问："怎么了？"

胖鸽还是没动。

她奇怪，把胖鸽从自己肩膀上拿下来，结果才拿下，胖鸽就挣扎着从手中飞走了，并落到了床沿边，扭着尾巴往床帐里钻。

顾浮："？"

什么情况？

她在榻上呆坐了一会儿，实在没想通，平日里很黏自己的胖鸽子为什么突然开始嫌弃自己。想着想着，心里竟升起些许儿大不由娘的悲怆来，索性不再去想，倒头睡了个回笼觉。

一觉睡醒已是日上三竿，顾浮被穆青瑶赶去洗澡，洗完后两人按着规矩，一块儿去给老夫人请安，路上她们还遇到了顾沉的妻子——霍碧燕。

霍碧燕的父亲是顾启铮曾经的同僚，后来霍家出了事，家道中落，霍碧燕便一病不起，别说给李氏帮忙，连自己院的门都不怎么出。

霍碧燕远远见着顾浮，就叫身边的嬷嬷扶她走快些，要来和自己这位小姑子打招呼。可等看见还有个穆青瑶时，她脸上的笑立刻就淡了下来，对顾浮也变得不冷不热，打完招呼就说自己身体不适，先走了。

顾浮把自家大嫂的前后变化收入眼中，等人走远了，她就问穆青瑶："你们关系不好？"

应该不会吧，她心想，穆青瑶落水生病那会儿，霍碧燕还去探望过，离开时脸色特别难看，应该是担心的样子，怎么突然就关系不好了？

穆青瑶张了张嘴，最后还是把想说的话给咽了回去："这事不能由我来说，不然听着像我在挑拨你们姑嫂之间的关系，所以你还是问别人去吧。"

当天下午顾浮就找了个机会，拦下准备出门的大哥顾沉，问他霍碧燕和穆青瑶两个人到底是怎么回事。顾沉没想到她会问这个，怕被人听见传出什么风言风语，就把人拉到没人的地方，简单说了一下。

其实情况也不复杂，就是穆青瑶从小住在顾家，和顾沉又是表兄妹，霍碧燕自然会多想。后来霍家衰落，穆青瑶的父兄却在西北屡立军功，这么一对比，霍碧燕自然就更加忌惮穆青瑶，生怕哪天顾沉会把自己休了，改娶穆青瑶为妻。

对此顾沉只想喊冤："我把青瑶当亲妹妹，怎么会娶她呢？"

顾浮没想到其中还有这样的误会，又问："青瑶怎么说？"

提起这个，顾沉头痛万分："青瑶知道她这么想后，刻意和我疏远了关系，平日见面连招呼都不打。可越是这样，碧燕就越是怀疑得紧，觉得我们是心虚才会如此。青瑶也被气着了，索性不再避嫌，原来怎么样，现在就还是那个样。"

顾浮这才知道，原来不只是自己，大哥那边也有本难念的经。

顾沉又问了句："青瑶是不是给你做男装了？"

"嗯，怎么了？"

顾沉拍着额头来回转圈，最后说："青瑶落水后，碧燕去看望她，回来笃定了我与青瑶有私情，不然青瑶屋里为什么会有做男人衣服的布料？我当时就纳闷，什么衣服？果然是给你做的。"

顾浮觉得不妙，默默后退了几步，说："那什么，哥，我突然想起来祖母找我，我先过去了。"说完撒腿就跑。

顾沉怒喝道："给我回来！"

"下回见啊！"始作俑者溜了个没影。

再不溜，大哥定要骂她一顿，她才不要挨骂。至于大嫂那边，她现在就去解释，说是自己想穿男人的衣服，才会拜托穆青瑶给自己做男装。

为了增加可信度，顾浮还特地穿了穆青瑶给自己做的那身男装过去，霍碧燕也接待了她，耐心听她说明了来意，离开前还拉着她的手，谢谢她特地来跑一趟。

顾浮看霍碧燕笑颜温和，于是放下了心。

——太好了，大嫂还是听得进话的。

她功成身退，离开了顾沉的院子。刚走出院门，她突然想起自己只说了衣服的事，忘了告诉霍碧燕，穆青瑶的父兄最迟明年就能回京，到时候穆家一家团聚，穆青瑶也自会搬出顾家，他们也不用再担心什么。

可等她折回去，却听见屋里传来瓷器被摔到地上的声音，接着就是霍碧燕刻意压低的嘶吼："他们自己不要脸，居然还叫二妹来糊弄我！若那衣服真是给二妹的，为何现在才来解释？定是听完我的话，知道自己露出了马脚，这才赶制了一身新的男装给二妹，他们当我是傻子不成？！"

顾浮顿在门外，站了一会儿，最终赶在被人发现前，转身离开了顾沉的院子。

她回到飞雀阁，早上还嫌弃她的胖鸽子又从窗外飞进来，落到她手边，围着转了好几圈，才小心翼翼地蹦到了她的衣袖上，一步步往她肩膀靠近。

顾浮由着它，直到它登上自己的肩头，欢快地扑腾了一下翅膀，才回过神，摸着胖鸽，自言自语道："果然还是不成亲好。"

这是老夫人和顾浮回家后过的第一个新年，听说比老夫人不在家时要热闹许多。顾浮往年不在家，也无从比较，只觉得天天都要见客或者出门，实在是比打仗还累。

这天她一大早起来，就见着了老夫人院里的卫嬷嬷，卫嬷嬷把她摁在梳妆镜前打扮，场景之熟悉，让她想起了谢子忱同他父母来顾家的那一天。她惊疑不定，问了卫嬷嬷几句，得知今日要随老夫人去见一个老姐妹。

顾浮觉得事情没这么简单，果然到了祖母的老姐妹家里，发现他们家还来了别的客人，正是长宁侯夫人与其幼子温溪。听说祖母这位老姐妹与长宁侯夫人的娘家有些关系，这才在双方的拜托下做了中间人，给双方制造了一个见面的契机。

老夫人与她那老姐妹，以及长宁侯夫人在厅里说话闲聊，顾浮则又一次被打发去逛花园。

按照上回的经验，顾浮先是在花园里四处看了看，果然就在不远处的树下看到了一个少年。少年穿着一身利落的红衣，额头上戴着颇为潮流的网巾，看起来比她的三弟还要小一些，面容精致漂亮，说是粉雕玉琢也不为过。

她远远地看着那个少年，发现少年一脸兴致缺缺，稍微有些安心。但也只是“稍微”，因为这门亲事显然不是这个少年自己能说了算的，他的意愿恐怕起不了什么作用。

顾浮跟着老夫人回家，其间老夫人问了她的意思，她也没有假意答应，只说对方年纪太小，自己不喜欢，但这明显不足以说服老夫人。

回到房中，顾浮开始考虑要不要等天黑再出门夜探一回。可长宁侯府在宣阳街，离祁天塔太近，她担心会历史重演，又被国师拿落日弓撵着跑。还没等她拿定主意，三弟顾竹就找来了。她不免稀奇，因为她知道三弟最怕和人相处，这还是对方第一次主动来找自己。

顾浮让丫鬟把人请进来，还招呼他过来坐下，尝尝自己这儿的点心。顾竹带着一身让人敬而远之的阴郁气，安静乖巧地照做了，却迟迟不说自己来有什么事，只不停地偷瞄屋里伺候的丫鬟。

顾浮明知道她家三弟是想在没有旁人的情况下和她说话，却故意在支走屋里人后，打趣道：“三弟这副模样，可别是看上我院里的人了？”

顾竹红了脸，甚至坐不住，站起来向她解释说：“没有没有没有，我没有那个意思。”

看他这么老实好骗，顾浮反而不好意思继续逗了，只说：“知道知道，我故意说着玩的。来来来，坐下，找我有什么事？”

顾竹又坐回去，低头从衣袖中拿出一封信，小声说道：“这是子泉叫我送来的。”

“子泉是谁？”

顾竹连忙解释道：“就是温溪，子泉是温溪的字，我……我在书院都是这么叫他的，叫习惯了。”

温溪叫她三弟送来的信?

顾浮接过那封信，一边拆信封，一边听她三弟说：“子……温溪比我还小一岁，但他很聪明，书院里的先生都夸他聪颖，文章也做得好，就是比较孩子气，还有点儿倔。听说，听说二姐可能要与他议亲，希望二姐别因为他脾气不好就觉得他人坏，他其实很好的。前些日子我不是在书院里晕过去了吗？是他发现我，背我去找的大夫……”

顾浮展开信，看着信上的内容，笑出了声。

顾竹见她笑了，还以为温溪是在信里写了什么有意思的话，下意识瞄了一眼。结果这一瞄可不得了，让他直接摔到地上去，因为信上用很粗的笔，写了五个大字——

“我绝不娶你！”

聆音阁是明善街最有名的乐坊，只因这乐坊曾请过许多宫里退下来的乐师，故而这里的姑娘于乐理一道，总比别处要厉害。每年上元花灯节的游行里，能拔得头筹的乐车也总是出自她们家。

聆音阁白天也接待客人，虽不如晚上热闹，但也是个品茶听乐、附庸风雅的好地方。雅间内，箜篌之声轻灵缥缈，顾浮穿着男装坐在上首，因为不懂欣赏此刻正在演奏的曲子，她没法儿和别人一样听得如痴如醉，反而微微出神，想起了祁天塔那位白发国师。

——箜篌的声音，与他很相配。

一曲终了，同样没法儿沉迷音乐的顾竹惴惴不安地开口问她：“二……二哥，我们就这么约子泉来这里，不好吧？”

因为顾浮穿着男装，又带他来了明善街这样的红灯区，顾竹只能改口称她为“二哥”。

“你不说我不说，谁会知道。”顾浮喝了口茶，抬眼见那怀抱箜篌的女子正看着自己，便笑着从袖中掏出一袋子钱，放到桌上说，“姑娘人美心善，想来也不会和别人多说什么。”

那乐坊女子看了眼钱袋，脸上露出娇俏的笑颜道：“公子放心，奴家今日不过是来弹了首曲子，公子长什么模样，见了谁，说了什么，待奴家一出这门，保准忘得干干净净。”

鲜少与人来这种地方的顾竹咽了咽口水，显得十分局促不自在。那日他替温溪送了信，信里的内容叫他直接从椅子上摔到了地上。之后顾浮将他从地上拉起来，不仅安抚了他，还托他把温溪约出来见面。这聆音阁，便是她定下的约见的地点，理由是这里白天清静，且为了不让乐声互扰，雅间隔音极好。

又过了大约半盏茶的时间，温溪总算是来了。这位年纪不大的少年也是第一次来明善街，即便装得再淡定，也难掩他肢体间透露出的新奇与不适。

温溪带着他的小厮进来后，顾浮便叫弹箜篌的女子退出去。其间温溪一直在打量她，总觉得有些眼熟，却又想不起来自己到底在哪儿见过。

顾浮十分磊落，任由温溪打量，还对他说："温小公子，能否请你身边的小厮出去一下？"

温溪蹙眉，看起来不太情愿，但想起顾竹约他时说的话，犹豫片刻后，还是让跟来的小厮退到了门外。

顾竹约他时说，不仅他不想娶顾二，顾二也不愿嫁给他，既然两边的目的是一样的，不如找个机会凑一块儿，商量一下如何打消家中长辈非要给他们定亲的念头。

因此他才来到这里。

待门关好，温溪问道："你是？"

顾浮还没回答，他脑子里闪过一个身影，他终于想起这个人是谁，不由得瞪大了眼睛，满脸惊讶道："你是顾……"

后面一个字还没出口，温溪就被捂住了嘴。顾浮笑吟吟地对他说："小公子可以和阿竹一样，叫我二哥。"

温溪呆愣住，直到顾浮松开手，他才反应过来自己刚刚被一个姑娘用手碰了嘴。说实话，顾浮的手心并不柔软，甚至有些粗糙，但他还是没忍住红了脸，说话也变得结结巴巴起来："你……你怎么敢……"你怎么敢来明善街！

然而顾浮就像个如假包换的男人一样，拍了拍温溪的背，然后揽着他的肩，一副大哥招呼小弟的模样，把人往座位上带，还说："小公子无须纠结这个。今日我约小公子来，主要是想谈谈你那婚事。"

温溪哪还有什么心思想自己的婚事，他现在满脑子都是自己竟被顾家二姑娘——他爹娘给他找的议亲对象——约到了明善街聆音阁！不仅如此，顾二姑娘还捂了他的嘴！还拍了他的背！还把手搭在他肩膀上！！这这这……这成何体统！

少年有些晕，还有些迷茫，他以为是不善言辞的顾竹找了顾家大哥或别的什么人约他出来，怎么也没想到邀约的会是顾二姑娘本人。

顾竹非常能体谅自己好友的心情，但他能做的也就只有给好友倒茶了。

茶水入杯，顾浮在一旁支着脑袋，开门见山道："小公子不愿娶妻，这事侯爷与侯夫人应该都知道吧？"

温溪只回过一半神来，闻言点头，心里话不要钱似的往外倒："我一开始就和他们说了，我不想这么早娶妻，可他们非要给我找，说是屋里多个人照顾，他们才好放心。"

就像顾浮原先猜的那样，温溪个人的意愿，无法左右这门亲事。

"就不能再和你爹娘说一下吗？"这是顾竹问。他原先还挺看好他们俩的，因为两人都替他在书院里出过头，所以他知道他们是好人，两个好人在一起，般不般配他不知道，但应该不会被对方所伤。可如今这两个人，一个不想娶，一个不想嫁，强行在一起反而不美，所以顾竹也改了主意，希望能阻止这门亲事。

温溪听了这话，想起这些日子无论自己说多少遍，都没人在这件事上听他的，心头燃起怒火，语气也变得很凶："我已经说了！可他们就是不听！我能怎么办？！"

顾竹被吓了一跳，下意识把身子往后倒，想要躲开。这时，顾浮伸手按住了他的肩膀，说："阿竹，小公子的话在家作不得数，你也别为难他了。"

顾竹一听就知道不妙，果然温溪炸得比刚刚更加厉害，直接从位置上蹦了起来道："谁说的！我娘从来都听我的！"

温溪气急了，他作为家里的幼子，从小众星捧月，除了头上那几个讨人厌的哥哥，谁不把他当宝贝似的宠着？他的话在侯府怎么可能不作数？只是这次和以往不同，这次即便他闹翻了天，他娘亲也不听他的，他也很不解啊！

相对温溪的暴躁，顾浮要淡定许多，她拉着人坐下，又将顾竹倒好的那杯茶塞进他手中。

温溪刚刚情绪激动，正是口渴的时候，拿到茶没怎么犹豫就喝下了。

顾浮等他喝完茶，才开口问："小公子可曾想过，为什么唯独这次，侯夫人不肯听从你的意愿？"

温溪当然想过，还想了很久，可他想不出原因。

顾浮见他冷静下来，面上还显出了几分委屈沮丧的模样，就又给他续了茶："听阿竹说，小公子沉迷诗词文章，很少管家里的事情？"

温溪声音闷闷道："家里能有什么事情需要我来管？"

"你可知你那几个兄长，都是做什么的？"

这个他知道："我大哥在内阁；二哥是言官；三哥脑子不好没考上，前年去了青州。"

顾浮又问："那你知不知道，你大哥在内阁的前途如何？你二哥在年节封印前都参了谁？你三哥去青州做什么，同去的有谁？"

温溪讷讷道："这我怎么知道。"

顾浮接着问："那你知道你最爱喝的茶叫什么吗？"

温溪张了张嘴，虽然这些问题知不知道好像都没什么，可他还是因为答不出来而红了脸，并反问："我为什么要知道？反正屋里的丫鬟自会替我备好茶叶。"

"那要是，茶叶喝完了呢？"

"去拿啊。"

"去哪儿拿？"

温溪又一次被问住，索性发起了脾气："这和我们要商量的事情没有关系！"

"怎么没有关系？"顾浮单手撑着下巴，懒懒地看着他，"你除了读书、做文章，什么都不懂，衣食住行样样都需要旁人替你操心，你爹娘自然担心你，想为你找个能照顾你的妻子，须得年龄比你大，比你懂事，会替你留意那些你不曾留意的事情，在你的茶叶喝完时叫下人去库房里拿，或者上街去买。

"他们平日里顺着你是对你好，给你挑选媳妇也是为你好，从头到尾他们都不曾变过。你觉得他们什么都听你的，可对他们来说，是他们在宠着你，所以一旦他们决定了你不乐意的事情，你也没办法反对，因为在他们眼里你什么都不会，什么都不懂，需要依赖他们，让他们给你拿主意。"

顾浮的一番话彻底颠覆了温溪的认知，但顺着她的思路，那些他所困惑的问题，也都有了答案。

温溪呆愣在原地，顾竹看了有些不忍。但顾浮却没有半点儿要怜惜的意思，还像拍胖鸽一样，伸手拍了拍他的脑袋，说："我言尽于此。你若觉得维持如今的模样也挺好，可以退一步，应下这门亲事，做个无忧无虑的侯府小少爷，反正你头上还有三个哥哥替你分担。可你若实在不肯任人摆布，就得学着去做原本你不习惯也不爱做的事情，让家里人知道你什么都懂，也能照顾好自己，所以你的婚事该由你自己做主。

“凡事有舍有得，就看你怎么选了。”

从聆音阁出来，顾浮带着顾竹去了卖“黄沙烫”的酒铺，想趁机买上几坛子，让她弟替自己偷渡回家去。

铺子里的掌柜果然是从北境来的，官话说着说着就会冒出几句北境方言。顾浮听着亲切，就和他多聊了一会儿。其间说起酒铺的生意，掌柜还非常开心地告诉她：“京城的贵人本是喝不惯这等烈酒的，但最近来买酒的人突然就多了，日子倒也还算过得下去。”

“是吗？那你这生意越来越好，可别我以后来买，都买不到了。”

掌柜听得心花怒放：“公子放心，你与我投缘，若日后真有这么一天，我定专门为你备下一坛子来，除了你啊，谁都不卖。”

这边顾浮高高兴兴买酒喝，另一边祁天塔顶层，空掉的白玉酒壶从桌上滚落，傅砚一只手撑着额头，眉头紧蹙，看起来有些难受——

他完全不困，难道那晚他能安睡，不是酒的缘故？

宵禁始于日落之后，街鼓响起，会敲上六百下，提醒还在外面的人早点儿归家，或就近找地方过夜。因为等六百下街鼓敲完，若还有人在街上逗留，那人便算违背了律法，会被巡夜的武侯捉拿下狱。

长宁侯长子温江因公务出城，在城外待了几日，回城时正好赶上街鼓响了一半，他本打算先寻个地方住下，明日一早再回家，可想起母亲托人送来的信，他还是勉强自己，打马赶回了家中。

到家后他先回了趟自己的院子，换下了外出办差时穿的公服，换好衣服出来，见妻子吴氏端来一碟冬枣，愣了愣，问：“不是都送去望月轩了吗？怎么还有？”

望月轩正是温溪的住处，温江作为大哥，虽然没事就喜欢逗弄这个弟弟，看他气急败坏又拿自己没办法的样子，但心里也是宠着温溪的，知道他爱吃果子，就叫人把自己院里那份也给送了去。

吴氏听温江这么问，抿唇笑道：“这是小弟叫人送来的。”

温江差点儿以为自己听错了：“谁？”

吴氏拿起一颗冬枣，喂到温江嘴边，说：“你没听错，就是小弟送来的。”

温江就着妻子的手咬了一口冬枣，惊道：“也没坏啊，真是他送来的？”

吴氏见他这副模样，笑得不行：“母亲不是给你去信了吗？怎么瞧你还是一副什么都不知道的模样？”

温江又咬了一口，声音格外清脆：“母亲是叫人给我送了信，但她只在信里说那小子最近变得有些奇怪，也没说具体做了什么奇怪的事……”

温江吃完了吴氏手里的冬枣，自己又从碟盘里拿了一颗来吃，问：“真转性了？”

吴氏想了想，说：“要说转性，也不算吧，他对你可还是嫌弃得紧，为了不让你知道是他送的冬枣，特地叫了母亲院里的人送来。可母亲和我说了，这冬枣就是他送的。”

温江也笑，这般自欺欺人，确实是他那不谙世事的弟弟能做出来的。

“他还干什么了？”

吴氏掰着手指头数：“小弟出门的次数少了，在家还总会问问题，什么都问。他也是问了母亲院里的嬷嬷，才知道他那几乎吃不完的冬枣是从咱们院还有二弟院里拨过去的，可把他气坏了。还有呢，他还知道二弟得罪了禁军的人，近几日总被找麻烦——我跟你说，他听完这事就出了趟府，之后再没听说二弟有被禁军的人为难，旁人不觉得其中有联系，我却总觉得是他做了什么，二弟那儿才能消停。”

温江若有所思道：“你猜得或许没错。”

吴氏拍了拍他的胸口，嗔道：“又哄我。”

“说真的。”温江抓住吴氏的手，把她揽入怀中，“我问你，他出府后去了哪儿？”

这个吴氏还真知道，因为侯夫人的过度关心，所以每次温溪出门回来，侯夫人总要把跟着他出门的人叫去询问一番，吴氏那会儿正好在侯夫人那儿——

“说是去了魏太傅府上。”

温溪于诗词文章一道极有天赋，还小的时候就崭露了头角，因此被皇帝召见过一次。当时魏太傅也在，他很欣赏温溪，还当场就把人收入门下。

不过魏太傅也看出了他的不足，知道这孩子被保护得太好，长此以往，他所作出来的东西只会变得越来越华而不实，浮于表面。为了不让温溪毁在舒适圈里，魏太傅没有让他只跟着自己读书，而是特意让他去书院，多接触人情世故。

作为魏太傅最心爱的学生，温溪自然能随时上魏府拜访。

温江听了这答案，道："那就对了。"

吴氏不解道："什么对了？"

温江和她分析说："魏太傅最忌外戚，禁军统领又是皇后的侄子，臭小子要是让魏太傅知道禁军此等作为，魏太傅定会一状告到陛下那里去。"

吴氏震惊道："小弟何时变得这么厉害了？"

温江摸了摸自己妻子的细腰，说："也许他没想这么多，只是认识的人里，就数魏太傅地位最高，请魏太傅替老二摆脱麻烦，误打误撞罢了。"

吴氏被温江作乱的手摸得脸红，她把人推开，嗔道："哎呀，好了，母亲还等着你呢，快去快去。"

温江笑了一声，拉着吴氏一块儿去了侯夫人院里。

侯夫人这几日又喜又忧，喜的是她那不食人间烟火的小儿子终于开窍，会主动去了解俗务，拦都拦不住；忧的是小儿子这样的变化，定然和他那还没定下的婚事有关。

侯夫人心想，如果小儿子真的那么反感这门亲事，反感到不再和以前一样只会任性拒绝，而是小心翼翼地用行动和改变告诉家里人，自己不需要这门亲事，那他们是不是也该重新考虑考虑。

侯夫人宠小儿子宠惯了，一想到小儿子会把难过憋在心里，她就难受得不行。温江来到她这儿，她便将自己的想法说了出来。

温江安抚母亲，把温溪这些时日的所作所为又问了一遍。侯夫人知道得比吴氏更多更详细，她从头到尾事事不落地说完，越发觉得温溪变化大得让人心疼，于是叹道："我儿长大了！"

温江留下吴氏陪母亲，自己转头去了望月轩，在望月轩的小库房里找到了正一脸痛苦翻账本的弟弟。

"你来做什么？"温溪对自己头上的几个哥哥向来没什么好脸色，每次见到他们都会像只发脾气的猫，挥舞着小爪子疯狂奓毛。

温江本来还想和他好好谈谈，可一见他这模样就忍不住想要逗逗。

"你这几日变化挺大啊。"温江走到一旁的椅子上坐下，望月轩的丫鬟奉上茶水，随后恭敬退下。

温溪哼了一声道："关你什么事？"

"嗯，不关我的事，我就是好奇而已。听说你前几日去明善街了？"

心虚的温溪默默挺直了腰板，反问道："那又如何？"

"谁约你去的？"温江问。

温溪不想让人知道顾二去了明善街那种地方，于是嘴硬道："什么谁约我去的，我自已想去就去，还用人约吗？"

温江慢条斯理地拂去茶面的浮沫，悠悠道："这就偏袒上顾家二姑娘了？"

温溪跳脚："谁偏袒她！就算不是她，是别的姑娘约我去聆音阁，我也绝不会告诉——"他猛地住口，随即瞪大眼睛，反应过来，"你——你套我话！你怎么能这样！！"

温江轻呷一口茶水，淡淡道："是你太蠢了。"

他刚刚从母亲那里得知，温溪去过明善街，也知道是顾家老三约的，更知道当时聆音阁的雅间里还有一个人，可因为跟去的小厮没有在雅间里伺候，所以他们说了什么，做了什么，温江无从得知。但那小厮说了，顾家老三称那人为"二哥"。

或许一般人会觉得，这个所谓的"二哥"是顾三在外头认的兄弟，可早在给温溪挑媳妇的时候他就了解过了，顾三性子孤僻，除了他小弟以外，再没有别的朋友。且温江向来敢想常人所不敢想，于是他大胆地给出了一个旁人想破脑袋都想不出来的惊人猜测——与自家小弟在明善街见面的"二哥"，就是顾家二姑娘。

"你才蠢！"温溪放狠话道，"你不许告诉别人！你要是告诉别人，我拿笔写死你！"

温江看着自家小弟张牙舞爪的可爱模样，乐得不行，还送了一句忠告："我自不会告诉别人，可我觉得你会后悔。"

温溪一愣，问："什么后悔？"

"错过了顾二，你定会后悔。"

"我才不会。"温溪十分肯定，因为他已经有喜欢的人了，这颗心不会变的。想到这里，他脸上露出几分自己都没有察觉到的笑意。

温江对弟弟十分了解，一看弟弟的表情变化就知道他想到了谁，心叹：高兴吧，等你知道你那心上人是个什么东西，你就高兴不出来了。

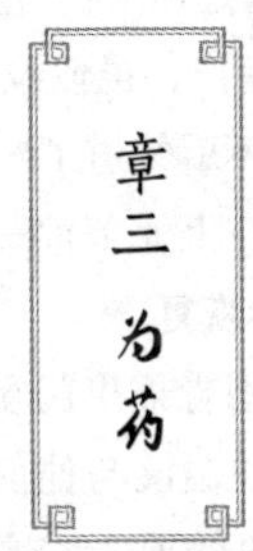

章三 为药

等了许多天，终于等来长宁侯府上门致歉的消息，顾竹立刻跑去飞雀阁报喜："二姐，你可真是料事如神。"

不知从哪儿弄了架箜篌的顾浮一愣："啊？"

顾竹凑过去，小声道："长宁侯府来人了，说是子泉年纪还小，侯府那边想再缓几年，可又不好耽误你，所以决定不与我们家定亲，他们还送了好多东西过来作为赔礼。"

"所以二姐你那天说的都是对的，子泉定是照你说的做了，他爹娘才会听他的话，不逼他娶你。"两人最近接触得多了，顾竹说话也变得自然起来，还崇拜道，"二姐你太厉害了，你是怎么知道这么做有用的？"

"我不知道。"

"啊？"

顾浮拨了一下弦，说："我只是想，即便温小公子一哭二闹三上吊，也未必能阻止这门亲事，可要是让他为这门婚事突然改了性子，侯夫人定会心疼他，为他把婚事缓一缓。可他年纪小能缓，我却不能，婚事告吹也是必然的。"

顾竹傻掉了，问："那万一没用呢？"

"没用就再想别的办法。"

又不是一次定生死，她总能找出让侯府改变主意的办法。

顾浮本以为事情了了，自己和温溪就不会再有交集，谁知在距离上元节还有两天的时候，温小公子托顾竹带话，约她上元节出门玩，说是有事情想要请教。且他约的还不是顾家二姑娘，而是顾竹的“二哥”。

顾竹来传话的时候，脸上满是迷茫：“他怎么也叫你二哥了？”

“谁知道呢。”顾浮看了眼窗户，虽然没看到人影，但她知道，窗外躲着个人。于是她说：“去见一面不就知道了？”

上元节是个特殊的日子，在上元节前一天，城内会解除宵禁，一直到上元节过后的第二天，宵禁才会恢复。

顾浮在上元节前一天就陪穆青瑶出门玩了一趟，待到上元节当天，她又换上男装，和顾三一块儿前往温溪与他们约好碰头的地方。两人骑马出门，而在他们背后，曲玉巷拐角的地方，停放着一辆看起来十分低调的马车。驾车的车夫见他们走远，立刻驱车跟上。

马车就这么跟了两条街，骑马的顾浮突然拉扯缰绳掉转马头，朝他们走来。车夫一脸淡定，继续驱马前行，完全看不出来他这一路都跟着她，可顾浮却没被骗，而是在与车夫擦身的瞬间，问他：“秘阁？”

车夫停下马车。

顾浮则伸手掀开马车的车窗帘子，看见了里头坐着的人。那人外罩一件带兜帽的白色外衣，兜帽将他的脸遮去大半，可她依旧从他的下巴，以及露出兜帽的几缕白发认出了身份。

她有些意外：“怎么是你？”然后想想又觉得不奇怪，若非和秘阁有关系，国师怎会知道她的身份？

这时顾竹也折了回来，问道：“二哥？”

顾浮放下车窗帘子说：“没事，遇到了个熟人。”她将自己的马交给顾竹，并翻身上了马车。车夫还想拦她，却不想直接从车上被扔了下去。

顾竹：“……”

真的是熟人，不是仇人？

顾浮抢走车夫的位置，正琢磨怎么赶车，后头传来傅砚的声音——

“让他驾车，你进来。”

她想想也行，就掀开门帘入了车厢。

被扔到地上的车夫也爬起来，不声不响地坐回原来的位置，扭头看向顾竹，一副让他带路的模样。顾竹虽然摸不着头脑，但也不敢多问，领着马车朝温溪约他们的地方行去。

马车外观低调，里面却是穷尽奢华，极其舒适。顾浮在傅砚身边坐下，问他："找我有事？"又是派人偷听，又是亲自跟踪，应该是有什么要事吧？

结果傅砚摇头，说："没事。"

顾浮不信，傅砚又道："我暂时会跟着你，直到你回府。"

"只是跟着？"

傅砚点头。

顾浮沉吟片刻，说："也不是不行，可你总得下车吧，你这身衣服倒是没什么，上元节穿什么都不奇怪，可你这头发露出来，也太显眼了。"

傅砚没说话，等着对方道出自己的真实意图，果然她接着说了句——

"要不，我给你扎个小辫儿吧？扎好藏帽子里就看不出来了。"

她这话说得放肆，本以为对方不会答应，谁知道傅砚没怎么犹豫就点了点头，说："好。"

顾浮随口一贫，没想到傅砚会真的答应。又凉又顺滑的发丝落入手中，向来胆大包天的她此刻竟不太敢用力，唯恐扯疼国师大人的头皮。

马车内置备齐全，因此连梳子和系头发的缎带都有。顾浮回忆了一下自己小时候和穆青瑶两个人相互扎小辫的童年时光，照着记忆给傅砚扎了个三股辫，但因手生，扎得并不好看，看上去简直糟蹋了那一头丝绸似的长发。

她心里过意不去，遂解了缎带重新扎过。就这么一路折腾了三四回，她都没能把小辫扎齐整，其间傅砚一直背对着她，安安静静的，不催也不问。

眼看着就要到地方了，顾浮索性把傅砚的头发梳顺，用缎带绕上几圈，绑紧了事。

"好了！"她煞有介事地拍了拍手。

任由对方折腾的傅砚这才转回身，重新戴上兜帽，遮去自己半张脸。

温溪在云来楼定了雅间，云来楼的地理位置极好，三不五时就能看见游街的各色花车，因而那条街上人也多，马车进不去只能在路口停下。

顾浮下车的时候，不经意间对上了车夫的视线，总觉得车夫的眼神有些奇怪，不像是记恨自己刚刚摔了他，更像是……敬畏？

车夫在陆续涌来的人潮中艰难地驾车掉头，顾浮正想问傅砚出门怎么就带了一个车夫，突然就有一男一女凑上来，站到了他身后。那一男一女皆做仆从打扮，原先也不知道藏在哪里，突然冒出来，还挺吓人的。

她迟疑道："你的人？"

傅砚点头。

他们一行人牵着马朝云来楼走去，中间路过一座桥，桥上比路面更加拥挤，刚一走到桥上的时候，不远处突然传来落水声，还有岸边的人在惊呼："有人落水了！"

顾浮倒是有心救人，奈何桥上实在太挤，她若硬推保不齐又要把谁推下河去，也幸好河边人多，落水的人很快就被救了上来。

她看向身旁的傅砚，见他虽然有两个仆从护着，却还是难免被人推搡，兜帽遮去他的眉眼看不清模样，但从他没什么变化的下半张脸能看出，应该还是一脸的平静，无波无澜。虽然总想着要看国师被撕掉一身从容，跌入凡间的模样，可真看见他被包围在人群之中，她又有些不太高兴。于是顾浮隔着傅砚宽大的衣袖拉住了他的手，把他往自己身后带，为他开路。

傅砚看向面前比自己还矮些的这人，开口说了声"不必"，却因四周太吵，没被对方听到。

应当是没听到，反正耳朵长在顾浮脑袋上，她说没听到就是没听到。

最后他们费了好些工夫才从桥上下来，顾浮没有就此放开傅砚的手，而是说了一句："难怪青瑶说什么都不肯在今天出门。"

今天的人可比昨天要多多了。所以这手还是先牵着吧，免得被挤散了。

傅砚没说什么，倒是跟着他的两个仆从看顾浮的眼神和先前那个车夫的一模一样。

云来楼。

温溪早早地就在二楼雅间里等着，发现顾家姐弟一行多了几个人，他还有些奇怪。

顾浮很自然地拉着傅砚做了介绍，说："他是我朋友，路上遇见就一块儿带来了。"接着又转头对傅砚道："他是长宁侯府的小公子。"

两人简单地见了礼，酒楼小二敲门询问是否开始上菜。

顾浮问温溪："还有别人要来吗？"

温溪摇头，他今天就约了顾家姐弟。

于是顾浮对小二道："上菜吧。对了，叫个人去金蝉轩，买些点心来。"说着就往小二那儿扔了块碎银。

小二接住银钱，忙声应道："好嘞！"

众人落座，很快就有十几道菜被端上来，一同被端上的还有这里的招牌美酒，不过顾浮还是老样子，嫌味道太淡，只喝一口就放下了。

除去仆从，他们四个人里头有两个不爱说话的，所以这一顿饭基本只能听见顾浮和温溪你来我往的声音。

没过一会儿，温溪借口看楼下的花车，把顾二叫到一旁的窗户边，小声地对她说道："二哥，我有件事，想让你给我拿个注意。"

顾浮料到对方不是单纯找自己出来吃饭，所以也不意外："你说。"

温溪红着脸道："我有一个喜欢的姑娘，但她最近对我特别冷淡，给她写信也不回我，可能是我惹她生气了，就……你知道怎么样才能让她原谅我吗？"

顾浮有些蒙，奇怪究竟是什么让温溪觉得她能处理这些男女之间的矛盾？

她哪里知道，温溪上头的三个哥哥一个比一个别扭，一个比一个损，导致他从小就没体验过正常兄长的爱护，突然遇到自己，不仅把他被逼婚的根源揉碎了和他讲清楚，又顺带为他拨开了原先一直不曾注意到的迷雾。自然而然地，温溪就把从未托付给那三个哥哥的依赖交给了顾浮。且他觉得她是女子，定然比自己更清楚女子的想法，所以才有了今日之约。

顾浮本想说自己也没辙，但对上温溪单纯又期待的眼神，她只能硬着头皮问："你做了什么惹她生气的事情？"

温溪犹豫片刻才道："她原也是京城人士，前阵子因为一些事情，不得不离开京城。她离开前还给我写了封信，信中满是对京城的眷恋，还说快过年了，家家团圆的日子，独她一人在外头，不免凄寒。可我那会儿正被家里逼着娶媳妇，就觉得能离开这里也挺好的，于是回信让她别怕，等过些时日我便去找她。现在想想，她写那信应该是希望我能帮她留下，是我太蠢了，没看出来。"

顾浮听完，总觉得这事分外耳熟，未免误会又多问了一句："你知道是什么事情，逼得她离开京城吗？"

温溪这回犹豫了许久，才破罐子破摔坦白道："我直说了吧，她就是临安伯爵府的七姑娘，因为不小心把你表妹推下水，遭了陛下斥责，才不得不离开京城。可她和我说了，她不是故意的，所以我想……其中是不是有什么误会。"

温溪越说，声音越小，他怕顾浮因此生气离开，还下意识地抓住了她的衣袖，看起来格外忐忑。然而对方并没有生气，反而任由自己抓着她的衣袖，继续问道："你可曾去见过她？"

温溪垂着脑袋摇了摇头说："没有。"

"那你去见见她吧，解释的话在信上说总有不达意的地方，当面说清楚，也能更好表达出你的心意。"

温溪抬起头，睁大眼睛，反应过来她是给自己出了个主意，随即扬起灿烂的笑颜，应道："好！"

顾浮也笑，只是那笑看起来有些意味深长："记得给她一个惊喜，最好在信里和她说你这段时日没工夫去找她，然后在她以为自己已经被你遗忘的时候突然出现，她定会很开心。"

温溪小鸡啄米似的点头说："嗯嗯，我记下了！"

这时云来楼的小二送来了金蝉轩的点心，顾浮看其中有自己吃过的"一船清梦压星河"，立刻就把那一碟子漂亮的花茶冻放到傅砚面前，并招呼他尝尝。

傅砚原先也没吃过这个，不知道要先把上面的红豆沙铺开，直接就吃了，感觉味道一般。

顾浮学着穆青瑶的模样，拿勺子把红豆沙铺开，让他再吃一口。

傅砚照做。

"如何？"

傅砚依旧一脸平静，回道："尚可。"

行吧。

没能得到想要的反应，顾浮一面觉得遗憾，一面又觉得在意料之中。

一行人用完饭便散了，因为外头人实在太多，顾竹待着十分难受，想回自己的小院里缩着，且温溪晚上还得陪家人入宫，不能在外头逗留太久。傅砚也像他说的那样，见顾浮回府，自己也回了祁天塔。

晚上宫里有宴席，长宁侯一家子得去，国师自然也得去。

祁天塔的仆从准备好了沐浴的热水，傅砚脱掉衣服，顺手把顾浮替自己扎的小辫也给解了。温热的洗澡水浸透皮肤，水面上漂着他银白色的长发。

傅砚回想自己这趟出门都干了什么，不免觉得糊涂，不然怎么会认为自己那晚能安睡和她有关？顾浮是人又不是药，怎么可能治他的失眠之症？

洗完澡换好衣服，看时间还早，傅砚本想去看看秘阁送来的奏报，可不知为何没去，而是回到床上躺下了。结果这一躺便是一个下午加晚上，甚至错过了上元节的晚宴。傅砚睡醒后看着窗外的晨曦，向来没什么表情的脸上露出了难得的诧异。

他招来小道童，询问后得知自己昨日一躺下就睡着了，傍晚的时候宫里派人来催他入宫，知道他难得好眠，皇帝不仅没让人把他叫醒，还封了祁天塔周边的道路，免得花车游行吵到他。

傅砚听完安静了一会儿，才吩咐道："叫人去趟曲玉巷顾家，把顾侯请来。”

小道童应声而去。

没过一会儿，顾浮就穿着男装来了。青天白日来祁天塔还是头一回，她站在栏杆边吹风，听傅砚问：“你身上是不是有什么别人没有的东西？”

顾浮不明所以，习惯性地皮了一下：“一身正气。”

傅砚无语，心想自己就不该问。

见他如此，顾浮只好清了清嗓子，认真问：“你找我到底什么事？”

她可听顾启铮说了，国师昨晚没入宫赴宴，皇帝还把祁天塔附近的街道给封了，听起来怪吓人的。

傅砚没有告诉她，自己和她待在一块儿能治好失眠之症，只说：“宵禁以后，你来我这儿。”

顾浮挑眉问：“每天？”

傅砚点头道：“每天。”

“为什么？”

“日后再告诉你。”

他需要花点儿时间，来进一步确定她这味药的药效。

顾浮听了果然没再追问原因，而是改问了别的：“有报酬吗？”

“你提。”只要不是太过分，无论她想要为顾家谋求什么，他都能做到。

谁知顾浮大腿一拍，来了句：“听我弹箜篌吧，最近才学的。”

“就这样吗？”傅砚没想到对方居然会提出这么简单的要求。

“本来你也没有拜托我什么大不了的事情。”顾浮靠着围栏，无奈道，“而且不知道为什么，每次我弹箜篌，青瑶总说她有事不留下听，大哥和三弟也躲得远远的，四妹妹向来不怎么理我，小五年纪太小坐不住，祖母倒是听了几回，可之后我再抱着箜篌去她那儿，她就不见我了。大约是我家里人都不爱听箜篌曲吧。”

傅砚喝茶的手微微一顿，随即放下茶杯，看过去。顾浮被他那双漂亮的眼睛看得心里发痒，问：“干吗这么看着我？”

傅砚垂眸，语调平静地说：“我觉得不是箜篌的问题。”

顾浮让温溪去找棠沐沐，把话当面说清楚。温溪认真照做，上元节宫宴回来后就写了封信，第二天叫人送出门，然后琢磨着怎样才能出城，去见如今住在庄子上的心上人。

温溪尝试着私下里做准备，想偷偷溜出家去，谁知头一天就被大哥温江发现，还被叫去了书房。

“挺出息，都学会逃家了。”温江百忙之中抽出空来，也不委婉，直接就点破了自家小弟的那小算盘。

温溪心里一惊，垂死挣扎道：“谁……谁说我要逃家！我就是觉得最近有些心烦，想……想出城散散心，对！我们家在柒山不是有座温泉庄子吗，我去泡温泉！”

温溪急中生智，一面得意，一面后悔，他要是能早些想到这番说辞，就直接这么做了，借口去泡温泉，然后偷偷从温泉庄子里逃出去，可不比直接从家里逃出去要简单？

温江冷笑问道：“既然如此，你偷偷摸摸做什么？”

温溪低头，飞速转动他的小脑袋瓜，开始圆：“我怕娘又啰唆，叮嘱半天不算，还叫一堆人跟着我去。”

“行了。”温江把手里的书册扔到桌上，“你就是去见棠七姑娘的，别以为我不知道。”

温溪见瞒不过，干脆对着他大哥求道：“大哥，你就让我去吧，就这一次。”

温溪难得诚恳，本以为要费上许多工夫，谁知温江突然松口，说：“我可以帮你，但是你必须带我的人去，不然我就和城门卫打招呼，让你插翅都出不了城。”

就这么简单？！

温溪喜出望外，连连答应，全然忘了在自己的三个哥哥里面，老大温江是坑他最多最狠的那个。

得了大哥的首肯，温溪也不再偷偷摸摸，他跑回去准备行李，还叫人出门采买，准备了两大车子东西，想着一块儿给棠沐沐送去，免得外头不如京城繁华，用度上委屈了佳人。

温溪离开后，温江吩咐身边的人：“叫几个机灵的，装成临安伯爵府棠七姑娘的丫鬟，去找福德街谢家的谢大少爷谢子忱、魏太傅家的魏文衿、汴国公家的女婿萧然，再加个镇南将军府的少将军林毅，不然一群斯文人打不起来，就告诉他们棠七姑娘病了，命不久矣，临死前想见他们一面。”

祁天塔。

傅砚看完秘阁呈上的奏报，得知温江的所作所为，淡淡道："用同样的法子，让扶摇国质子也去。"

扶摇国近来频频异动，朝中正愁找不到借口拿扶摇质子开刀震慑其母国，质子擅离京城，这个罪名足够了。

秘阁探子领命而去。

傅砚接着翻阅奏报，全无往日的闲暇悠哉。因为顾浮每天都会按照约定，在宵禁之后来他这里待一段时间，所以他的睡眠时间和质量都得到了保证，也因此无法再像以前一样，看不完的奏报可以晚上不睡觉接着看。

甚至他以前还得故意留着事情到晚上来打发时间，现在就不同了，他得把要做的事情赶在白天处理完，虽然紧迫，但因为固定了睡眠时间，他的精神比以前要好上许多，喝药的次数也越来越少。

真要说有什么不好的地方，大概就是……

"怎么样？"顾浮凭栏而坐，怀里抱着箜篌，身后是浩瀚的星空，看上去如梦如幻，宛若仙境。

傅砚坐在桌案前，对着满桌子的乐谱缓缓回神。怎么说呢，只要顾浮一奏曲，他就有种神志不清的错觉，堪比被人下了迷魂散这类毒药。能把好好的曲子弹成这样他也是闻所未闻，偏偏弹奏箜篌的人居然一点儿感觉都没有，甚至充满了令人无法理解的自信。

上回他说了不是箜篌的问题，顾浮也没往自己身上想，还以为是曲子的缘故，于是找来许多曲谱，说要一一学习。他唯恐她学完，自己的耳朵会聋掉，便问道："你要不要换个别的来学？"

顾浮不大情愿地回："箜篌好听。"

傅砚又说："得看人。"也不是什么人弹箜篌都好听。

顾浮想了想，点头道："也是，也会有人觉得唢呐好听，主要还是看个人喜好。"

"我不是这个意思……"

顾浮向傅砚投去虚心求教的眼神。傅砚正准备残酷地指出她弹的箜篌堪比牢狱酷刑，突然有一小道童奔上楼来，禀报道："国师大人，陛下来了。"

傅砚并不意外，自己这些日子按时睡觉，药也减了，皇帝不来询问一番才奇怪。

然而顾浮却一蹦而起，问道："我躲哪儿？"

傅砚愣住，总觉得哪里不对，可又因为对方的表情太过认真，他硬是没反应过来自己完全不必心虚，还真给她找了个藏身的地方："去六楼。"祁天塔七楼是傅砚平日待的地方，五楼是小道童的住处，而六楼，是他的卧房，门就在楼梯边，离得很近。

顾浮一个箭步跑下楼梯，躲到了傅砚的卧房里。这时傅砚才反应过来，他们之间清清白白，本就没什么，不必弄得像两人深夜偷情被长辈撞见一般惊慌。

于是他站起身，下楼想把人叫出来，可等他到了自己卧房门前，就听见通往五楼的楼梯口传来皇帝的声音——

"望昔？"

傅砚停下动作。

本来没什么，可若当着皇帝的面把顾浮从自己卧房里叫出来，事情就难解释了。傅砚放下正要开门的手，心想：罢了，就先这样吧。

皇帝出现在楼梯口，笑着问道："怎么还特地下来迎朕？"

傅砚没接这话，只按照规矩给皇帝行礼。

皇帝走快几步，抬手止住他的动作说："哎，说过多少遍，我们兄弟之间不必这么见外。"

藏在卧房内的顾浮听见，有些讶异：兄弟？这时她才想起，自己只向穆青瑶打听过一回国师的事情，知道国师今年二十五岁，天生白发，别的就什么都不知道了，包括他的出身，以及……名字。

皇帝同傅砚一块儿上了七楼。

皇帝有一阵子没来了，一来就发现这里变得和原来有些不大一样，多了许多东西，比如墙角里的酒坛子、多宝阁上分外突兀的酒碗、栏边的箜篌，以及桌上的乐谱……

小道童上前来收拾桌面，皇帝道："不必了，让朕也看看。"

小道童又安静退开，皇帝在桌边坐下，拿起乐谱看了几眼，又望向外头的那架箜篌，问："太医说你近来能好好入睡，可是寻着了喜爱之物的缘故？"

傅砚在一旁站着，回道："不是。"

皇帝朝他招手道："来来来，坐下说。"

傅砚这才坐下，慢吞吞地整理好衣袍，对皇帝说道："臣寻得一味良药，可治臣失眠之症。"

皇帝眼睛一亮，问："什么药？"

傅砚往楼梯口的方向微微侧头，随即又转回来道："下回再给陛下看吧。”语气中带着一丝他自己都不曾察觉的无奈。

可皇帝察觉到了，不免高兴起来——自己这弟弟终于有了几分人样。

皇帝来这儿主要就是询问傅砚的身体状况，问完还想再待一会儿，就东拉西扯同他瞎聊。直到从傅砚脸上看见些许困倦之色，才反应过来自己逗留太久，一边懊悔自己的疏忽，一边高兴他是真的不会失眠了，连忙起身离开，让其早些歇息。

终于送走皇帝，傅砚回到六楼，打开卧房的门。

国师的衣食住行统统由皇帝一手操办，因此总是极尽奢华。唯独这间卧房是他自己布置的，不仅空旷，还很简单。

顾浮从房里出来，问："陛下找你何事？"

傅砚打算借此机会，把自己晚上睡不着，而她能治自己失眠之症的事情说一下，于是道："上楼说吧。"

两人拾级而上。

顾浮想起皇帝对国师的称呼，便问："陛下为何唤你'望昔'？"

傅砚淡淡道："陛下赐字，望昔。"

顾浮"哦"了一声，又问："那你名字叫什么？"

傅砚停下脚步，回头看她道："你认识我也不是一天两天了，就从没问过别人，我叫什么名字吗？"他此刻正好就站在七楼的楼梯口，居高临下地看着还在楼梯上的顾浮，表情眼神平静淡漠，看似和平时没什么两样，但顾浮就是敏锐地察觉到——

他不高兴。

夜风自七楼的窗户外吹进来，吹起傅砚的宽袖与衣摆，越发衬得他不近凡俗。顾浮微微屏息，接着张口就来："我怎么说也是个姑娘家，怎么好跟人打听外男的名字。"然而这话她自己都不信，更别说傅砚了。

所以傅砚的脸色没有半分回暖，只丢下两个字："傅砚。"

顾浮过了几息才反应过来，追上去问："具体是哪两个字？"

傅砚在桌案前坐下，铺纸提笔，写下自己的名字。劲瘦的字体凤泊鸾飘，力透纸背，顾浮看了很是喜欢，口中不自觉念道："傅砚，傅望昔。"她的声音本就雌雄莫辨，此刻低声呢喃，听起来格外暧昧。

傅砚垂眸，看不清眼底的情绪，直到她问自己："能写写我的名字吗？"这才抬起眼，冷酷无情地回了句："不能。"

接着他又回答了之前那个问题："陛下找我，是因为我最近都没怎么吃药了。”

“吃药？”顾浮错愕，“你身子不舒服吗？”

傅砚端起一旁的茶杯，说：“我睡不着。”

话落，顾浮伸手抓住他的手臂道：“睡不着就别喝茶了吧。”

“现在已经能睡着了。”话是这么说，可傅砚还是顺着力道放下茶杯，并看向她。

顾浮被直直地看了一会儿才反应过来：“因为我？”

傅砚点头说：“只要在你身边待上一阵子，我就能一夜安眠，所以我之前问过你，你身上是不是有什么别人没有的东西？”

顾浮闻言，先是嗅了嗅自己的手臂，然后又站起身，原地转了一圈，道：“应该……没有吧。”

傅砚这几日一直在观察，自然知道她身上并无任何异常之处，可他还是说：“你最好是能找出来，如若不然……”如若不然，怕是要将这样的日子一直持续下去。

傅砚知道顾家想把她嫁出去，可若她真的嫁了人，自己便不好再叫她夜间来这儿。为了防止好不容易得来的安眠被人打断，他恐怕会采取一些措施，来阻止这样的事情发生。

傅砚没把话都说全，他怕太过强势，会让顾浮产生逆反心理。谁知顾浮突然问：“你为什么会睡不着？”

傅砚微愣。

她接着说道：“先弄清楚你为什么睡不着，才好找到你待在我身边就能睡着的原因不是吗？”

傅砚沉默许久，最后避开这直勾勾的视线，站起身朝楼梯口走去，道：“时间不早了，你该回去了。”

顾浮看着他的背影，明白这是不想说的意思。可傅砚越是不说，她就越是好奇。她看向桌上写了傅砚名字的那张纸，心里有预感，总有一天他会亲口把自己睡不着的原因告诉她。

别问为什么，问就是自信。

第二天早上，傅砚起床来到七楼，发现桌上那张写了自己名字的纸不翼而飞。他询问小道童，得知小道童昨夜收拾桌面的时候，纸就已经不在了，所以多半是顾浮拿走了那张纸。

温溪这趟门出得并不顺利，不是车轮脱落就是买来的东西莫名受潮，结果拖延了几日，他才终于带着两大车叫人采买的物品出了城。

之后他又遭遇了更加离奇的事情。就在半路上，他遇见了熟人——魏太傅的孙子魏文衿。对方说自己是去探望友人的，但神态十分焦虑，甚至顾不上和他多说几句就走了，看起来非常匆忙。

温溪只当这是巧合，结果没走多久，他又遇到了魏文衿，且在场的还有镇南将军府的少将军林毅，以及另一个他不认识的男子，三人骑马并行，气氛微妙，颇有些剑拔弩张。

他看了害怕，但还是硬着头皮凑过去打招呼，并询问情况。最先回答温溪的，是三人中和他关系最好的魏文衿："没什么，恰好碰上了而已。"

温溪听出话语中的咬牙切齿，总觉得不对，又问林毅："林大哥，你这是去哪儿啊？"

此话一出，本就寒冷的风顿时更冷了。肤色黝黑、气质刚硬的林毅扔出四个字："探望朋友。"

温溪没话找话道："真巧，魏哥哥也是去探望朋友的。"说完众人都没声了，他又讷讷道，"我说错话了吗？"

温溪不认识的另一个男子——谢子忱冷笑一声，阴阳怪气地说："不是你的错，是在你来之前，我们说了几句话，发现了一些奇怪的事情。"

温溪也不知道自己该不该问下去，犹豫着错过了开口接话的时机，索性不再言语。但一行人走了一阵，经过好几个岔口，始终同路，还没人表示奇怪，他便忍不住再次开口问："你们要去的是同一个地方吗？"

没人回答他，但魏文衿也没让他一个人尴尬，而是转移了话题："大冷天的你不在家里待着，出城做什么？"

温溪憋了半天，憋出一句："探望朋友。"

"吁——"

温溪以外的三个人同时停下马，林毅还抢了他手里的缰绳，强行让他和他们一块儿停下。

温溪惊慌道："怎怎怎……怎么了？"

魏文衿一言难尽地看着他问："你那朋友，是男是女？"

温溪红了脸，这怎么好回答？若叫人知道他是去看棠沐沐，岂不是坏了人家姑娘的名声？

其余三人通过这反应得出答案，谢子忱也跟着开口问："不会也是你的心上人吧？”

温溪一脸蒙：“也？”

林毅武人一个，玩不来这些斯文人的弯弯绕绕，直接就问：“你朋友是棠七？”

温溪睁大了眼睛，震惊无比，然而却没人给他解释到底是怎么回事。一个个光看他的表情就确定了答案，林毅也松开了他的缰绳，一行人再度启程。

寒风扑面，温溪走在魏文衿和林毅中间，整个人慌极了，然而接下来的事情更加让他瞠目结舌——

他们后头有人快马扬鞭而来，为了躲开温溪带的那两大车东西，险些撞上他。这还不算，对方口音奇怪，语气也十分冲，对着他们就吼了一嗓子：“都给我让开！！”

林毅正窝火，又被人当头一吼能忍住就怪了，斥道：“哪来的狗东西，敢在爷面前乱吠？”

“大胆！”

那口音奇怪的外邦人身旁还跟着侍卫，侍卫闻言拔刀和林毅对峙了起来。可外邦人却根本不在意林毅，只想着赶往自己的目的地，还大喊：“都让开！我要去见沐沐最后一面，谁敢拦我我杀谁！”

却不想这话让众人都睁大了眼睛，林毅更是直接冲上去，和外邦人以及他的侍卫打了起来。

魏文衿回过神，夹了夹马腹继续往前走，还很好心地带上了温溪，旁边的谢子忱也驱马跟了上来。

温溪很是无措地问：“这……这到底是怎么回事？”怎么突然就打起来了？他那两车东西还在后头呢。还有那个外邦人口中的“沐沐”，是巧合吗？

魏文衿默了片刻，终于告诉他：“我们刚刚聊了几句，因为着急不想浪费时间寒暄，林毅就说自己要赶去见心上人最后一面。”

谢子忱再度冷笑着说：“巧的是，我也是赶去见我心上人最后一面的。”

温溪看向魏文衿，魏文衿没说话，温溪在心里替他补充：你也是。

不仅是他们三个，还有刚刚那个外邦人也是。四个男人，去见心上人最后一面，半路发现他们四个的心上人是同一个女子。面对这般千古奇闻，温溪没有半分看热闹的心思，因为从他们刚刚的询问，他得出了一个很可怕的结论——他们的心上人，也是他的心上人，临安伯爵府的七姑娘棠沐沐。

几人一时无言，耳边只剩不徐不疾踢踏作响的马蹄声。

又过了片刻，温溪反应过来，惊恐道："你们刚刚说的'最后一面'是怎么回事？"

魏文衿把自己收到的消息告诉他，并十分冷静地分析："十有八九是假的，我们被人看笑话了。"

那人故意传了棠沐沐命不久矣的消息，就是为了让他们知道，他们被一个闺阁女子耍得团团转，所以棠沐沐现下多半还好好的，不然这戏唱不下去。

温溪再度陷入沉默，因为他好像猜到，那个"看笑话"的人是谁了。

——除了他大哥，还能有谁！

温溪攥紧了手中的缰绳，胸口生疼，但又不敢吱声，怕被另外几人发现端倪。

他偷偷瞄了眼一直骑马跟在自己身后的小厮，方才那个外邦人险些撞到他，是小厮出手把人拦下的，一看就知道身手不凡。也因此温溪终于明白，大哥为何非要把这小厮派给他了，大约是怕其他人将他就地打死，来一出兄债弟偿。

但幸好，魏文衿和谢子忱都没想到那上边去，只当温溪是赶巧赶上了。

可即便发现了这么荒唐的事情，他们依旧没有停下去找棠沐沐的脚步，因为这一刻他们心里的想法都是一致的——或许这只是一场误会，又或许，其他人都是自作多情的单相思，只有自己才是和棠沐沐两情相悦的那个良人。

他们不紧不慢地骑着马，一边着急想要知道答案，一边又害怕那个答案不是自己想要的。

快到地方的时候，林毅赶了上来，魏文衿问他那个外邦人呢。

林毅说："来了一队禁军，说他是潜逃出城的扶摇质子，把人带回去了。"

众人一听，内心百感交集。那个外邦人居然还是扶摇的质子！

林毅归队后，他们找棠沐沐的方式也有了改变。

棠沐沐现今居住在临安伯爵府名下的一处庄子上，那庄子里除了她，其他都是下人。他们一行把门敲开后，确认了棠沐沐就住在这里，接着林毅出手把看门的护卫打晕，带着几人径直闯了进去。

温溪还在犹豫这样是不是不太好，林毅就已经拿出看家本领，从一个仆从口中逼问出棠沐沐刚刚去了花园，于是他们又气势汹汹地跑去花园。在快接近花园的时候，几人默契地放慢了脚步，怕这一切若是误会，突然一下冲进去会唐突佳人。

也是因此，他们没有打断花园里发生的一切，并亲耳听到了棠沐沐和另一个男人的对话。

冬季百花凋零，棠沐沐身着素色袄衫，不复往昔身在京城的艳丽，看着却格外楚楚动人。她轻抚过枯枝，凄楚一笑，说：“往年总嫌冬季能开的花少，离了家才发现，有花能开就不错了，不像如今，一眼望去皆是荒芜。”

同她一起的男人心疼不已，上前拉住她的手，向她保证道：“沐沐你放心，我一定想法子让你回京。”

棠沐沐将自己的手从男人掌心抽回来，轻声责怪说：“莫要如此，这么做对不起安姐姐，她待我如亲妹妹一般，我们不能这样对她。”

男人收回手，神色黯然，道：“我也是情难自禁。”接着又说，“而且你安姐姐她……她也没你想的那么好，我出城找你，她竟以死相逼不让我走，若你当真有什么不测，我定不会原谅她。”

棠沐沐不高兴地说：“你怎么能这么说安姐姐？她也是在乎你，才会变得不讲理，你还说她。”

男人见棠沐沐偏心自己妻子，心里有些吃味，还说：“其实我觉得你留在这里也好，这里不像京城似的到处都有眼睛看着，我也能像现在这样单独见你。”

谁知棠沐沐听了，猛地转头看向男人，脸上满是不敢置信，琉璃似的眼睛也变得湿润起来，怒道：“你把我当什么了！你的外室吗？”

男人吓了一跳，连忙否认说：“不不不，我不是这意思，我保证，我一定想法子让你回京。”

花园里郎情妾意，拱门后冰天雪地。

温溪环抱身旁的柱子，一头磕上去，满心震撼。不仅是因为花园里两人情意绵绵的对话，也因为他认识那个男人——汴国公的女婿萧然。

那可是有妇之夫啊！

顾浮发誓，她当初在云来楼使坏是希望能凑个巧，让温溪发现棠沐沐并非像他想的那样值得付出真心。

若不凑巧，温溪什么都没撞见，还和棠沐沐化解矛盾，两人之间的感情变得更加深厚也不是没有可能。可她万万没想到，事情会变得如此精彩。

外邦的质子、魏太傅的长孙、镇南将军府的少将军、汴国公的女婿、长宁侯的幼子……这几个人本身不说，他们家的长辈可都是有头有脸的大人物，因而此事也并未在京城内宣扬开。而顾浮之所以会知道，是因为温溪单独找她倾诉了一番。

起先他还很冷静，甚至铺垫了许久，才提起自己前阵出城去见棠沐沐的事情。后来说着说着，一个十七岁的少年郎，竟是活生生被那日发生的事情给气哭了，也不知是气棠沐沐对自己的欺骗，还是气他大哥手段阴损，给他的心灵造成了难以修复的伤害。

顾浮一边安慰，一边在心里感叹：温家老大可真厉害。

之后温溪又花了半个时辰来骂他大哥，但因温小公子从小到大就没听过几句脏话，所以骂来骂去都没什么杀伤力，听着更像是耍脾气撒娇，还把自己的嗓子给弄哑了。

顾浮不停地给他续茶，还把吃的往他那边推，结果温溪喝了两壶茶水，吃光了大半桌的东西，又跑去如厕多回，才终于冷静下来，告诉她那日最后是如何收尾的。

有了亲眼所见、亲耳所闻，众人对棠沐沐剩余的一丝希望也彻底被掐灭。

说起来，棠沐沐能有这般能耐，也是老天助她。好几个“蓝颜知己”同时遇见她的情况以前也不是没有发生过，但为了避嫌，棠沐沐理所当然地装出了同他们不熟的模样，他们也没觉得哪里不对，甚至会嫌弃对方碍事。

棠沐沐私下里与他们说话、写信，也会在不经意间透露出自己的“古板”和“贞烈”，非常符合前朝遗留下来的思想，叫那些心里有她的男人不敢随便在外头和别人提起她，唯恐传了出去让人嚼舌根，惹佳人不开心。

于是所有人都以为只有自己同棠沐沐暗通款曲，还死命替她遮掩，失去了知道真相的机会。

汴国公的女婿萧然对棠沐沐许下承诺后，林毅最先忍不住冲进了花园。萧然吓了一跳，毕竟他是有妇之夫，他的妻子是汴国公最疼爱的小女儿。他的妻子说他与棠沐沐有染，他还能辩解，说是妻子多疑，让旁人信他。可若叫人当场抓住，他和棠沐沐两个人都得完蛋。

棠沐沐受到的惊吓比萧然更大，因为她顺着林毅来的方向望去，还看到了魏文衿和谢子忱。温溪她倒是没看见，因为那会儿他还在抱柱子磕头，回过神来的林毅、魏文衿还有谢子忱三人已经进了花园，只留下他一人傻愣在原地。

温溪不愿落下，正要跟着一块儿进去，影子一般跟着他的小厮就把人给拉住了，说：“小少爷，里头这么乱，咱们就不进去了吧。”

温溪如何会肯，他努力挣扎，却发现自己根本甩不开小厮的手，于是怒了，斥道："放开我！"

小厮没办法，不知从哪儿掏出根绳子，把他给绑了。见温溪瞪大眼睛要吼自己，小厮手疾眼快，用干净的棉布堵住温溪的嘴。

这一套行云流水的操作下来，温溪如何看不出这小厮是早有准备，不然怎会随手就拿出麻绳和棉布来？他气得脑袋发晕，小厮还很体贴地将他挪到了一个避风的位置，提醒道："小少爷听话，在里头当面质问爽快是爽快，可要叫庄子上的仆役听见传了出去，老爷定不会放过你的，所以咱还是不进去了，就在这儿听着，你看行吗？"

温溪嘴都给堵了，哪来说"不行"的机会。所以接下来的事情，他全程无法参与，只能站在石窗边，往花园里看。

萧然为了不让众人把视线放到他与棠沐沐的关系上，先发制人，呵斥他们是怎么进来的，结果反被林毅摁倒在地。

林毅性子直，摁住了人后就问棠沐沐："你可有什么想要解释的？"

棠沐沐对上面前这张杀气十足的脸，心下惶然，侧头又见魏文衿和谢子忱一脸冰霜地看着她，便知道自己与萧然的话都被听了去。

可棠沐沐不知道这几个人在来的路上就发现了全部的真相，还以为他们仅仅是生气自己与萧然的关系，自己还有欺瞒的机会，便绞尽脑汁去补救，试图力挽狂澜。

她回想起萧然来这儿的原因，问他们："你们也收到了消息，说我命不久矣，要见你们最后一面？"

众人一愣，棠沐沐见状含着泪，垂首呢喃道："我就知道，我都已经被赶出京城了，为什么还是有人不肯放过我？"

如果只听棠沐沐与萧然的对话，再结合她现下的表现，众人或许会动摇，以为是萧然单方面在纠缠，棠沐沐一介弱女子，已经很努力地在拒绝了，却还是被有心人算计利用，毁她清誉。可偏偏他们已经知道，和棠沐沐关系暧昧的不仅是萧然。

若说他们聚集于此是有人算计，那棠沐沐同时招惹他们几个人，与他们花前月下，情意绵绵，难道也是旁人算计吗？

林毅等人还没这么傻。

且棠沐沐这番作态也让他们发现，她并非他们想的那么天真纯善。她有能力将他们几个都玩弄于股掌之中，甚至到了这一刻仍不死心，想要继续欺骗。

这个时候怒急攻心，出言撕破棠沐沐伪装的不再是林毅，而是魏文衿。魏文衿出生世族，爷爷又是太傅，位列三公，故而他表面看着斯文和气，实际上比谁都骄傲。可就是这么一个内心骄傲的公子哥，被钟情之人无情耍弄，可想而知他受到了多大的刺激。

魏文矜文采不错，一叠声的质问条理清晰，不仅把棠沐沐的所作所为扒了个干干净净，在太阳底下暴晒，还引起了在场其他人的共鸣，就连石窗后被绑着的温溪都忍不住扭了扭身子，想要挣脱身上的绳索，进去和魏文衿一块儿质问棠沐沐。

被摁倒在地的萧然傻了，他没想到不仅是自己将一颗心分给了两个人，棠沐沐也是如此，且分的数量比他还多。

棠沐沐也傻了，她头一次被人这样清算，往昔的窃喜、得意与轻蔑都化作了羞耻，叫她浑身颤抖，恨不得所有的一切都只是一场噩梦。

因为棠沐沐是女子，还是林毅他们曾经喜欢过的人，所以他们并没有对她做什么，只丢下伤人绝情的话语就走了。

热闹散去，寂寥的花园里只剩下棠沐沐一人。她用力抠破掌心，眼底翻涌起滔天的恨意。她恨这些翻脸无情的男人，恨背地里推动这一切的人，恨得咬牙切齿，唯独不觉得自己有什么错，也忘了自己利用有妇之夫谋取利益时，那些男人的妻子是如何恨她，而她又是如何为了不让男人休妻娶她，劝男人珍惜家里的妻子，让那些女人连想要一封和离书都无法。

当时温溪还没走，他不知棠沐沐心中所想，但看到了她眼底的恨。那样的恨意让他感到陌生，也足够把他心底残存的那一丝情谊燃烧殆尽。

此事虽然不曾向外宣扬，但该知道的基本都知道了。扶摇质子逃出京城，被抓获时身边还有两大车细软，这可不是小事。予他便利的仆从、官员纷纷下狱，当时在场的林毅表面上是协助禁军捉拿潜逃的他国质子，实际上一回京城就被禁军逮捕扔去大理寺审讯，好确定他是不是协助质子潜逃的从犯。

林毅出身将门，十四岁从军，什么苦没吃过，自然不怕大理寺的审讯。可他不愿自己背后的镇南将军府因此遭受叛国污名，所以舍下脸面求见圣上，把一切都向皇帝交代了。接着长宁侯、魏太傅、镇南将军、汴国公、谢家人，以及临安伯陆续被传召入宫。因为打击面太广，有损朝廷和世家大族的威严，所以众人一致决定将此事压下。温家小公子打算带去给棠沐沐的两大车物品依旧归于质子，算作质子意图潜逃的罪证。

长宁侯回府就罚温溪去跪祠堂抄书，温江作为幕后，从未想过会牵扯到扶摇质子，把本该悄无声息结束的事情捅到御前，当即就想到必是家中有秘阁探子，知道他的谋划后顺势而为，来了这么一出。

“李于铭……”

温江不知道秘阁背后的话事人是傅砚，把账都记到了李家头上。

魏太傅要狠一些，直接就对魏文衿动了家法，把人打得近一个月不能下地。

镇南将军请旨，把林毅送去北境，让林毅脱离镇南将军府的影响，从困难模式开始重新历练。

谢家人按下了谢子忱，没让他参加今年的春闱，因为谢子忱被搅和进了此等秘辛之中，即便考上也会遭到其余知情人的打压，不如等上三年，等这件事的影响淡去再考。

汴国公则把自己的小女儿从夫家接回，还逼萧然写下和离书，不写就施压，让萧然在官场上寸步难行。汴国公家有个混不吝的三少爷，还找人一天按三顿套萧然麻袋。待萧然忍无可忍写下和离书，汴国公就利用人脉，让他被外放去穷乡僻壤，除非汴国公府没落，不然他这辈子也别想有半点儿晋升的机会。

至于临安伯，为平息众怒，也为保住阖府上下的清誉，他派了几个身强力壮的嬷嬷去庄子上，没多久庄子走水，棠沐沐没能逃出来，葬身火海。

几乎所有涉及此事的人，都得到了属于他们的结局，所以温溪并不怕棠沐沐会伺机报复，除非她突然诈尸……

这么一想，温溪忍不住打了个寒战，他问顾浮：“听说二哥曾在坐忘山住过一段时间？”

顾浮淡定喝茶，道：“是啊，怎么了？”

温溪犹豫片刻，小声问：“那里的寺庙灵不灵？”若是灵，他想去拜拜，免得棠沐沐还魂，来找他大哥索命。

“应当是灵的吧。”

两人又坐着聊了一会儿，因为长宁侯给温溪定了门禁，他没能在外头待太久，就回家去了。

顾浮将人送走，没有马上回家，而是去了趟书局，淘了几本乐谱才回去。晚上她照例来到祁天塔，才把乐谱放下，就听到傅砚对她说：“陛下召你，明日入宫。”

忠顺侯已“死”，顾家二姑娘的身份又不方便入宫，所以顾浮是穿了男装，大半夜被傅砚偷偷带进宫的。因为不知道会在宫里待多久，她出门前还和顾启铮打了声招呼，说如果自己天亮之前没能回来，就帮她遮掩一下。

陛下亲自召见，顾启铮自然不敢对顾浮夜间出门表达什么不满，可一想到这些年来，自己能为这个女儿做的只有替她遮掩行踪，心里颇有些不是滋味，也就没计较她偷藏男装一事。

寻常人要想在宵禁时间入宫，得走很多道程序，顾浮沾傅砚的光，没怎么费工夫就走过了宫门。这是她头一次入宫，新奇的同时，又感到遗憾。因为不是白天，稍远一些又没点上灯的宫殿都隐匿在夜色之中，若是白天来就好了，定能看得清清楚楚。

顾浮跟着傅砚，来到紫宸殿外，殿外有位两鬓斑白的公公候着，傅砚将她交给了这位公公。她认识这位公公，知道此人姓赵，因为五年前她救驾时这位公公也在，是陛下的心腹。

"顾侯这边请。"赵公公笑吟吟地将人带进殿内。

宫殿下面铺了火道，所以殿内没有室外那么冷，顾浮略微低着头进来，行礼后也没有抬头，直到正前方传来皇帝的声音："起吧，赐座。"

顾浮才站起身，抬头看向位居高座的皇帝陛下。

许是锦衣玉食保养得当，也可能是因为老天眷顾，三十出头的皇帝陛下看起来和五年前没什么两样，年轻，俊美，脸上挂着常年不变的温和笑容。

真要说有哪里不同，大约是身上的气势比原来更足了。

顾浮在搬来的椅子上坐下，非但不紧张，还有心思乱想：国师和陛下长得还真有点儿像。

与此同时，皇帝也在打量她如今的容貌，因为他很好奇，记忆里年仅十四岁的小姑娘，到底长成了什么模样，才能在军营里待上五年都没暴露女子身份。

结果和他想的不一样。

小姑娘既没有长得满脸横肉，也没变得五大三粗。高是比一般姑娘家高点儿，身姿挺拔清瘦，样貌也秀气，穿男装没有违和感，一举一动在细节处都和男人没什么两样，应该是这五年在军营里耳濡目染学来的。

"长高了。"皇帝轻叹，语气像极了当爹的终于见着久别的闺女。

顾浮也没觉得哪里不对，因为五年前皇帝和她说话就是这个语气。

五年前，顾浮十四岁，只要没有意外——比如像穆青瑶一般母亲亡故、父亲不在身边，官家女选亲定夫家一般都在这个年龄。

那时的她对定亲充满了焦虑，可又无法拒绝长辈的安排，只能被祖母和婶婶带着到处赴宴，或见客。终于有一次，祖母带她去坐忘山拜佛，她从寺庙里跑出来透气，不承想在山间迷了路，遇见了正被追杀的皇帝。

若是其他姑娘遇到这种事，恐怕得和皇帝一起死在刺客剑下，偏偏顾浮会武功，武艺还不差。因为她的母亲出身将门，所以她从小就在母亲的教导下学了些拳脚功夫。八岁那年，三弟顾竹被书院里的人欺负，她装成三弟的模样去书院替弟弟报仇，意外入了书院某位武师傅的眼。那位武师傅误以为顾浮就是顾竹，便收了她为徒，还教她内家功夫。

顾浮一口气学到十三岁，常被武师傅夸赞青出于蓝，可就在她十三岁那年，顾竹十二岁，成了那位武师傅负责的学生之一。武师傅高高兴兴去见自己的徒弟，结果见到了一个全然陌生的"顾竹"，内心所受到的惊吓可想而知。

后来武师傅知道自己的徒弟实际是个姑娘，就把她给"逐出师门"，再不教了。可顾浮的武功已经出师，杀个把刺客不在话下。反而因为杀得太干脆，皇帝脱险后还怀疑过她的性别。

当时皇帝身边除了赵公公，还有几个重伤的侍卫和一个昏迷的"姑娘"。那"姑娘"穿了件带兜帽的外衣，浑身被裹得严严实实，顾浮对"她"没什么印象，只记得很轻很轻，轻到即便是十四岁的自己也能将人抱起来。

再后来，迷路的一行人找到了一间木屋歇脚，顾浮趁此时机向天借胆，不仅和皇帝索要救驾的赏赐，还撒谎说自己的弟弟想去北境从军，希望皇帝能让朝中武将写封举荐信，给她弟弟带去北境从军用。

皇帝并不觉得冒犯，还问她有没有自己想要的东西，毕竟救驾的人是顾浮，他总不能只赏人家的弟弟。

顾浮却说保卫陛下是她应尽的本分，原就不该索要赏赐，实在是北境军规森严，为防敌寇混入军营，在选拔将士方面十分严苛，这才斗胆向皇帝要举荐信。救驾后索要的赏赐，是希望皇帝给她弟弟一个去边境保家卫国的机会——这样的行为，如何让皇帝不为之动容？

也是从那个时候开始，皇帝对顾浮说话的语气就变了。

后来皇帝发现顾浮撒谎，那封举荐信不是给她弟弟，而是给她本人用的，他也没生气，只觉得哭笑不得。这姑娘也太大胆了。

但皇帝没有将她召回，因为那会儿他才斗赢了世家老臣，对顾浮非要与命运抗争的行为产生了共鸣，所以对她女扮男装从军一事，他采取睁一只眼闭一只眼的态度，还替她收拾首尾——不仅安排了知道她女子身份的军医，还敲打顾启铮，让其给顾浮假造了一个同名同姓的男子身份。

可他没想到，顾浮居然如此能耐，在北境军中闯出了响亮的名头。正好他要清理当时在北境做土皇帝的官员，就助她执掌了北境军权。顾浮也争气，几年来未尝一败，打得北边那些鬣狗闻风丧胆，还帮皇帝把在北境鱼肉乡里的官员给清扫下台。

如无意外，顾浮该去京城受封爵位，然后回北境接着做自己的大将军，以皇帝对她的信任和她对皇帝的忠诚，守一辈子北境也不无可能。

然而，她除了是北境的大将军，还是顾家的二姑娘。让她回京，极有可能暴露身份。可若不回一趟京城，她的受封无法名正言顺，还容易让人觉得顾大将军失了圣心，对她掌控北境造成影响。

偏偏这个时候，知道顾浮身份的一名军医突然失踪，给她暴露身份增添了无限可能。

皇帝不愿拿北境的安稳做赌注，一旦顾浮暴露身份，后果会怎样谁都无法预测，所以他没再犹豫，当即下了道密旨，让她舍弃男子身份，诈死回京，并安排她推荐的人继任统帅一职。

顾浮的“死讯”让边境各部蠢蠢欲动，但有她推荐的继任者在，骚乱很快就被平息，一切都在可控范围内。这大概算是最好的结局了。

皇帝与顾浮寒暄，还叫人送来夜宵，两人一块儿品尝。

皇帝的性子和寻常君主有些不大一样，他当太子时就过得艰难，所以很少会觉得自己的决策臣子们就该理所当然地听从。对于顾浮，他心里也有愧疚，会忍不住一再地想要补偿她。

所以他就问了，问她想要什么。

顾浮唯恐皇帝会在自己的亲事上插手，连忙表示自己什么都不要。皇帝对这个答案并不意外，于是打算自己去寻她所需所想，尽力满足。

之后两人从京城聊到北境，因过去五年不曾断了书信联系，各自有着说不完的话题，直到天快亮了，皇帝才放人回去。

傅砚在紫宸殿偏殿待了一宿，原本是想睡一觉的，结果听见顾浮说起在北境那几年的遭遇，不由得听入了迷，跟着熬了一夜。

顾浮告退后，他也起身，踏出偏殿。

从昨晚的话语中，不难看出她对北境的眷恋，所以傅砚以为，顾浮在皇帝面前表现轻松，出了宫殿定会难以抑制地流露出难过，或者不甘。可当他踏出殿门后，却看到她在和禁军统领李禹说笑。

李禹终于见到活的大将军，别提有多激动，两人还约好了出城送别的日子，直到傅砚朝他们走来，李禹才依依不舍地道别，看着国师把人带出皇宫。

出宫路上，傅砚一直不曾言语，待出了宫，两人共乘一辆马车，他才问："可曾后悔？"

顾浮反应了一会儿才明白对方在说什么，笑着道："有什么好后悔的，抗旨不遵牵连家人我才会后悔。"

傅砚垂下眼帘，没说话。

顾浮凑过去问："你不信？"

傅砚道："你很喜欢北境。"

顾浮失笑道："我喜欢的不是北境，是自由。"

若能自在地活着，想嫁人就嫁，不想嫁就不嫁，女装出门不需要把自己全身遮得严严实实，要喝黄沙烫也不用叫三弟帮她买，可以自在习武，不用被女子的身份束缚，那她也会很喜欢京城。

傅砚微愣，慢慢地，他侧过头，像是在思考什么。

马车辘辘，偶尔能听见最后一班巡街的武侯为他们开道的哨声。

突然，顾浮冒出一句："我抱过你。"

傅砚转头看去。

顾浮脸上带着点儿兴奋，说："你应该不记得了，我也是刚刚才想起来，就五年前在坐忘山，我救驾那次，陛下身边昏迷不醒的人是你，对吧？你那会儿好瘦好轻，抱起来跟抱一具骨头架子似的，肩膀都硌到我胸口了，而且我也没怎么费劲儿，还以为自己抱的是个姑娘呢。"

傅砚："……"

顾浮见他不语，追问道："不记得了吗？"

傅砚抬起手，如竹如玉的手指屈起，敲了敲车壁，外头驾车的车夫立刻就吁停了马车。

"下车，自己回去。"

顾浮被那六个染了寒气冻到僵硬的字砸中脑袋，一时间惊疑不定——

这是又生气了？

"男人的心思太难猜了。"顾浮翻出几套自己的衣服，和穆青瑶抱怨。

穆青瑶从书架上拿了本书，正翻看着，闻言头也不抬道："又怎么了？"

顾浮摇了摇头，说："就是很难猜。"

她虽然不理解傅砚生气的点在哪儿，但还是没有为了分析，把会让傅砚生气的内容告诉别人。

穆青瑶向来不爱追究什么，既然对方不肯细说，她也就没往细里问。

看完一个章节，穆青瑶抬头想借这本书，却发现顾浮在床上铺开包袱布，并把刚刚拿出的几套衣服放到了包袱布上头。她愣住，问道："你去哪儿？"

"不去哪儿。你还记得李禹吧？"

穆青瑶点头道："记得。"

"他不是知道我还活着吗？我骗他说我准备离开京城，免得他老想把我从京城里找出来。时间定好了，就明天，我让他送我出城，然后再偷偷溜回来，日后桥归桥，路归路，皇后娘娘那边也算有个交代。"

当然信还是得送的，从一月一封变成半年一封，一年一封，最后销声匿迹，便算完事。

顾浮收拾好明日出城用来装样子的行囊，并把李禹给自己的玉佩也拿上，准备明日还回去——这东西绝对不能留，不然指不定什么时候会栽在上头。

穆青瑶放下手中的书，看顾浮收拾妥当，突然开口问："你不会真的走了吧？"

顾浮转身，有些意外："为什么这么问？"

"因为……"穆青瑶看向窗外，如今已是二月，光秃秃的树梢上冒出新芽，看着很讨喜，可她看了只想叹气，向来没什么起伏的声音此刻听起来格外飘忽，"因为你可以去任何地方。"

有本事一个人从京城走到北境，又在北境待了五年的顾二，能在任何一个地方都活得很好。

顾家看似给她提供了安身之地，让她衣食无忧，住在有人伺候的院子里，春赏绿意冬赏雪，夏观池荷秋品蟹，但这些顾浮凭自己的能力也能获得。而且在别的地方，她还可以无拘无束，不用担心被长辈逼着嫁人。

所以哪天她要是走了，再也不回来，穆青瑶一点儿都不会觉得意外。

顾浮走到穆青瑶面前，屈指弹了一下她的额头说："想什么呢？

"出城、入城皆需'过所'，我五年前能一路走到北境，是因为有林老将军亲笔所写还盖了印章的举荐信，后来我爹又给我弄了个假身份，这才万无一失。明日出入城用的过所我还打算晚上去找傅砚要呢，毕竟是骗皇后的侄子，总不能又去麻烦我爹吧？可我要是用傅砚给的过所跑去别的地方，陛下一道旨意传至各州，再一核对出入城的登记名册，难道还找不到我吗？”

穆青瑶听了，稍稍心安，自己已经习惯支持她去做任何事，可过去五年里也曾为她感到过担忧，这还是在知道下落、能收到书信的情况下，可若连人在哪儿都不知道，无法想象自己会有多不安。

然而穆青瑶并不知道，顾浮要是真的想走，一份过所根本拦不住。她之所以留下，是因为这里有让她牵挂的家人，以及……她还没找到想去的地方和离开的理由。

晚上顾浮去祁天塔，找傅砚要过所。秘阁的办事效率非常高，她新曲子还没练完，小道童就把一份新过所送到了她面前。

“不错不错，还挺快。”

傅砚起身道：“你该回去了。”

“啊？”顾浮看着他下楼，转头问小道童，“他还气着呢？”

小道童行礼送客，根本不敢说是她今日练的新曲子难听到了一个新高度，除开弹奏的本人，恐怕任何一个正常人都无福消受。

小道童不说，顾浮就不知道，所以第二天见了李禹，她心里还一直惦记傅砚生气这事儿，显得十分心不在焉。李禹惦记着今天，昨晚都没睡好觉，两人碰头后一块儿骑马出城，李禹路上见她的心思明显不在这儿，还有些担心地问：“是遇到什么事了吗？”

“啊？”

李禹说：“我看你心不在焉的，问你是不是遇到什么事了。”

“嗯……”她想了想，说，“我惹了一个人生气，在想他到底气什么。”

李禹没想到将军也会因惹人生气而苦恼，不由得嗤笑出声：“你也有今天。”

顾浮不解道：“怎么说？”

李禹掰着自己的手指头，细数她在北境那些年干过多少缺德事，还说：“卫骁几个天天都嚷着要反了你，你怎么现在才开始想这个问题？”

“那个人和你们不一样，金贵着呢。”

金贵？李禹问：“是先前你叫去酒坊见我的那个姑娘？”

自然不是，可她又懒得解释，就应下了：“嗯，是他。”

李禹想起那日见面时，对方头上还戴着幂篱，看起来像是大户人家的姑娘，就问：“她是谁家的姑娘，你看起来很信任她，什么都跟她说。”

“他……”顾浮飞速转动自己的小脑瓜，也不知道是不是转太快抽了筋，突然冒出一句，“他姓傅。”

“傅？”李禹从小在京城长大，不记得有哪个大户人家姓傅，要么就是那户人家家境普通，入不了他的眼，要么就是将军被人骗了。于是他追问：“全名叫什么？”

“随意议论姑娘家的名讳，不大好吧？”

李禹冷冷道：“你跟她说我欠你两次裤子没脱的时候，怎么没见你觉得不好？”

顾浮语塞，但也没继续把国师大人搬来用：“反正你别管他叫什么。”

“那她会和你一起走吗？”李禹问完觉得自己脑子有坑。无论是不是大户人家的姑娘，若真这么跟将军走了，不就是私奔吗？

可顾浮却觉得，自己都表现得这么在意了，又说对方不和自己走，岂不是很奇怪？于是她骗道：“他当然跟我走，不过他早我几日出城，所以没和我一道。”

李禹沉默，没想到那位傅姑娘如此豁得出去。可惊叹的同时，他又不免有些羡慕，羡慕傅姑娘能和将军一块儿浪迹天涯。

顾浮压根儿没想到私奔那层，还在念叨：“所以他到底在气什么呢？”

李禹见面前这人和自己说话都想着傅姑娘，羡慕的情绪又变成了不耐烦，道：“别想了，女人都这样，总是无理取闹。”他觉得自己说的是人间真理，却遭了一记白眼：你们男人才无理取闹，比天书还难懂。

二月到三月是出城踏青的好时节，两人一路上遇见不少坐马车出城的人家。顾浮原还不怎么在意，直到李禹看着远处一辆马车，说：“那好像是长宁侯府的马车？”

她一僵：“哪儿？”

李禹没说，只招呼道：“绕路绕路，我不想见到他们家的人，晦气。”

特别是长宁侯府的大少爷温江和小少爷温溪，这俩不知道抽什么风，一个逮着他二叔李于铭不放，一个跑去跟魏太傅告状，害他手下的禁军吃了顿苦头。

顾浮也不想和长宁侯府撞上，要是被温溪看见，她这出戏可就唱不下去了。两人一拍即合，打马绕路。

就在这时，长宁侯府的马车被人从里面掀开了车窗帘子，根本不想出门却被逼着一块儿踏青的温溪把头伸出窗外透风，忽然看见远处有抹熟悉的身影，呢喃道：“二哥？”

“何事？”长宁侯府的二少爷温河碰巧走到马车边，还以为温溪是在叫自己。

温溪一脸嫌弃地挥手赶他，说：“我才没叫你。”

温河不信：“我分明听到了，难道你还有另一个二哥？”

温溪：“……”

还真有，不过这事不能让温河知道。于是温溪把头缩回去，用力将车窗帘子甩上。

“小兔崽子。”温河骂了句，接着骑马朝侯府女眷所在的马车行去，他方才跟路边卖花的人买了两枝杏花，要给自己妻子送去。

待行到人迹罕至的望城坡，顾浮停下马，对李禹说：“就到这儿吧，不用送了。”

李禹道：“再送一段吧，你这一走，也不知道什么时候才能再见……”说到这里，他别开脸，叹了口气，接着又把头转回来，问，“真的不留下吗？京城那么繁华，你就一点儿都不喜欢？”

顾浮笑笑，不说话。

李禹明白了，他拉扯缰绳掉转马头，说：“那你走吧，记得给我写信。”

顾浮没答应他，而是冲他喊了一声：“李禹！”

李禹回头，一枚玉佩朝他脸上砸了过来。

“顾浮你大爷！！”

他好险才把玉佩给接住，没让自己的脸遭殃，可还是忍不住冲顾浮骂了句。也不知是真怕被砸到脸，还是无法将人留下的郁气积攒太久，借着这个机会发泄了出来。

顾浮大笑道：“行了，回去吧，我会记得给你写信的。”说完她挥动缰绳，快马奔驰，在李禹的视线中逐渐远去，最后消失不见。

李禹盯着人远去的方向看了许久，然后才低头看手中的玉佩，玉佩上头刻着一个“李”字，正是他先前送给将军的那一枚。这玉佩也就在京城比较好用，出了京确实不怎么用得上，可李禹没想到对方居然连这点儿念想都不留。自此山高水长，他得盼着将军主动送信给他，否则他便无法确定将军的下落。若哪天，将军忘了给他写信……

李禹心里一慌，用力握紧掌心的玉佩，扬鞭朝着顾浮离去的方向策马疾驰。可之后他赶了十几里路，马都跑得没力气了，也没能再见到那人的身影。

顾浮难得出城，不想这么快回去，就半途绕去汴山，到自家庄子上逛了一圈，还剪下好几枝开得正好的杏花，准备送人。

她抱着花回家，才进小门，便被顾启铮安排的婆子抓个正着。那婆子道："二姑娘，老爷在书房等你呢。"

顾浮预感自己会被骂，不太想去。可躲得了初一躲不了十五，她只能将花交给婆子，让她分成几份，送去给穆青瑶、她大嫂还有二夫人和顾小五。

婆子提醒道："杨姨娘和四姑娘那儿……"

她这才想起来，拍了拍额头道："哦，对，还有她们，那就再各送一枝给四妹妹和杨姨娘，剩下的留我屋里。"吩咐完，便去了顾启铮的书房。

顾启铮看她一身男装，果不其然将人骂了一顿，说她不该穿着男装到处乱跑。顾浮已然习惯，起先还忍着乖乖受训，到了后面实在忍不住，开始和亲爹互撑。

很快两个人都说渴了，顾启铮倒了倒茶壶，一滴水都没有了，便叫丫鬟重新沏了一壶进来。

顾浮捧着刚刚抢到的最后一杯茶解渴。顾启铮没好气地警告道："后天给我在家待着，有客人要来。"

"谁啊？"

"东桥吴家。"

顾浮回忆了一下，没想起自家和东桥吴家有什么往来，正奇怪，就听顾启铮补了句："他们家有个儿子，名叫吴怀瑾，早先同人定过亲，不巧赶上吴家老太爷去世，因为守孝错过婚期，定亲的姑娘家里就把婚退了。如今孝期已过，吴家准备再给吴怀瑾寻门亲事。那吴怀瑾的年龄虽然比你大许多，但样貌品行皆为上等……"

顾浮反应过来，这又是长辈们给她选的夫家。她不想说话，低头喝茶。

谁知顾启铮接着道："他本人也算争气，十七岁就入了禁军，多年来恪尽职守，如今已是禁军的副统领，与其上峰李禹关系也不错……"

顾浮"噗"的一声，喷了一地茶水。她一口茶喷到地上，半点儿大家闺秀的模样都没有，惊得顾启铮瞪大了眼睛，咆哮出声——

"你这像什么样子？！"

顾浮也想咆哮：你真是我亲爹吗？怎么上赶着给我添乱？

但她忍住了，放下茶杯，一边用手抹去嘴边的茶水，一边问："爹，你知道李禹曾在北境军待过吗？"

顾启铮自然知道。李禹这么年轻就能当上禁军统领，不仅是因为他有能力有背景，更因为他曾在北境立下过军功，是他女儿麾下的一名干将。

顾浮从她爹那儿得到了肯定的答复，万分不解："那你还找个和李禹关系不错的禁军副统领？你不怕李禹看见认出我来？"

顾启铮自有他的一番说辞和想法："认出来又如何？他也算天子近臣，又是皇后最看重的侄子，就算认出你，他难道还敢到处去说吗？陛下为了保住你的秘密，不惜让你诈死回京，李禹便是不为自己打算，也要为皇后娘娘着想。"

"顾捋捋"难得哑火，她爹说得好有道理，根本没法儿反驳。

说到底，她爹想给她找个好人家，让她下半生平安喜乐就行，至于会不会在李禹面前暴露身份，根本不在他的考虑范围内，反正李禹不敢到处乱说。

退一万步讲，就算李禹告诉别人顾家二姑娘就是死在北境的顾浮顾大将军，那也无须顾家担忧，甚至不用陛下动手，李家老太爷能亲自对外宣布李禹有疯病，说的话都是疯话，以保全李家上下以及皇后。

这就是李家，他们能走到今时今日这个地位，靠的就是"识相"二字。

她爹也是可以的，顾浮心想。但她不会妥协，因为即便吴怀瑾的顶头上司不是李禹，她也不会嫁，所以和之前一样，自己会想办法，让吴怀瑾主动表示不愿与她成亲。

章四 破局

在小门抓到顾浮的婆子姓马，是府里出了名的利嘴，心思也多。她自认最懂这些后宅的弯弯绕绕，明白怎么讨顾浮这样的嫡女欢心，送花时将杨姨娘和顾诗诗放到了最后，还特地挑了被压坏的两枝送过去。

杨姨娘还好，笑着把花收下，还在马婆子走后，把花放到显眼的花瓶里，等着顾启铮什么时候过来，让他知道他的女儿叫人送烂花来羞辱她。

顾诗诗那边可就热闹了。

顾诗诗听丫鬟说马婆子来送花，送的还是顾浮从自家庄子上摘来的杏花，转头就对今日来她这儿玩的闺密们轻哼道："你们看吧，我说什么来着，我那姐姐在外待了五年，规矩都忘得一干二净，活像个山野村妇，竟还自己出门去庄子上折花。明明吩咐一声，有的是人去办，非要自己去干跑腿小厮的活儿，真是越来越上不得台面。"

能和顾诗诗玩到一块儿的姑娘，自然也都向着她。在她们的附和声中，马婆子捧着一小束完好的杏花进来，却往顾诗诗面前递了枝烂的，叫这群姑娘都看傻了眼。

"你这是什么意思？！"顾诗诗大怒。

马婆子没想到屋里还有外人，知道这事要传出去，二姑娘落个欺凌庶妹的名声，自己也讨不了好，于是灵机一动，便道："四姑娘息怒，剩下这花是给老爷的，总不能将好的花给四姑娘，把不好的花给老爷吧？要是叫别人知道了，误会四姑娘不懂孝道可如何是好？”

顾诗诗才不信马婆子的鬼话，要搁平时，她定将马婆子怀里的花都扔地上踩个稀巴烂，可偏偏她屋里还有客人，不好乱发脾气，只能硬生生把这口气咽下去。

马婆子走后，顾诗诗的闺密为了安慰她，纷纷开口赞她识大体，还说那马婆子定是撒谎，帮着谴责她那刻薄的二姐。

顾诗诗顺着小姐妹们给的台阶下，但心里还是不高兴，忍不住说起了她觉得最恶毒的坏话：“我不和我那姐姐计较，你们也知道，我那姐姐年纪这么大，又一直定不下亲，心里当然着急，满腔焦虑无处发泄，可不就往我这儿来了。”

顾诗诗的闺密们面面相觑，最后还是抵不住好奇，问道：“为何定不下亲？这满京城的权贵，难道她一个都看不上？”

顾诗诗现在只想把顾浮贬进泥里，全然忘了她不成亲对自己会有什么影响，不客气道：“她看不上人家？人家看不上她才是！先后两户，皆在定亲前反悔。听说我爹爹又给她找了一户人家，你们看着吧，这回啊，肯定也是连亲都定不了。”

顾浮不知道自己叫人送花还能送出仇来，晚上抱着剩下的花去了祁天塔，准备送给傅砚哄他开心，让他消气。结果还不错，至少傅砚没再像昨晚那样提前赶她走。

“哎，我的谱子是不是少了一份？”

傅砚面不改色道：“记错了吧。”

“是吗？”顾浮将信将疑，一旁端茶的小道童加快动作，放下茶就撤，不敢让她看出是受了国师指使，把那本要人命的新乐谱藏了起来。

找不到正在练的新谱子，顾浮也就没去弹箜篌，而是找了个视野不错的位置，拿着傅砚的千里目往下看。

千里目是军造司的产物，外形是个平平无奇的圆筒，但用它能看到很远的地方，是斥候必备的用具之一，所以曾经当过斥候的顾浮对千里目并不陌生。可她还是出于好奇，把傅砚的千里目拿了来，因为这个和她用过的不同。

她用过的千里目，外面不过是一层铜皮，傅砚用的千里目可就厉害了，是镏金的，中间裹着一层鹿皮，还镶了好几圈宝石，一看就与众不同。不过效用上没什么差别，她看一会儿就觉得没意思，把千里目放下，安安静静趴在栏杆上发呆。

不用听到那箜篌声，傅砚原本还挺高兴，可没过多久，他又开始感觉缺了点儿什么，有些不太习惯。这样的“不习惯”使他无法集中注意力，时不时就会抬起头，看栏杆前的人一眼。

顾浮发现了他的异常，倚在栏杆上问：“总看我做什么？”

傅砚放下手中的笔问：“你怎么不弹箜篌了？”

“你想听？”

傅砚犹豫片刻，最终还是点头应：“嗯。”

顾浮当即起身，走到摆放箜篌的地方，弹奏了一首自己最熟练的曲子。箜篌声叮叮当当，也不知道是他听习惯了，还是经过昨晚那首新曲子的摧残，在对比中产生了美，傅砚突然觉得，这人弹得好像也……没那么难听。

伴着箜篌声，傅砚低头做起自己的事情。桌上的奏报摞得像一座小山，由他先行审批决策，再送去御前。傅砚翻开一份红色的奏报，上面写着顾家后日要招待东桥吴家的事情。顾浮是他的良药，她的婚事，对他来说自然也是头等大事，所以他擅自做主，将和她婚事相关的密报提升至重要等级，并每次都会扣下，不往皇帝那儿送。

看完这份奏报，他裁了张字条，并在上面写下一行字。等顾浮离开后，傅砚让小道童把这张字条送去给安插在东桥吴家的探子。东桥吴家虽不是什么显赫人家，但吴怀瑾是禁军副统领，仅凭这一条，秘阁就不会放松对吴家的监控。

字条在第二天早上传到吴夫人的心腹嬷嬷手里，那老嬷嬷背着人看完就把字条给烧了，回到主院伺候吴夫人梳妆用饭。饭后，吴夫人挑选明日去顾家要穿的衣服，老嬷嬷欲言又止，成功引起了吴夫人的注意。

“可是嫣儿又闹了？”

吴家向来子嗣单薄，吴老爷没有兄弟姐妹，吴夫人也只生了吴怀瑾这么一个儿子。十几年前，家中的妾室倒是又生了一个女儿，闺名吴嫣，可不知是先天有缺还是怎么的，吴嫣性子特别奇怪，三不五时就要惹出点儿事来。

老嬷嬷屏退了屋里其他下人，弯腰在吴夫人耳边低声道：“不是嫣姐儿，是顾家。”

吴夫人眉心一跳，问道：“顾家？顾家怎么了？”

“夫人可还记得，顾二姑娘曾陪顾家老夫人在坐忘山礼佛五年。”

吴夫人当然记得，若非如此，她也不会选中顾家二姑娘。因为吴家一脉单传的情况实在是太邪门了，吴嫣的异样更是叫她怕得不行，让她觉得有什么脏东西缠着吴家，让吴家没办法人丁兴旺。所以她选了在寺庙待过五年的顾浮，想着经过佛法洗礼的顾二姑娘定能镇住家里的邪祟。

可老嬷嬷却告诉吴夫人："老奴听说，顾二姑娘之所以会去坐忘山，是因为有高僧批言，说她命格不好，需在佛门之地清修，方可改命。"

吴夫人一脸惊异："当真？"

"夫人你想，若不是迫不得已，谁会让自家姑娘去庙里礼佛？活活耽误五年，弄到现在连议亲都难。"

吴夫人犹豫道："万一是家里长辈不喜欢她，故意的……"

老嬷嬷加重了语气道："夫人，那顾老夫人可是亲自陪着顾二姑娘整整五年不曾回家，这哪里会是故意折磨她，分明就是长辈心疼极了，才不得不出此下策啊。"

吴夫人腾的一下站起身，在屋里来回踱步，走了好几圈才停下，说："可既然已经改了命，应当是无碍的吧？"

老嬷嬷叹了口气，说："寻常人家娶她定然无碍，可咱们家……"

吴夫人顺着这话往下想，越想越不安，最终一拍桌子道："不行，这门婚事不能成。明日先去顾家，回来我再和老爷说，让他推了这亲事。"

吴夫人满心焦虑，乃至第二天出门时没发现自己后头凭空多出一辆马车，直到抵达顾家，才惊觉吴嫣居然偷偷跟来了。

精神状态紧绷到极致的吴夫人险些骂出声："你来做什么？"

吴嫣躲到哥哥吴怀瑾身后，看天看地就是不看自己的嫡母，把她那副古怪脾性展现得淋漓尽致。

老夫人和顾启铮亲自招待吴家人，因为吴嫣也来了，老夫人便让小姑娘到后头和顾浮一块儿玩。吴夫人不放心，可又不好说什么，只能看着吴嫣被带走。

之后一群长辈说话，老夫人也从吴夫人的态度中察觉出一丝不对劲儿——吴夫人好像……并不怎么期待这门亲事？

这边老夫人起了疑虑，那边顾浮看着比自己小许多的吴嫣，有些苦恼，问她："要不我们去花园玩儿？"

吴嫣没说话，只点了点头，一双圆溜溜的大眼睛一眨不眨地盯着顾浮，有些瘆人。

顾浮却不觉得有什么——被一个小姑娘盯着而已，她还见过更恐怖的，就是被死去后依然睁着眼睛的战友盯着看，那才叫噩梦，不仅恐怖，还痛，浑身都痛。

顾浮带着吴嫣来到花园，因为天气逐渐回暖，花园里的景致还算过得去。她叫明珠去厨房拿些吃的送去湖心亭，转头就不见了吴嫣的身影。

吴家嬷嬷着急坏了，顾浮淡定安抚，反正吴嫣走不出顾家，只要保证人不掉下水就行。于是，她又把身边其他丫鬟派去和吴家的嬷嬷一块儿找人，还另外叫了人在湖边守着，免得小姑娘路过失足落水。

一通吩咐后，身边就只剩下了林嬷嬷。顾浮在花园里等了一会儿，没等来惯例的遥遥相望，就问："吴怀瑾怎么没来？"

林嬷嬷要更懂大户人家议亲的规矩一些，说道："虽说定亲前要让男女双方隔着老远见上一面，但也不是非见不可，也有连样貌都不知道，直接就定亲成婚的。"

顾浮第一次听说，惊了，问道："是这样的吗？"

林嬷嬷掩唇而笑，说："将军真是什么都不懂呢。"

顾浮想了想，对她道："去一趟老三那儿，叫他把吴怀瑾弄到花园里来，就说他要是同意，我想办法把落日弓拿回来给他看一眼。"

林嬷嬷诧异地问："就看一眼？这也忒小气了吧。"

顾浮"啧"了一声说："你不知道。"

落日弓又不是她的，能不能借来给顾竹看一眼还是未知数。就算落日弓是她的，她也不敢送出去，因为那玩意儿在傅砚以外的人手上容易出事。且她三弟拿到一支落日弓的箭都能兴奋上好几天不睡觉，把落日弓给他，怕不是会直接疯掉，她这也是为了保护弟弟的身心健康。

"自己不肯说，还怪别人不知道，将军和那些臭男人有什么两样？"林嬷嬷撇了撇嘴，转身扭着腰往顾竹的院子赶去了。

顾浮在花园边上的风雨连廊下等了很久，终于等来了人。顾竹走在前头，脸色苍白，仿佛遭受了残酷的蹂躏。吴怀瑾走在后头，虽然名字斯文，但作为习武之人，他体格强健，走起路来格外有气势。不过此刻的他一脸迷茫，显然是不明白素未谋面的顾三少爷为何要把自己叫出来。

见到廊下之人，顾竹险些哭出声，说："二姐，你可一定、一定要把弓带来。"

他这辈子就没这么拼过，要这样都没办法亲眼看看落日弓，他就找根绳子吊死在他二姐面前。

顾浮伸手摸他脑袋，说："好好好，一定给你带，一定给你带。"傅砚要是不肯借她落日弓，她就直接把三弟带去祁天塔，可不能让这么乖的孩子受委屈。

安抚好可怜的弟弟，顾浮看向吴怀瑾。吴怀瑾从刚才的对话中猜出了这姑娘是谁，先是往后退了一步，然后才向她见礼："顾二姑娘。"

"吴公子。"顾浮不大熟练地福了福身，直接道，"冒昧将吴公子找来，是因为我并不想与吴公子定亲，还望吴公子帮忙，拒了这门亲事。"

吴怀瑾愣住，顾竹也愣了，他没想到二姐姐叫他把人弄来，是为了说这个。

空气凝固，有冷风自廊下吹过，让顾竹起了一手臂鸡皮疙瘩。

吴怀瑾回过神，压下心中因被拒绝而升起的不快，问："在下自不会勉强姑娘，只是好奇，姑娘为何不肯与我定亲，可是听说了什么？"他不相信以自己的条件，会有女子这般迫切地将自己往外推，怕是有谁给他家泼脏水了，故而有此一问。

顾浮摇头道："是我自己的缘故，只要吴公子肯答应，这份恩情，我来日定当相报。"

吴怀瑾看对方不像撒谎，心中的不快微微散去，可依旧有些难堪，便嘴快说了句："这算不得什么恩情，况且我也不是特别想娶你。"

说完发现自己这话有些失礼，他又解释："不是你不好，而是我曾有过一门婚约，可与我定亲的姑娘拗不过家里人，不得已退了亲，但她心里一直有我。去年她夫君病逝，她特地给我写了封信表明心迹，所以我不想辜负她。"

吴怀瑾说的时候看着顾浮，好奇她会对此有什么反应。

顾浮的反应自然是高兴，她既没有追问，也没有表现出异样，反而在脸上扬起笑容，由衷感到庆幸："那我就放心了。"

事情居然比她想的还要顺利。吴怀瑾至今还惦记着曾经的未婚妻，也不觉得未婚妻嫁过一次人就不好，想要在对方守寡后把人娶回家，这般重情重义的人，合该幸福美满，顾浮心想。

然而吴怀瑾却对此有些意外，因为他问过父母，也询问过朋友、同僚的看法，大家对此都不看好，还有人虽然没劝他打消这个念头，却建议他收曾经的未婚妻为妾，毕竟吴怀瑾还没成过婚，对方又是嫁过一次的妇人，自不能与寻常姑娘相提并论。

吴怀瑾虽经常让他们不要这么说，可如今终于被人肯定，他却不知为何并未感到舒坦，同时顾浮脸上那抹满含祝福的笑容也印在了他的脑海里，挥之不去。

简单商议完后，两人相互告别。顾竹因为不喜欢和陌生人接触，提前开溜不见了踪影，于是吴怀瑾独自一人绕过长廊，穿过随墙门，走着走着，他发现自己居然在别人家迷了路。他想找下人问路，却不知道附近的丫鬟都被顾浮派去找他妹妹了，所以一个人都没遇见。没办法，他只能硬着头皮乱走，结果就是又绕回花园，还走到了湖心亭附近。

就在吴怀瑾迷路的时候，丫鬟、嬷嬷们终于找到了乱跑的吴嫣。顾浮怕人再走丢，就牵着她的手，带她去湖心亭吃点心。

湖心亭风景独好，远远望去还能看到祁天塔的塔尖。吴嫣一只手拿着一块糕点，左边吃一口，右边吃一口，然后两只手同时一扔，就把糕点都扔到了桌上。

顾浮看见，问她："不喜欢？"

吴嫣没有回答，而是扭动小身子四处张望，最后看到祁天塔，抬手指去，道："好高！"

顾浮顺着她的手看向祁天塔，想起住在那里的人，不自觉扬起了笑容说："是啊，可高了。"不仅高，还住着个天仙。

迷路到附近的吴怀瑾正好撞见这一幕，心跳猝不及防漏了一拍，接着心脏又飞快跳动起来。

——这顾家二姑娘笑起来还真好看。

禁军受皇帝直辖，主要职能就是保护皇帝，所以每逢节庆都是禁军最忙碌的时候。除夕和上元节就不用说了，二月还能清闲些，但这是相对三月而言。到了三月起手就是一个上巳节，接着就是春猎，从猎场回来还有殿试，殿试后陛下又要主持杏林宴……当真是连喘口气的时间都没有。

可眼看着上巳节临近，禁军统领李禹却病倒了。对此众人是一点儿都不意外，因为从二月的某一天起，李禹就变得有些奇怪，正常的休假都不休了，每天操心宫城防务。就连皇帝也发现，自己任何时候找他，他都能随叫随到。皇帝问了才知李禹差不多一天十二个时辰都在宫里值班，活像是要拿自己的性命来护卫宫城。

所以李禹过度操劳，病倒在床才是正常现象。

李禹病倒后，宫里还送来了几个御医，此外还有他的同僚也来看望，其中就包括了吴怀瑾。

李禹年纪比吴怀瑾要小，但吴怀瑾从来没有因为被压一头而表现出任何不满，也不会和人说李禹就是出身比他好才能踩到他头上。正相反，明明李禹年纪要更小一些，他却总在外人面前表达对李禹敬佩，也常问其关于北境的事情，似乎是对北境军充满了向往。吴怀瑾还总说他是家中独子，父母看得严，不然也想去北境从军。

李禹因此觉得吴怀瑾这人可以，所以就像顾启铮说的，两人关系不错。

没费多少工夫，李禹就看出吴怀瑾心里有事。病痛让他变得比平时更加烦躁，说话也很不客气，像极了那个还未去北境之前浑身是刺的李家嫡长孙。

“你不会还在纠结要不要娶那个女人吧？”

吴怀瑾那点儿破事他也知道，但没做过评价，因为他觉得这种事情别人说没用，自己怎样想才是最重要的，而且他很不耐烦吴怀瑾到处问人征求意见的做法，弄得底下人都在议论这事。

谁知吴怀瑾摇了摇头，说：“不，我已经决定了，我一定要娶她，若非走投无路，她也不会舍下脸面来找我，我不能辜负她。”

决定了就好，李禹心想，但还是忍不住觉得吴怀瑾是个烂好人，什么脏的、臭的都往家里收，别人说句心里还有他，这人就屁颠屁颠上赶着娶。给人感觉心太软，又优柔寡断，但这样的性格能让他广结善缘，他走到如今这个位置，大概也是好因好果。

李禹以为这事就算完了，没想到在决定要娶曾经的未婚妻后，吴怀瑾又有了新的难题——

“前几日我母亲做主，带我去了趟曲玉巷顾家，说是想要为我求娶顾家的二姑娘……”

李禹现在听到“顾”字就脑袋抽痛，他挥挥手，赶忙道：“有话好好说，别提‘顾’字。”

吴怀瑾不明所以，但还是听从了上峰的话：“那家的二姑娘很奇怪，先是主动说了不愿与我定亲，后来听说我想娶一个寡妇，她也没觉得我做得不对，还笑得……很漂亮。”说完最后三个字，他不由得想起印在心头的那一幕。

李禹脸抽了抽，问："你看上那个二姑娘了？"

吴怀瑾慎重地点了点头。

李禹觉得自己头又痛了，又问："可人家姑娘不是不想和你定亲吗？"

"我知道，可我实在忘不了她的笑颜，我从未见过像她那样漂亮的女子。"吴怀瑾深深叹了一口气。

李禹受不了他这样磨蹭，翻了个白眼，说："要么就都娶。自古父母之命媒妁之言，那个二姑娘不找她爹娘拒婚，只敢私下里找你，定是因为她爹娘都很满意这门亲事，只要你应下，两家定了亲，她还能如何？"

吴怀瑾眼睛一亮，身子微微前倾，问："那莲娘呢？"

吴怀瑾的前未婚妻名字叫莲娘。

按说女子的名讳不该被一个男人这么随便地叫出口，可李禹早就听惯了，便没注意，只暴躁道："你问她啊！问我干吗？告诉她你要娶那谁家的二姑娘为妻，所以只能抬她回家做妾，或者平妻，问她愿不愿意。"

吴怀瑾一拍大腿，低声念叨："是是是，我该去问问莲娘。莲娘善解人意，这么多年都不曾忘了我，定会体谅我。至于顾二姑娘，虽然只见过一面，但我足以肯定她心地纯善，或许她会因此怪我恼我，但我会让她知道我是真心喜欢她的。"

李禹越听脑袋越疼，于是开始赶人："行了行了，你赶紧走吧，再不走，我这病非得加重不可。"

吴怀瑾起身告辞，回了家就与父母商议此事。

吴夫人和吴老爷为是否要与顾家定亲的事争吵了好几日，听完儿子的想法，吴夫人连连反对，既不想让命格不好的顾浮做自己儿媳，也不想让莲娘那个克夫命进门。

吴老爷却觉得可以，反正自己儿子不能娶一个寡妇为妻，但要是做妾，他觉得无所谓，还能全了往日的情谊，何乐而不为。

不过吴老爷担心顾家有意见，就对自己儿子说："这事不能着急，得把顾家的亲事定了，把顾二姑娘抬进门再说。"

吴怀瑾不大想用这样的手段，可为了娶到佳人，他还是同意了父亲的提议。吴夫人的意见被彻底忽视，吴老爷第二日就上顾家去和顾启铮定日子。

顾启铮知道前两次的亲事之所以成不了，定是顾浮在背后搞鬼，为了保证这次顺顺利利，他将消息瞒下，连老夫人都没告诉，只告诉了弟弟、弟媳和几个关系甚密的亲友，还邀亲友上门见证两家定亲的喜事。

所以定亲当天，老夫人和顾浮都是蒙的。顾家几个小辈也是一个比一个蒙。

顾沉不明白，自己妹妹的婚事他怎么一点儿风声都听不到。穆青瑶则是记得顾浮和她说了，吴怀瑾同意拒婚。顾竹更是围观了吴怀瑾和他二姐姐达成协议的现场，没想到对方会出尔反尔。

顾诗诗在定亲宴上看到来观礼的闺密们，想起自己那日信誓旦旦，说顾浮定不成亲，谁知再次见面就在她的定亲宴上，顿时感觉脸上火辣辣地疼。

定亲宴无须顾浮出现，顾启铮怕她出来闹事，找了好几个侍卫守在屋外。然而顾浮并没有要冲出去的意思，她坐在窗边，听着前厅隐约传来的热闹声音，脸上没有一点儿表情。直到宴席散去，她都坐在窗边，一动没动。

夜幕降临，顾浮起身打开衣柜，却发现穆青瑶给自己做的男装不见了。林嬷嬷走过来，本是想来劝她吃口饭，结果扫了一眼衣柜，发现里面的衣服少了，便低头轻声道："今早你在院里练剑的时候，有人进来收拾屋子，大约是那个时候被人拿走了。"

说完，她脸上没了往日的嬉笑和轻慢，"扑通"一声跪下，沉声道："没能替将军守好院子，是奴的错。"

"不怪你。"谁能想到会在家里"遭贼"呢？

顾浮合上衣柜，也没换衣服，就这么穿着一身女子的裙装，翻窗跃墙，离开了顾府。茫茫夜色下，她没有和往日一样去祁天塔，而是一路飞檐走壁，朝东桥吴家走去。

半路，她跳下屋顶的时候，一道声音传来——

"顾侯！"

几个身着玄色长袍、脸戴面具的人拦在面前，单膝跪地，一只手横在膝上，另一只手垂落在地，道："国师大人请您过去一趟。"

顾浮用十分轻松的口吻说道："下回吧，我今晚有事，想来国师大人一天不睡，也不会有什么大碍。"

那几人没有让路，而是接着道："国师大人说会帮您退掉这门亲事。"

顾浮的声音冷了下来："我的事情，不劳烦他。"

秘阁那边必然早就得到了消息，可傅砚直到昨天晚上都没告诉她，现在说要帮她，骗鬼呢？

顾浮说完，突然被人从身后握住了手，同时一道微凉的声音传来：“我以为我能解决，是我自大了，对不住。”

她一惊，转身就见身后站了个人。那人像是乘着夜风来的，无声无息，她甚至没发现对方是什么时候站到了自己身后。

但熟悉的银白色稍微安抚了顾浮暴躁的心情，明明月悬高空，她却觉得眼前这人才是月亮，一身清冷银辉，足以照亮这片黑夜。

顾浮语气微缓，道：“还有你国师大人办不成的事？”

傅砚握着手没放，语气一如既往地平静：“有。你爹把定亲的日子选得太近，内阁那边又盯得紧，我没办法在短时间里替你悄无声息地摆平吴家。”

顾浮没说话，因为她很清楚，顾启铮把日子定得这么近，就是怕被她发现，想要瞒着她。

见她不应自己，傅砚又说了一句：“头一次见你穿裙装。”

“好看吗？”

傅砚视线下移，认认真真把她这一身看了一遍。轻飘的裙摆和大袖在风中微微扬起，他回了句：“好看。”

“但是不方便。”

“嗯。”傅砚拉着她的手，往回走。

没走几步顾浮就看见一辆马车朝他们驶来，马车前头是开路的武侯。宵禁时分，大街小巷一片寂静，只有这辆马车的声音，响得仿佛要惊动整个京城。

傅砚拉着人上车，随即马车掉转车头，带着他们驶向祁天塔。微微晃动的马车里，顾浮问：“你会武功？”

“只学过轻功，陛下说若是遇到危险，会轻功可以保命。”

顾浮信这话，若傅砚还会别的，两人第一次在祁天塔见面，他就不会被她困在墙角。不过傅砚的轻功水平不一般，来去无声，显然不是普通路子。

两人回到祁天塔，一前一后踩着楼梯往上走，其间傅砚还把吴家打的算盘说了一遍，并告诉她：“五日后上巳节，陛下会亲至临水苑，召百官及其家眷赴宴，吴怀瑾作为禁军副统领，自然也在。”

两人踏上七楼，顾浮坐到桌边，说：“上巳节是吧？”

傅砚端起桌上才煮好的茶，淡淡道：“记得带上你院里那个叫绿竹的丫鬟，她是秘阁的人，闹出人命的话，叫她收拾就行。”秘阁不仅收集情报有一手，杀人放火、扫尾收尸也熟练得紧。

顾浮扯了扯嘴角，明明是笑着的，却在不经意间流露出一股痞气与狠劲儿，叫奉茶的小道童都忍不住愣了愣神。

“放心，我一定跟他好好谈！”

自从能好好睡觉后，傅砚的作息十分规律。无论顾浮何时离去，他都会在亥初时分回房睡觉，第二天卯初即起。这天也是一样，确定人不会在大半夜跑去吴家后，傅砚看时间差不多，就起身准备回房休息。

往日顾浮会立刻就走，毕竟这里是别人的地盘，又放了不少秘阁送来的文书，她怎么着也得避避嫌。可今天和平时不一样，傅砚走到楼梯口，听见她问自己：“我能在你这儿留宿吗？”

饶是傅砚这样的冷淡性子，都险些滑下楼梯去，他扶着一旁的扶手，侧身转头看向发问的人：“你在我这儿留宿？”

顾浮当即保证道：“不用担心，我绝不下楼，就在这里待着，也不会乱碰你这里的东西。”

需要感到担心的，应该不是他吧？

傅砚有那么一瞬间的错乱，明明对方是女子，自己才是男子，她半夜留宿在这儿，需要感到不安的怎么着也该是她不是吗？

可想想这人第一次来祁天塔，就把他摁到了墙角，又觉得她这么说好像没什么问题。

傅砚纠结不出个所以然来，最后只丢下一句：“随你。”

傅砚下楼回房，不多时，小道童抱着干净的被褥、枕头上来，询问顾浮要睡哪儿。她看了一圈，最后指向桌边那块空地说：“就那儿吧。”既不会正对着窗户吹冷风，又不会看不见窗外的星空，怎么看都是个睡觉的好地方。

小道童把被褥铺好，行礼后退下。

顾浮本来也不困，甚至觉得自己一夜无眠也是有可能的，结果不知道是夜风吹得太舒服，还是祁天塔这里的氛围让她感到舒适，她开始犯困。随即她脱掉两层外衣，只着抹胸、长裙，并一件下摆收进裙里的对襟短衫就睡下了。

夜色如水，慢转轻挪。

第二天，早起的傅砚来到七楼，看见的就是桌边睡相格外豪迈的顾浮。傅砚转头别开视线，又看见一旁他用来挂狐裘的衣架子上搭了两件她的外衣。虽然只是两人的衣服挂在一块儿，可他还是灼伤一般把头转向另一边，半途视线扫过，发现人醒了，正仰着脑袋看他。

"……"

顾浮慢吞吞地翻了个身，一只手手肘撑在枕头上，另一只手支着脑袋，仿佛脑袋有八百斤重，不托着就会掉下来一样。

"起这么早？"因为刚睡醒，她的嗓音听起来有些哑。

被子搭在她肩头，从傅砚的角度能看见她修长的脖颈，白皙漂亮的锁骨，以及……

"不早了。"傅砚转身下楼，留下一脸迷茫的刚醒之人。

不早？

顾浮坐起身看向窗外，这个时辰外头天刚蒙蒙亮，怎么就"不早"了？没等她想出个一二三来，勤劳的小道童就捧着热水上来了。

顾浮起床先去穿了外衣，接着洗脸漱口。小道童就在一旁收拾被褥、枕头，等他抱着被褥、枕头下楼，傅砚才又上来。之后两人一块儿吃了早饭，耀眼的华光自东方缓缓显露，驱散黑夜留下的寒。

饭后顾浮问："吴家的密报能借来用用吗？"

傅砚专门挑了写有吴怀瑾从李府归家后和父母商议的那一份，递过来。

顾浮看了一遍，感觉刚吃下的早饭在胃里翻涌，恶心得紧。她"啪"地将密报合上，告诉傅砚一件事："其实你只要把这个放我爹案头，我爹就不会让昨天的定亲宴如期举行。"

傅砚眼底闪过困惑。

顾启铮为了定亲宴能顺利，连自己的母亲和儿女都能瞒着，又如何会为了这背后的真相让一切功亏一篑？

"怎么跟你说呢……"顾浮想了想，道，"我爹至今还念着我母亲，宁可劳烦婶婶管家，也不愿再娶一个续弦。杨姨娘也是母亲去后，祖母说他房里没人伺候要给他另娶，他才从乐坊带回来搪塞祖母的。祖母拿他没办法，就经常念叨，说他不为自己想也该为我想，我没有嫡母教导，日后定亲怎么也要受点儿影响。可我爹却觉得就算没有嫡母，不还有祖母管我吗？所以并不把祖母的话放心上。

"后来我去北境，是我自己想去，可他似乎觉得这是自己的错，因为他一意孤行不肯再娶，我没了嫡母的教导，所以才会变得和别人家姑娘不一样。他怕我会毁在去北境从军这件事上，所以着急想要让我变得和其他姑娘一样，嫁个好人家，就当过去五年的事情根本不存在。

“你也可以当我是偏心我爹，为他说话，可我始终觉得错不全在他，错的是这个世道。这个女人只能相夫教子，多做一步都是错的世道。”

…………

顾浮留宿祁天塔，一夜没回家，顾启铮就在书房里待了一夜。天亮后院里的丫鬟来禀报，说二姑娘回来了，顾启铮便快步离开书房，朝飞雀阁走去。

因为主子夜不归宿，飞雀阁里的丫鬟俱都被林嬷嬷和顾启铮各自敲打过一遍，还有秘阁的绿竹暗中监管，所以昨晚的事并没有让更多人知道。此刻见顾启铮来了，她们也不敢拦，眼睁睁看着这对父女在院里碰见。

顾浮刚从祁天塔回来，正在院里练剑，招式没多好看，但力足，劲巧，角度刁钻，每一招都带着吓人的凌厉。顾启铮迎头撞上这一幕，恍惚间把她和心里一直惦记的那个人融合在了一块儿，积攒一夜的怒火突然消散，只剩干涩的喉间在隐隐作痛，仿佛吞下了一大口刮人的碎瓷片。

练完一套收招，顾浮看向不远处的顾启铮。虽然在傅砚那里她说了顾启铮的好话，但面对本人，她还是张口就刺了一句：“早啊，顾大人。”

顾启铮如梦初醒，抬手指着骂道：“孽障！你还知道回来！”

“你当我想回来吗？”顾浮拿出从傅砚那儿借来的密报，扔过去，“回来给你送个东西。”

她扔得很准，可顾启铮依然接得手忙脚乱，半点儿没有在外的儒雅斯文。顾启铮翻开密报来看，脸色逐渐铁青，胸口也跟着起起伏伏。大约是怎么也没想到，自己千方百计给女儿定下的夫婿，竟是这么个混账玩意儿。顾启铮猛地合上密报，转身往外走去。

顾浮追上去拉住他，问：“去哪儿？”

顾启铮不得不停下脚步道：“退婚！”

“昨天刚定的亲，你今天就退婚，不嫌寒碜啊？”顾浮一个劲儿地火上浇油。

“他们都敢这么不要脸了，我怕什么！”顾启铮气急了。

顾浮提醒道：“可这份密报是我从秘阁那里拿来的，你就这么拿过去，人家问你你怎么解释？”

顾启铮呆住，终于反应过来，是啊，能把别人家里的事情记录得这么详细，除了秘阁还能有谁？拿着这东西去退婚，吴家若是恼羞成怒对外宣扬，顾家又该如何解释神秘莫测的秘阁为何会给他们提供情报？传到御前，陛下又会怎么想？

顾启铮打了个寒战，气焰也消掉不少，但还是很坚定地说："那也得退婚！还没过门就想着算计欺瞒，连妾室、平妻都安排好了，等你过门……"等你过门，岂不是要把你往死里糟践？

顾浮把她爹的反应看在眼里，心里的气总算消了点儿，道："倒也不着急。"

"不着急？你知道这后头会不会发生什么？若出个什么意外退不了婚，你还能不着急？"

顾浮被吼得脑子疼，她说："真的不着急，你上巳节后再去退婚，时间正好，也不会被人说闲话。"

顾启铮没明白这话的意思，但见她信誓旦旦，又想起如今的局面是自己一意孤行造成的，便勉为其难地听了这话。

三月三，上巳节。

这天不出门踏青，都不好意思说自己今年过过这个节日。且每年的今天，皇帝都会在临水苑召百官同乐，一同随行的还有百官的家眷。

临水苑位于城南郊外的一座岛上，是属于皇家的别苑，平日不轻易对外开放，也就今天一天，能让这么多人上岛游玩。

皇帝提前一天就到了岛上，百官只能在当天早上天还没亮就动身出城，一一验过身份后方可坐船登岛。虽说是"百官"，但其实只有从三品以上的官员才有资格入内。顾启铮为户部侍郎，位于正三品下，自然在列。

顾启榕夫妇则是定好了那天带儿女并老夫人一块儿去踏青放风筝，所以最后跟着去临水苑的，只有顾沉、顾浮、穆青瑶，以及顾诗诗。

为此二夫人李氏还特地叫人给他们做了新衣裳，顾诗诗唯恐自己的新衣裳会被比下去，天天都往李氏院里跑，以求自己的衣服最夺目靓丽。可李氏又不傻，怎么也不会让顾家庶女的新衣压过嫡女去，所以她虽然听了顾诗诗的恳求，在衣料样式上选了最好的，但同时也给顾浮选了差不离，甚至更加好的。

结果就是在上巳节前一天，顾浮看到了一件她根本不想穿上身的裙衫。

"我记得我柜子里还有几件没穿过的，也是新衣，不如……"

林嬷嬷打断道："将军说什么傻话，二夫人要是知道你穿了别的，一定会多想。便是为了劳心费神的二大人，你也该穿这件去临水苑。”

顾浮：“……”

你说这话时，能不能先将脸上看好戏的笑容收一收？

第二天，顾诗诗早早来到正厅，准备先惊艳家人，然后再出门艳压群芳。她头戴一朵极大的绒花簪并好几枚点缀的珠钗，穿着一袭妃色绣并蒂莲纹的百迭裙，深红色系带同白玉压裙一块儿自腰间垂落，藕色抹胸外罩一件长衫和一件织金衣缘的褙子，脸上化着因她最讨厌的那个人而闻名京城的碎妆，唇角扬起格外神气自信的笑容。可惜还没出门，就先被艳压了。

顾浮临出发前才姗姗来迟。她头上的首饰不多，也就一对珍珠排钗并一个金额环。下着胭脂红与藕色相间的六破裙，且在胭脂红色的布料上用藕色绣线，在藕色布料上用胭脂红色的绣线，于裙摆下端绣满了蝶穿牡丹的图样。上身是雪青色的抹胸外搭一件白色八达晕锦对襟短衫，短衫外罩着一件葡萄紫色的百花织锦衣缘轻容纱长衫。

顾浮本想老老实实把紫色纱衫套在最外边，扣上子母扣就算完，林嬷嬷看后直摇头，并将她最外层的纱衫衣领微微往肩膀两侧敞，一眼看去不仅显得肩窄颈长，还格外雅致贵气。

“这件长衫有扣子，所以该是这么穿的。”

微敞的穿法让顾浮有种肩膀被勒着的束缚感，于是她表示：“真不用这么讲究。”

林嬷嬷趁着明珠那几个丫鬟在外间，小声道：“将军不是要去见吴公子吗？吴公子有职务在身，要找他可不容易，奴倒是有个好办法，可替将军省不少事儿。”

顾浮挑眉道：“你的办法就是把我打扮好看？”

林嬷嬷见顾浮不信，拿手指杵了杵她的胸口，用最轻柔娇嗔的声音，说出了最世故的话语：“亏您还在男人堆里混了这么多年呢，居然不知但凡男人，都会觉得女人把自己打扮漂亮是为了取悦他们，勾引他们，所以你也不用费心叫人去找吴公子，只需让吴公子看见你打扮漂亮的模样，不用你说什么，他定会主动找来。”

顾浮完全没留意过这种事，但听林嬷嬷说得肯定，又觉得自己被打扮漂亮些也不会掉块肉，也就由着她去了。

原本还以为林嬷嬷又会给自己化奇奇怪怪的妆，谁知这回只是替她画眉、涂口脂，并用石黛加深了她眼角的弧度，还在眼角和眼下晕开微红的胭脂，别的什么面靥、斜红、花钿，统统没有。

可这样相对素净的妆容却显出了令人意想不到的效果，出门前顾浮还被家里人围着夸了一番。顾诗诗气得不行，登上马车后想偷偷把自己的褙子也如那般往肩膀两侧微敞，却因为褙子的衣缘上没有子母扣，根本固定不住，只能愤而作罢。

顾家的马车驶出城外，抵达登船的地方时，天才刚亮，岸边四处都是王公大臣及其家眷的马车。可搭载的船只有限，众人只能慢慢等。而登船的先后顺序也是有讲究的，就像上早朝时，若两辆马车在路上遇见，都是位低者给位高者让路，登船也不例外。

顾浮在马车上等了许久才等到下人来传话，叫她与同车的穆青瑶和顾诗诗一块儿下车。登船前还需验明身份，照规矩她们姑娘家一人只能带一个仆从，因为傅砚的叮嘱，顾浮在林嬷嬷和绿竹之间纠结了好几天，最后还是穆青瑶替她解决了这个问题。她带着绿竹，穆青瑶带着林嬷嬷，顾诗诗则带着自己的丫鬟，六人一同登船。

登船后顾诗诗更加气了，因为光这一艘船上，就有近一半的命妇贵女往自己脸上画了碎妆，相比起来，她脸上的图样还没人家脸上的新颖，导致站在其中显得格外平平无奇。

其中一个碎妆图样最好看的姑娘还和穆青瑶认识，姓卫，是穆青瑶诗社里的成员。卫姑娘一发现穆青瑶就朝她走了过去，顾诗诗不想与其站一块儿被比下去，就带着自己的丫鬟退到了离她们最远的地方。

卫姑娘顶着一脸自己精心设计的图样来到穆青瑶面前，先和她打了声招呼，然后就转头看向一旁。

“顾二姐姐。”她笑着挽住顾浮的手臂，笑颜甜美又带着羞怯。

之后陆陆续续又来了许多与穆青瑶关系不错的小姑娘，她们没有像卫姑娘那样热情黏人，但也十分喜欢顾浮，把注意力都放到了她身上。

还没去北境之前，顾浮来过一次临水苑，那次同样是上巳节，她也是在那时得见天颜，记住了皇帝的容貌，才能在坐忘山一眼就认出。时隔多年，临水苑经过多次修葺，许多道路都变了，顾浮一边记路，一边四处张望，不经意间看到了远处身着禁军玄袍、腰佩鳞纹长刀的吴怀瑾。

吴怀瑾知道“未婚妻”会来临水苑，便借着职务之便专门来这里等。他本以为那日湖心亭的一幕，已经是人间最美好的风景，谁知今日再见，佳人展现出了更加令他心动的一面，直接就让他看呆了眼。

而让吴怀瑾回过神的，是顾浮一脸默然转开视线的举动。他为此感到着急，同时也有些窃喜：顾二姑娘原先还在四处张望，见到自己后就哪儿都不看了，是不是说明顾二姑娘原本就是在找他？

吴怀瑾越想越觉得自己猜得没错，并肯定顾二对他不是一点儿感觉都没有，不然又怎么会如此盛装打扮来临水苑？

不过她一定还在生自己的气——想到这点，吴怀瑾特意留出时间，还吩咐手下的人，让他们找机会帮自己把人带到临水苑南侧的小石潭园，因为那里环境清幽人也少，非常适合两人私会。

吴怀瑾的下属知道那是他们副统领的新未婚妻，相互之间使了个不大正经的眼色，保证一定完成任务。

“你们在干吗？”早就病愈返回岗位的李禹看他们鬼鬼祟祟，扬声问了一句。

吴怀瑾被吓一跳，回道：“没什么，一点儿私事罢了。我先去忙，你病刚好，别太操劳。”

李禹暴躁地说：“我又不是纸糊的！”

午时开宴，酒过三巡后，皇帝、皇后不胜酒力，先回去休息。剩下的众人虽都被安排了小憩的屋舍，但因一年才能来一次，所以大家的精神头都很足，大人们接着畅饮谈笑联络感情，年纪小的就在占据大半个岛的临水苑里到处游玩赏风景。

临水苑内分了好几个地方，不仅有马球场、蹴鞠场、戏台，还有好几处风景别致的小林园，其中有秋千的几个园子最受姑娘们欢迎。

顾浮起先也是和穆青瑶一块儿，被相熟的姑娘们拉去荡秋千，后来她渴了，就带着绿竹找水喝。一旁站岗的禁军为她们指明了取水的地方，但按照那位禁军大哥指的方向走过去，并未看到有水，只看到另一个禁军。

顾浮当即发现不对劲儿，却没说破，还装出一副困惑的模样，让绿竹问禁军附近可有水，对方果然又给她指了个方向。就这么一路问过去，越走，四周人越少，最后穿过洞门，来到了一处种满细竹的小园子。小园子只有一条路，走到尽头是一片面积不大，但水很深的小水潭。小水潭边上还围着一圈石头，可供人坐下歇脚，野趣十足。

“顾二姑娘。”身后传来吴怀瑾的声音。

这时顾浮心里就一个想法——还真让林嬷嬷说对了！

因着省下不少事，顿时她心情也变得不错起来，侧身看向身后，果然就看到吴怀瑾站在她方才进来的那条小道上，一脸深情地望着自己。

“吴公子这是什么意思？”她问他，“利用职务之便将我引到这里，不怕传出去毁了我的名声？”

吴怀瑾没想到对方会这么问，立刻辩解道：“我不会让别人知道的，而且——而且你我已有婚约，即便被人知道……”

顾浮打断他的话：“若是被人知道，这门亲事就没法儿退了。”

吴怀瑾一愣，随即朝前走去，问：“你想退婚？”

“我说过我不想与你定亲，而你也有你想要娶的人，那个人不是我。”

吴怀瑾听见这句话，莫名地松了一口气，说：“若是为此你大可放心，我与莲娘谈过，莲娘知道自己嫁过一次人，不会与你争正妻之位，至于你不想与我定亲这件事……我记得你曾说过那是你自己的缘故，我原先也不明白这‘缘故’是指什么，后来我娘告诉我——”

吴怀瑾的眼神充满了怜惜：“曾有高僧批言你命不好，你也是为了改命才在寺庙里住了五年。若这就是那个‘缘故’，我希望你明白，我心里有你，不会因为那些子虚乌有的批言而嫌弃你。”

面对深情款款的吴怀瑾，顾浮觉得自己之前真是瞎了眼，她讽刺道：“我是不是还得谢谢你？”

吴怀瑾没明白这话的意思：“什么？”

顾浮没再和他啰唆，干了件从看到他开始，就一直想干的事情——

她朝吴怀瑾走了一步，突然拉近的距离让他抬起手。吴怀瑾以为对方是被自己的话感动，想要投怀送抱，他甚至闻到了她身上的香粉味。

然而下一秒，重拳捶肉的闷响和剧痛让吴怀瑾如煮熟的虾子一般弯下了腰。他伸出的一只手也被抓住，“咔嚓”一下，手腕就被掰脱臼了。

吴怀瑾虽然很蒙，但毕竟是禁军副统领，当即反应过来后退两步，结果顾浮紧随而上，一拳朝着他面门砸去。

这次吴怀瑾终于有点儿武人的样子，躲开这一拳，并侧身一掌拍去。

顾浮的反应更快，她一拳落空立马扭身，没让挥空拳的惯性浪费自己的时间，一个肘记就把那一掌撞开，随即一脚踹上吴怀瑾的腰侧，让他踉跄着退到了小水潭旁。

水潭边围着的石头让吴怀瑾稳住了身形，没有就这么掉下去，可不等他松口气，顾浮已飞奔至身前，对他扬起一个大大的笑脸。

这抹笑和吴怀瑾之前看过的截然不同，一点儿都不恬静美好，反而带着肆意张扬的狂气，眼底倒是也有光，可却是十分吓人的凶光。

“扑通”一声巨响，小水潭的水溅起六尺高，吴怀瑾被一巴掌拍到脸上，用力推到了水里。而那巴掌的主人堪堪停在小水潭边，身旁是没什么存在感，并被这一通操作给弄傻眼的绿竹。

溅起的水花打湿了裙摆，顾浮看裙摆都脏了，索性也不拘着，直接在水潭边蹲下，看热闹似的看吴怀瑾从水里挣扎着浮起来。

“姑娘……”绿竹正要提醒，靠那么近小心被拉下水去，结果话没说完，顾浮挽起袖子伸出手，把吴怀瑾才刚抬起的头又给摁进水里。

吴怀瑾又开始了新一轮的挣扎。

当然她也没想弄死这位禁军副统领，所以每隔一会儿她就松手让他有出水喘气的机会，然后在对方还没缓过来之前，又用力把人按进水中，其间还抽空回头问绿竹：“你刚刚想说什么？”

绿竹：“……”没事了，您忙您的，不用管我。

顾浮下手有分寸，给吴怀瑾洗了几次脑子之后，就没再把人往水里摁。毕竟这人的职务在那儿摆着，她还没胆子大到去杀禁军。

至于两人的婚事，她也拎着他的衣领说清楚了，由顾家退婚，退婚后两家互不相干，他爱娶谁娶谁，爱娶几个娶几个。刚刚那一顿打，算他吴怀瑾出尔反尔，意图坐享齐人之福，以及他们吴家刻意向顾家隐瞒莲娘一事的报应。

话还没说完，吴怀瑾就用他另一只没脱臼的手拉住顾浮的衣袖，要把她扯下水。然而顾浮只是身子往前倾了倾，并没有掉下去，因为像这种差点儿被人拉进水里的情况，在北境军营里她不知道遇过多少回。

那会儿她总找借口不和军营里其他人一块儿去河边洗澡，就有人故意捉弄她，把她叫到河边，拉她下水。也幸好当时她才十四岁，衣服被打湿也看不出什么身材曲线。

之后她随时保持警惕，再没让任何人得逞。谁知军营里那群浑蛋没一个好的，居然拿她打赌，看谁能再一次把她弄下水，且每年夏天这个赌约都会被人翻出来一次，导致为了不落水，她练出了一身的本事。

吴怀瑾这样直接伸手扯她是最好应对的一种情况，顾浮一只手撑住水潭边的石头，稳住下盘，另一只手故技重演，直接把吴怀瑾的手腕拽脱臼。

确定他两只手都没法儿使用后，顾浮站起身，用脚猛踹他的肩头，又一次把人踹回水里。

这次吴怀瑾被一脚踹到了水潭中央，挣扎许久才冒出头，整个人跟只水鬼没差别。

和手无缚鸡之力的谢子忱不同，吴怀瑾本身就是个会武功的人，他不怕被威胁，别说顾浮现在不敢杀他，就算以后敢了，死的也未必是他！

吴怀瑾慢慢褪去那层名为心软的烂好人外衣，死死盯着岸上的人，心里翻涌的暴虐让他决定无论如何都要把她娶回家，将今日遭受的一切十倍百倍地还回去。

“你想要与我互不相干？做梦！今天出了这个园子，我就让所有人都知道你已经是我的女人，我看你们顾家还有没有脸退婚！”

吴怀瑾放完狠话，想看顾浮因此惊恐暴怒，结果对方不怒反笑，还道：“跟我玩脏的？不自量力。”

…………

“阿穆，顾二姐姐去哪儿了？”先前在船上就一直黏着顾浮的卫姑娘找到穆青瑶问。

穆青瑶也在找，虽然她们早就说好，到临水苑后顾浮会想办法去找吴怀瑾，可她们也说好了，行事之前她会和自己打招呼。如今人一声不响地没了踪影，穆青瑶比谁都急。

她不确定顾浮遭遇了什么，也不知道是该帮忙遮掩去向，还是尽快找到人。

无措让穆青瑶不知如何回答卫姑娘的问题，卫姑娘索性跑去问周围的其他人。几番询问后，还真就有人说在来这里的路上，看见顾家二姑娘去了临水苑南边。

卫姑娘迫不及待地跑了去，穆青瑶无法，只能快步跟上。她们走得风风火火，也不说到底发生了什么事情，惹得不少人心生好奇，其中几个爱看热闹的还一块儿追了出去。

一群人来到临水苑南边，因南边还有好几个园子，于是她们一个园子一个园子地找过去，其间还询问了在附近遇到的其他人，问他们有没有看见顾家的二姑娘。被询问的人都说没看见，并因好奇留下来，和她们一块儿找人。

等他们走到小石潭园附近，同行人数已经增加到了十三个，其中有五个是男的。这五个男人里面，有一个还是顾浮的熟人——温溪。温溪得知他“二哥”不见了踪影，担心会出事，说什么也要跟来找人。

穆青瑶手心冒汗，为了能比其他人更早一步寻得人，她加快脚步绕过一旁的罗汉松，正要踏进小石潭园，就和从里面出来的顾浮迎面撞上。

穆青瑶下意识往后退了半步，却因踩空台阶，险些跌到地上去。顾浮手疾眼快拉住她。

接着不等穆青瑶提醒自己后头还跟着其他人，卫姑娘就已经听到动静快步跑过来，大声道：“顾二姐姐！可算找到你了！”她挤开穆青瑶，用力抱住顾浮的手臂，入手冰凉，惊道：“咦？顾二姐姐你的袖子怎么是湿的？”

顾浮面不改色道：“刚刚救了个落水的人。”

其他人听到声音也陆续赶过来，只听见这句话，当即惊道：“落水？又有人落水了？”

这个“又”字用得十分精妙。谁不知道顾浮曾在临安伯爵府救过落水的穆青瑶，一行人中有比较迷信的，开始怀疑这人是不是和水犯冲，才会一而再，再而三遇到这种事。

就在这时，卫姑娘听见园子里传来蹒跚的脚步声和咳嗽声，她往后一看，顿时惊叫出声。

大家都被卫姑娘的尖叫吓了一跳，可显然卫姑娘才是受惊吓最大的那个，她扑进顾浮怀里，大喊道：“有鬼！有鬼！”

卫姑娘这么一扑，顾浮不得不往边上退开几步，差点儿撞到旁边的绿竹。也就是她这么一退，众人看到卫姑娘口中的“鬼”，都跟着吓了一跳。

只见那“鬼”不仅身形佝偻，头发散乱，还浑身湿透，不停有水从他身上落下，在地面上留下长长一串脚印与点点湿痕，确实是像极了鬼。

可众人再一细看就发现，那其实是一个人，一个身着禁军玄袍的男人。

顾浮几次用力都没能把卫姑娘从怀里推开，只能任由她抱着自己，淡淡道：“园子里头有个小水潭，他刚刚不小心掉进水里，现在没事了。”

走近的吴怀瑾听到这番话，被散发遮挡的脸上露出一抹扭曲的笑。

他正要开口污顾浮名声，一旁的绿竹突然大声道：“姑娘！都到这时候了你还包庇他！明明是他……”

“绿竹！”

卫姑娘着急道：“发生什么事了？为什么不让她说完？”

顾浮垂眸不语。

卫姑娘转向绿竹问："快说！到底怎么了？可是有人欺负你家姑娘？！"

绿竹梗着脖子，气愤道："我家姑娘武功盖世，才没人能欺负她！是他们禁军，他们禁军欺人太甚！！"

"绿竹！"顾浮又一次打断，不过这次她的语气要缓和许多，显然并不是真的责怪，而是想要息事宁人。

温溪本就和禁军有过节，加上之前被顾浮帮了这么多次，他怎么能眼睁睁看着她吃禁军的亏，于是开口道："二……顾二姑娘，到底发生什么事了？若当真和禁军有关，你更应该说出来才对。"

顾浮犹豫一会儿后，像是被说服了一般，道："我方才渴了找水喝，就去问禁军侍卫哪里有水，他们一个接一个把我骗到这里来，然后这位吴公子就出现了，再然后……他掉进水里，我把他救了起来。"

除了最后那一句，其他都是真话。

在场众人听完，几乎都对这段话中的停顿产生了无数联想。但看她衣着整齐，也并无羞愤，反而吴怀瑾狼狈不堪，应该并未发生什么。若不是涉及禁军，姑娘家遇到这种事想要隐瞒也不奇怪，可偏偏这事和禁军有关，禁军是保护皇帝的军队，身为禁军副统领的吴怀瑾敢在皇家的地盘上和下属联手，将一个姑娘骗到这么偏僻的地方……幸好顾二姑娘会武功，没让禁军得手。若是得了手，顾二姑娘只能吃哑巴亏，那禁军会不会更加猖狂，对其他贵女，甚至命妇下手？禁军还负责守卫宫城，这要是色欲熏心，把手伸向后宫……

温溪咬牙，暗骂禁军果然是烂透了，难怪他大哥、二哥还有老师都这么讨厌禁军。

不只温溪，其他人也都有了自己的定论，徒留吴怀瑾站在不远处，想要出声争辩，却反而被众人鄙视的眼神所淹没。

绿竹还在一旁，虽然没再说话，但却忍不住小声抽泣起来。顾浮表面不显，心里满是惊叹：好演技！

吴怀瑾确实可以借用两人单独相处来毁了顾浮的名声，但显然他忘了，他联合下属将人带到这里来，即便两人有婚约在身，也无法改变自己利用公职谋私的事实。

不多时，小石潭园这边发生的事情就传开了，因为涉及禁军，兹事体大，当即就有人上报皇帝，参禁军以权谋私，胆大妄为。

有人参禁军，自然也有人护着，说顾家二姑娘是禁军副统领的未婚妻，两人虽然还未成婚，但情难自禁，也是人之常情。皇帝听后直接一盏茶砸到那人头上。

“情难自禁！若是情难自禁到了朕的后宫，你是不是也要说一句‘人之常情’？！”

皇帝暴怒，吓得大臣们纷纷跪地，不敢言语。

“吴怀瑾革职查办，参与此事的其他人交由大理寺，着刑部和都察院协理，秘阁督办。”

皇帝一锤定音，起身丢下一众惶恐的大臣，径直去找皇后。

皇帝也是通过此事才知道顾浮定了人家，还定了这么个东西，不用说，这门亲事便是顾启铮不退，他都要想办法给弄没了，然后给她找个好的！

另一边，皇后也从宫女口中听闻了此事，正眉头紧蹙，就听见外面的内监扬声通报：“陛下驾到——”

皇后起身相迎，还未行礼就被皇帝拉住了手：“梓潼，朕有一事要请你帮忙。”

皇后若有所感，果然皇帝跟她说了顾浮定亲的事情，并表明这门亲事不算，必须不算，最后才切入正题，道明自己的来意——

“朕视顾二如己出，心想无论如何都不能让她就这么随随便便找人嫁了。梓潼若是得闲，不如也替朕分担一二，看看这京中可有适合的人选配得上她。”

适合的人选。

怎样才算适合的人选？是要让顾家二姑娘喜欢，还是要让陛下喜欢？

皇后一路思索，随着御驾回了宫。回宫后她还让人去将京城各家还未婚配的适龄男子都编纂成册，配上画像送来她这儿，方便挑选。至于为何会这般慎重，大约是因为她从顾浮身上看到了些许自己的影子。

所以到底要找什么样的男人，才能配得上这位顾侯呢？

“娘娘，”皇后正想着，景嬷嬷端来一碗热羹汤，忧心道，“禁军出了这么大的事，小李大人那边……”

羹汤的香味清甜诱人，皇后看了眼，发现是自己爱吃的玉米豆腐羹，脸上漾起满足的笑，同时开口打断景嬷嬷的话：“朝堂之事，岂是我们能随意过问的。”

可景嬷嬷毕竟是皇后从李家带进宫，又陪着她从东宫入主凤仪宫的老人，见景嬷嬷实在不安，端起羹汤的皇后只能安抚道："放心吧，这事主要还是在禁军副统领身上，禹儿最多落个御下不严的斥责。陛下若真恼了他，也不会特地找我给顾二姑娘找个好夫家。"

皇帝的态度，已经说明这件事不会牵连到李禹头上。李禹毕竟年纪轻，吃点儿小亏学学怎么识人，并非坏事。

"娘娘说的是。"景嬷嬷这才安下心，如往常一样帮着皇后打理六宫事宜。但看皇后一边忙碌，一边又要为人选苦恼，她忍不住有些想法："娘娘，既然陛下如此看重这位顾二姑娘，何不撮合她与小李大人？"

皇后笑着摇了摇头说："谁都可以，唯独禹儿不行。"

皇后太了解李禹了，她知道李禹当年是抱着怎样的心态偷偷跑去北境，也知道他受顾浮影响，改变了多少。但她更清楚李禹对女人的看法有多么"世俗"，和这世间的绝大多数男人一样，李禹并不会把女子放在和自己同等的位置上。若叫他知道敬仰的将军是女人也就罢了，还让他娶，难保不会撮合出一对怨侣来。

可再这么纠结下去也不是个办法，皇后索性传下口谕："去将顾家那位二姑娘请来，就说本宫极为欣赏会武功的女子，想要见她一见。"

顺便问问她心里可有喜欢的人，或者对未来夫婿，有没有什么要求或者偏好。

上巳节过后，顾家带上定亲那日交换的庚帖和聘礼登门吴家，提出退亲。

顾诗诗为此特地叫了闺密来家里玩，并告诉她们这个消息，好证明自己那日所言不虚，自己的二姐就是嫁不出去。只是这回附和的人少了，且一个个都觉得有些别扭。上巳节的事她们略有耳闻，即便是她们也会感到庆幸，庆幸顾浮会武功，没平白被人糟践了去。顾诗诗和她还是姐妹，不同情也就罢了，还特地落井下石，难免让人心里不太舒服。

当然也有人为顾诗诗捧场，说顾浮得罪禁军，不就是得罪了皇后娘娘吗？谁不知道禁军统领是皇后的侄子。

这话说到了点上，可才说完没多久，外头不知为何突然喧闹起来，顾诗诗叫丫鬟去外头打听，好一会儿丫鬟才跑回来，激动得满脸通红地说："姑娘！宫里来人，说是皇后娘娘特地请二姑娘入宫玩儿呢。"

话落，屋里众人神色各异，气氛好不尴尬。

顾诗诗将那不长眼的丫鬟骂走，继续和闺密们闲聊谈天，但气氛却怎么也回不到最初的融洽。又过了一会儿，好几个姑娘都说自己家里有事，回家去了。

顾诗诗强自镇定，和最后剩下的一个姑娘说话。那姑娘欲言又止，还是忍不住好心提醒道："你二姐姐若当真得了皇后娘娘的青眼，你不想着与她和好也罢，但别再说她坏话了，免得叫人听去传到皇后娘娘耳边，倒霉的只会是你。"

顾诗诗满脸通红，仿佛被人看见最不堪的一面，死活不想承认那就是自己："我哪有说她坏话！我说的都是事实！"

小姑娘见顾诗诗不听劝，只能和其他人一样，找借口告辞。

最终屋里只剩下顾诗诗和她的丫鬟。顾诗诗咽不下这口气，胡乱砸了茶具花瓶，还破口大骂："走走走！都走！都去我那好二姐那儿巴结奉承！再也别来找我！"

顾诗诗骂完又掩面大哭，之后好几日不曾出门，并和闺密们都断了联系。

顾浮上回入宫还可惜不是白天，看不到远处的亭台楼阁，如今圆了心愿，却一点儿都开心不起来。因为她一来到凤仪宫，初次见面的皇后娘娘就拉住她的手，问她可有意中人。

皇后娘娘久居高位，即便长着一张温婉面孔，依旧难掩通身的贵气与雍容。可被这样一个女人询问这样的问题，顾浮只觉得胆战心惊，静默片刻才道："回娘娘的话，顾浮心里没有意中人。"

皇后"哦"了一声，又问："那你对自己未来的夫君，可有什么期盼没有？"

"没……没有。"

皇后听出她的紧张，想想这位可是北境军前统帅，如今却因猜出别人要给她相看人家吓成这样，一面觉得好笑，一面又有些无奈。

——她若是个男儿身，就不必面对这些了吧。

皇后怜惜地拍了拍顾浮的手，直言道："陛下一直都在苦恼要如何安置你，得知你要嫁人，说什么都要给挑个好的。你没有喜欢的人也不要紧，本宫特地找人拿了些画像来，都是京城内品行、样貌上佳，还未婚配的男子。你看看。"

话落，宫女们捧着画卷缓步入内，并将画卷展开，一一挂到了旁边的架子上。

顾浮看着眼前依次排列的画像，头痛欲裂。她思虑再三，最终还是决定跟皇后说一下自己的心里话："皇后娘娘，顾浮不想嫁人。"

皇后愣住："什么？"

顾浮将手抽出，端端正正跪地行礼，一字一句道："臣不想嫁人。"

——娘！淑儿不想嫁人！淑儿能养活自己！淑儿还能养活全家人！为什么淑儿一定要嫁人？

皇后愣怔，这些年在宫里，她没少把身边的宫女指给别人，而且每次都会听到她们说自己不想出宫嫁人，只想留在凤仪宫伺候娘娘，仿佛不这么说上一句，往昔的主仆情分就不够深一般。每到这个时候，她都会拉着那些宫女的手，笑着让她们别说傻话，然后送她们出嫁。

皇后以为这样的话自己已经听腻了，却不想从顾浮口中听到，竟会让她想起一些陈年旧事。真是奇怪，她别开眼，许久才回过神，弯腰扶起顾浮，说："这是陛下的意思。"

——这是圣旨！圣旨让你去当太子妃，别人求都求不来的好事！你还有什么不满意的？

昔日余音挥散不去，皇后闭了闭眼，再次睁开，似乎做了什么决定，说："不如这样吧……"

大约半个时辰后，顾浮神情恍惚地走出凤仪宫，踏下最后一层阶梯时回头看了眼，心想：世人都说皇后的弟弟是个经商天才，可曾有人说过，皇后本人也不遑多让！

没过多久，皇后去找皇帝。皇帝正在批阅奏折，紧蹙的眉头在看见来人之后，缓缓舒展开，并朝皇后伸手，道："叫人传句话就是，怎么还特地过来了？"

皇后拉住那手，毫不避讳地在他身旁坐下说："臣妾想和陛下商量件事，当面说才能说清楚。"

皇帝把皇后的手贴到自己脸上，姿态亲昵道："你说。"

"臣妾问过顾二，她没有喜欢的人，对未来的夫君也没什么特别的想法。臣妾就想啊，不如把京城适龄的未婚男子都召集起来，以选'优'为名，从中筛选出最好的那个，为其与顾二赐婚，如何？"

"这……"这阵仗会不会太大？皇帝犹豫。

皇后稍微转换了一下语气，自称也跟着变了："陛下把这件事交给我，我又要让陛下满意，又要考虑顾二的意愿，还不如就这么办。一批批筛选，由你和顾二来决定筛掉哪些人，若怕受人蒙蔽，大可让全京城跟着一块儿选，反正也没人知道这是在为顾二选婿。你让军造司把上回做出的纸笺拿出来高价贩卖，让他们觉得谁好，就在纸笺上写谁的名字，或者觉得有谁不堪为'优'，也可在纸笺上写明缘由，然后投递到我们指定的地方，每日整理一次。要真有丑闻缠身的，就叫秘阁去查实，作为筛选的依据之一。

"到时候我让小弟腾出一间书局，专门贩卖印有每次筛选结果的小报，报上写明选票数与落选缘由，你看如何？"

皇帝有些意动，旁人不知道，他可清楚得很，李家那个所谓的经商天才其实就是皇后。早些年李家落魄，皇后就起了经商的心思，顶着自己弟弟的名头到处做生意，最后会被先帝赐婚给他，也是因为皇帝那会儿作为太子，实在太不受宠，所以才得了这么一个出身低到可以被当成笑话的太子妃。

可皇帝对皇后很好，两人慢慢处出感情，皇帝这才知道自己的妻子脑子里装着数不完的点子，拿出任何一个，都能搂一大笔钱。至今皇后还借着弟弟的名头出点子赚钱，皇帝也清楚她的能耐，一听就知道照她所言，定能再给国库添砖加瓦。

为北境军资发愁的皇帝没忍住金钱的诱惑，又觉得这么做好像也没什么问题，于是点头，同意了这个提议。

顾浮出宫回家，马车上，她思索着回去后要如何同顾启铮交代。方才在宫里，皇后娘娘对她说："不如这样吧，我帮你逃出城去，你走得远远的，再也不要回来，天大地大，自有你容身之处，你也不必再苦恼自己的婚事，可随意逍遥。"

顾浮差点儿以为自己听错了。可抬头看到的，却是皇后娘娘无比认真的眼神。那双眼睛深深望进她眼底，就像是在透过看她，看别的什么人一样。

她确定皇后这话不是闹着玩的，虽然不明白为什么会是这样的反应，但她还是选择以同样认真的态度问："这样真的能逍遥吗？"

离开京城，离开顾家，离开睁一只眼闭一只眼、任由她跑去找武师傅习武的顾启铮，离开为了护她名声在坐忘山等候五年的祖母，离开就算不赞同她的行为，但还是和穆青瑶一块儿为她掩护行踪的大哥，离开他们……真的能逍遥自在吗？

她留在北境还能说是为了保家卫国，如今一走了之只为一己私欲，她还有什么脸面对大哥说自己不丢人？

皇后被问住了——

是啊，这么走了，真的就能逍遥吗？

若能逍遥，她当年为何不走？明明她可以走的，她有钱，有多年走南闯北攒下的门路，不怕吃苦，也很好满足，只要有个栖身之所，一碗豆腐羹她就能很开心，这样的她想去哪儿去不成？

可她走了，她爹娘、兄长和弟弟怎么办？抗旨逃婚，她全家怕是都得为她的逍遥而死。

所以她嫁给了当年还是太子的皇帝，也幸好皇帝比她想的要好太多太多。两人慢慢熟悉，相互倚靠，彼此交付信任……先帝快驾崩那会儿是他们过得最艰难的日子，皇帝耗费不知道多大的力气才在国师的帮助下登基，可即便如此，他们依旧过得束手束脚。

皇帝、国师、她，三人花了三年时间才有了后来的扬眉吐气，一直到如今，她成了名副其实的天底下最尊贵的女人。

那为什么刚刚，她还是会想让顾浮逃呢？

皇后不明白，或许是因为她也想知道，若不曾嫁给皇帝、喜欢上皇帝，家人也都好好的，自己是不是能继续在外头闯荡，而不是被困在这四面宫墙之中……

贪心了，贪心了。

皇后回过神，拍拍自己的额头，把注意力拉回到顾浮身上，残酷道："若是留下，多半得成亲。"

这不是靠说就能说得通的事情。

身为女子却不愿嫁人，这样的想法对无法理解的人来说，简直就是脑子有病。问他们为什么，他们还能和你说得头头是道，等你一一反驳了，他们又会说这是天经地义，不需要理由，本该如此。

所以顾浮这事，不容乐观。

"能拖就拖吧，再拖上几年，或许就没人愿意娶我了。"顾浮倒是看得开。

至于她底下的妹妹，虽说长幼有序，可规矩是死的，是人定的，自然也能变通。她当初故意这么说，只是为了吓顾诗诗，就和她拿祖母给父亲找续弦的事情吓杨姨娘一样。

初次见面的两人经过这么一番问答，关系微妙地拉近不少。皇后也不说自己要帮她，只在思索后提出，要从全京城的未婚男子中给她挑选夫婿，还貌似不经意地说："要是运气不错，能耗掉一年。"

顾浮觉得悬："长公主都没有过这般待遇，陛下如何肯为我弄这么一出？"

太不实际了。

"如果这么做能赚钱呢？"

顾浮顿时一脸"你要说这个，我可就精神了"的表情。

毕竟是北境军的前统帅，没人比她更清楚，朝廷这些年向北境拨发军资是一次比一次晚。按说东部境外与大庸各地贸易往来频繁，关税没少收，不该如此捉襟见肘，偏偏陛下在前年下旨开凿新运河，去年又撞上西南一带蝗灾，百姓颗粒无收，英王带兵赈灾后，国库真有点儿撑不住。

要能从京城的世家大族手里捞钱，皇帝绝对不会手软。

皇后还告诉道："军造司制出一种纸笺，本想用以替代银票，可惜造价太高被否了。如今倒是用得上，可高价卖出供人投选，还不怕被人仿冒，世家大族若想要自家子弟脱颖而出，必得耗费不少银两。"

"那最后选出来的人……"

陛下若真为那人和自己赐婚怎么办？然而话没说完，顾浮就自己想明白了：将近一年的投选，只说找未婚男子，可没说投选期间不能成婚，且明面说是挑选出全京城最优秀的男子，总不能成了亲就说人不优秀所以把人筛掉吧？这说不过去。就算事先说好不能成婚，不是还能先过定吗？皇帝也不能二话不说就拆掉人家定好的婚事啊。总之这事其实挺麻烦的，可自己想要的不正是"麻烦"吗？

顾浮越想越觉得这个主意可行，要是被陛下识破了……那就识破再说吧。

马车在顾府门口停下，顾启铮还没回来，顾浮就先去了老夫人那儿，让老夫人先停一停，别再给她挑选夫家。老夫人不明所以，顾浮和她说了皇后要给自己选夫婿的事情，还说皇后准备弄场大的，但没让她知道这场大戏注定不会以自己嫁人作为结局。

饶是老夫人这种见过大风大浪的人也不免震惊："这……这怎么可能？"

顾启铮回来后听说这事，也是一样的反应："荒唐！"

顾浮坐在一旁乖巧喝茶：这要是定了，谁还管荒唐不荒唐呢。

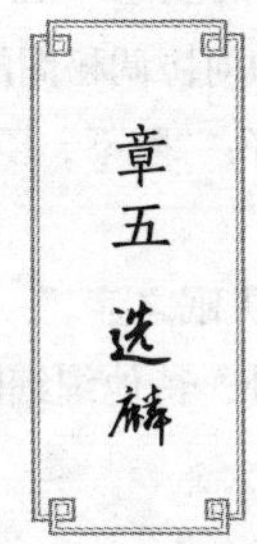

“国师大人，陛下召你入宫，还是顾侯的事情。”

依旧是祁天塔，依旧是李于铭，依旧是来叫傅砚入宫商量顾浮的事情，不过这回，傅砚没有拒绝。

傅砚身后，顾浮的箜篌被摔到地上，雕刻有祥云花卉图案的曲木拦腰摔成两截，他平日批阅奏报的桌案也被掀翻，原本放在桌上的笔墨纸砚以及摞成小山高的奏报都落在了地上。黑色的墨与猩红的血在地面蜿蜒交汇，好几具蒙面刺客的尸体横在地上，小道童正指挥秘阁的武卫将这些死尸收拾好装麻袋，用绳子吊下楼去，省些人力。

祁天塔原本只在五层及五层以下设防，特别是一层，有侍卫日夜不休轮班守卫。可自顾浮擅闯祁天塔，一口气跑到七层把国师压在墙角“调戏”后，六层、七层也安排了秘阁的武卫。所以即便这次的刺客都是自武林上找来的轻功高手，傅砚依旧毫发无损。

傅砚换好衣服入宫，皇帝得知他遇刺十分紧张，把人拉着上下查看，确定没受伤才松一口气。

“刺客皆是武林中人，身上并未查出任何可以证明其身份的物证或标志，但从武功路数来看，应当是隶属西南一带的武林门派。”

皇帝沉着脸下令道：“查！”

李于铭领命退下。

傅砚站在一旁，把被皇帝弄乱的衣服整理好才坐下，并问道："顾侯又怎么了？"

皇帝这才想起来，把皇后的主意一五一十地说了，并提出其中的漏洞，想要商量讨论如何完善，如何协调秘阁配合。

傅砚听完，脸色变得不太好："陛下，臣有一事未向你禀明。"

"你说。"

"顾侯就是臣的药，能治臣失眠之症。"

皇帝没想到会有这样的意外，待他细细问清楚情况后，突然问了一句："那你娶她？"

傅砚看着皇帝，没说话。

皇帝也不知道是察觉出什么，还是习惯了在他这个弟弟的婚事上被各种拒绝，此刻竟格外自觉，挥手说道："不愿就算了，反正还有一阵子，没准在挑出人选之前，能找到别的办法治好你的失眠之症。"

傅砚藏在袖中的手慢慢握紧，心里有些奇怪：以往皇帝不都会再争取一下的吗？怎么这回这么干脆？可当皇帝的都决定了，自己也不好再说什么。

两人商议至日落，傅砚不愿留宿宫中，赶在街鼓停下之前回到祁天塔。大约是心情不好，他连晚饭都没吃，顾浮过来后发现自己的箜篌被换了架新的，才知道这里遭了刺客。她坐到傅砚对面，用手肘抵着桌案，问："查出幕后了吗？"

傅砚摇头说："没有，不过……"

"不过？"

"大概是英王。"

刺客出自西南门派，偏偏英王去年去了西南赈灾。

顾浮突然想起傅砚曾借口捉拿自己，一箭射伤英王，不免好奇地问："你们俩什么仇什么怨？"

傅砚罕见地露出一抹笑，可却是一抹冷笑："他一日不死，我一日难安。"偏偏皇帝顾念兄弟之情，致使自己没法儿对英王下死手。

顾浮盯着对面这张冷笑的脸看，不由得感叹天仙就是天仙，连冷笑都能笑得人心肝乱颤。不过说起英王，她又想起另一件事——她曾亲耳听见皇帝称自己与他是兄弟，于是她又问："你和陛下是什么关系？"

她也曾问过穆青瑶，当然不是直接问，而是委婉地打听国师的出身，结果听到一个很玄乎的答案，说国师是凡间女子与仙人相恋后生下的半仙，仙气溢散，所以一出生即为白发。这都什么跟什么，反正她是不信，但至少能确定，在其他人眼中，国师并非出身皇室。

傅砚自然也记得那日顾浮就躲在自己卧房里，听见了皇帝对自己说的话，但他没有直接告诉她，而是反问道："我为什么要告诉你？"

顾浮抬起一只手，撑着脑袋，吊儿郎当道："说说嘛，我好奇。"她也做好了当事人不说的心理准备，左右是别人的私事，还可能涉及皇室秘辛，不说才正常。

却不承想傅砚真就和她说了："我母亲是先慧文太后。"

慧文太后？那国师和皇帝还是一母同胞。

"我一出生就是白发，先帝视我为不祥，叫宫人将我活埋在宫墙之下，以示镇压。"顾浮睁大了眼睛，但傅砚却还是一脸平静，平静得像是在说别人的故事，"因母亲待下极为仁善，所以领命将我活埋的宫人感念母亲的旧恩，设法将我送出京城。直到十一年前，我以蓬莱仙师座下弟子的身份回到了这里。"

蓬莱仙师对先帝说，傅砚是他在宫墙下收服的一抹魂魄所炼化，不仅怨气尽除，留在先帝身边还可保其龙体安康，于是傅砚就从不祥鬼婴成了先帝的座上宾。

先帝病重之时，还曾叫人把傅砚炼成人丹给自己吞服，可当时的宫城已在皇帝和傅砚的掌控之中，他根本伤不了人半分。

顾浮听完消化了很久，问道："我是不是知道了什么不得了的事情？"

傅砚说完陈年旧事，心情好了不少，他喝口茶，开玩笑道："嗯，我不会让你活着离开的。"

谁知话刚说完，一群身着玄色长袍、脸上戴着面具的秘阁武卫就杀气腾腾地从窗外跳了进来。顾浮愣愣地看着这些人，接着转头看向傅砚，发现他也是一脸愣，显然是没想到自己难得的一句玩笑话会被属下当真。她实在没忍住，拍着桌子笑得肩膀直颤。傅砚回过神，看她笑得这般愉悦，眼底微微泛起波澜。

此时秘阁武卫们也反应过来自己会错意，在外人面前给国师丢脸了，遂又飞快撤到窗外，消失无踪，跟一阵风似的。

顾浮笑得更大声了。傅砚抬起手，看着像是要把她的嘴给捂上，但最后还是偏离了方向，拿起一旁的茶壶给她倒了杯茶。顾浮笑得口干，端起茶杯就喝，然而茶是刚煮好的，滚烫的温度让她没法吞也没法吐，好不容易咽下去，嘴里硬生生被烫掉一层皮。这就叫乐极生悲。

傅砚也没想到她这么不小心，叫小道童端了碗凿碎的冰上来，让她含着。

时人用冰无非两个途径：一个是用硝石制冰，另一个就是挑选水质好的河流，冬天凿采大量冰块存放至冰窖，夏天就能拿出来用。冰窖存冰一年下来会融掉一半多，所以凿冰量也会在所需用量的两倍以上，好保证有足够的冰可用。

为了方便夏天用冰降温，祁天塔下就有一口冰井，如今不过三月，冰量十分充裕。

顾浮在外待了五年，回来的时候又是冬天，看到这碗碎冰才想起来自己离开京城前曾经吃过的冰碗。细细的冰上码好蜜豆、莲子碎、花生、瓜子仁，并一些切成块的果子，再浇上一圈蜂蜜，夏天捧着吃一碗那真是再舒坦不过了。可现在这个时节别说莲子了，荷花都没开，花生、瓜子现剥又太麻烦。

她转头问小道童有没有蜜豆、水果之类的，要有蜂蜜就更好了。小道童也是从小在京城里长大的，一听就知道这是想吃冰碗了，直接就做好一份端了上来。细碎的冰上不仅铺了蜜豆和现成的花生、瓜子仁，还铺了切成块的枇杷，黏稠的蜂蜜淋在上头，顺着橙黄的枇杷果肉往下蔓延，给没味道的碎冰染上可口的甜。

顾浮当即就舀了一大勺来吃。

骨子里的教养糅杂进前五年来的耳濡目染，使顾浮吃东西的模样格外有意思，东西入口直到咽下去之前，她都不会再张嘴，这样嚼东西不会发出不雅的声音，但她也不会斯斯文文一次只吃一小口，这就让她的吃相显得格外令人有食欲，就好像她在吃的不是一份简单的冰碗，而是什么山珍海味。

当然在席面上她会控制自己每一口的量，甚至上回留宿祁天塔，与傅砚一起用早饭，她也好好克制了吃相，没暴露自己就是喜欢大口吃东西的特点，以免惊着天仙。

但刚刚听完傅砚自述出身，他下属又闹出笑话，顾浮莫名觉得两人之间的关系亲近不少，也不再刻意遮掩自己吃东西的模样。

却不想她这么一改，在傅砚这里产生了额外的作用。

傅砚有一阵子大约是被先帝给恶心到了，没法儿吃东西，吃什么吐什么，瘦得奄奄一息，这就是为什么五年前顾浮遇到和皇帝一块儿被刺杀的傅砚时，能轻易把他抱起来，还因为太轻，误把人当成了姑娘的原因。

后来他厌食的症状慢慢减轻，至少不会再把吃进去的东西都吐出来，体格也逐渐恢复到正常水平，但很容易受心情或者外界环境的影响，变得没胃口。

傅砚早已习惯，但此刻看着顾浮大口吃东西的样子，竟感到腹中饥饿，口中唾液分泌，竟是馋了。他静默片刻，终是没忍住，叫小道童去给自己也做份冰碗。

小道童见识过顾浮的本事，知道她能让长期失眠的国师恢复正常作息，此刻见她连国师偶尔的厌食也能治好，想起国师从宫里回来还没吃晚饭，就壮起胆子问道：“顾侯，厨房今日做了些鲜笋鹌鹑汤，配饭味道极好，您若是喜欢，我给您端碗上来？”

顾浮刚想说不用，自己来之前已经吃过晚饭，可对上小道童期盼的眼神，她察觉出什么，转头问了傅砚一句：“你今晚吃饭了吗？”

“还没。”

她试探道：“那……一起吃点儿？”

确实有些饿的傅砚应道：“好。”

用过饭，顾浮抱着新箜篌练曲子，傅砚依旧是看奏报，偶尔会把小道童或秘阁武卫召来，扔出一张字条吩咐他们去干活。晚些他回房睡觉，顾浮也准备回家，离开前她问小道童：“国师经常不吃饭吗？”

小道童心虚地往楼梯口看了眼，然后才点点头，竟是连把话说出口都不敢。

顾浮觉得小道童这模样有些眼熟。回到家，她终于知道那 屃 屃的模样像谁了——像她家那只胖鸽子。

小胖鸽也不知道是怎么回事，总在怕她和黏她之间来回变换。一开始她还以为胖鸽像穆青瑶，爱干净，所以才会在她洗澡之后格外黏自己。后来又发现，胖鸽的转变不仅出现在她洗澡后，还出现在她从祁天塔回来以后，所以她又觉得是胖鸽不爱祁天塔燃的香。再后来她发现，有时候即便她去了祁天塔，还在熏炉旁边坐了许久，回来小胖鸽也不会怕她。

就很奇怪。

如今想到小道童，顾浮心里突然闪过一个想法——胖鸽该不会和小道童一样怕傅砚吧？当然她也就随便这么一想，没什么依据，也并未走心。

第二天晚上再去祁天塔，顾浮一来就问：“晚饭吃了吗？”

傅砚回：“吃了。”

她点点头，正要去拿乐谱，却看见他今日没在处理奏报，反而在练字，写的内容还很奇怪，都是什么“才子大选”“择优”“玉竞”“选麟”……

顾浮好奇，顺势问了一嘴："这是什么？"

"名头。"

"什么名头？"

傅砚抬眼看向她说："给你选婿的名头。"

"……"早知道就不问了。

不过既然已经提起，她干脆坐下，询问起了进度。傅砚的声音比平时要冷淡许多，他说："出了点儿意外，暂时没法儿开始。"

"什么意外？"

各种意外。

皇帝在朝堂之上说起这事，当然没提这是给顾家的二姑娘选秀，也没说这是要坑大家的钱给国库添砖加瓦，只说京城人才辈出，想要以才能、世家、品行、样貌为评判标准，选出全京城最当之无愧的才子。

大臣们一听，心思就活络了，不说选出的才子能否像科举选出的进士一样入朝为官，光说这"京城第一"的名声，就足以让他们把自家儿孙都给塞进这场别开生面的遴选。

但也有官员不满，因为才子才子，一听就和将门没什么关系，于是武将们希望把武艺也纳入评判标准之中。这么一来二去，朝堂之上难免又起争执。而且这场选拔的本质是给顾浮选婿，自然会在年龄和婚姻状况上有所限制，导致部分官员不满，造成进一步的混乱。

所以短期内，这事定不下来。

顾浮表示：这不是很好嘛！拖得时间越长越好！她开开心心跑去练曲子，傅砚将她这番反应收入眼中，提笔写字，笔锋越发凌厉。

等傅砚忙完回房睡觉，小道童跑上来收拾东西。顾浮见着小道童，想起家里的胖鸽，特地下楼敲响了某间房门。

不多时，傅砚来开门，看见站在门口的人，问："做什么？"

顾浮抬起自己的手，道："手给我。"

傅砚不明所以，但还是把自己的手伸过去。顾浮的手很糙，一点儿都不像是大家闺秀的手，还有茧子，但他却很想拿起她的手，摸一摸，捏一捏。

顾浮完全不知道傅砚在想什么，回家后先用没碰过他的手去逗小胖鸽，小胖鸽表现寻常，不仅往掌心蹭，还拍着翅膀飞到她肩头，用脑袋蹭她的耳朵。

她笑着，换另一只手去摸，结果前一刻还分外活泼的小胖鸽，下一刻就僵成了石塑。

顾浮："……"她将小胖鸽从自己肩头拿下，放到桌上，一松手小胖鸽就飞到了房梁上，离她远远的。

顾浮感到不可思议，就去洗手，再用轻功跳上房梁抓胖鸽。胖鸽吓一跳，惊慌之下还啄了她，但没一会儿就安静下来，一脸安逸地往她手上蹭，前后判若两鸽。

事实摆在眼前，顾浮却觉得不可能，小胖鸽怕"天仙"做什么？于是她决定进一步验证，免得冤了她家"天仙"。

顾浮折回祁天塔七层，不好再去打搅已经睡下的傅砚，她就把视线落到旁边的衣架子上——那里挂着傅砚穿过的狐裘。

傅砚很久没做梦了，最近他每晚都能安然入睡。但今晚他做了一个梦，他梦见自己胸口沉甸甸的，睁开眼睛发现自己身上趴着个人。那人在他被子里，衣襟散乱，双手抵在他胸口，熟悉的双眼染上湿意，微启的红唇间溢出一声低吟，像是在极力忍耐什么。

见他醒来，那人对他唤了一声："望昔……"

傅砚猛地惊醒，急促地喘着，口干舌燥。他起身去桌边给自己倒了杯水喝，睡前才端来的热水，此时入口依旧温热，可见他并未睡很久。之后他没再回床上睡觉，而是披上外衣，准备上楼坐一会儿，冷静一下。

因为擅长轻功，傅砚走路基本没声，但也因为他只擅长轻功，所以并未察觉到楼上有人，直到上楼他才惊觉顾浮去而复返，此刻正坐在自己平时坐的位置上，怀里还抱着他的衣服，低头轻嗅。

傅砚愣住，怀疑自己还在梦中。

顾浮余光发现有人，转头就见傅砚正一脸诧异地看着自己。月明星稀，微凉的夜风吹拂起男人垂肩的长发。两人愣愣地互相对视着，几息后，顾浮回过神，迅速将头抬起，声音格外飘忽："我可以解释。"

傅砚站在原地没动，只道："你说……"

"我家有只鸽子，就是你们秘阁不要的那只。它平时挺黏我的，但好几次我从你这儿回去后，它都会怕我，我就想是不是你的缘故，所以……"所以为了验证答案，我借你衣服染染味，回去再试一下。

这么说好像也很奇怪。

顾浮话语未尽，但是傅砚听明白了，他迈开步子走过去，开口道："你可以拿我的笔回去。”

顾浮面露迟疑：“不好吧，你这笔一看就很贵，摔坏了怎么办？”

傅砚：“……”抱着我的衣服乱闻难道就好了吗？

“那只鸽子就是怕我。”

“为什么？”

胖鸽连她这种从战场上杀下来的人都不怕，怕高居塔楼、远离俗世的天仙做什么？

傅砚淡淡道：“昨天说过吧，我是蓬莱仙师的徒弟，蓬莱仙师虽然是个骗子，但他确实会炼丹，我自幼跟着他，身上染了丹药味，所以不仅是那只鸽子，寻常小动物也都不敢靠近我。”

顾浮想起来，傅砚身上确实有股药味，自己还曾说他身上好香来着。她又闻了闻至今还被自己抱在怀里的狐裘，道：“衣服上倒是没有味道。”

“那件衣服我没穿几次……”

“这样啊。”顾浮放下衣服，问，“那你能让我抱一下吗？”

傅砚险些以为自己听错了。他看着她把那件狐裘挂回到衣架子上，然后走到自己身边，盘腿坐下，并又问了一次：“我能抱你吗？”她说这话时脸上还带着格外认真的表情，就好像这话无关风月，只是为了验证他身上是不是有让小动物害怕的气味。

傅砚垂下眼帘，同样语气平淡，仿佛自己只是在帮人解答疑惑一般：“随你。”

顾浮伸出手臂将他抱住，平日看着一身寒气的人，大约是因为才刚睡醒，入怀格外温热。她没敢用力，停顿了一会儿才松开手，颇有些恋恋不舍，再看傅砚的表情，跟个没事人一样，免不了有些遗憾——

今天的国师依旧是这么冷艳高贵，不坠凡尘呢。

而在她离开后，不坠凡尘的国师大人在原地发呆坐了大半宿才回房。

第二天一早，宫里又传来皇后的口谕，召顾浮入宫。待她去了才知道，朝堂上虽然吵得厉害，但户部那边早就按照皇帝的要求，把适龄未婚男子的名册誊抄完毕，送进宫中。而她这次来，不仅要帮着皇后整理名册，还得回答几个问题。

“陛下原先定的评判标准中包括‘家世’，但赤尧军统帅及部分寒门出身的官员希望能取消这一条，因是为你选婿，陛下让我来问问你的意思。”

赤尧军是禁军那边出了吴怀瑾一事后，皇帝为保住李禹，转移朝臣注意力，下令新组的一支皇城军，看似是要分了禁军的职权，但赤尧军的统领不是京城人士，甚至不是武将，而且出身并非显贵，所以这支新军成立至今一直屈居于禁军之下，没少被挑衅打压。

谁都没想到打落牙往肚子里吞的赤尧军会在这个时候冒头，还让朝中出身清寒的大臣起了共鸣，纷纷站出来给予支持。

顾浮自然不会反对。评判标准越少，分差越小，整场选拔花的时间就越多，对她来说越有利，所以她说："英雄不问出处，我自不会介意他人的出身。"

两人心照不宣，皇后接着问了第二个问题："城南质子府那边，也有别国使臣上奏，想要参与选拔。"

顾浮好笑："他们来凑什么热闹？"

皇后也笑："多半是尹国质子起的头。

"尹国国土虽小，但物产丰饶，那儿的人也都十分自傲，尹国质子入京后没有半点儿寄人篱下的样子，还常与京城中一些世家子弟相约喝酒逛花楼，三不五时就要闹出点儿事来，有这样的热闹，他定不会错过。"

问题就是顾浮让不让。

"让啊，干吗不让？无论怎样先坑一笔再说，若真不巧让别国质子选上了，陛下一定不会让我嫁，岂不一举两得？"

皇后转达了顾浮的意愿，皇帝也省下心，不用再一个个驳回去。

随着各种争执尘埃落定，要从全京城未婚男子中挑选最优者的消息逐渐在京城里传开，选拔的名称被定为"选麟"，就是"择选人中麒麟"的意思。而"麒麟"也常用以比喻才德兼备的人，还有"显之，必有祥瑞"的说法，倒是比其他称呼更加适合，也更加吉利。

皇后还要打理后宫事务，身边人手不够，就另外腾出京中一处皇家别苑——晚袖斋，来放参选男子的名册与资料。皇后还给了顾浮可随意进出晚袖斋的令牌，让她多去帮忙，毕竟那也是她自己的事情。

顾浮没有推辞，可要办的事情实在太多太杂，她一个人根本管不过来，于是又跑了趟宫里，问皇后自己能不能带些个帮手入晚袖斋帮忙。

皇后应允，顾浮头一个就把穆青瑶给拖下了水。

穆青瑶也头大，问可不可以把她诗社里那些小姐妹弄来。穆青瑶的诗社人不多，但有一点可以保证，她们嘴巴够严。譬如说棠沐沐这件事，穆青瑶能知道棠沐沐的所作所为，皆是诗社内的几个小姐妹连同棠沐沐的姐姐——棠五一块儿查出来的，但为了棠五着想，她们谁都没有说出去，最多提醒旁人小心棠沐沐，只有穆青瑶把这件事告诉给了顾浮。

顾浮信穆青瑶，便在征得皇后同意后，带着诗社里的小姑娘去了晚袖斋。得知能参与选麟的资料整理与日后的筹数统计，好几个姑娘差点儿没了贵女的矜持。小姑娘们很快上手，管理起各个部分，顾浮身上的担子一下轻了不少。

一天，顾浮翻阅最新誊抄好的初定名单，意外在上头发现了一个熟悉的名字——顾竹。她眼皮直跳，查看后发现并非同名，就是她家三弟。她扶额：为什么我弟的名字也在上头？

后来想想又觉得正常，顾竹确实符合要求，又没人知道这是在给她选婿，自然不会考虑候选人与她是否有血缘关系。

顾浮突然想到，若她三弟争气得了魁首，陛下定不会让她嫁给自己的堂弟，那么问题来了，该怎么增加顾竹获选的可能呢？

晚上顾浮去到祁天塔，问傅砚："你觉得我弟怎么样？"

傅砚反问："我见过他吗？"

顾浮只好提醒道："上元节你来找我，他也在。"

傅砚这才想起那个一脸阴郁沉默寡言的少年，遂给出两字批语："孤僻。"

"他就是胆小。"顾浮忍不住为自己弟弟说好话，"可他心地不错，小时候又乖又听话，我带他爬树，丫鬟、婆子都不让，可他就听我的，后来被同窗欺负才变得怕生不爱说话。而且他手艺很厉害，我在家用的剑就是他偷偷跑去铁铺自己亲手打的，我还叫他给我打两把苗刀，那孩子立刻就给我找好铁去了……"

傅砚看顾浮夸弟弟夸得滔滔不绝，垂眸显出几分兴致缺缺的模样，就差把"不感兴趣"四个字写在脸上了。

"如果是他得了选麟魁首，我就不用嫁啦，谁让他是我堂弟呢。"

话音刚落，傅砚抬眼，仿佛瞬间恢复记忆了似的，问："你上回是不是替他跟我借了落日弓？"

"嗯，他还照着《天工记》仿制了一把，虽然材质不对，不过看样式和你那把没差多少。"

傅砚当即道："我可推荐他入军造司，以他的年岁加上军造司的名头，可替他吸引不少人的注意。"

顾浮睁大了眼睛道："那可是军造司！"能说进就进吗？

傅砚说："《天工记》本就是军造司用来网罗天下能工巧匠的工具，他能造出落日弓，就证明他有这个资格入军造司。"

顾浮明白了："所以这本《天工记》是军造司拿来碰瓷用的。"

傅砚："……"

这么说倒也没错，军造司内有近五分之一的工匠，都是因为造了《天工记》上的器具，被辗转得知的军造司给拉上贼船。他们来自大庸各地，出身各异，唯一的共同点就是对铸造新鲜器物有着非一般的热爱。

选麟还没正式开始，顾浮就先提前一步为弟弟造势。可她没想到，"顾竹"并不是她在名单上看到的最令她惊讶的名字，"傅砚"才是。对此，负责梳理名单的几位小姑娘表示："国师未婚，年龄在规定的范围内，出身清白又非娼、优、隶、卒，为何不能参选？"

"……"要说厉害，还是你们厉害。

最终这份名单送到宫里，皇后为了避免出错叫人多次核对，自然也知道上头写了国师的名字。

皇后头痛："这……"

皇帝倒是乐乐呵呵，还说："留着留着，我让望昔在晚袖斋里安排了秘阁的人，他要是不想掺和，早想办法叫人抹了，还能送到你这儿？"

因为选麟，顾浮入宫的次数越发频繁。皇后也很照顾她，三不五时便有赏赐送去顾家。逐渐地，京城里的人都知道顾二姑娘走了大运，成了皇后跟前的大红人。

而此刻大红人正在凤仪宫，把晚袖斋那边的进展仔仔细细向皇后汇报了一遍。

皇后听完，很是满意地点了点头，说道："有你帮本宫，本宫倒是落了个轻松。"

顾浮也老实："选麟这事本就因我而起，我责无旁贷。"

皇后看她只找了几个帮手，就把晚袖斋管理得井井有条，面上不由得透出几分叹息：这么好的姑娘，最后还是和自己一样逃不出"皇命难违"。

皇后不是傻子，自然能听出皇帝之前对她说的那番话是什么意思——国师对顾二有意。

虽然不明白国师为什么不直接向皇帝表明，让皇帝给他和顾二赐婚，但从皇帝的态度不难看出，皇帝对这门亲事乐见其成，就等着国师开口了。

皇后没办法把这么“残酷”的事实告诉还被蒙在鼓里的顾浮，可装出一副什么都不知道的样子，又怕她最后会接受不了现实。

就在皇后暗自纠结的时候，顾浮突然说道：“一直想问，娘娘为何要这样费心地帮我？”

许是因为心里那份怜惜，又或者是因为这段日子以来的接触，让皇后对顾浮的了解不再仅限于旁人的口述，知道她不是多嘴多舌的人，能报以信任，于是皇后将自己那段和她十分类似的过往说了出来。简短的叙述中没有怨恨，也没有怅然，只有淡淡的追忆，和对自己当年能如此勇敢地伪装成男子在外行商的骄傲。

顾浮早就想到这背后定有不为人知的秘密，却没想到皇后的经历和自己这么像。她安静地听完，终于在皇后喝茶润嗓时，开口问了一句：“娘娘会不甘心吗？”

京城有条自西向东的河，河流主干贯穿东、西二市，方便城外来的商品货物直接乘船入城，在东、西二市的码头卸货。河流支干则有十多条，其中两条先流过皇城，再进入宫城，在宫内蓄成水镜池与灵瑶池，另外的支干则流经城内许多地方，可供人做日常使用，也可开凿水渠引入屋宅，做出漂亮的湖泊景致。

到端午节这天可就热闹了，城内会举办龙舟赛，让几条龙舟轮流在城中河上疾驰，最后用时最短与船体损伤最少的龙舟获胜。而为了寻求比赛的刺激，城中的龙舟赛一般都会挑选波折最大最崎岖、过弯处最狭窄的河道作为比赛河道。

顾浮本来和穆青瑶约好，一块儿出门看龙舟赛，谁知当天早上，胖鸽在穆青瑶肩头留了一坨鸟粪，让她在精神方面受到了极大的刺激，导致她不想出门，只想一个人抱着关胖鸽的笼子好好冷静一下。

顾浮担心穆青瑶想不开把胖鸽煮成鸽子汤，也准备在家待着，可穆青瑶为这天出门特地列了一张书单，说是有好几本只在今日售卖的书，要她替自己去书局买。

顾浮怕进一步刺激到人，只好应下，并去找别人陪自己一块儿——反正都要出门，原先在致雅楼定好的雅间就别浪费了。

然而不巧，全家除了顾竹和她大嫂，其他人都不在家。顾竹刚入军造司，得了两块陨铁，还在琢磨给他二姐打两把苗刀，一听说她叫自己出门，他便把头摇成拨浪鼓，脸色更是苍白，仿佛不是叫他出门看龙舟赛，而是去走刀山火海一般。

之后顾浮又去了顾沉的院子，想叫上霍碧燕出门走走，别在家里头傻闷着，散散心，透透气也好。结果霍碧燕借口体虚拒绝了她，院里的丫鬟和嬷嬷送她出来，那丫鬟年纪轻，口无遮拦，还阴阳怪气地说她先约了穆家表姑娘，等表姑娘不愿出门才想起她们少夫人来，不知道的还以为表姑娘才是她嫂嫂。

顾浮看向一旁的嬷嬷，见嬷嬷没说什么，便道："若这就是嫂嫂教出来的丫鬟，那我可真庆幸如今是婶婶管家。"

嬷嬷的脸色顿时就变了，她还以为顾浮和其他人一样，会看在她家少夫人可怜的分上，即便听了难听的话也只当耳旁风，没想到会这么不客气，张口就往人最怕最痛的地方刺。

顾浮也懒得和她们磨叽，说完转身就走，带上绿竹乘马车出了门。林嬷嬷被她留在家里，免得长辈不在，霍碧燕和穆青瑶之间又出什么事。

书局在东市附近，中途路过宣阳街，顾浮看着高高的祁天塔，心想这不是还有一个人吗？

马车到了书局，顾浮戴上幂篱下车买书，并叫绿竹替自己去一趟祁天塔。没过多久，她买好书，绿竹也赶了回来，说这边离赛龙舟的河道远，对面的茶楼人少清静，问她要不要去坐一坐。

顾浮点头，去到茶楼后被带进二楼雅间。雅间内，傅砚穿着带兜帽的外衣，正在喝茶。

她摘掉幂篱凑过去问："不热吗？"

傅砚的视线在顾浮的衣服上停留了一下。她今日穿了条竹青色的裙子，上着橙红色抹胸与一件藕色对襟短衫，首饰不多，看着格外清爽利落。

他收回视线，摇头说："不热。"

顾浮摸了摸傅砚的兜帽帽檐，发现这件外衣虽然不透色，但质地轻薄透气，确实不是容易闷热的料子。

毕竟穿着女装，她不好带傅砚乘坐顾家的马车，于是两人从茶楼后门出去，那里停着一辆没带任何标志、外表十分低调的马车，内里还是熟悉的奢侈装潢，只是原先摆放炉子的地方换成了冰鉴。

车夫挥动缰绳，驱车朝热闹的街道驶去。和上元节那会儿一样，顾浮让傅砚在马车里摘掉帽子，要给他扎小辫，免得头发从兜帽里露出来。可惜她手艺没有半点儿长进，弄掉傅砚不知道多少根头发，最后不得不放弃三股辫，把所有头发都束一块儿了事。

“你的头发太滑了。”她替自己解释。

傅砚也由着她，甚至还“嗯”了一声。

抵达致雅楼，顾浮拿着小二给的牌子凑到傅砚身边，两人商量着点了五种口味的粽子。

小二离开后，傅砚问：“不要金蝉轩的点心吗？”

顾浮格外喜欢和傅砚有商有量的感觉，就问：“你想吃？”

傅砚点了点头，说想吃上回吃过的蓝色点心。

顾浮意外道：“我还以为你不喜欢那个。”因为上回吃的时候，他的反应非常平淡。

可傅砚却说：“没有不喜欢。”

顾浮便差绿竹去买，随后转头道：“完全看不出来，你也太不会表达自己的喜好了。”

“嗯……”

雅间在致雅楼边角，两面都有窗户，一面对着赛龙舟的河道，另一面对着隔壁酒坊，中间仅隔着一条小巷子，能闻见浓郁的酒香。龙舟经过致雅楼时，岸边传来震耳欲聋的尖叫呐喊。龙舟上的桨手也十分有默契，在没有任何减速的情况下直接闯过了垂直的拐角，还没有损伤船体分毫，引得围观百姓疯狂叫好。

傅砚与顾浮坐在窗边看，两人一个性子冷，另一个注意力总在对方身上，所以半点儿没被热闹的氛围沾染。

待龙舟驶远，绿竹正好拎着食盒回来。食盒里不仅有金蝉轩的点心，还有几条用五色丝线编成的长命缕。端午节习俗不少，除了吃粽子、赛龙舟，还有挂艾草、放纸鸢，以及给小孩手上系五色长命缕。金蝉轩的客人许多都是姑娘或小孩，所以端午节这天，他们会给食客们送上自家编好的长命缕。

顾浮许久没系过长命缕，还挺怀念的，就给自己系了一条，然后抓起傅砚的手，往他手上也系了一条。充满世俗气的长命缕点缀在傅砚手腕上，看着就像是给一身雪白的他画上了颜色，有些格格不入，但她却特别喜欢。

傅砚也很喜欢，他想起顾浮刚刚说他不会表达喜好，便想学着用言语告诉她。然而话还没出口，窗外突然炸开一声巨响，似乎是有什么东西从高处砸下，直直落到了地上。

顾浮起身，快步走到朝向酒坊的那扇窗户前，还未开窗就听见有人在骂：“禁军办事！看什么看！”

随即外头传来接二连三的关窗声，显然是有人开窗看热闹，结果被禁军的呵斥给吓退了。

好好的端午佳节，禁军不忙着护卫陛下，跑这儿来发什么疯？顾浮站在窗户边听了一会儿，发现禁军呵斥完就走了，心里越发奇怪，于是推开窗户往下看。这一看就看见，有个人坐在小巷子的地面上，背倚着酒坊的墙，脸上青一块紫一块，还肿了半边，把一只眼睛挤得只剩一条缝。她看着那张脸，越看越觉得眼熟，但又觉得不可能。

这时傅砚走过来，将幂篱戴到了她头上，并证实了她的猜想：“郭兼，你曾经的左膀右臂，去年年末被调遣入京，现执掌赤尧军。”

郭兼被打得头昏脑涨，浑身都疼。他知道自己该走了，免得被人看见丢脸，也知道自己其实没被打到连站都站不起来的地步，可他就是没力气，不是身上没力气，而是心里提不起那股劲儿，连带着四肢也变得绵软起来，整个人就像一摊无用又招人嫌的烂泥。

自己到底是怎么走到如今这一步的？

郭兼嗓子发疼，因为被打掉了一颗牙，他嘴里都是血的味道。他艰难地转动自己的大脑，逐渐回想起曾经在北境的日子。

他并非出生于北境，只是那会儿年纪轻，恃才傲物得罪了人，被分派去北境当了个小小的地方官。那些年在北境，他也算恪尽职守，无愧于心，无愧于民。可他的梦想是当京官，虽然他也知道以自己那时的境遇来说，到京城做官的可能性并不大，但依然抱有希望。直到遇见北境军前统领——顾浮，他知道自己的机会来了。

他很聪明——郭兼不觉得自己是在自夸，他知道自己就是聪明，不然也不会一眼就看出年轻的顾将军并非只想统率北境军，还想整顿整个北境。于是他抓住机会，坐上了将军那艘大船。

最初，郭兼只想借势，凭着顾浮这阵大风飞上青云，后来他又觉得把顾浮当朋友比拿她当跳板更好，于是郭兼暂时停下了自己的步伐，留在北境继续协助她。

再后来顾浮死了。

他像是冥冥之中得到了眷顾一般被调来京城，然而一切都比他想象的要难。他在京城没有半点儿根基，即便北境的人脉再强大，也够不着这遥远的国都。

可他没放弃，他的心性足够坚韧，不就是从头再来嘛，他不怕。

于是在兵部任职期间，郭兼努力融入京城权贵的社交圈子，钱不够就叫家中奴仆出去卖酒，卖他们北境的黄沙烫，反正他不信自己熬不下去。可就在路子逐渐被打开的时候，天上掉下了一块烫手山芋，正巧就掉在他手心里——陛下要组建一支新的皇城军，与禁军分权。

然而明眼人一眼就能看出这是在保李禹，因为李禹是禁军统领，他手下的禁军出了问题，他难辞其咎，可偏偏李家出了个皇后，所以这事有了转圜的余地。

郭兼在顾浮身边这么些年，自然也认识李禹，不仅认识，他们的关系还很差。他知道李禹逃过一劫后的感想一定不是庆幸，而是感到耻辱。因为他曾听喝醉酒的李禹说过，当初就是为了摆脱家里的影响，想要证明自己，才跑去北境的。如今一回京城他就被打回原形，简直比撤了他的职位还让他难受。

当然郭兼知道，李禹不会这么没品，故意叫人找他麻烦，但他也知道李禹绝对不会施以援手，所以还是得先蛰伏着，任由赤尧军被禁军打压使唤，暗中慢慢累积实力。

前阵子为了博部分官员的好感，他在选麟这么一件无足轻重的事情上提出了自己的意见，结果半好半坏。名声是攒到了一些，可突然冒头的举动也惹恼了看他不爽的禁军，让禁军足足找了赤尧军一个多月的麻烦。

这期间他做事就没顺过，赤尧军内部的士气也很低迷，纪律明显松散了，好些下属开始不拿他当回事，早前积攒下的那点儿家底也都被接连不断找上门的麻烦败了个精光。

就刚刚，他被俩禁军打完从楼上扔下来。虽然高度不高，也没摔出个好歹，甚至那俩禁军一跃也就跟着下来了，可他就是感到身心疲惫，仿佛一闭眼就能死过去。

希望不是一下子就没的，是一次又一次、一次又一次，慢慢磨没的。他看不到前路，也不知道自己该怎么走下去，甚至不知道该不该走下去。

或许他就不该来京城，郭兼想着，低垂的视线里突然出现一抹竹青色的裙摆。微微晃动的裙摆下是一双藕色的绣鞋，裙摆上是纯白的轻纱，应当是从幂篱垂下来的。郭兼想起家里的娘子，因为京城规矩多，他家性格泼辣的娘子不止一次和他抱怨，说出个门还要戴幂篱，实在太麻烦了。

想起娘子还在家里等着自己，郭兼不由得好受许多，然而下一刻，耳边响起一道十分耳熟的声音，让他彻底停止了思考——

“你能混得这么惨，我是没想到的。”

郭兼坐在致雅楼二层的雅间里，虽然脑子还很混沌，但感官无比清晰。他刚刚用茶漱过口，嘴里还残留着茶叶的回甘，鼻间是隔壁酒坊飘来的酒香，耳边倒是安静，不像他被打那会儿有百姓为经过的龙舟呐喊尖叫，只有两人对话的声音——

“第一艘龙舟会赢吧？它比后面那几艘都快一些。”

“船头撞掉了。”

“啊，是吗？我没认真看，光顾着看你了。”

傅砚：“……”

郭兼：“……”

郭兼抹了一把脸，鼓起勇气再次抬头望向对面。

他对面坐着一男一女……应该是一男一女吧，反正其中一个穿着女子的裙装，另一个看身形听声音是男的，但穿了一件宽袖带帽的外衣，大大的帽子直接罩在头上，遮去鼻尖以上半张脸，只能看见薄唇与下巴。

当然他不是重点，重点是那个穿着裙装的人。方才他还在楼下，那人戴着幂篱出现，出口的声音耳熟到让他整个人都有点儿蒙。后来那人伸手，要将他从地上拉起来，结果跑来俩侍卫打扮的男子，在那人的手碰到他之前，先将他从地上提了起来。

那人只好收回手，并说了句“劳烦两位把他带上去”，说完就踩着酒坊和致雅楼的墙跃回到了致雅楼二层，身姿轻盈，宛若一只翩飞的蝴蝶。

郭兼无暇欣赏，因为这回他听得真真的，就是将军的声音！

到了二层他被放到椅子上，有人端来脸盆给他洗手、净脸。他蒙蒙地照做，直到触及脸上的肿胀，痛得狠了才回过神，猛地扭头去看那已经摘下幂篱的“女子”。

结果就看到一张无比熟悉的面容。之后他一直低着头，总觉得，总觉得有什么碎了一地。如今听到顾浮近乎调戏的话语，郭兼又觉得自己不该在这里，应该在桌底。

汴意到郭兼的视线，顾浮转头看向他，问："脑子没被打傻吧？"

郭兼蓦地湿了眼眶，心里涌起无限委屈，说："不应该先关心我疼不疼吗？"

"那……"顾浮改口，"疼吗？"

郭兼破音咆哮道："晚了！"

顾浮懒得伺候他，无情又气人地"哦"了一声。

郭兼真就哭了，也不知道是被气哭的，还是发现将军还活着，大悲大喜之下没控制住情绪，哭得那叫一个凄惨。哭完他又开始吃桌上的粽子，像是突然找到了主心骨，全然没了方才在楼下的颓丧。

顾浮看他狼吞虎咽，满身兴奋劲儿，就问："这么高兴？"

郭兼怕被人听见，故意压着嗓子，含糊道："只要将军你还活着，别说你是女人，你就是变成阿猫阿狗，我都高兴。"

顾浮笑骂："你才变成猫狗。就这破嘴，赶紧找针线让戚姑娘缝了吧。"

戚姑娘是顾浮在北境认识的医女，性子泼辣，像极了北境的烈酒。前年戚姑娘嫁给郭兼，因嫌"夫人"二字老气，就让身边人继续叫她"姑娘"。郭兼对戚姑娘如珠似宝，时常关心则乱，上京自然也会带着她。

听顾浮提到自己娘子，郭兼又开始傻笑，嘴上还带着刚吃过东西的油光，看着格外憨厚，只有顾浮知道这厮心有多黑，狠起来比谁都豁得出去。

郭兼吃完东西擦了擦嘴，也不问她到底是怎么回事，而是问："日后我该怎么联系将……姑娘？"

顾浮摘下腰间的香包扔给他，道："叫戚姑娘到曲玉巷顾家，就说找顾二姑娘。"

郭兼接过香包收进袖子，心想待会儿回家一定要先把事情说清楚再把香包拿出来，免得被自家娘子误会。

顾浮又问："你是不是拘着戚姑娘，不让她出门？"

郭兼道："京城这种地方不比北境，她的性子你也知道，若一个不小心，把谁家的命妇贵女给冒犯了，我倒没什么，就是怕她被人欺负……"

郭兼毕竟没接触过京城里的女人，只觉得自家媳妇在北境是老虎，想怎样都行，到了京城若再如此，难保不会被这里的蛇给吞了。

顾浮就知道，不然以戚姑娘的性格，不可能来京半年，一点儿动静都没有。她说："你不用怕戚姑娘会得罪人，不如说她这样的性子反而能讨一些人喜欢，况且还懂医理，你放手让她去就是了。"

郭兼应下。

她又问："刚刚打你的是禁军？"

郭兼不客气地告了一状："对，就是李禹手下的禁军。"像是生怕对方想不到李禹头上去。

顾浮好笑道："你和我说有什么用？我如今不过是个寻常的姑娘家，还能拿李禹怎么着？"

郭兼哼哼两声："难说。反正你记着今天的事就行，以后有机会替我报仇。"

顾浮语气稍冷道："我要真死了，你指望谁替你出这口气？"

郭兼立马 㞞 了，赶紧道："哎哎哎！我自己来，我自己来。"许久未见，他险些忘了将军手下不养弱兵。

怕禁军去而复返，自己会给将军添麻烦，郭兼没敢逗留太久，揣着香包一瘸一拐地走了，回到家才发现香包里塞的不是香料，而是一卷银票。

郭兼离开后，顾浮看天色不早，就带着傅砚一块儿乘马车回书局对面的茶楼，顾家的马车和车夫还在那儿等着呢。路上她不死心又给傅砚扎小辫，傅砚背对着，突然问："你会走吗？"

顾浮努力回想编三股辫的顺序，闻言回道："走去哪儿？"

"离开京城。"

她就奇了怪了："你们怎么都觉得我会走？"

"这里对你而言是一座牢笼，没有人会喜欢牢笼。"

"那倒是。"顾浮深以为然。

傅砚侧过身，柔顺的头发就这么溜走了。他问："你到底是怎么想的？"

顾浮对上那双漂亮的眼睛，歪了歪身子斜倚矮桌，还用一只手撑着脑袋，藕色的宽袖滑落至臂弯，露出系着五彩长命缕的手腕，以及内侧雪白、外侧爬着两条狰狞疤痕的小臂。

她思忖了小半会儿，又欣赏了小半会儿傅砚看着自己的模样，然后才道："嗯……我从没和旁人说过，你听了别觉得我异想天开。"

傅砚瞬间坐姿端正，道："你说。"

顾浮一边将他此刻的模样记住，打算回去就画下来，一边回道："我不想从牢笼里出去，我想从里面，把牢笼给锯了。"

她没有因为图好听就用"砸""毁"这样爽快的字眼，因为自己也知道，这不是一件容易的事情。

无法一蹴而就，只能徐徐图之。

可即便如此，她还是不打算改变自己的想法——

"我再厉害，也不过是女扮男装跑去从军，偷来世人眼中本不该属于我的五年。所以我希望，若再有像我一样的姑娘，她们可以不必跟我一样活得这么狼狈，这么不甘心。"

"娘娘会不甘心吗？"那天在宫里，顾浮这样问皇后。

皇后微微一愣，随即勾起一抹浅笑，可眼底却看不见笑意："如今说这些，又有什么用呢？"

顾浮没有就此打住这个话题，而是接着问："那娘娘会为我感到不甘心吗？"

皇后差点儿以为顾二知道国师对她有意，顿了片刻才道："会。"

皇后不确定自己是否不甘心，因为她对皇帝有感情，而且过去这么多年，她便是再傻，也不会把"不甘心"三个字说出口。但若是对顾浮的事情，她确实不甘心。

因为国师和皇帝不同，皇后至今都摸不透国师到底是怎样一个人，也无法确定顾二嫁给他能否像自己一样有个好结局。

顾浮不知道皇后的想法，而是接着问："娘娘可知道，为什么我们只能不甘心？"

这回她没等皇后自己去想，就给出了答案："因为我们的声音实在太小了，和我们一样的人，全京城都未必能找出十个来。"

皇后一时没懂对方想说什么，但因顾浮语速适中，吐字也清晰，她忍不住跟着对方的思路想了下去——

顾浮接连问道："为什么会这样？难道是因为女子天生就喜欢依附男人？那你我又算什么？"

"娘娘，你还记得自己为什么会想要出门做生意吗？"问完这句，顾浮终于停下，给了皇后安静思考的时间。

皇后当然记得，她还记得自己也是鼓足了勇气，还在最初闹过不少笑话，甚至发誓赚到钱马上停手，再也不出门干这样又苦又累又丢人的勾当。

可后来她喜欢上了自己赚钱的感觉，那种不用再坐以待毙，可以自己去改变什么的滋味，那种说话逐渐被人重视，父亲叫上两个哥哥谈话，同时也会叫上自己的滋味，别提有多痛快。

她甚至奇怪过，为什么在那之前从来没有人告诉她，自己去拼去搏，远远比待在后院发愁日后能不能嫁个好夫家要踏实一千、一万倍？

皇后想着想着，突然有些明白顾浮为什么要和自己说这样的话，甚至隐隐察觉到了她的意图。

可她不敢确定，于是出声询问，但不知为何声音略有些嘶哑："你想做什么？"

"我什么都做不了。"顾浮回答得十分干脆，"我也不觉得自己有本事改变这个世道，但我觉得，让一些姑娘学会旁人不让她们学的东西，让她们在想要选择的时候拥有选择的能力，应该不算难。"

她说："只需要一座书院，一座能把女子当成男子来教的书院。"

皇后摇头说："并不是所有姑娘都需要选择。"

有野心勃勃的人，自然也有随遇而安的人。

"无所谓。若把学识、才能比作一把刀，那她们要拿刀杀人还是切菜都随便。反正我只想把刀给她们，剩下的她们自己决定，不然我和那些满口'女子就该三从四德'的人有什么区别？

"可但凡有一个女子，需要用刀破开迷障的时候发现自己手上真的有刀，那我们做的一切就不算白费，和我们一样的人也会越来越多。"

顾浮说的是"我们""我们做的一切"。

皇后低头，沉思片刻后竟扶着额头笑出了声。她知道自己为什么会在顾浮说"不想嫁人"的时候想起过去的自己了，不是因为看顾浮顺眼，也不是因为她们有相似的经历，而是因为所有说"我不想嫁"的人里面，只有她们手上握了刀。

皇后笑完，长叹一声道："这事得从长计议……"

得知顾浮的打算，傅砚一点儿反应都没有，反而在心里松了一口气。因为他早有预感，知道她不会就这么安于现状，抗争总好过离开，所以他并未表现出多么震惊的样子，就好像她刚刚只是评价了今天的天气。

顾浮放下手，朝傅砚凑了过去。

傅砚不躲不闪，垂下眼问："做什么？"

顾浮笑道："你这人太会藏了，喜欢什么我看不出来，讨厌什么我也看不出来，所以我想凑近点，试试能不能看出你现在到底在想什么。"

傅砚看着近在咫尺的唇，有点儿想要别过脸去，又怕这么做露怯，于是硬忍着，问："看出来了吗？"

"嗯……"顾浮仔仔细细地盯着他的脸看，视线宛若食指一般，抚过他淡漠的眉眼，高挺的鼻梁，最终落到微启的薄唇上。

——好想咬一口。

心生绮念的顾浮没发现，傅砚那对藏在白发下的耳朵此刻正因发烫而泛红，同时她也不知道，傅砚盯着她微扬的唇角，心里的想法和她完全一致。

可两人愣是没把那层窗户纸捅开，因为傅砚并未把顾浮的各种"调戏"当真，只将其认作是一种顽劣。而他若当了真，不管不顾去咬她的唇，去抱她，他怕她会像躲避那些同她议亲的男子一般，就此远离自己。

顾浮的想法和傅砚差不多，她不敢让他知道自己是真的觊觎他，只能用"调戏"来一步步试探国师大人的底线，免得国师大人知道了她心里那些"肮脏"的念头，宁可每晚不睡，也要拒她千里之外。

忍下冲动，顾浮后撤坐了回去，道："看不出来。"

傅砚不知道自己错过了什么，心想：那就好。

不经意间烧起的燥热在两人的隐藏和克制下，慢慢冷却。

马车缓缓前行，坠在车顶四角的檐铃随着车身晃动，发出清脆悦耳的声音。顾浮放过傅砚的头发，手里把玩着那条扎头发的缎带，问他："关于赤尧军，陛下是怎么想的？"

郭兼记仇，真要起手段来甚至能将自己的脸踩在脚下，李禹肯定对付不了，这时候皇帝的意思就很重要了。

傅砚还记得方才在酒楼里顾浮让郭兼自己去报仇的事，自然也知道她问这话是什么意思，便说："陛下新组赤尧军，一来是想保李禹，二来也是想有新的皇城军，与禁军相互制衡。"

禁军一家独大太久，又被塞了不少世家子弟进去，难免会出现各种弊端。不说那日在临水苑，他们怎么有胆联手，将登岛的官家女独自引去无人处，就说他们刚刚殴打郭兼，末了还借用禁军的名头吓人，足以见他们如今的气焰有多嚣张。

皇帝看在皇后的分上，保留李禹的颜面，可君王终究是君王，不可能一味地纵容他人犯错，所以即便他用惯了禁军，也难免对其失望。

新组赤尧军，表面上是分权，实际上是偏袒，那为何禁军还是对赤尧军百般刁难？还不是因为赤尧军与禁军并非从属关系，而是同级，一旦赤尧军做大，两支皇城军的立场就会发生对调。这叫禁军如何能对赤尧军心平气和？

不过很显然，禁军的打压方式有问题，不仅无法真正意义上地扼杀威胁，反而容易积累仇恨，并在皇帝面前暴露丑态。

继续这么下去，只要郭兼咬牙坚持，必然能翻盘。到时候是相互制衡，还是赤尧军反压禁军，就看郭兼的本事和李禹的反应了。

顾浮放下心，想：那就让他们打吧。

李禹狠狠打了个喷嚏。

今日端午，陛下召来几位王公大臣陪自己在水镜池边看宫里举办的龙舟赛，还叫御膳房做了几百个粽子，用线悬上，叫人以竹弓射之，谁将悬绳射断，粽子就归谁。

这样热闹的场合，李禹作为禁军统领自然不会缺席，但他也不用一直跟在皇帝身边。比如现下，英王犯错惹了皇帝大怒，皇帝下令让李禹将其押送出宫，还叫他留禁军封锁英王府。

李禹办完差回宫复命，半道上打了个喷嚏，正寻思是不是有人在骂自己，结果下一刻就看到了疑似咒骂自己的对象——跟着魏太傅一块儿入宫，为皇帝作诗助兴的温溪。

李禹在心里大呼晦气。

温溪也讨厌李禹，两人假装看不见对方，就这么擦肩而过，完了温溪还回头，想要无声地呸他一下，却意外发现李禹的背影有些眼熟。

温溪是出了名的记性好，背书、习字全然不在话下，各种典故、文集更是看过一遍就能信手拈来，说得头头是道，所以即便隔了两个多月，他依旧记得二月份的时候他与家人外出踏青，曾在城外看到过一个和顾二极其相似的身影，并笃定对方就是她。

当时身边还有一个人，也骑着马，温溪没认出来是谁，此刻他从李禹背后望过去才发现，那人的背影居然和禁军统领有些相似。

"顾二哥"和禁军头子？

"等等！"温溪心下惊骇，当即叫住了人。

李禹回头，眉心紧蹙，一副完全不想和他打交道的模样："温公子有何指教？”

李禹的态度让温溪有些不爽，然而事关“二哥”，他只能暂时压下脾气，问道：“你二月那会儿，是不是出城了？”

二月，出城。

这俩词一出来，李禹就想起了自己送将军离开那天，接着又想起将军这个月的信还没送来，情绪不可避免变得有些糟糕，语气也越发不耐烦：“是又如何？温公子可要叫你二哥再参我一回？还是去和魏太傅告状，做番文章给禁军扣个莫须有的罪名？”

温溪瞪大了眼睛问：“你说这话是什么意思？我二哥身为言官，纠察百官本就是他职责所在。至于魏太傅，若非禁军行事有问题，太傅也不会去向陛下进言，禁军立身不正，怎么还成别人的错了？”

李禹并非不懂其中的道理，最近也在禁军内部重新整顿，肃清纪律，可他自己知道是一回事，被讨厌的人说出口打在脸上又是另一回事。

“温公子能言善辩，我说不过，告辞。”李禹非但没认错，还把自己的理亏归咎于温溪“会说”，丢下人就走，气得温溪原地直跺脚。

——“二哥”绝对不可能和这么讨人厌的禁军头子有关系！

顾浮回家后直奔穆青瑶的院子。

此时穆青瑶已经恢复好心态，正坐在椅子上做针线活。胖鸽也被她从笼子里放了出来，毛茸茸的一团，蹲在冰鉴旁乘凉。

顾浮把买来的书给她，顺便在这儿蹭了一份冰碗。

临近傍晚的时候，顾启铮等人陆续回府，一家人趁着节日坐在一块儿吃了顿晚饭。霍碧燕和往常一样没来，说是身体不适，怕给家里老少过了病气。

众人用餐到一半，大哥顾沉院里的丫鬟跑进饭厅，在顾沉耳边说了些什么。顾浮是习武之人，五感敏锐，一下就听清是大嫂那边有事，特地叫了丫鬟来请大哥回去。

顾沉起身向几位长辈告退，长辈们应允的同时，还叫家仆趁着街鼓没响，去医馆请个大夫到府上过夜，免得出什么事，晚了没法出门请大夫。李氏还叫身边的嬷嬷去库房，找些补药给霍碧燕送去。

众人用过饭后各自回屋，顾浮也准备换身衣服去祁天塔，然而途经花园，发现湖边坐了个人。她停下脚步，前头掌灯的绿竹也跟着停了下来。

一旁的林嬷嬷没那般好眼力，不确定道："那是……大少爷？"

"嗯，你们在这儿等我一下。"顾浮说完，也不绕路，直接提起裙摆跨过游廊边的坐凳楣子，朝湖边走去。

在湖边呆坐的顾沉半点儿没注意到，顾浮怕吓着他，开口唤了声："哥。"

顾沉终于回过神，转头望向来人，诧异道："你怎么在这儿？"

"是我问你才对，大晚上跑这儿来做什么？喂蚊子？"

顾沉站起身道："没什么，只是出来坐坐。我回去了，你也回去吧。"

顾浮拉住他说："你晚饭吃一半就走了，不如我再陪你吃点儿？"说完没等对方拒绝，便扬声叫绿竹去厨房拿些吃的来，还让林嬷嬷去拿坛黄沙烫。

接着她又把顾沉拉到湖心亭里，入夏后亭中常备驱散蚊虫的香，顾浮拿起火折子一点，慢慢散开的香气将夜里纠缠不休的蚊虫彻底逼退。随后绿竹端来食盒，林嬷嬷拿来烈酒，顾沉走不掉，可也吃不下，索性端起酒杯，一杯接一杯地喝了起来。

顾浮给自家大哥倒酒，两人喝了小半坛后，她还很清醒，顾沉却有些醉了，满肚子的苦水压都压不住，一问就全倒了出来。

原来顾浮白天撑丫鬟的话被霍碧燕听了去。虽然她原意是想让阴阳怪气的丫鬟和半点儿不作为的嬷嬷难堪，可霍碧燕却觉得她话里有话——如今老夫人在，顾启铮、顾启榕兄弟两个不能分家，还有李氏帮忙操持家事，日后若是分了家，顾启铮没有续弦，顾家内宅自然是该由顾沉的妻子来管。

顾浮说她不会管家，那是想让谁来管？穆青瑶吗？

霍碧燕越想越煎熬，越想越害怕，想到最后让她难受的已经不是穆青瑶的存在，而是她对穆青瑶的恐惧本身。

她索性破罐子破摔，把丈夫叫了回来，主动提出让丈夫娶穆青瑶，想着只要那把悬在她头上的剑快点儿落下，自己说不定就不怕了。

可顾沉并不想娶穆青瑶，他一次又一次和妻子解释，妻子却觉得他口是心非，一个字都听不进去。顾沉无奈的同时又感到了窒息，索性就从院子里出来，一个人晃荡到了花园。

顾浮把酒给顾沉满上，说道："这样下去也不是办法，你可有什么打算？"

顾沉把杯中的酒一口喝完，没有回答，也不知道是没有打算，还是在思考如何打算。

顾浮也不催，而是继续给他倒酒。

又过了一小会儿，喝醉的顾沉撑着桌面，含混不清地说道："我想和上峰自请，去……去青州……"

"青州？可是外放的差事？"

顾沉喝醉后反应迟钝，思考半晌才明白对方刚刚问了什么，点头道："带上她，去……去外面走……走……"

顾浮听明白了，她大哥所在的衙门最近有外放去青州的差事，但还没定下人选，大哥便想要借此机会，带上妻子离开京城到外面看看，散散心。这是顾沉的决定，做妹妹的自然不会置喙。随后她让林嬷嬷叫来大哥的小厮扶他回去，自己则换了衣服，赶去祁天塔。

到祁天塔时，已经过了亥正，傅砚还在桌前处理公务，见她来晚也没说什么，可顾浮自觉失约，便同他道了歉。

"无妨。"傅砚摇头，因为两人白天见过，所以他要想睡，其实是能睡着的，可他怕自己早早去睡了，会让她白跑一趟。

最重要的是，他还想再见她一面。

淡淡的酒香顺着夜风掠过傅砚的脸颊，他问道："喝酒了？"

"嗯。"顾浮在他对面坐下，因为刚喝了不少酒，她此刻的情绪略有些高涨，言语也比往常更加直白。

她说家中兄嫂的事情，末了还来一句："扪心自问，我定做不到像大哥那样包容大嫂。"

傅砚强忍着困意，道："你又不是你大嫂的丈夫，你自然做不到。"

"你的意思是，我大哥能做到这个地步，是因为夫妻间的责任？"

傅砚感觉脑袋有点儿沉，便学着顾浮白天的样子，用一只手支着脑袋，酸涩的眼底泛起水雾，反问道："为什么不能是夫妻间的感情？"

顾浮不能确定，因为大哥成亲的时候她不在家，所以她对大哥和大嫂之间的感情不是很了解。但顺着傅砚的思路来想倒也没毛病，或许在她不知道的过去，大哥、大嫂新婚燕尔之际，两人也曾蜜里调油，如胶似漆。

顾浮想着，眉头舒展，扬起唇角笑着说道："若有幸能得这么一人，与我感情深厚到即便日后他变得不可理喻，我也能依旧爱他、护他，似乎也不错。"

昏昏欲睡的傅砚顿时就清醒了。顾浮说完喝了口茶解渴，抬眼发现他正直勾勾地看着自己。她疑惑地"嗯"了一声，略低的嗓音配上微微飘起的调子，羽毛似的在傅砚耳畔轻轻撩过。

傅砚心如鼓噪，可任凭内心的想法有多复杂，面上依旧不显分毫，端的是仙人之姿，不染俗尘。便是下一刻站起身，说自己要去睡了，顾浮也不会有半点儿意外，毕竟仙人嘛，怎么会在意爱恨纠葛这样的俗世话题呢？

然而傅砚并没有离开，而是问："你想成亲了？"

顾浮认真思考了一下这个问题，而后闭眼，摇了摇头说："不想。"

她喜欢的人又不喜欢她，她跟谁成亲去？

众所周知，端午节发生了一件大事，奉诏入宫的英王不知做了什么，当天就被禁军押送出宫。如今英王府外由禁军包围看守，英王一步都踏不出府门，身上的职务更是被迫交由他人接手。

对此朝中议论纷纷，眼看就要有人按捺不住，打着"天家无小事"的名头向皇帝询问缘由，耽搁了一个多月的选麟突然闯入众人视野，并迅速压过英王被拘禁一事，成为京城最热门的话题，没有之一。

结果会变成这样是谁都没想到的。因为从一开始，众人图的就是"京城第一"的名号，更有的纯粹就是凑个热闹，比如那非要参选的尹国质子。

后来经过一个多月的沉寂，不少人都已经把这件事抛到了脑后，再听人提起，还颇有些话题已经过时的兴致缺缺——是马球不好玩，还是诗会不热闹？干吗要去看那名字多如牛毛的小报，还花钱买贵到死的纸笺去票选？

开什么玩笑？

会这么做的，只有家里有人参选的世家大族，甚至不少出身名门的少年都叫家里人莫要费钱给自己买票，生怕会进下一轮，被同窗好友嘲笑人傻钱多，贪慕虚名。甚至还有身负功名却由于各种原因未能成亲的男子，撞见家人去给自己买票，在同僚面前十分难堪。

然而没几日，风向突然发生了改变。

起因是有人将买来的小报带去瑞阳长公主的诗会，小报中附带的男子肖像画落到地上，被瑞阳长公主瞧见了。当时在场的人都很尴尬，毕竟是男子的画像，被带到全是姑娘的诗会上，怎么讲都说不过去。而那遗失画像的人若被找出来，名声也会受损。

瑞阳长公主倒是没想这么多，她拿起画像一看，这不是长宁侯家的小公子温溪吗？怎么有人将他的画像带到了诗会上？

然后她又在画像边角看到了一朵红色梅花标记，以及"选麟小报"四个字。

一旁的宫女低声为瑞阳长公主解惑，并细心提供了几个解决方案，意图将此事揭过去，好保全诗会上姑娘们的名声。

可长公主并未听宫女的，因为她见过温溪，所以能确定选麟小报的画与温溪本人十分相似。以此类推，小报里附带的其他人的画像，应该也和真人一般无二。

这么说来，只要买一份小报，她便能把全京城参选的男子都观赏一遍？

这当然是不可能的。

一份小报不过十张的内容，刨去参选名单也就只剩下七张是肖像画，而这七张肖像画的内容并非固定，能买到谁的画像全看运气。

为了节省成本，小报并不会像邸报那样装订成册，直接就是一大张一大张的纸，卷好后用稍厚一些的红色字条圈住固定，最后封上蜡印。因最外面是选麟名单，里面才是男子画像，所以购买人在打开小报之前，并不会知道买的小报里究竟会有谁的画像。

还未见识过商人狡诈的瑞阳长公主轻哼一声："这有什么难的，多买几份不就行了吗？"

于是在诗会还没结束前，长公主身边的宫女奉命去买了十几份选麟小报回来。

这时已经没人再去猜测，那个把小报带来诗会，又把里面的画像落到地上的人是谁了。因为所有姑娘都朝长公主聚拢，看着长公主身边的宫女将小报一份份展开，又将里头的画像一张张平铺出来，其间时不时响起"呀，那不是我家兄长吗？画得真像"，或者"画像上写齐家二公子身长五尺七寸，太高了吧"，又或者"这人的头发怎么是卷的？出身尹国？是东部小国吗？难怪和我们不同"的声音。

随着小报越开越多，姑娘们议论的内容逐渐大胆起来，甚至有人开始评价，并表达起了自己的喜好，说这个模样周正，或说那个眼睛好看。再后来，姑娘们议论的内容又慢慢地变了——

"怎么又是谢家公子，这都第几张了？我想看林家少将军的画像，或者小周大人的，我都在名单上看到他们了，为何就是没有？"

"小报后面写了，并非所有人的画像都有。"

"少将军的画像应当是有的，我家六哥也在名单上，我婶婶特地去买了小报，有一张就是少将军……”说这话的姑娘突然顿住，因为她想起来，她婶婶好像买了不止一份小报，她当时还奇怪买这么多做什么。

“你们看，小报后边还写了，有画像的人会在名单上标梅花记号，这个梅花记号画像上也有，而且分颜色，墨色梅花的人画像数量会比较多，靛色次之，用朱砂做梅花记号的人画像最少……少将军的梅花记号就是红色的，我瞧着得买上好几份小报才能买到他的。”

“买上好几份也未必能买到，你看长公主殿下拆了这么多，还没有呢。卫七，你婶婶运气真好。对了，我新得了一份绣样，明日能去你家玩吗？”

“我也去，我也去，就——看看绣样，嘿嘿。”

最后剩下三卷小报，长公主直接将那三卷从宫女手中抢了过来，亲自动手拆开。结果一拆就拆出了温溪的画像，虽然长公主已经看过，但因温溪的画像上有朱砂色的梅花标记，所以她并无不满，反而还叫人把这张给收好了。

之后拆第二份，出了李家那位小国舅的画像，因为未婚，年纪又堪堪擦过标准线，所以小国舅也在参选名单上。

除了小国舅，还有李禹。

一众姑娘惊呼出声，因为这两人的画像上，都有朱砂色的梅花标记。

瑞阳长公主顿时神清气爽，虽然这俩一个是她舅舅，一个是她表哥，但还是无法抹灭她此刻的成就感——宫女怎么拆都拆不出来的朱砂画像，她一拆就拆出了三幅，可见是有皇家的气运护体，才能如此幸运。

瑞阳长公主又拆了最后一份，可这一份里只有五幅墨色画像和两幅靛色画像，一幅朱砂画像都没有。

长公主心里升起不满，又叫人去买了十份小报回来。然而十份小报拆完，也就出了一幅朱砂画像。画像上是年纪轻轻就入了秘阁的永安县主之子，虽然个子不高，年纪也不大，看着就像是谁家的弟弟，但这位少年真的好漂亮，不仅面容精致，眼睛还很大，眼尾上挑像只猫似的，叫一众姑娘看得挪不开眼。

貌美的县主之子勉强抚平了长公主的怒火，但她还是决定再去买几份小报来拆。她让人算了一下，参选男子里面只有二十五人是朱砂画像，无论说什么她都要把这二十五幅弄到手。

眼看天色不早，瑞阳长公主散了诗会，还将重复的画像放到桌上，送给来参加诗会的姑娘们，任由她们随便挑选带回家去。一众姑娘踌躇不前，心里想要拿画像，可又怕当着这么多人的面拿了，传出去不好听。

就在这时，临安伯爵府的棠五姑娘磨磨蹭蹭走上去，把多出来的那幅温溪的画像给拿走了。

不拿不行，她参与了选麟的前期筹备，在场绝对没有人比她更加清楚这张画像有多难买。而将画像带来并不小心遗失的也是她，因为她准备参加完诗会就去晚袖斋和诗社的姑娘们炫耀自己的运气，谁知道中间会出这样的意外。

有了棠五带头，其他姑娘不仅放下心来上前去拿，还有几个因为错过温溪那张朱砂画像而懊恼不已。

也是从这场诗会开始，购买选麟小报收集画像成了闺阁姑娘们的新爱好，并从长公主的交际圈不停往外扩散。当然也有人不想收集朱砂画像，只想要其中某一个人的，只是不好说出口，这才拿收集朱砂画像做由头。还有些姑娘因审美差异，对谁更有可能进入下一轮选拔而发生争执，甚至为了不丢面子特地跑去买纸笺，给自己支持的男子投票。

这样的风气传开后自然引起了批判，说那些女子不知廉耻。可人都是有虚荣心的，知道会有姑娘选投，参选的男子也不再拦着家里人，生怕下一轮票数出来自己垫底。

风向发生改变之后，选麟开始朝着谁都没想到的方向发展。小报的销量开始直线上升，同时买纸笺的人也越来越多。因为大家都是如此，也没人再觉得这是什么羞耻的事情，所以姑娘也好，妇人也好，参选男子的家人也好，都开始一掷千金。

据闻还有人无意间买到朱砂画像，转手卖出了高价。

当然造假的画像也出现过，卖小报的书局特地出了声明，说画像上用军造司制的墨水做了防伪涂层，乍一看去不明显，只有放在太阳底下才能看到，朱砂画像因此越发珍贵。

而让选麟票选进入白热化阶段的，是选麟小报新出的一份通知——

第一轮票选结束后，旧画像将停产，并出新的画像。新画像上的标记由梅花改为茶花，至于分级则由票选排名来定，也就是说，这一轮票数排名前二十五的人，将在下一轮是朱砂画像。

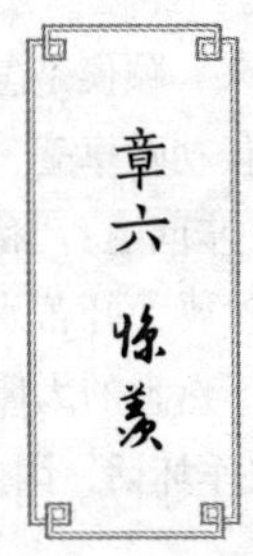

宣阳街。

昔日门庭若市的英王府，如今成了进出皆需层层审查的牢笼。牢笼外禁军十二个时辰轮班值守，便是有鸟从空中飞过，都会被一箭射下，以防内外书信传递。住在同一条街上的达官显贵也都自觉绕路而行，哪怕上朝早起一刻钟，也要绕一大圈避免经过英王府。

就在几乎所有人都以免惹祸上身的时候，一辆带着祁天塔标志的马车缓缓停在了英王府的大门前。

李禹正好过来巡查，看见马车心里暗道一声要糟。

全京城谁人不知国师与英王之间有嫌隙，如今英王被囚，国师上门也不知道要做什么，两人中但凡有一个被对方给伤着了，恐怕都得他们禁军背锅。

可即便如此，李禹还是得迎上去，向从马车上下来的傅砚行礼。

因为不用隐藏身份，所以傅砚这次出门没穿那件带帽子的外衣，而是在白衣外面罩了件白底织金的宽袖长袍，长袍上还坠着细碎的金饰，看起来不会显得庸俗，反而添了几分高不可攀的贵气。

李禹本想搬出皇帝，拒绝让傅砚入英王府，谁承想人家来这儿之前入过一趟宫，如今是拿着皇帝的手谕来的。李禹无法，只好亲自随着进去，并打定主意绝不走开，免得出什么事。

不过被禁军围了些日子，英王府内肉眼可见地萧条了不少。李禹正琢磨国师大人亲临此处究竟有何贵干，就听见国师问他："我记得，李统领曾在顾侯麾下当过兵？"

李禹猛然回神，回道："是。"

傅砚又问："那在李统领看来，顾侯是怎样的人？"

李禹斟酌片刻，才道："顾侯功勋卓著，一心为国，乃吾辈之典范。"

傅砚不想听这些虚的，进一步问道："私下里，她是怎样的人？"

若是熟人这样问，李禹定然要大吐苦水，把将军干过的混账事统统说一遍，然而此刻面对的是他并不熟悉的大庸国师，他不想和这个人交浅言深，更不想在不熟的人面前说将军坏话，因此只能绞尽脑汁地夸，把这个问题应付过去。

却不想他夸着夸着，突然开始走心：

"……将军仁善，会让文书替军中将士们写家书寄回去，提拔下属也从不看出身。不过将军也十分严苛，但有违反军纪侵扰百姓者，惩罚往往要比上一任统帅定得更重。因此军中纪律严明，北境军在几个边境城里的名声也比原来要好不少，不仅搜查细作不会像原来那样惹得城中百姓怨声载道，还会有人专门来报信，为我们提供形迹可疑之人的线索。将军还常说，北境军是守卫北境百姓的人，那便不该拿着守卫之人的身份反去欺压他们……"

傅砚听着，试图在脑海中描绘出顾浮从军时的模样。待后来办完事离开了，他还意犹未尽，特地召见了安插在郭兼身边的秘阁探子，询问可有从郭兼那里听到过什么有关顾浮在北境从军时候的旧闻。结果探子扔了一记惊雷——顾将军在北境时，曾为一个妓子赎身，还在边境城给那妓子置备了一处住所。

傅砚："……"

选麟小报大卖，票选日益激烈，穆青瑶诗社里的姑娘们一个个都兴奋异常，颇有干了番大事后深藏功与名的自得。

为了庆祝，也为了犒劳她们，顾浮在酒楼安排一桌席面，把她们都叫了过来。姑娘们喝酒嬉闹，从未有过的成就感让她们失去了往日的矜持和端庄，一个个都笑得特别开心。

酒过三巡，顾浮看气氛差不多，便跟她们说了件事："皇后娘娘想为瑞阳长公主找几个伴读，准备把你们都叫去。"

说完姑娘们都没了声，还是卫姑娘率先回神，问："让我们去给瑞阳长公主做伴读？那晚袖斋……”

顾浮笑道：“晚袖斋你们想留自然能留下，但要觉得辛苦，也可从中选一样来做。皇后娘娘的意思是要多找些姑娘陪长公主读书、习武，二三十个吧，也不着急，你们可以自己商量。”

姑娘们纷纷议论起来，有的想入宫去做伴读，又舍不下晚袖斋的差事，怕两边兼顾会太累，还有的想留在晚袖斋，但能做长公主的伴读是件光耀门楣的大事，家里知道了定不会让她们拒绝。

有个姑娘实在苦恼，趁酒意上头，壮着胆子问：“怎的突然要为长公主选伴读？”

以往也没听说有这样的事啊。

顾浮说：“许是怕长公主一个人对着教书先生，心里惦记热闹的诗会雅集，没心思学习吧。”这当然是借口，其实是皇后和她在挑选女子书院的先生时犯了难。宫里的嬷嬷都有本事，教起仪态规矩、香道茶艺个个都是顶尖高手，但要让她们教授寻常书院里的学问，这就难了，更别说还有骑射和武艺。

没办法，皇后只能从外面找人来教，可又怕找来的教书先生品行不端，或教书时看不起女学生，只讲《女训》或《女戒》什么的，那她们这书院就算白弄了。

为了筛选出适合的人，皇后决定把找来的教书先生都先送去瑞阳那儿过一遍，并多找些伴读，营造出学堂的氛围，方便观察那些先生对女学生的态度。

诗社的姑娘们不知道这背后的深意，得知还要学学问，学骑马射箭，一个个叫苦不迭。

“我们这些姑娘家，学骑射做什么？”最怕流汗晒太阳的棠五姑娘哀号道。

顾浮淡定喝茶：“当将军吧。”

众人先是一静，接着哄堂大笑，都觉得这句话是在逗棠五开心。

卫姑娘还拍了拍她的肩，嗔道：“净会说些不着三四的鬼话。”

穆青瑶倒是没笑，接着问了句：“那学四书五经又是要做什么呢？我们又不做学问，不考科举，学些诗词歌赋、琴棋书画不就好了？”

顾浮又说：“乐观点儿，说不准以后女子也能科考做官呢。”

姑娘们笑得腰都直不起来了，顾浮似是被满屋子的笑声感染，唇角带起微微的弧度。唯独穆青瑶，作为现场唯一一个知道她没有开玩笑的人，难得收起了大家闺秀的完美笑颜，在众人的欢笑中低声呢喃：“希望吧。”

这天晚上，顾浮换了衣服准备去祁天塔，林嬷嬷突然叫住她：“将军！”

顾浮知道她想问什么，就趁屋里没别人，对她说道："陛下虽查明是英王找江湖人士刺杀国师，但毕竟没有伤到国师分毫。如今只将英王拘禁，想来是不打算深究下去了。"

林嬷嬷得到答复，垂在身侧的双手紧握成拳，修剪圆润的十指指甲陷入掌心。她"扑通"一声跪下，结结实实地磕了三个响头："请将军，再帮奴最后一次。"

"决定了？"

林嬷嬷伏在地上，压低的嗓音中透着几欲泣血的恨意："此仇不报，奴死不瞑目！"

顾浮也不再劝，留下一句"等我消息"，就翻窗跃墙出了顾府，朝祁天塔而去。

林嬷嬷平复好情绪才从地上起来，她关上窗户，安安静静收拾好屋子，最后离开，回到了自己的卧房。

作为飞雀阁里唯一的嬷嬷，林嬷嬷一个人住一个屋，此刻她坐在镜子前，看额头因磕得太重破皮渗血，就拿帕子把流下的血擦了去。然而这一擦，擦去的并非血迹，还有覆盖在脸上，颜色略深一层的肤粉。

林嬷嬷侧头看向门口，见房门已经被自己从里面闩上，就用水沾湿帕子，把脸上的妆卸了。

顾府上下，乃至二夫人李氏都曾觉得林嬷嬷太过年轻漂亮，却不知这还是她给自己抹了妆的效果，待她脸上的妆一点点被擦去，被隐藏在假面下的雪肤渐渐显露，看着竟是吹弹可破。

林嬷嬷还擦掉了唇上老气厚重的口脂，因为擦得太用力，唇上泛起自然的殷红，不点而朱。最后她放下沾满肤粉口脂的湿帕，再看镜子，镜子里的人像是吃了什么灵丹妙药，模样瞬间年轻十岁不说，眼睛也比原先要大上一圈。肤若凝脂，顾盼生辉，哪怕只是盯着镜子里的自己，也能生出一股狐妖勾人的媚气。

顾浮早前将人从北境带回来的时候，林嬷嬷就说过自己想入英王府，亲手杀了英王报仇雪恨。她当时没答应，觉得林嬷嬷好不容易活下来回到京城，不该为了那么一个人赔上自己的性命。林嬷嬷也保证过，在顾浮应允之前，自己绝不轻举妄动。

然而顾浮知道，近半年来林嬷嬷不仅为自己打理飞雀阁，还收集了许多有关英王府的消息。若没有英王被拘禁在府中一事，林嬷嬷或许还能忍上一段时间，可如今眼看着英王就要粉身碎骨，偏偏停在了悬崖边上没掉下去，这叫她如何能再克制下去。

来到祁天塔，顾浮正想拜托傅砚帮把手，利用秘阁的探子把林嬷嬷安排进英王府，就听见傅砚问——

"我听说你曾在北境为一个妓子赎身，还给了她安身之所？"

顾浮一听，道："巧了，我正要和你说这件事。"

傅砚心头狂跳。

结果顾浮反问道："你可知道林庭山？"

"曾任礼部尚书，后因牵涉翊王谋逆案被抄家的林庭山？"

这人傅砚当然记得，皇帝还未登基之时，先帝一直就想把皇位传给翊王或宸王中的一个，宸王是深受先皇喜爱的皇贵妃所出，赢面更大，他害死了皇帝的生母，所以傅砚和皇帝的主要敌人就是他。

翊王虽得陛下器重，但母族不显，有他在，既能分担皇帝的压力，又不会直接威胁到皇帝当时的太子位。所以当时傅砚和太子一直都没想过要在宸王倒台前对付翊王。

可谁都没想到翊王居然会起兵谋反，被镇压后朝中血洗了一批涉案大臣，其中就包括林庭山。

之所以会对林庭山有印象，是因为此人性格古板，最尊嫡长，若非皇帝当时势弱，林庭山绝对会是太子党的中坚力量。

这么一个人物跑去助翊王谋逆，傅砚总觉得有些奇怪，不过当时他和皇帝都自身难保，所以并未追究。

顾浮说："就是他。林家被抄，男丁问斩，女眷充作军妓，发配西北。不过那会儿比起女人，西北军更缺的是钱，所以一些长相特别美的军妓会被转手卖入民间，西北军的军妓营也会在名册上做手脚，直接算人死了……"她越说声音越低，还凑到傅砚面前，"这事我就告诉你，你可别和陛下说。"

她所在的北境军没有军妓营，按说这事被捅到皇帝面前也与她无关，可西北军的统帅不是别人，是穆青瑶的爹。而且顾浮也想为那些女子留一线生机，军妓是戴罪之身，别说自由，连活着都难，不像民妓可以被人赎走，运气好还能脱离贱籍。

"林庭山的小女儿叫林月枝，她被卖后辗转沦落到北境，让我给遇见了。她意外发现我的身份，恰好我也需要一个女人做掩护，所以我把她买下，从北境回来时还带了过来。如今她就在顾家，正是我院里的林嬷嬷。"

简单铺垫完前因，顾浮终于开始道明说这一切的理由：“她希望我能帮她，将她弄进英王府。”

傅砚一下就反应过来：“林家被抄与英王有关？”说完他又摇头，“可我记得先帝曾有意将林家长女许配给英王，因此林家出事，英王还险些遭受牵连……”

话音未落，他自己闭嘴了。傅砚突然想起来，正是由于林家被抄，英王才没娶林家长女，改娶了宰相赵长崎之女，为夺嫡增添了一枚重要的砝码。

顾浮道：“林月枝说，那封证实林家与翊王有勾结的信件，是从英王给她姐姐送的妆奁夹层里找出来的。”

傅砚不曾见过林月枝，因此并未听信这一面之词，而是派了人去调查核实。若真如林月枝所言，英王是她家破人亡的罪魁祸首，那不用顾浮拜托，自己也会想办法将人送入英王府。

“对了，你怎么知道我在北境的事？”顾浮突然问。

傅砚眼睛都不眨一下，直接把锅甩给李禹：“今日去英王府，遇见了那位禁军统领，他和我说的。”

“你去英王府做什么？”

若是旁人问他，他定然缄默不言，可如今问这个问题的不是别人，是曾评价他不擅长表达好恶的顾浮，于是他说：“吓唬他。”

“嗯？”

傅砚依旧是那副冷冷清清的谪仙模样，导致他说这话时，显得格外理直气壮：“陛下说我蓄意伤他一次，他派人刺杀我未遂一次，如今还被拘禁府中失了自由，我们两个之间算扯平。我不乐意，说想过去吓唬他，让他以为这事没完，陛下允了。”

因为他的样子实在太有欺骗性，莫说英王，就连当时在场的李禹也信了，以为陛下定会深究下去。

顾浮没想到傅砚还有这样的一面，听后先是讶异，接着笑出声，心想斤斤计较的国师大人有些过于可爱了。傅砚看她笑自己，表面上一如既往，心里却有些懊恼，担心她会因此觉得自己心胸狭隘。

皇后和秘阁的效率都很高，这边皇后下懿旨挑选好了伴读，定下接送入宫的时间，那边秘阁将昔日旧案查清楚，转手就把卸去妆容的林月枝送入了英王府。

为了避免李氏再给自己找嬷嬷，顾浮一事不烦二主，让傅砚给她送了个秘阁探子过来，易容伪装成林嬷嬷的样子。

林月枝离开那天，顾浮还对她说："身份给你留着，等你回来。"

她朝顾浮行了大礼，轻纱遮掩下看不清她的神态，直到乘上马车，幂篱边沿垂下的轻纱随着马车晃动微微掀开缝隙，才隐约露出那张拼命擦拭却依旧泪流满面的脸。

皇后一共选了二十四个伴读，加上长公主正好二十五人，其中还包括了顾浮和穆青瑶。入宫那日两人早早起身，乘坐马车抵达宫门，下车后她们先去一旁的小室内等待，等人来齐了再统一被送去上课的地方。

其间姑娘们相互打招呼聊天，问到最多的就是"最近可有收集到新的朱砂画像"，或者"今天的排名看了吗"。小报在内容方面又增添了前一日的票选排名，所以销量又涨了一波。顾浮能去晚袖斋看排名，所以她不买小报，也不收集画像。和她一样的还有一个姑娘，姓苏，不过苏姑娘不是诗社里的人，不买纯粹是因为家里管得严。

很快二十四人就都到齐了，虽然不能带丫鬟入宫，但有宫女帮忙，所以不用她们自己提东西。众人走出小室，纷纷噤声，不敢再乱说话。

皇后安排给长公主上课的地方叫清水阁，位于宫城南边，属于外朝而非内宫。清水阁本身是一座阙楼，建立在极高的墩台之上，距离宫门不算远，但要经过大广场，并走过一条斜向上的楼梯才能抵达。

正值三伏天里的初伏，一众姑娘走得气喘吁吁，香汗淋漓。顾浮倒是没什么变化，穆青瑶就惨了，不仅热，还难受，一想到待会儿要顶着满身的汗去听课，她就浑身不舒服。她小声说："这课堂要能设在宫外就好了，我定在附近租间小院子，往来没这么麻烦，衣服脏了也能立刻去换。"

顾浮安慰她："待会儿就能换衣服了。"

穆青瑶不明所以，抵达清水阁后领到新衣服才知道，她们所有人日后都要穿一模一样的裙衫上课，面妆和佩戴的首饰也不能太过华丽。

穆青瑶虽然高兴能换衣服，但还是小声问："为什么要这么做？"

当然是为了避免攀比。

看看今日来的姑娘们吧，因为要入宫，穿着打扮一个赛一个地艳丽，还有一个头上戴着拇指大小的东海珠钗，这怎么能行？

众人换好衣服，走进上课的屋子，就见瑞阳长公主也没能例外，和她们穿着一模一样的新衣服。众人向瑞阳长公主行礼，不高兴被押来上课的瑞阳挥挥手，打发她们各自找位置坐下。讲堂边的墙上还贴着今日的课程安排和时间，姑娘们看还有一刻钟，就又聚到一块儿闲聊起来。

提及朱砂画像，瑞阳长公主的心情终于没那么糟了，因为她已经把画像都收集齐了，并表示下一轮自己只会收新画像。

棠五问："第二轮的画像不都是新画像吗？"

"笨。"有人替瑞阳解释，"殿下的意思是，她只收第一轮没有画像的那些男子的画像，之前有过的，例如温家小公子、林家少将军，即便再出他们的朱砂画像，殿下也不会专门去收集。"

因为已经有了，所以不需要，很好理解。

"这样啊。"棠五觉得悬，因为票选排名差距太大，前二十五人里面，前十的排名可以确定不会掉出前二十五，所以晚袖斋那边已经能看到他们的新画像，其中就有那位长相精致的县主之子。

第一轮画像上，县主之子和其他男子一样都是站立在画中，没有任何姿势，第二轮画像就不同了。第二轮画像上的少年坐在一棵大树下闭眼打瞌睡，怀里还抱着一只猫，叫人看着就想伸手，为他轻轻拈走肩头的落叶。

还有林家少将军，他也在前十，新画像上林毅挽弓射箭，杀气腾腾，箭尖还直指画外，站在画前简直无法抑制自己疯狂的心跳和战栗。

那样的画作，恐怕没人能拒绝。

说起新画像，又有人道："也不知第二轮会不会出国师的画像？"

第一轮的画像里面没有国师，按说没有画像都比较吃亏，因为不知道模样，所以为其买纸笺投票的人也少。但国师绝对是个例外。因为即便没有画像，国师依旧稳居每天的票选排榜第一：因为那可是他们大庸的仙师，即便看不到他的画像，也会有迷信之人为其投票，以保佑家宅安宁。

甚至还有传言，说给国师投票后，做什么事情都会变得格外顺利，使得那些不关注选麟的人也跟着买了纸笺来投票，祈求保佑。

顾浮听见有人在议论傅砚，竖起耳朵去听——

"听说好些人都给国师投选票了，不仅是祈求保佑，还有想知道国师究竟长什么模样，要把国师的画像放在家里供奉的。"

"我看国师的排名就没掉过，第二轮画像应该有他了吧？"

"传闻说国师是半仙，一头白发，其人莫不是老头模样？"

…………

姑娘们争论着，突然有个姑娘安静下来，瞪着眼睛看向窗外，做梦似的呢喃道："看着倒是同我兄长一般大。"

其他姑娘先是不解地朝那姑娘看去，随后又顺着那姑娘的视线看向外头，就见一位青年自外边的长廊上走过——

青年身着宽袖白衣，衣上绣着低调的暗纹，并坠有零碎的银饰，似雪的长发用一根黑色缎带随意捆着，露出修长漂亮的后颈。从侧面看去，他的面容能轻松碾压第一轮朱砂画像上的任何一个人，唯一的不足就是眉眼太冷，无论看什么都透出一股彻骨的寒，宛若高高在上的神明，无心无情。

国师大人拿着一本书踏入室内，前一秒还热闹的课堂瞬间变得寂静无声，落针可闻。

清水阁地势较高，风也大，轻易就将二十多人齐聚一室的燥热吹散。四边墙角还都摆上了冰鉴，所以不仅不热，还能感到丝丝的凉爽。

课堂内静而不寂，二十五个姑娘没一个敢像原先那般胡乱说话，只能听见书本翻页的声音，以及傅砚平铺直叙的讲课声。

一堂课约莫半个时辰，到了时间会有嬷嬷在外摇铃。当摇铃声响起后，室内的气氛骤然松弛下来。傅砚也没有要拖堂的意思，留下功课就准备离开。

"顾二姐姐……"坐在顾浮身后的卫姑娘悄悄拉扯她的衣服，正想说点儿什么，就见那位白发国师淡淡一眼扫了过来。

卫姑娘立时收声，噤若寒蝉。

顾浮听见卫姑娘叫自己，微微侧过头去听，因此没发现傅砚扫过来的那一眼。之后卫姑娘不出声，还以为人家就是无聊叫着玩的，便又把头转回去，提笔记下功课。同时她也纳闷——傅砚怎么来了？

今天之前，皇后娘娘把会来的教书先生都同她说过一遍，其中完全没有提及傅砚。

顾浮不知皇后娘娘也是无奈，她挑选教书先生多是通过自己和娘家，怕耽误时间又怕识人不清，便请了秘阁协助调查摸底。这么一来二去，傅砚自然就知道了顾浮给长公主当伴读的事情，并向皇后提出，让自己过来讲一堂课。

皇后知道傅砚喜欢顾二，此举多半是冲着她来的，却不知道顾二同样觊觎傅砚，因此想着既然事情已经没有了转圜的余地，不如试着撮合他们俩，若顾二真能喜欢上，日后皇帝赐婚也不至于太过惨烈。

这才有了今日的情况发生。

国师周身散发着生人勿近的冰冷气息，上完课也没人敢出声。直到他离开课堂，身影彻底消失在长廊上，姑娘们才猛地松口气，并在下一位先生来之前展开了热烈的讨论——

“怎么会是国师来给我们上课？”

“天爷啊，世上怎会有这么好看的人？不对，他不是人，他是仙。先前谁说国师长得不好看来着？快出来挨打。”

“我不懂了，选麟为何不出国师的画像？为何不出？！”

“第二轮可一定要出啊，买了挂屋里日夜欣赏，旁人问起我就说信奉国师，挂他画像是为了求他保佑。”

“苏二，你在画什么？”

因为家里管得严，从未买过选麟小报的苏姑娘一边落笔，一边说道：“我家可不许我去买小报，便是买了也不一定能买到，还不如自己画呢。”

知道苏姑娘画的是国师，众人立马围了上去。

苏姑娘一手丹青画得不赖，速度也快，虽然不够精细，但却画出了国师大人冰冷的神韵。

顾浮坐在自己的位置上没动，转头去看也只能看见她们望着画像时略显痴迷的神态。她有些烦躁，不由得下移视线，去看桌上的画，却看见有人情不自禁将手放到了画上，似是在抚摩画上的人。满心的困惑顿时化作尖刺，扎得她浑身难受。

顾浮本想晚上去祁天塔问问傅砚，没事跑清水阁做什么？可等到了祁天塔，她又不想问了——

傅砚要做什么她本就无权过问，她不过是他的一剂药，一剂助其安眠的药，有什么资格对用药人指手画脚？

顾浮全然忘了过去半年自己是怎么在祁天塔里为所欲为的，甚至昨天还找小道童要了炭盆、香料烤羊肉就冰碗吃，弄得傅砚那些奏报上全是羊肉味，送到皇帝面前时味道都没散，惹得皇帝嘴馋，当天就叫御膳房做了只烤全羊来吃。

今天倒是变得克制，坐在箜篌旁边埋头练曲，除非傅砚先开口，不然一句话都不说。

傅砚察觉到异样，思虑后开口问道：“今日我去清水阁讲课，你觉得我讲得如何？”

不说还好，一说起这事顾浮就想起那张被众人围观抚摩的画，忍不住道：“你又不做教书先生，瞎跑去凑什么热闹？”

傅砚从未被这样撑过，顿了一会儿又问："你生气了？"

她也不看他，只说："我生什么气？你爱干吗干吗，和我有什么关系？"

"你生气了。"同样的内容，这回是陈述句。

顾浮索性破罐子破摔，起身走到傅砚对面坐下，一只手撑着身侧的地面，另一只手搭在屈起的膝盖上，坐姿随意，语气不善道："是，我生气了。"

傅砚看着她问："为什么？"

为什么？还能为什么？她喜欢的人，被别的姑娘满目痴恋地盯着，还画了画像来抚摩，她的心是有多大才会无动于衷？！偏偏对方还不喜欢她，她越是耿耿于怀，越是显得难看。

顾浮难得没接傅砚的话，沉默以对的模样像极了最初的他，与世隔绝一般，在自己和他人之间竖起一道看不见的壁垒。

然而傅砚却转了性，即便她不搭理，也自顾自地说了下去："你在北境为林姑娘赎身的事情，不是李禹告诉我的。"

顾浮蹙眉，不明白话题怎么跳到这来了。

傅砚接着道："是我通过秘阁探子，从郭兼那儿知道的。"

察觉出一丝不对，她终于开口，问道："你要知道这些做什么？"

傅砚语气平静，然而说出的话却像一记惊雷，把顾浮炸得不知今夕是何年："不做什么，就是好奇你在北境的经历。听说你赎了林姑娘，我以为你……又不知该怎么问，干脆就去清水阁看看你和其他姑娘都是怎么相处的。"

顾浮缓缓放下了屈起的那个膝盖，身子摆正，双手一时间不知道该往哪儿摆，索性交握放到了桌下。她开口，嗓子有些滞涩："你……你好奇这个干吗？"

傅砚说："这对我来说很重要。"

他说这话的时候依旧无波无澜，然而表面的平静并不能掩盖他内心的紧张。但他不后悔，顾浮的异常给了他赌一把的勇气，只要他赌对，日后就不必再这么患得患失。要是赌错……有这么一瞬间，傅砚心中闪过一个非常糟糕的念头——他连皇位都能替兄长抢来，为什么不能再替自己夺一个顾浮？

傅砚的回答模棱两可，顾浮怕会错意，不知道还能怎么问，索性伸出手，以极其缓慢的速度越过桌面，握住了他的手。整个过程傅砚都没躲开。

于是她又慢慢地将傅砚的手拉到唇边，低头在他手背上亲了一下。其间她的眼睛一直看着他，发现傅砚别开脸的时候，加大了手上的力道，唯恐他会把手抽回去。

但是傅砚没有，不仅没有，还同样用力地回握了顾浮，作为自己的回答。

时间在此刻被无限放慢，所有的感官都被集中到了两人相互接触的部位。

顾浮觉得傅砚的手凉凉的，手背好滑，碰着好舒服。

傅砚觉得顾浮的唇好软，鼻息落在他手背上，好烫。

最终是顾浮先把手松开，傅砚才把手收了回去。有什么从这一刻开始发生变化，顾浮深刻反省了一下自己刚刚的态度，沉默许久才问："你……还去清水阁教书吗？"她越说，声音越小，隐隐有些心虚的意思。

毕竟她刚刚是有点儿凶。

傅砚低头拿起奏报来看，纸上的字一个都看不进去，却死活不肯抬头，只道："我也不是每天都有空，而且你不是生气不让我……"

"我不生气！"顾浮趴到桌上，双眸明亮，期待道，"我不生气了，你来吗？"

既然确定了傅砚的心意，那她还吃个鬼的醋？当然是要争取更多能见到他的机会。

傅砚还是不敢看她，只点点头说："嗯。"

顾浮根本止不住自己疯狂上扬的嘴角。之后她把筌篌搬到了傅砚对面，弹几下就忍不住抬头看他一眼。傅砚倒是表现得淡定许多，只是手里的奏报半天才换下一本，也不知道究竟看明白没。

两人在一起的时间突然过得好快，顾浮觉得自己才来没一会儿，转眼就到了亥初——傅砚平时睡觉的时间。

傅砚放下奏报，起身道："我去睡了。"

"啊？啊——好。"她目送他离开，直到小道童上来收拾东西才回过神，她做贼似的走到楼梯边，想要下楼又不太敢，来回徘徊几圈后终于还是下定决心，悄悄踩着阶梯走到六楼傅砚的卧房门前。

她抬手敲响房门，片刻后里面的人把门打开，身上的衣服一件没少，也不知从回屋到现在，时间都花哪儿去了。

顾浮朝他勾勾手指头，傅砚听话地低下头，被她在脸上亲了一下。"盖个印。"她双手放在背后，浑身都透着一股理直气壮的意味。

傅砚想起画师往自己的画作上盖自己的印章的举动，突然扬起一抹笑，替顾浮宣示了自己的主权："嗯，你的。"

顾浮感觉自己的心脏遭受到了猛烈的撞击，不仅是因为那句"你的"，也因为她看到他脸上从未有过的笑容。他扬起的唇角比她喝过的任何一种酒都要醉人，含笑的眼底如倒映着晨曦的池水，冷过一夜结出冰霜后，终于被染上暖意，霎时间霜雪消融，瑰丽无边。

小道童听见顾浮上楼的脚步声，正要问她筮篌是放回原地，还是就这么摆着，结果顾浮上楼后"咻"的一下越过他，跑到窗边跳了下去。

小道童："？"

和平时一样，顾浮攀着飞檐一层层跃下祁天塔，然后踩着别人家的屋顶回曲玉巷。但今晚的情况有些特殊，她从一个屋顶跳到另一个屋顶的时候没控制好力道，兴奋极了似的一蹦三尺高，险些踩塌脚下的屋檐不说，还引起了巡夜武侯的注意，被追着撵了三条街。

顾浮的好心情持续了很长一段时间。即便后面来讲课的人里面没有傅砚，依旧不影响她嘴角微微翘起的弧度。

宫里的课程安排是早上辰时至下午申时，中午有一个时辰的时间吃饭、午睡。

昨天是头一天，所以安排的课程都还算寻常，今天早上也只学了书画与术数。下午就不一样了，下午姑娘们得换掉裙衫，改着男子衣袍，到清水阁下面的空地上学骑射。来教骑射的武师傅是顾浮推荐的，正是曾经教过她内家功夫的那位。武师傅姓尚，当过兵，后来在战场上伤了一只眼睛，才被介绍去书院当起了武师傅。

尚师傅在书院教授的内容多为君子六艺中的"御"和"射"，并未给谁传授过自家武学。顾浮是第一个被他收入门下的弟子，后来知道了对方是姑娘，就把人给轰走了。轰完不算，他寻思顾浮和顾竹是姐弟，两人应当差不离，于是又收了顾竹为徒。

顾竹倒也有些天赋，然而有他二姐姐珠玉在前，顾竹的天赋在尚师傅眼里就成了"勉强还行"。

后来他又收了几个徒弟，这不教不知道，教了才发现顾浮虽为女子，其在武学一道上的悟性竟是世间难寻，导致尚师傅再没教出过比她更好的徒弟。

顾浮回京后一直想要拜访尚师傅，女子身份不好上门，她便伪装成男子，拉上她三弟一块儿登门。但不知道为何，一听说是顾家来的人，尚师傅就不见，估摸着还是气。

如今两人再次见面，虽然过去了这么多年，尚师傅两鬓长出白发，眼角生出皱纹，顾浮也长高不少，但两人还是一眼就认出了对方。

严肃冷峻的尚师傅板着脸，假装没看到，且因顾浮精通骑射，他也没过去教她，直接就当没这么一个人。后来有姑娘喊累，尚师傅虽然不满，但还是给了她们休息的时间，一旁还有宫女、嬷嬷们端来茶水给她们解渴。

顾浮趁着这个时间端了盏茶走到尚师傅面前，赔着笑用双手把茶递过去，说："师父，喝茶。"

尚师傅没接，只道："我自去喝茶，不劳烦顾姑娘。"说着就要绕过去。

顾浮脚下快走两步，再一次拦到尚师傅面前："师父言重了。"

尚师傅眉心皱起，又绕了一遍，结果还是没能绕过去，并终于发现顾浮被他逐出师门后非但没有止步不前，反而身法比以前还要好，惊喜的同时又掩不住遗憾，最后所有的情绪都转化成了一声叱骂："让开！"

声音太大，另一边休息的姑娘们都看了过来。

顾浮端茶的手始终没有放下，她说："弟子只是想要谢谢师父。"

尚师傅吹胡子瞪眼，还不忘压低了声音，说道："你一个姑娘家，学了武功也没什么用，有什么好谢的？"

"有用，且是大用，所以必须要谢谢您。"

正是因为有这一身武艺，她才有离家参军的本钱，不然就她一个十四岁的小姑娘，如何有能耐孤身一人从京城到北境，在战场上拼杀五年还能活着回来？

若说顾浮的心愿是让天下女子手中有刀，可破前途迷障，那她自己手中的刀就是尚师傅给的。她必须感恩于心。

尚师傅不知道顾浮过去五年的经历，但他也不是一点儿都不在意。顾浮离京后他还找顾竹问过，知道她被带去坐忘山，还以为是偷跑出来习武的事情被家里发现，让长辈罚去寺庙清修的，也因此越发后悔教了她。

如今听见她谢自己，尚师傅虽不明所以，但还是忍不住心软——这毕竟是他最出色的弟子。

所以最终，他还是喝了这杯茶。

顾浮端着空茶盏回到姑娘们休息的树荫下，众人纷纷问她怎么了，她再一次把顾竹拉出来做幌子："我家三弟是尚师傅的入门弟子，前阵子惹了他老人家生气，我去替我三弟求个情。"

姑娘们信以为真，毕竟刚刚离得远，除了尚师傅那一声叱骂，别的她们也都没听见。

之后继续练习，尚师傅终于不再把顾浮当透明，还叫她帮自己给那些姑娘调整射箭的姿势。

距离清水阁不远的地方有一座宫殿，原叫清思殿，后作为先帝给蓬莱仙师安排的住处，改名为太虚殿。太虚殿地势不如清水阁那么高，但站在殿内往外看也能将清水阁底下正在上骑射课的一干人等收入眼中。

忙于公务的傅砚确实没时间再去清水阁上课，但他知道那边下午有骑射课，于是借着入宫见陛下的机会，来了太虚殿。他看着顾浮给尚师傅帮忙，偶尔还会站在一些姑娘背后给人调整手臂的高度，看着像是将人拥入怀中一般。

傅砚屈起手指，指节轻敲朱色的围栏。

“大人。”秘阁武卫出现在身后，单膝跪地，手里捧着一沓信件，“这是从大理寺卿吴夫达、都察院左都御史刘宇水书房中寻得的信件，可证实此二人曾协助英王坐实林庭山一案，并至今与英王私下往来密切。”

傅砚道：“送去给陛下。”语气平淡，下令果决，哪有半点儿面对顾浮时的生涩与无措。

武卫拿着信件离开，不一会儿又回来，传陛下口谕说要见他，叫他在太虚殿等着，迟点儿再出宫。傅砚遵命，并在太虚殿看完了顾浮她们下午的骑射课。

姑娘们结伴离开时，顾浮像是察觉到什么，朝着太虚殿的方向看了一眼，结果就看到了在二楼凭栏而坐的国师大人。她趁没人看见，朝那边用力招手。

傅砚看见，展颜而笑，只恨这一天怎么过得这么慢，夜晚为什么还没到来。

皇帝走上楼梯正好撞见这一幕，险些以为自己青天白日见了鬼，还在傅砚对他行礼后，万分担忧地问是不是哪里不舒服。

“陛下多虑了，臣身体无恙。”

“那你……”皇帝转头看向外面，正好看到顾浮离开的身影，于是恍然大悟，并笑着问，“朕是不是该给你们俩赐婚了？”

傅砚也不说是还是不是，直接行礼谢恩，并让皇帝把他从选麟中除名。

国库需要选麟圈钱，所以即便顾浮和傅砚成亲，选麟也会继续下去。但同时，皇帝也不希望让傅砚退出选麟，毕竟他是票选榜首，突然退出，不知得少多少钱。

皇帝沉吟片刻，道：“既然选麟的目的不再是为顾二择婿，那能不能将已婚的男子也纳入选麟范围？”

皇帝承认，这不是他的主意，而是与皇后闲聊时，皇后提出的想法。

接下来几天，京城的热闹就没停过。先是选麟更改参选标准，临时纳入新人选，其中包括不少已经成名，但却因为有家室无法参选的青年才俊，让整个京城为之轰动。

同时选麟小报声明，前期票数依旧有效，引得后来者票数飞速激增，以免才加入就因票数垫底而被淘汰，那也未免太过丢脸。

之后又有人在投票的纸笺上提意见，表示林家少将军虽为京城人士，但本人并不在城内，既然如此，可否让不在京城又符合标准的男子也参与遴选。

皇后觉得这是个好主意，并举一反三，将纸笺投票与选麟小报往京城外推广。京城书局承担不起这么大的产量，路途遥远运送大批小报不方便，那就只送雕版，让当地书局进行量产。

选麟的事情还没热闹几天，接着又听闻陛下赐婚，将眼看着就要二十岁的顾家二姑娘指给了国师大人，再次引起一片哗然。

顾家接到圣旨的那天，顾老夫人还以为自己在做梦，顾启铮更是回不过神，待顾浮从宫里回来，他拿着圣旨脚步虚浮地飘到她面前，问道："这是怎么回事？"语调轻颤，活像当爹的发现自己儿子糟蹋了谁家闺女，那户人家他还招惹不起，怎一个惊恐了得。

顾浮的嘴角险些咧到耳后根："你不是老想让我成亲吗？这下如你所愿，恭喜啊，顾大人。"

心情极好的她没有太多时间安慰顾启铮，换完衣服就和穆青瑶一块儿去了晚袖斋。

晚袖斋最近都忙翻了，因为临时变动，她们需要重新制定名单，重新核对身份，重新验证参选之人是否符合标准，以及重新审批画像。

有了前一次的经验，姑娘们的效率比最开始要高很多，也学会了将手头的事务合理分配给手底下的人，但最后的工作还是要由她们自己来，加上还得入宫上课，所以时间只有出宫到宵禁这之间的短短一个多时辰。

因为太过忙碌，谁都没听说顾浮被赐婚的消息，直到回了家才从家人口中得知方才还一起赶制新名单的顾家二姑娘，居然被赐婚给了国师。

可那又怎么样呢？累到每晚做梦都在上课和审名单的姑娘们反应出奇地一致：这消息是能让她们少上两个时辰的课，还是能加快名单重制的进度？还是能替她们把功课写完然后现在就能倒头大睡？

不能就过，下一个。

顾浮和穆青瑶从晚袖斋回来，因为赐婚一事，顾老夫人特地把她叫去询问。顾浮隐去每晚出门的事情不提，只说她与国师早就认识，当年皇帝遇刺，她救驾时国师也在，近来入宫伴读，国师也是皇后请来的教书先生之一。

只说了这两件事，剩下的老人家自会脑补完整，为这场赐婚找到合理的前因后果，并打消心里的顾虑。

从老夫人院里出来，顾浮又遇见赶来的二夫人李氏。李氏也和老夫人一般，从接到圣旨开始就觉得自己在做梦，走路都一脚轻一脚重，好半天才缓过神。可等缓过神来她又感到压力倍增——圣旨一下，只怕整个京城都盯着他们顾家，这要是出点儿岔子，她哪还有脸在京城待下去！

李氏向顾浮表达了她的忧虑。

顾浮宽慰道："婶婶莫怕，实在不行，我明日入宫去找皇后娘娘借几个宫里的嬷嬷，让她们过来帮着做些指点，定不会有错的。"

李氏这才放心，亦越发觉得顾浮有造化，竟连宫里的人都能说借就借。

送走李氏，顾浮回到飞雀阁，换掉衣服直奔祁天塔，半路遇到一场小雨也没能破坏她的好心情。

顾浮高兴，傅砚却是一点儿都不开心，因为今天他难得有空去清水阁上课，顾浮在他走过桌边时偷偷扯了他的衣袖，那极轻的力道牵走了他所有的注意力。可等自己望向她，这人却目不斜视地盯着书本，看都不看他一眼，非常冷漠。

顾浮拉着傅砚的手，和他解释："皇后娘娘特地找了宫女、嬷嬷在清水阁看着，但凡有品行不端、对学生动手动脚的先生，都会被直接扭送出宫。我这不是怕你和我眉来眼去被人看见吗？"

傅砚冷着脸问："你扯我袖子就不怕被人看见？"

顾浮似乎很喜欢傅砚的手，亲过不算，还在他指尖轻咬了一口，说："我是学生。"

学生调戏先生，这能叫事儿吗？

傅砚冷不丁抽回自己的手，顾浮心想要完，怕不是真惹他生气了，正要开口哄人，结果就看到傅砚先是垂眸看着自己的手，然后慢慢地低下头去，伸出舌尖在自己先前咬过的位置，舔了一下。

他这一举动看着格外暧昧，偏偏他低垂的眸底依旧积攒着终年不化的霜雪，导致他的神态与动作呈现两个极端，强烈的反差带来的诱惑如一把重槌在顾浮心上猛敲一下。若只是这样也就罢了，偏偏这个时候傅砚还抬起眼眸，冷冷地瞥了她一眼。

顾浮曾经觉得，傅砚长了张让人想要糟蹋的脸，可当她拥有肆意妄为的权利，她又变得小心翼翼，唯恐他对自己的亲近感到不适。所以这几天过去，顾浮谨慎再谨慎，一直到昨天为止，她对傅砚做的最亲密的事情也只是在他唇上轻啄一下，还想着今天试试能不能撬开他的唇舌，她定极尽温柔，绝不叫他难受。

可傅砚这一眼把她的所有克制都给毁了，等她反应过来，自己已经越过了两人之间的桌子，将人扑到了地上。

雪白的长发散落在地，顾浮一只手按着傅砚的肩膀，另一只手垫在他脑袋后边，免得他撞到后脑勺。

这样细微的体贴被淹没在了顾浮近乎霸道的深吻之下。唇齿相触，她遵循本能去侵占、掠夺，但凡听到半点儿傅砚哼出的动静，她都能激动得加深力道，以求听到更多。

投入的顾浮没有发现，在她为所欲为的同时，傅砚抬起了自己的手……猝不及防地翻转让她被反压到地上，还没回过神，傅砚便低下头来，竟是把她刚刚的凶狠学了个十足十，让顾浮也体验了一把被人压制掠夺的滋味。

可顾浮愉悦极了，她钩着傅砚的脖子索求更多，直至两人都有些喘不过气，才双双偃旗息鼓。傅砚的长发落在她脸上，她拉扯头发，想把人拉下再来一次。

然而她未能如愿——傅砚将一只手捂在了她嘴上。

顾浮疑惑地挑了挑眉，傅砚却直接撑着地面坐起身，开始整理刚刚胡闹时弄乱的衣襟。她不敢置信："不让我亲你，对你有什么好处？"

傅砚头也不回地说："解气。"

哦，对，她才想起来，自己惹他生气了来着。

顾浮自讨苦吃，用手往地上捶了两下。傅砚不和她闹，催她去把被雨淋湿的衣服换了。她躺在地上不肯动弹，甚至因为这些天太过忙碌，刚刚那一出又大起大落，有些犯困："你这儿又没我的衣服。"

傅砚说："穿我的。"

一听这话，她立马就不困了，蹦起身跑下楼，一头扎进傅砚的卧房，拿他的衣服穿。傅砚比她高一个头，衣服自然也要大些，穿在身上，竟让她看着整个人都小了一圈。

顾浮换好衣服回到七楼，听见傅砚正对小道童吩咐："做两身男装，两身裙装。"

她问：“给我做衣服？”

小道童行礼退下，傅砚“嗯”了一声，继续低头看奏报。

她溜达到他对面坐下，趴在桌上笑着问：“又不是天天下雨，做这么多衣服干吗？”

她就是想要调戏他，谁知道傅砚有了长进，不仅不让她调戏，还会反过来调戏她：“谁说只有淋了雨才能换衣服？”

顾浮笑得不行，有种自己终于把“天仙”带坏了的成就感。

傅砚第一次说荤话，完全是表面淡定，看她笑够了就立马转移话题：“英王病了。”

“怎么病的？”

——被我吓病的。

傅砚那天说得孩子气，一副自己就是上门去吓唬吓唬人的样子，实则只有身处局中的英王知道，傅砚的话将他打入了怎样的绝望深渊。英王觉得自己彻底没戏，才会生这么一场大病，至今缠绵病榻。

傅砚不想让顾浮知道他对自己同父异母的兄弟如此狠心，便回道：“你管他怎么病的。”

顾浮从善如流，换了个问题：“病死了吗？”若是死了，她也好早些把林月枝接回来。

“还活着。林姑娘多次往他的药中投毒，都被躲了过去。”

“运气这么好？”

“也不全是运气，是有人在刻意护他。”

“谁？”

傅砚直接把一封信拿给了她，顾浮展信阅览，被信上的内容惊了一跳，因为信上说护英王的人正是本该死去的临安伯爵府的七姑娘棠沐沐。

信中并未提及棠沐沐是如何死而复生，只说她如今是英王府里一个没名没分的妾室，若非林月枝投毒失败注意到了她，秘阁也不会发现。

英王病后，英王妃到处想办法往府外送信，去探望英王的次数日益减少，守在病床边的只有棠沐沐。林月枝想法子混到了棠沐沐身边，还以丫鬟的身份打着关心的旗号劝她多为自己着想，结果被骂眼皮子浅，还说英王定能翻身，不趁着此时在英王面前留下不离不弃的印象，岂不浪费了这大好的机会。

林月枝去问秘阁的人，确定英王这次是有惊无险，自己若没能在这段时间要他性命，之后再想动手便是难上加难。

于是林月枝干起了半路截胡的勾当，她一面铆足了劲儿想要越过棠沐沐刺杀英王，一面和棠沐沐一块儿照顾病重的英王。而且每次她都要表现出一副心疼棠沐沐的样子，抢着干脏活、累活，让棠沐沐在一旁坐着休息，只等英王清醒的时候来装装样子。

棠沐沐最开始当然是不肯的，可久病床前无孝子，更何况她也只是贪图英王府的富贵，所以时间一长她就默许了林月枝的做法，还在英王清醒时把林月枝赶走，可她并不知道英王在半梦半醒间，已经记下了林月枝的模样，并对只在他不清醒时才能见到的林月枝留下了非常深刻的印象。

林月枝最会忍耐，所以她不介意棠沐沐的手段，潜伏在英王身边等待下一个能将其一击毙命的时刻。

“英王府被围，里外消息不通，就连英王妃都惶惶不可终日，她凭什么觉得英王定能翻身？”

看完信，顾浮只有这一个问题。至于棠沐沐为什么还活着，她惊讶过后稍微想想也就明白了，因为自己也曾经诈死过一回。且棠五早前就和她们说过，棠沐沐虽为庶女，但却是临安伯最宠爱的女儿，临安伯表面安排人去放场大火烧死棠沐沐给众人一个交代，背地里偷偷将女儿送走也是人之常情。

傅砚说：“英王府有条水渠，进水口和出水口设有栅栏，人无法进出，巴掌大的花灯可以。”

顾浮懂了，只要在花灯里放上信件，就能联络外面，若与棠沐沐联络的还是朝中之人，便可知道陛下其实已经很久没动静，英王这遭多半有惊无险。

“她倒是能耐。”顾浮把信件收好还回去，接着拿起桌上的纸笔，准备把今天的功课做了再回去。

棠沐沐那边她不担心，无论是阅历还是心机，林月枝都稳压一头，实在不行还有秘阁相助。

做着功课，顾浮还抽空和傅砚诉苦，说整理新名单比打仗还麻烦，特别是青州那边报上来的新人选，因为地域问题核对起来总要耗费不少工夫。

“按说青州这么远，本不该在这次选麟范围里，偏偏青州富庶，不宰他们实在说不过去。”

皇后怕步子迈太大了出问题，所以即便是把选麟往京城外推广，也只选了几个近的州府。唯独青州距离最远，却因人杰地灵，富豪遍地，成了皇后无论如何都无法放弃的地区。

正说着，小道童端上来两份鱼羹。

小道童乖觉，不会随意上来七楼，除非傅砚叫他，或者傅砚没吃晚饭，他才会端些吃的上来，让顾浮带着吃点儿东西。

之前也就罢了，顾浮虽然气傅砚不爱惜自己的身体，但也忍着，只在小道童端上吃的后让他陪自己一块儿吃。

如今身份发生转变，顾浮直接开训："你又没吃饭！"

傅砚侧头看向小道童，吓得小道童直接跪伏在地，不敢说话。

顾浮掐着他的下巴把他的脸扳回来："你还吓唬人？"

傅砚垂下眼帘，不看她，说："没胃口，吃不下。"

顾浮见他这样也舍不得说太重的话，便松开手，叫小道童去拿吃的来。

小道童迅速起身跑下楼，顾浮收拾桌面，等吃的端上来了，她给傅砚夹菜，傅砚才说："我心情不好，就容易没胃口。"

顾浮眉心紧蹙，觉着这毛病不对劲儿。

傅砚又说："但和你一块儿吃，我就能吃得下。"

顾浮舒展眉心——无论怎样，能治就行："下回没吃饭主动和我说，我陪你吃。"

"嗯。"

吃了饭，她继续做功课，傅砚看奏报，两人面对面用同一张桌子，时不时还会和对方说上几句话。后面她做完功课，太累了，不想再去练箜篌，便用手支着下巴看傅砚，看得那叫一个全神贯注、目不转睛。

傅砚原先被这样盯着，看奏报的速度会变慢，习惯了以后除了心情会好，别的基本不会受到影响。

亥初，到了傅砚平常睡觉的时间。他本想找借口说自己还有事情没做完，好将人多留一会儿，但又怕她明天得早起入宫上课，睡晚了会精神不济，便把心里那点儿不舍给摁了回去。

顾浮将他送到楼梯口，他踩着台阶往下走，因身怀轻功，每一步都落地无声，不曾发出半点儿动静。轻功是皇帝非要他学的，说遇到危险可用来逃命。

皇帝还给他取字"望昔"，其实本该是"忘昔"，忘记过去，忘记自己一出生就被先帝下令活埋，忘记出宫后沦落至蓬莱仙师手上，自幼成为其坑蒙拐骗的工具，忘记已然了结的仇恨，忘记所有不好的曾经，让一切重新开始。

后来可能是觉得这样的期盼不太现实，皇帝便把"忘昔"改成了"望昔"，希望他能放下曾经，坦然面对过去。

傅砚走下最后一层台阶，回首望向七楼楼梯口，发现那里站着曾经的自己，白衣胜雪，目下无尘……

“可是舍不得我？”顾浮的声音响起。

傅砚定睛一看，哪有什么自己，分明是穿着自己衣服的顾浮。

于是他抬手，示意她下来。

顾浮三步并作两步跑下楼，拉住他的手，笑道：“当真舍不得我？”

话音才落，傅砚便低头吻住了她的唇，唇舌纠缠，不同于方才在楼上的急切肆意，两人站在光线不怎么明亮的楼梯上，交换了极其温柔的一吻。

“顾浮……”傅砚抱着她，唤出了她的名字。

顾浮听后问他：“你喜欢我叫你傅砚，还是阿砚？”

“望昔……”

顾浮笑着应下：“好，望昔。”

傅砚收紧了环在对方腰上的手，悔不当初——他不该任由钦天监把婚期定在明年年初的，太远了。

第二天入宫，顾浮受到了诗社以外姑娘们的强烈围观。

吃午饭的时候，瑞阳长公主还特地让人把饭菜端过来，坐到了她对面，一副要与之好好相处的模样。

其实早在第一天上课前，皇后就叮嘱过，让她多和顾浮接触。但因为不满民间说皇后宠爱顾二甚至超过她这个亲生女儿的谣言，瑞阳长公主便一直都是采取无视的态度。毕竟她可是父皇和母后的第一个孩子，为了证明对她的宠爱，皇帝甚至给了她“长公主”的称号。

要知道自前前朝灵犀长公主辅政起，“长公主”便成了极为稀罕的封号，位同诸侯。皇女皆为公主，即便是皇帝的姐妹也不例外，只有皇帝的姑姑和有功名在身的皇女才能有此殊荣。她身为皇帝的女儿，什么都没做就得了“长公主”的称号，这样的荣宠怎么可能随随便便就被人压过去？

如今知道顾二要嫁给国师，她也就释然了。

早几年她还小的时候父皇就开玩笑似的让她叫国师“小叔”，后来她长大，得知国师确实是她小叔，她父皇的亲弟弟。这么算来顾二就是她的小婶婶，那还在意这些做什么？左右都是她的长辈，没准还能多一个人来宠她。

见瑞阳长公主表态，一众姑娘即便艳羡，也没敢闹什么幺蛾子。

六月中旬，新名单重制完毕，新增五幅朱砂画像。

致力于将所有画像收集齐的瑞阳长公主又开始买买买，并意外看上了青州才子柳如宜，一掷千金把人送上了排榜前十。

半个月后投票截止，这次只用算选票，所以晚袖斋没费多少工夫就把第二轮的名单重制完毕，剩下就是审核新画像。

画像绘制由画院的画师执笔，在皇后的指点下，诸位画师越发懂得如何用笔墨往写实了画，所以第二轮审核新画像也没花太多时间。刻制雕版和书局印刷不归她们管，很快她们便得了解脱，不用再日日去晚袖斋忙碌。

七月初九是顾浮生辰，瑞阳长公主特地去皇后那儿求恩典，说要给顾浮庆祝生辰，于是众人得了一日休假，算上十号的旬休，便是有两日假期。

按说顾浮这样的小辈，又是还未嫁人的二十岁生辰，不该大操大办。奈何她被许给了国师，又让瑞阳长公主拿去当讨要假期的借口，便少不得请长公主并其他伴读姑娘上门做客庆祝。

李氏帮忙操办生辰宴，本想腾出一间自雨亭让其待客用，谁知不停有人找她要请帖，一个个她还都得罪不起，只能和顾浮商量，把这场生辰宴做成顾家宴席。

七月初九当天一大早，顾家上下忙成一团，顾浮早起在院里耍了套剑法，梳洗后换上新衣，看见丫鬟明珠把家里人送她的礼物都拿来放到了桌上。

顾启榕和李氏给她送了个螺钿妆奁，老夫人送了她一套怎么看怎么昂贵的翡翠头面。顾启铮不太会挑礼物，知道她喜欢舞刀弄枪，又觉得姑娘家不该太出格，所以送了一把闺阁女子用的红漆小弓，看着非常精致漂亮，就是太轻了，没什么劲儿。穆青瑶送了一把匕首，据说是专门写信去西北，叫穆家大哥找西北工匠给她打的，外表不起眼，实则削铁如泥。

顾竹的礼物是之前说好给她打的那两把苗刀。苗刀身似禾苗，柄长刀窄，因为用了从军造司弄来的陨铁，其中一把通体漆黑，就连刀刃也不例外；另一把看着比较寻常，只是刀身在阳光下泛着紫光，不知道的怕是会以为这刀淬了毒。

顾浮看完礼物，让明珠给她守着院子，自己偷偷翻墙，青天白日飞檐走壁去了祁天塔，正好看见准备入宫的傅砚。

据说是来了外邦使臣，傅砚不得不穿得郑重些，平日散在肩头的长发也用发冠固定住了上半部分，衬得面容越发俊逸出尘。领口层层交叠，宽袖长摆的织金白衣上还坠着恰到好处的金饰，顾浮看着特别手痒，就想等他从宫里回来，亲自替他脱了。

她忍下心里的蠢蠢欲动，问道："我的礼物呢？"

傅砚走到她面前，低头在她耳畔说道："晚上给你。"

晚上？顾浮浮想联翩，还要再问，然而人已经转身离去。

她收拾好心情跑回家，焦急等待的明珠拉着她坐下重新梳理头发，不一会儿就听外头传来一道女音，分外爽朗："姑娘别不是还没起吧！"

话音未落，那人已经进了屋。来人身形娇小，艳丽的赤色裙装张扬似火，言行举止更是飒爽利落，半点儿不见女儿家的娇软妩媚。

此人正是现任赤尧军统帅郭兼的妻子——戚姑娘。

端午节后的第二天，戚姑娘便拿着香包登门顾家，抱着"死而复生"的顾浮好一通哭。之后顾浮拜托李氏，让她带着戚姑娘慢慢融入京城的贵妇圈子。

对此李氏还特地来飞雀阁谢过，因为戚姑娘性子直爽又懂医术，特别讨上了年纪的老夫人喜欢，且后宅女子看起病来诸多忌讳，生怕被人知道，戚姑娘是赤尧军统帅的夫人，往来拜访时悄悄帮着看个诊，那可真是再方便不过了。好些人家知道戚姑娘后，都来拜托李氏牵线搭桥，不仅让戚姑娘认识的人越来越多，也帮李氏扩宽了人脉。

如今郭兼行事越发顺利，其中也有不少戚姑娘的功劳。

顾浮透过镜子看她，笑着道："早起了，不过刚刚出了趟门。"

戚姑娘与她调笑："出门？去见国师大人？"

北境的姑娘没京城的姑娘那么含蓄，有婚约在身的男女之间来往频繁也不是什么见不得人的事情，不过戚姑娘得了一些老夫人指点，知道这话不可被外人听到。

顾浮果然不觉得有什么，回道："是啊，去要生辰礼物了。"

"我也给你备了礼物。"戚姑娘不知从哪儿掏出一个小罐子，"新做的祛疤膏，用完了就叫人去我那儿拿。"

顾浮笑容僵住，才想起自己身上有许多不堪入目的疤痕。

——望昔看了要是觉得丑陋可怎么办？

她难得忧虑，要知道平时从不留意自己身上的疤，也不觉得留疤算什么大事，然而一想到傅砚可能会有的反应，她就如坐针毡。

要不那什么的时候，把他眼睛蒙上？过于深谋远虑的顾浮开始想对策，眼睛蒙上他也能摘掉，不如把手也给绑了吧？

正盘算着，绿竹在外头打起帘子，朝屋里喊了声："姑娘，表姑娘带着五姑娘，还有诗社里的姑娘们过来了。"

"让她们进来吧。"

不多时，穆青瑶牵着顾小五，带着好几个诗社的姑娘走了进来。

顾诗诗也跟着一块儿，但在最后边，安安静静，特别没有存在感——自从顾浮被皇后召见，顾诗诗和杨姨娘这对母女就再没在她面前蹦跶过，大约是胆子小，知道怕了。

“顾二姐姐，你房里怎么不是刀就是剑，好歹添些别的。”有姑娘看见墙上挂着的刀剑，忍不住说了句。

棠五反驳道：“有什么不好，反正我挺喜欢的。顾二姐姐，我能碰碰这把刀吗？”

顾浮道：“行啊，小心些，别划到手。”

“放心吧，我不拔它出来，就拿手上看看。”

“哎，也让我拿拿！”

几个对器械感兴趣的姑娘轮流看起了顾浮的刀剑，还有姑娘问：“顾二姐姐，听说你会弹箜篌，这屋里怎么没箜篌呀？我还想听你弹呢。”

“让过生辰的人弹曲子给你听，亏不亏心？”

“我就好奇嘛！”

不等两人吵下去，坐在穆青瑶腿上的顾小五一反平日里的胆小怕羞，大声道：“别让二姐姐弹箜篌！”

姑娘们朝顾小五看去，顾小五立刻又把脸往穆青瑶怀里埋，但态度很坚决：“不要让二姐姐弹箜篌！”

旁边一直没说话的卫姑娘走到顾小五那儿，弯腰问她：“为什么不能让顾二姐姐弹箜篌呀？”

顾小五不敢看卫姑娘，也不敢再说话，就这么缩在穆青瑶怀里装死。然而她越是这样，众人就越是好奇。

顾浮把视线从顾诗诗身上收回来，笑着道：“你们要是想听，我也可以给你们弹一曲。”

穆青瑶立刻对众人道：“箜篌被我叫人收进库房了，我这就去让她们把箜篌搬过来。”说着，她放下顾小五，牵着就往外走，脚步快得令人摸不着头脑。

姑娘们一头雾水：“叫人去搬就是了，她出去做什么？”

没等她们想明白，绿竹已经把箜篌搬了进来，梳理好头发的顾浮坐到箜篌旁，抬手搭上弦线——

没过多久，姑娘们陆续从屋里出来了，一个个头昏脑涨，耳朵边嗡嗡作响。她们见到屋外石凳上坐着的穆青瑶，和蹲在树下看蚂蚁搬家的顾小五，终于知道这二人刚才的反应是为何了，也终于明白她俩方才纯粹是在逃命。

顾浮被单独留在屋里，满脸不解："这是怎么了？不好听吗？不会吧，望昔可喜欢听我弹箜篌了。"

绿竹没说话，只默默上前去，把箜篌搬回库房。

顾浮想不通便没再纠结，起身理了理裙摆，让扶着脑袋的明珠去衣柜里翻翻，看有没有多出来什么东西。

顾诗诗进屋后一直站在衣柜旁，即便听到她要弹箜篌时脸色变得很难看，也依旧在屋里待着没走，等其他人都受不了了才跟着一块儿出屋。她不信顾诗诗什么都没做。

明珠在衣柜里一阵翻找，最终翻出一个陌生的香囊，里头藏了一首情诗，落款赵居义。

顾浮知道这个赵居义，因为他爹和顾启铮关系不错，每年腊八顾家和赵家都会一同去万缘庵施粥。香囊的绳结还被做了手脚，表面看不出来，实则用力甩几下就会断。若她院里的丫鬟不留意，以为这个香囊是她的，自己又随便把它戴在身上，因为绳结断掉被人捡着，她真是有十张嘴都说不清。

顾浮吩咐明珠："送去我爹那儿。"她懒得管这些乌七八糟的事情。

日头渐高，登门的客人也越来越多，因为是顾浮的生辰，所以不设男席，只有女客。李氏、穆青瑶还有诗社的姑娘并戚姑娘一块儿帮着招待，就这样还险些招待不过来。

"顾诗诗呢？"顾浮发现顾诗诗不见人影，立刻就问绿竹。

绿竹低声回道："老爷把四姑娘和杨姨娘叫去骂了一顿，如今两人被拘在院子里，院子外头有嬷嬷看着，出不来。"

那就行。

正要松口气，明珠又跑了来，说卫姑娘和一位夫人起了争执。顾浮一边朝花园赶去，一边听明珠说明情况，原来是卫姑娘在花园里和人聊天时顺口抱怨，说幂篱的轻纱遮挡全身，出门在外穿得再好看也没法显露，实在可惜。这话被一位夫人听见，那夫人斥责卫姑娘太过爱出风头，还说她日后必为不端妇，把人说得羞愤欲死，眼泪直掉。

顾浮脚步不停，开口让绿竹去拿一副幂篱和一把剪子来。绿竹速度很快，她才抵达花园，幂篱和剪子就被拿了来。

花园里聚了不少人，但都端着姿态，没有出言劝和。卫姑娘身边还有诗社里的其他姑娘，却因说不过那夫人，只能一块儿被气得眼圈通红。

顾浮越过众人走到她们面前，当着众人的面用剪子把幂篱上的轻纱剪得只剩半尺，然后盖到泪流满面的卫姑娘头上。本该笼罩全身的轻纱被剪后才及肩头，轻轻垂下正好遮去卫姑娘狼狈的面容。

“这样不就行了。”顾浮的声音平静沉稳，卫姑娘听见不知为何眼泪流得更凶了。

那夫人不满，说道：“不以幂篱遮掩身形就出门，成何体统！”

顾浮转头，冷冷地问她：“怎么，夫人也要骂我日后必为不端妇吗？”

那夫人涨得面皮通红——顾家二姑娘的婚约是陛下御赐，骂她不端，不就等于骂皇帝眼瞎？自己哪敢，只能小声嗫嚅：“不知道遮掩，叫人看了想入非非，岂不羞耻？”

戚姑娘晚来一步，听到这里扬声道：“心里脏的人，你就是露出一截手脖子，他都能满脑肮脏污秽；心思要是干净，你即便露胳膊露腿，他也无动于衷。夫人怎么只在这儿教训小姑娘，有本事去把大街上那些心思龌龊的男子也一并教训了。”

这话稀奇，可有的人听了觉得振聋发聩，有的人根本不往心里去。比如那夫人，她自觉不怕戚姑娘，正要驳斥，便有下人赶来，说长公主到了。一旁作壁上观的夫人们怕毁了顾浮的生辰宴惹长公主不快，这才纷纷出口相劝，将这出闹剧平息。

开席后不久，宫里又来了皇后的懿旨，竟是赐下嫁衣，给顾浮做生辰礼物。

顾浮高兴不用再被逼着绣嫁衣，可这股高兴的劲头没维持多久，宫里又来了人，说是陛下有旨，请她入宫觐见。

瑞阳长公主问传旨的太监：“今日不是有外邦使臣入宫吗？父皇把顾浮叫去做什么？”

传旨太监不敢得罪瑞阳长公主，只好一五一十交代清楚——

“回殿下，外邦使臣中有位玉楼公主，自幼擅武，此番前来说是想要挑战我大庸的武将。陛下担心输了丢脸，赢了胜之不武，想起顾二姑娘也擅武艺，这才特地下旨召其入宫。姑娘快请吧，莫要让陛下久等了。”

竟是要叫顾二去和外邦公主比武？

众人不敢置信，转头去看顾浮，就见她跑去卫姑娘那儿，借那顶只能挡脸的幂篱。

卫姑娘抱着幂篱特别不舍：“你回来记得还我。”

顾浮也没提醒，这幂篱本就是她顾家的，连声答应回来就还。

瑞阳长公主头回听说有女子比武，不想错过这番热闹，就一块儿回了宫。

马车上悬着的檐铃发出悦耳的声响，前方有身着玄袍、腰佩鳞纹长刀的禁军开道，一路畅通无阻。陛下急召，是以马车并未像以往一样止步于宫门前，而是在宫门口稍做停留检查，就被放行，进入宫内。

召见外邦使臣的含元殿富丽堂皇，置有三层高阶，皇帝的御座自然是在最高的那一阶上，其下桌案分排两侧，按身份地位往下排序。

傅砚就坐在御座之下的第二层高阶上，与他一同的还有宰相赵长崎并几位朝中重臣，对面则坐着外邦来的使臣。其中有一位虽身着男装，编发高束，但面容俏丽不加遮掩，一看就知是个女子。

顾浮头戴幂篱，与长公主一道入殿觐见，因身份上的差距，长公主站着行礼，她则得跪下叩拜。御座之上的皇帝也是看见顾浮头戴幂篱才想起什么来，用余光看了眼身旁带刀护卫的李禹。

为了不让这个侄子在大庭广众之下受刺激失态，皇帝赶在顾浮叩拜之前发话，没让她头上的幂篱因叩拜而被撞掉，也让她不必下跪，和长公主一样站着行礼便可。

看皇帝为顾家二姑娘大开方便之门，不满面圣还要遮脸的大臣们也都闭了嘴。

不过这并不能阻止玉楼公主对顾浮的轻视。她起身出列，行外邦之礼，用带着口音的中原话表示："皇帝陛下，玉楼习的是真刀真枪，您若因为玉楼是女子就小看，随意找个会点儿拳脚功夫的姑娘来……"

玉楼公主偏头，眼神桀骜意有所指地看了眼顾浮："玉楼恐怕掌握不好分寸，要了她的性命。"

这话猖狂，然而皇帝却只是笑："不比上一比，怎么知道是谁小看了谁呢？"

皇帝的态度温和依旧，还让人为她们二人送上禁军的鳞纹长刀。

鳞纹长刀与苗刀相似，但却要更宽一些，刀柄也短些，适合单手持握，但刀身更长，刀刃与刀鞘上皆有暗纹，可在不同的光照下显现出流光溢彩的鱼鳞纹路。

瑞阳长公主在御座下首蹭了个位置，顾浮则借着轻纱遮掩，欣赏傅砚淡定喝茶的模样，见小太监抱着两把刀上来，她才将自己的视线移开，转身去拿刀。

玉楼公主也迈下台阶，从小太监手中拿走剩下的那把。

最下面的第三阶比上面两阶都要宽敞，内监上来挪一下大臣们的桌子，便可腾出足够的空间给她们做比试用，且第三阶距离上两阶较远，也能有效保证皇帝的安全。

玉楼公主与顾浮相对而立，她们一个穿着利落，窄袖胡靴，腰间束着皮革带，威风得像只矫健的豹子；一个穿着今日生辰特地准备的新衣，长裙摇曳，对襟短衫外还罩了件大袖，臂弯搭着一条披帛，头戴轻纱幂篱，身姿绰约，明明手上拿的是长刀，看起来却像只家猫，即便伸出利爪，也没有丝毫的杀伤力。

顾浮双手持刀，刀尖朝下向玉楼公主行了一礼，玉楼公主脸上的不屑越发明显，但也耐着性子回了一礼。对比虽然惨烈，但也给人一种奇妙的视觉体验，边上没什么存在感的史官在纸上奋笔疾书，一旁还有作画的画师，手眼不停。

站立在编钟前的宫廷乐师得到示意，在最底下一排，最大的那个钟上敲了一记，浑厚低沉的声响在大殿内荡开的同时，玉楼公主持刀朝顾浮袭去，凌厉的招式与一往无前的气势吓得瑞阳长公主险些惊叫出声。

然而下一瞬，站在原地没有挪动脚步的顾浮抬起长刀，铿锵一声就将玉楼公主那一招打偏了方向，两把刀刀刃相接，撞击出细小的火花。

玉楼公主略感意外，下手也比原先要认真几分，可她不认真还好，顾浮不过是站在原地挡招，叫她无可奈何。她一认真，顾浮也动了，像只伪装成家猫的老虎睁开眼睛站起身，慵懒地抖了抖身上的露水，缓步慢踱，随即朝着猎物一扑而上。

编钟的余音还未在耳畔散去，顾浮已和玉楼公主往来数十招，逼得其连连败退。玉楼公主故意退到柱子边，待到距离合适，她踩着柱子翻身跃出顾浮的攻击范围，正要朝其后心袭去，结果对方比她更快，转身扬起衣袖的一刀力气极大，撞到玉楼公主的刀上，不仅震得她虎口发麻，还让军造司的得意之作——鳞纹长刀被直接砍成了两截。

断刃旋转着划过玉楼公主的颈侧，在众人的惊呼声中，猛地扎进远处两人合抱粗的柱子上。余力未散，断刃轻颤着发出嗡鸣，竟是给编钟的余音收了尾。

李禹原还觉得她们是小打小闹，即便看到顾浮出手利落，也只是有一点儿意外，直到她把玉楼公主手中的鳞纹长刀打断，他的眼底才多了几分不敢置信。

真的假的？别不是男扮女装，戴了幂篱上来唬人？

在场的军造司掌司险些从自己的位置上蹦起来，脸上满满都是震惊。这可是他们每年改进一次的鳞纹长刀！怎么可能这么轻易就被斩断！

鳞纹长刀的坚韧程度只有武将和军造司明白，不曾接触过的外行人就是看个热闹，瞧见顾二赢了，便有文臣忍不住讥讽："玉楼公主连我大庸的闺阁女子都打不过，就别再嚷嚷着要与武将比了吧。"

一旁的官员连声附和，带起一阵嬉笑声。

玉楼公主手持断刀，不知是死里逃生吓得，还是被人嘲讽给气得，手都颤了。

顾浮透过轻纱边沿看着地面想了想，突然转身，向皇帝拱手道："陛下，玉楼公主想与我大庸武将比试，不巧，民女也有和她一样的想法，想与诸位使臣带来的武将一较高低，还望陛下恩准。"

李禹愣了愣，总觉得这个声音有点儿耳熟。说起来，虽然衣袖宽大看不真切，但对方的身形也隐隐有种似曾相识的感觉，可惜那感觉太过微弱，不等细想，皇帝的声音就打断了他的思绪——

"既然如此……"

皇帝看向那些外邦人，他们并非一伙，有几个来自南边部族，还有几个是东南磊国派遣而来的使臣。各自入京的时间也不同，不过在驿馆住了些时日，统一在今天被召入宫中觐见。

玉楼公主要挑战大庸武将时他们就推波助澜，想看好戏，如今火往他们那儿烧去，再想阻止也晚了。其中有个外邦人中原话讲得极好，能言善辩，可惜方才就数他拱火拱得最厉害，现在谁要找借口说不，赵长崎就拿他之前的话堵回去，也算是以其人之道还治其人之身。

至于顾浮有没有能耐打赢他们带来的武将，这点不在众人的考虑范围内。和玉楼公主一样，顾浮是女子，她若赢了，对方丢脸；她若输了，对方也胜之不武，显然是笔稳赚的买卖。

可谁都没想到，她能赢遍全场。

管他来的是何等健硕的彪形大汉，身负多少战功，战戟舞得有多威风，锤子抡得有多吓人，统统都被打得毫无还手之力。由此可见玉楼公主的刀被打断，已经是手下留情的结果。

而先前说玉楼公主连顾浮都打不过就别想挑战大庸武将，言语间把两人一块儿贬低的大臣也闭了嘴。

——这显然不是他们理解中的“闺阁女子”。

“好了。”打完一轮，皇帝才不紧不慢地唤了一声。

因为长刀用着不得劲儿，中途换了把长枪的顾浮神清气爽，听皇帝的话乖乖退下。宫女领她到偏殿休息，一坐下就摘了幂篱——方才好几个武将想把她的幂篱打掉，虽然没有成功，但也在上面留了几道口子。

顾浮正苦恼待会儿回去要怎么应付卫姑娘，外头突然传来宫女诧异的声音：“李统领？”

她身形一僵，手里的幂篱险些掉地上去。方才和人对打，她已是刻意改了出手的习惯和武功路数，应当不会被看出来才对。

偏殿外，李禹面不改色地对宫女扯谎道：“陛下叫我过来看看。”

宫女迟疑，不太敢放人进去。

顾浮站起身，正想在偏殿里找个地方躲躲，就听见外头又响起一道声音——

“陛下何时叫了李统领来偏殿，我怎么不知道。”

声音冷淡，分明就是傅砚。

顾浮舒出一口气，她家望昔可真是及时雨。

顾家二姑娘毕竟是国师的未婚妻，李禹就是再好奇，再想探究，也没有当着国师的面强行去见人家未婚妻的道理，只好悻悻离开。

李禹离开后，顾浮重新戴上幂篱，跑到门口，脚步非常轻快——她太久没和人一对一打过架了，刚刚那一通打，让她非常痛快。

可傅砚却与之截然相反，感到了无比的憋闷。

在顾浮看不到的时候，傅砚收集了许多有关她在北境从军的情报和信息，可无论翻多少书册军报，阅览多少文字记叙，都没有方才亲眼看见她持刀舞枪碾压数名大将来得震撼。

傅砚从未如此清晰地认识到，京城这块繁华地根本不够她施展，她若为男子，必可累积不世之功，名垂青史，而不是只有短短五年的军旅生涯，得后世一句“英年早逝”的叹息。

哪怕她说了自己如今还有别的事情想要去做，傅砚依旧为她感到不平。无处发泄的郁闷让他按捺不住来找她，带她出宫。

顾浮奇怪，问他去哪儿。

傅砚说：“看礼物。”

思想肮脏的顾浮："……"青天白日，不好吧？

她心里想着有伤风化，身体却格外诚实，偷偷跟着傅砚出宫，一块儿乘上马车。马车驶离宫门，不一会儿就到了宣阳街隔壁的兴乐街，在一座大宅子门前停下。

道路两端提前清场，又设了路障，所以街上并没有其他人。顾浮从马车上下来，看着并未悬挂牌匾的大门，问："这是哪儿？"

傅砚告诉她："忠顺侯府。"

顾浮讶异。

这是……她的府邸？

"你买的？这得花多少钱？"她不假思索就问出了这个问题。

不怪顾浮煞风景，实在是这一带距离皇城最近，地价贵得吓人，任何人要在这里置备房产，首先想到的都会是钱。

自己从军那些年得了不少赏赐，除开日常花销，攒下的俸禄也不少，诈死之前她已留下书信托可信之人把她留下的钱带去战死同袍的家乡，给他们的家人送去，用作抚恤。诈死后皇帝追封她爵位，虽无法光明正大地赏赐宅邸，但私下里送了不少好东西给她。

顾浮把一部分给了祖母，让其随意拿去用，不过祖母好像没动过，说是要留着给她做嫁妆；还有一部分变卖成现钱，放在手头方便随时取用，之前她给郭兼的银票就是这么来的。

顾浮也不是缺钱的主，可叫她在兴乐街买一套宅子，还真买不起。

傅砚没想到她会这么问，一时间不知道该怎么回答。

这座宅子确实是他花钱买的，但买的时候也没在意过钱的问题，只想着挑最好的地段，不能像宣阳街那么吵闹，也不能离皇城超过两条街，哪怕挂不了侯府的牌匾，规格也得配得上侯府的名头。

宅子里头的景致还算好，不好没关系，可以叫人拆了重新修葺，只要能赶上她的生辰。好几处的修葺图纸都是他亲手绘制，用料也是他选定后派人从各地采买，加急运来京城，每隔几日他还会过来看一次，免得出什么岔子。因为顾浮白天要入宫上课，上完课还得忙晚袖斋的事情，时不时又要同皇后商议女子书院的安排，所以只要在晚上她到自己那儿之前收好图纸，就能把人瞒过去。

至于这期间花了多少银子……傅砚倒是看过账本，但因为账目没问题，他就没怎么记。

看傅砚一脸迷茫，顾浮明白了——她家“天仙”恐怕非常富有。富有到对他而言，这份礼物的重点不在贵不贵重，而在心意到没到。

于是顾浮也不再纠结钱的问题，让他带自己进去看看。因为来过多次，傅砚对这里的布局可谓了如指掌，他牵着顾浮的手在里头逛了一圈，从入门处到厅堂回廊，从花园水榭到茶室武场。这座宅子里头既有雅致的风景，也有冷冽粗犷的比武台和靶场，真有几分武将人家的模样。

府中还置备了不少下人，他们见了傅砚口称“大人”，见了顾浮则称“侯爷”。傅砚说，这些人都是从秘阁拨过来的，放在府里可以省不少心。

一圈看下来，顾浮十分喜欢，但还是问：“怎么会想到给我送宅子？”

两人正好走到一条小河边，河水从附近的河道引进府中，专门辟出河床，其上还有座小桥，小桥过去就是主院。午后的阳光照在河面上，反射出粼粼水光，落在傅砚那身白衣上，看着像是给他的衣服又添了道暖金色的绣纹。

他握紧顾浮的手，说道：“我想把你失去的都找补回来，可想来想去，我能做的似乎也就只有给你一座‘忠顺侯府’。”

一座有实无名的忠顺侯府。

这样想着，傅砚又觉得自己这份礼物送得委实不怎么样，几个月来辛苦筹备，眼下说反悔就反悔。他道：“罢了，这份礼物不作数，宅子还是归你，但不算我给你的生辰礼物，我再想别的送你。”

顾浮不知道傅砚从她同人比武开始，就在心里为她存了份不甘，她出口劝道：“别啊，这么一份大礼，怎么能不作数？”

她说完，反应过来：“不对，看宅子的话白天也能来吧，那你为什么说要晚上给我礼物？”晚上有宵禁，从祁天塔到兴乐街又要叫巡夜武侯一路开道，多不方便。

傅砚这才想起自己早上说的话，面不改色地回答道：“白天我得入宫，你也有事。”

这个理由倒是说得过去。

顾浮看着小河对面的景致，声音飘忽：“你说晚上，我还以为……”她顿了顿，一脸狐疑地看过去，“你不会是故意的吧？”

傅砚一脸纯良：“故意什么？”

顾浮终于明白，这人就是存心说那样的话让自己误会，遂拉着他过桥：“我记得前边是主院？”

“嗯。去主院做什么？之前不是看过了吗？”

顾浮可不想白白被戏弄，她咬着牙，低声道："没看仔细，忘了试试床。"说完又添了一句，"你要觉得这座宅子不作数也行，不过新礼物得我来定，如何？"

傅砚耳朵染上薄红，脸上却还是那副冷清模样："你要什么？"

"我要你……"顾浮低头看了看自己臂弯上搭着的披帛，虽然质地轻薄，但胜在够长，拧成一股也够结实——

"乖乖听话。"

主院卧房内的枕头、席子都是刚晒洗过的，不但干净，还透着股好闻的气味。

傅砚想着既然是寿星主动要的礼物，依她也无不可。但他真没想到，顾浮会将自己的披帛撕成两段，一段蒙住他的眼睛，一段捆住他的手。

身下的席子很凉，屋里还摆着冰鉴，但升腾而起的温度叫两人都热出了一身的薄汗。

顾浮如愿以偿，亲手将傅砚那身华贵的衣服一件件解了开，露出被裹藏在层层衣料下，温润如羊脂玉似的细腻皮肤。

但凡武艺，要想精通就得苦练，即使精通了也得时不时用上一用，才不至于生疏。傅砚的轻功也不是平白得来的，就算他不喜欢动弹，也会找时间练练，免得被皇帝唠叨。所以他的身材不至于像手无缚鸡之力的书生一样文弱，但也不会显得很健硕，是那种特别斯文的……结实。

"还真看不出来。"顾浮呢喃着。

傅砚手被捆着，故而衣衫落下肩头后堆积在臂弯，半遮半掩，竟是赏心悦目极了。他向来不爱任人摆布，这会儿觉得不对劲儿，便扭动手腕，想要挣脱手上的束缚，可顾浮捆得很紧，他挣脱不开，只能换个法子。

"痛。"他说，因为呼吸有些乱，声音带颤，听着还真挺可怜。

顾浮停下动作："勒太紧了？"

"嗯。"

她撑起身，帮傅砚把手上的披帛解开。

傅砚唤道："顾浮……阿浮。"

顾浮喜欢这个新称呼，尾音上挑地"嗯"了一声。

傅砚和她商量："能不能不绑我？"

顾浮迟疑。

他又说："我想抱着你。"

顾浮所有的迟疑瞬间化作齑粉，她将捆手的披帛解开丢到床下，亲了口傅砚的掌心道：“不许把眼睛上的布摘了。”

“好。”傅砚活动一下手腕，撑着床面坐起身，如愿以偿地揽住了顾浮的腰，并循着她的呼吸声，低头咬住她的唇。

顾浮承认，将傅砚绑起来的感觉是不错，但会抱她，用肢体表达渴望的他更加让自己喜欢。

傅砚的掌心抚过顾浮的肩头，在本该平滑的皮肤上触到一抹凸起，动作突然顿了一下。顾浮没有留意到他的异样，等反应过来，她已经被反压在了床上。

要论武力，傅砚自然是打不过顾浮，她也能轻而易举将他掀翻。可她轻喘着看向傅砚，发现他的神态有些不太对，眉心紧蹙，似乎是……不高兴了？

不等她想出个所以然来，傅砚俯身，碰了一下顾浮的脸颊，轻声道：“你不想让我看，我就不看。”说完，他的唇和手顺着身下人的脖颈缓缓往下，他眼睛被蒙着，看不见面前人儿如今的模样，但他把她身上最后一件衣服也给脱了，仅靠触碰，在她身上找到那些坑坑洼洼的疤痕，落下一个又一个的吻。

顾浮……顾浮 尿了，她主动摘掉傅砚眼睛上的布，双手捧着他的脸，哄他：“你别生气。”

“没生气。”傅砚记得她的手肘上也有两道疤，垂眸看了眼，果然有，于是抓起她的手，在那两道交错的疤痕上亲了一口不算，还说：“我的。”

他是顾浮的，同理顾浮也是他的，顾浮身上的一切，包括那一道道疤，就算她不愿意给他看，那也都是他的。

能看见后，傅砚固执地将顾浮身上的疤仔仔细细吻了个遍，顾浮非但没拦住，还被撩拨得丢盔弃甲。

外头突然响起不合时宜的敲门声，两人不予理会。奈何敲门声锲而不舍，顾浮也不愿被人听见他们的动静，只能猛地捶了下床，沙哑的声音无比暴躁：“说！”

来人道：“回侯爷，宫里来人，说是磊国的玉楼公主死了，用的是您先前用过的那把鳞纹长刀。陛下召您和国师大人回去。”

章七 浅露

突如其来的暴雨笼罩了整个京城。

狂风裹挟着豆大的雨滴接连不断地拍打在马车上，驾车的秘阁武卫头戴斗笠，身披蓑衣，赶着马车朝宫门驶去。马车里，傅砚与顾浮穿戴整齐，一个端正地坐着，身上的寒气比平时更重；另一个倚在窗户边，任由吹起帘子的风带着雨水往她脸上扑去，好降一降心中的怒火，可惜收效甚微。

过了一会儿，傅砚抬手，让顾浮到自己这边来，别靠在窗户边吹风淋雨。层叠的衣袖随着他抬手的动作微微下滑，露出小半截带着红色勒痕的手腕。粗暴的痕迹与他此刻出尘如仙的形象形成强烈对比，提醒顾浮刚刚被迫错过了什么，导致她心头的怒火非但没下去，反而蹿得更高了。

她拉住傅砚的手，挪到他身边，轻触他手腕上的红痕，声音闷闷地问："还疼吗？"

"不疼。气。"

被打断了好事的可不止她一个。

马车在宫门口停下，两人改乘步撵前往含元殿——这是皇帝特地吩咐的，要让人知道玉楼公主死的时候，顾家二姑娘根本不在宫里。

顾浮下步撵的时候，还有个小太监递了一顶全新完好，并刻意裁剪过轻纱，长度只到脖颈的幂篱，她这才想起宫里还有个李禹，便顺手把幂篱给戴上了。

两人入殿觐见，殿内的气氛和先前截然不同，一旁的磊国使臣眼眶通红地盯着，恨不得扑上来扒皮吮血。

顾浮视而不见，跟着傅砚一起向皇帝行礼。

皇帝让二人起来后问玉楼公主死的时候他们在哪里，没等顾浮开口，傅砚就先回答了："回禀陛下，今日是顾二的生辰，臣在兴乐街为她备了一座宅子作为生辰贺礼，方才臣带她出宫看宅子去了。"

众臣哗然，也不知是觉得这份贺礼太过贵重，还是没想到国师看着冷冷清清，竟会私自把未婚妻带出宫去。但至少有一点能确定，若傅砚所言不虚，那玉楼公主的死就和顾二姑娘没关系。

其实本来也看不出有多大关系，二人此前素未谋面，往日无怨近日无仇，比试也是顾浮赢了，要记恨也该是玉楼公主记恨她，而不是她记恨玉楼公主。

偏偏玉楼公主死在偏殿，死后还被人用鳞纹长刀钉在了墙上，而禁军的鳞纹长刀都是有铭刻编号的，因此能确定，作为凶器的长刀与顾浮之前在殿上与玉楼公主比试时用的长刀是同一把。

一般也没谁会蠢到用和自己有关的兵刃做凶器，生怕别人怀疑不到自己头上，偏磊国使臣像得了失心疯一般，逮着人不放，非说玉楼公主生性要强，定是她自己偷偷跑去偏殿找顾家的二姑娘想要再比一次，结果被其失手误杀，所以必须一命偿一命。

如今听说玉楼公主死时顾浮不在宫里，他还是坚持己见，甚至质疑此刻戴着幂篱的女子是临时从宫外找来的假货，就为蒙骗他们，激动之下还朝人扑了去，要摘掉幂篱。

不等殿内的禁军动手，顾浮直接将人拿下摁倒在地，并嘲讽道："我先前就没摘过幂篱，现在摘了又能证明什么？还不如把方才和我打过的人都叫来再打一遍，让他们切身感受一下我究竟是不是我。"

非常嚣张。

这个办法确实有效，但并没有用上，因为光看她将磊国使臣摁倒在地的身手，除了磊国使臣以外的众人便已经信了她就是方才碾压全场的顾家二姑娘，且其他使臣也并不想让自己带来的武将再丢一次脸。

那么问题来了，到底是谁杀了玉楼公主？那把中途被换下的鳞纹长刀，又是怎么跑到偏殿去的？

皇帝下令彻查，因鳞纹长刀涉及禁军，故而这次改换了赤尧军调查，并让秘阁协理。

找出杀害玉楼公主的真凶固然重要——毕竟是在宫里杀人，若不将凶手抓出来，实在令人难安。可找真凶是一回事，如何给磊国一个交代是另一回事。磊国使臣那边根本说不通，一副即便找出真凶也绝不相信的模样，并叫嚷着若不处置顾浮，他回去后定要将此事禀明国主。

磊国虽然不及大庸地大物博，但也是个崇尚武力的国家，两国要是交战，别的不说，大庸与东境境外各小国的贸易往来定会受到影响。国家大事，很多时候讲究的未必是"真相"，更多的是利益，是权衡。牺牲一个顾浮，换取与磊国的和平相处，保证大庸与东境各国的贸易不受影响，听起来根本不是什么无法取舍的难题。

偏偏顾浮并不是普通的官家女，也不仅仅是国师未过门的妻子，她还是已"死"的北境军前统帅。她戍守边境五年，打过大大小小不知道多少场仗，守卫国土保大庸边境安稳，打得北边各部对北境军闻风丧胆，还肃清了北境的官场。若能一直下去，五年绝非她的终点，可她最后却因为一道圣旨，就把这一切说舍弃就舍弃了。

许多君王都习惯把自己的决定当作神谕，无论结果好坏，承受之人都不该心怀怨念。但"雷霆雨露皆君恩"这句话在遭受过先帝雷霆的皇帝看来就是狗屁，所以皇帝知道自己欠顾浮，大庸欠顾浮，别说顾浮能证明自己的清白，即便不能，皇帝也绝不会就这么牺牲她的性命。为此他还贬斥了几个上奏让他处死顾家二姑娘以求两国和睦的大臣，让朝臣们知道他的态度有多坚决，好打消这个念头。

但在事情没有查明之前，顾浮的生活还是受到了影响——她暂时无法再入宫上课，也去不了晚袖斋，只能乖乖在家里待着。

顾家的门前还多了赤尧军的人轮流看守。起初顾家人还都因此惊慌不已，后来发现赤尧军的人并不管他们，甚至还会为他们震慑企图上门闹事的磊国使臣，这才安下心来。

顾浮也尽量不出门，免得再生事端。

她不出门，别人却能来看她。

晚袖斋这段时日清闲，所以诗社的姑娘们会轮流来顾家找她，怕她一个人在家里待着无聊。对此穆青瑶十分不解："还有我在，她怎么就'一个人'了？"

今年的秋老虎格外凶悍，棠五挥着团扇，反问穆青瑶："你是会和她说外头的市井传闻呢，还是会告诉她旁人都是怎么议论她的？"

穆青瑶说："市井传闻不可信，说了也是白说。旁人的议论就更不重要了，有什么好说的。"

棠五望向同来的几个姑娘，道："你们看。"

众人笑成一团。

顾浮也跟着笑，惹得穆青瑶打了她一下。穆青瑶坐的位置离她远，手够不到，所以是拿了棠五放在腿上的幂篱去打的。

棠五没拦住，特别紧张地叫了一声："哎哎哎！别弄坏了！"

顾浮从棠五进屋就注意到，棠五没像其他姑娘一样，把自己带来的幂篱交给身边的丫鬟拿着，而是一直放在腿上，被桌子挡着自己也看不清，好不容易借着穆青瑶打她的机会多看了几眼，这才发现棠五这么珍惜这顶幂篱不是没有道理。

这顶幂篱的帽檐和轻纱下摆各垂了一排珍珠，帽子上还别满了大小不一的绒花，看着格外漂亮。而最让顾浮意外的是，这顶幂篱的轻纱很短，看着也就半尺。

"你今日是戴着这顶幂篱出门的？"顾浮问。

棠五说："你该叫它'浅露'才对。"

顾浮讶异："居然连名字都有了？"

和棠五一块儿来的姑娘说道："这还要多亏你，要不是你把幂篱剪短，还戴着在御前力压群雄，也不会有如今的浅露。"

顾浮这也算歪打正着。若是谁家姑娘自己剪了幂篱出门，只遮脸面不遮身形，定会招来骂声，更不会有人为其取如此风雅的名字。可有了顾浮戴它面圣与人比武的佳话，再有姑娘戴这么短的幂篱，那就成了效仿，成了风尚，亦不会有人因此上纲上线，骂其不知羞耻。

顾浮听了笑着道："挺好的。"她不知，不仅浅露成了京城风尚，出门佩刀，也成了闺秀圈的风尚之一，会不会用不重要，拿在手上能与飘逸无害的裙衫形成强烈对比，给人视觉上的冲击就行。

李禹今日休沐，约了三两友人到酒楼吃酒，不经意间往下一看，就看到斜对面的脂粉铺门口停了辆马车，一个身着裙装、头戴浅露，手里还拿着苗刀的姑娘带着丫鬟从车上下来，走进脂粉铺。

友人见他看得出神，笑道："你看她们，学什么不好，非要学那顾二戴浅露、持刀剑，看着多别扭。"

另一个友人喝着酒道："我却觉得不错，看着格外有精气神。"

“这要拔刀对着你，看你还会不会觉得不错。”

“拔刀？得了吧，不过就是拿在手上装装样子，开没开刃还是两说，若真拔刀，我怕这些胆小的姑娘先把自己吓哭。”

“别这么说，万一真碰到个会武功的呢？比如那顾二。”

众人顿时无言，并看向李禹，问他——

“哎，齐专，那顾二当真在御前把护送外邦使臣来京的武将都给打趴下了？”

“到底真的假的？我怎么就不信呢。”

“这要是真的，那姑娘长得得多壮实？陛下怎么会把这样的姑娘赐给国师啊？”

“应当是假的吧，若是真的，国师没道理这么喜欢顾二，还送了座兴乐街的宅子当生辰贺礼。那可是兴乐街的宅子，我都听傻了，还没过门就如此大手笔，这要是过了门，得宠成什么样？”

一股不可名状的烦躁自李禹心底缓缓升腾而起，他说：“是真的。”

友人们纷纷咋舌，李禹眉头紧蹙，平日觉得再正常不过的对话，如今听来只觉得无比聒噪。正这么想着，他看到楼下路过一个熟悉的身影——他的堂哥李锦。李禹顿了一下，突然想起李锦曾经花钱收过一幅画，一幅顾家二姑娘在临安伯爵府救人的画。

穆青瑶她们照常入宫上课，所以直到下午申时之前，顾浮都是没人陪的。所幸她本身也不是需要人陪的性子，每日早起练剑耍刀，出一身汗后洗澡换衣服，再拿上穆青瑶前一天给自己带回来的笔记功课，去老夫人那儿自学一上午，还能陪老夫人说说话。中午在老夫人那儿用了饭就回飞雀阁，下午则满府地招猫逗狗，还领着胆小怯生的顾小五翻墙爬树。

一次，穆青瑶带诗社的姑娘们回家找她，发现人正抱着顾小五在屋顶上看日落，吓得姑娘们连忙叫人搬梯子。可等梯子搬来，一个个又都好奇屋顶上的风景，结果就是所有人都上了屋，最后不敢爬梯子下来，还得顾浮把她们一个个抱下来。

这样的日子持续了八天，第九天中午，绿竹来报，说府外的赤尧军准备撤了，特叫她来禀报一声。

顾浮这天难得没带着顾小五到处野，闻言问道：“找到凶手了？”

“找到了，是今年入宫选秀的秀女，如今已被收押。据说被抓后她还想服毒自尽，但被救了回来。”

其他更加详细的消息绿竹也不知道，顾浮便准备晚上去祁天塔问傅砚。

傍晚穆青瑶和诗社的姑娘们过来了，得知顾浮明日起便可和她们一块儿去宫里上课，就叫人去拿了壶酒来，说要庆祝。寻常甜酒对顾浮而言和糖水没区别，几个姑娘倒是喝得微醺，顾浮担心出意外，就换了男装骑马护送她们回家。

等从外头回来，宵禁的街鼓正好响起。

府中下人说老爷叫了全家到正厅吃饭，顾浮便没换衣服，直接赶了去。饭桌上，老夫人和提心吊胆了好些日子的李氏都格外高兴，顾启铮和顾启榕兄弟两个也多喝了几杯。唯独顾小五，知道二姐姐从明天开始不能再留家里陪她玩，显得有些闷闷不乐，穆青瑶一直在逗她，给她夹好吃的。顾竹则埋头吃饭，存在感微弱得仿佛不存在。

顾沉和顾诗诗不在。顾沉上个月就带着妻子去了青州。顾诗诗自从那日顾浮的生辰宴后，就被顾启铮拘在了自己的院子里，往日同她关系好的小姐妹早早便断了往来，所以外头也没人发现她已被禁足。

顾浮前些日子听顾启铮说，等玉楼公主一案了了，他就叫人把顾诗诗和杨姨娘一并送回老家严州。同行的婆子会将杨姨娘关在老家的庄子上，顾诗诗则叫老家的婶娘代为看管，等顾浮出阁，便让婶娘在严州当地给她寻个适合的夫家，不会再回到京城，免得她心有不忿，再生什么事端。顾浮听后没说什么，她无法假惺惺地为顾诗诗求情，也不会逼着顾启铮赶尽杀绝。

饭后她来不及回飞雀阁，直接就去了祁天塔。这些日子她在家乖乖待着，甚至连祁天塔都没去，因为玉楼公主一案情况复杂，傅砚怕她宵禁出门被人发现，会说不清。她当时还不乐意，知道自己是傅砚夜间安眠的药，不愿意他连觉都睡不了。

但傅砚却说：“遇到你之前我也一直睡不好，如今不过是恢复原样忍几天，算不了什么。可你要再出事，我就真的不好了。”

顾浮无法，只能听话。

如今好不容易能再见面，她迫不及待地跑去祁天塔，将等候已久的傅砚扑到地上就是一顿亲，末了还蹭着他的唇，问：“想我没有？”

傅砚任由她为所欲为，还轻轻“嗯”了一声，含蓄地表达了自己对她的思念。

顾浮又在他唇上咬了一口，然后松开，将他从地上拉起来，问：“这几天有没有好好吃饭？”

傅砚心虚地沉默了片刻，最后道：“今天的晚饭吃了。”

“昨天呢？”

“吃了早饭……”午饭和晚饭都没吃。

过去几天基本都是如此，因为挂心玉楼公主一案，他有胃口就吃得下，没胃口硬吃下去也会吐出来，一天能吃进去两顿就算不错了。顾浮心疼得要死，又不能怪傅砚，毕竟胃口这个东西，也不是他能控制的。

“睡觉呢？我不来，能睡着吗？”

这个问题傅砚也沉默了一会儿，倒不是因为睡不着，恰恰相反，他能睡着，虽然不如她在时睡得安稳，半夜时不时就会惊醒几次，但还是维持了稳定的作息。

傅砚怕她知道自己的失眠不药而愈，日后没空就不来了，便鬼使神差地撒了个谎：“睡不着。”他抱住她，装出一副许多天没睡过的样子，看起来十分疲惫。

顾浮哪里能想到傅砚会撒谎，蹙着眉道：“那先不忙了，我陪你回房间躺躺？”

傅砚当然不会拒绝。

两人下楼，来到卧房。傅砚的卧房布置得十分简单，该有的都有，却不见半点儿多余的东西，看起来颇有些冷清。

傅砚换好寝衣坐在床边，看着顾浮把脱下的衣服挂好，然后穿着一件单薄的里衣向他走来，抬手把他往床里面推：“你睡里面，免得我走的时候又把你吵醒。”

傅砚：“……”只是睡觉，什么都不做？

直到这时他才隐隐察觉自己搬起石头砸了脚，但并未认命，还开口聊起了玉楼公主的案子：“杀害玉楼公主的真凶，是今年才入宫的秀女。”

顾浮想起这事，问他：“查到动机了吗？”

傅砚揽着她的腰，把人往自己怀里带：“她是英王去年从西南带回来的人。”

“什么？”

“原本英王大概是想让她搅乱后宫，结果人算不如天算，还没等棋子入宫，自己就先被陛下禁足在了府中。”

“所以是英王叫她杀了玉楼公主？”顾浮不解，“为什么？杀了玉楼公主对他有什么……”她望着傅砚的双眼，突然顿住，迟疑道，“他想害的人其实是我？”

傅砚吻了吻她的额头，说：“是我。他想利用你挑拨我与陛下的关系，磊国使臣也早就被他收买，不然也不会疯了一样死咬着你不放。若陛下为了两国和睦选择牺牲你，我定会心生怨恨，与陛下离心；若陛下选择保下你，后续麻烦不断，陛下会逐渐对我感到不满——他是这么想的。可惜他不知道，你不仅是我未过门的妻子……”

“可那日陛下要是没召我入宫，他的计划不就泡汤了吗？玉楼公主能被磊国使臣怂恿算计，主动提出找武将比武，陛下却未必会想到找我啊。”

“因为这招原本就不是算计你的。”

“啊？”

傅砚说：“秘阁和大理寺联手，把那日在城内可能会被召入宫的武将都查了一遍，其中一人与英王有联系，并商议要在使臣面圣当天，借口比武当众杀了玉楼公主，称是误杀。到时候让磊国使臣施压，逼迫陛下交出那名武将让他们带走，过些时日再送回残肢作为挑衅，使朝中武将对陛下心寒，他再乘机收买人心。

“与英王合谋的武将担心英王出尔反尔，于是留下了两人商议的书信作为把柄，免得当真死在磊国使臣手里。后来陛下召你入宫，英王才临时改了计划。”

顾浮发现一个问题：“你不是找人守住了英王府的水渠吗？他还有别的办法和外面联系？”

说起这个，傅砚把脸埋到顾浮的颈侧，不大高兴道：“是我疏忽了，我没想到他从棠七那里得知可用水渠联络外面后，会改将书信藏于鱼腹之中。”

顾浮安慰他道：“这不还是被你查出来了吗？”

“不是我查出来的。是孟长青看水渠里的鱼肥美嘴馋，抓了一条上来，这才发现端倪。”

顾浮知道孟长青，就是那个县主之子，长得非常漂亮。

“如今磊国使臣已被严加看管，陛下也往磊国送了信，若他们愿意相信，再派人来了解事实真相自然再好不过；若他们不愿相信，认定了玉楼公主之死与你有关，且不愿再同我们商谈，那无非就是开战，别无他选。”

傅砚还说：“英王府那边的消息能传进宫里，说明宫里也有他的人，皇后这几日将宫里的人都筛了好几遍。”

顾浮问："为什么秘阁不在宫里安排人？"

宫里要是有秘阁的人，定能早早发现秀女里面有人会武功。

傅砚摇头，在顾浮颈边蹭了蹭："秘阁再手眼通天，也没有把手伸进宫城的道理。"这是底线，皇帝对他再好，他也不能越过这条底线。

"也是。"顾浮顿了一下，问，"抱这么紧不热吗？"

"……"

傅砚不懂，平日里最爱调戏他，满脑子不着调的顾浮今天怎么就这么坐怀不乱？他含混不清地"嗯"了一声，难得主动地去扯她衣服上的系带："其实……"

谁知顾浮按住他的手，一脸严肃道："别闹，快睡。"这都好几天没睡了，熬夜熬成傻子怎么办？

"哦……"

傅砚悔不当初，又不好将心里那点儿突如其来的小算盘说出来，以免她会觉得自己……娇气。

说来也是奇怪，傅砚自幼在外颠沛流离，落到了看似仙风道骨，实则黑心烂肺的蓬莱仙师手上，当了十几年坑蒙拐骗的工具。而蓬莱仙师也从未因他这件道具好用而善待他，只是不曾在他身上留下过伤，免得有了瑕疵，不好骗人。

蓬莱仙师手下还有好几个和他差不多的小孩，同样被当作猪狗奴役，但却不曾与他相互扶持，反而因为他天生白发能被仙师拿来镇场面而孤立排挤他。只有一个神经兮兮的大师兄，时不时会和他说几句话，让他知道自己是个活人。后来又经历了替皇帝夺位的血雨腥风，他早练就出了一副油盐不进的铁石心肠。小道童如此怕他，也是因为跟在他身边伺候，看多了他私下里的行事，知道并非表现出来的那么光风霁月。

要说他怎么都不该和"娇气"一词扯上关系，偏偏遇到了顾浮这么一个悖逆世俗的女子，甚至两人头一次见面，她就夜闯宵禁还躲开了自己射出去的箭，第二次见面更是直接把他堵在了墙角，用言语调戏。

顾浮不会像旁的女子一样以夫为天，恭敬顺从，于情爱一道的心思也不够细腻敏感，于是他便没法儿再像以前那样冷着，不得不学会主动，学会打小算盘，让她更加喜欢自己，在意自己。

其实他完全可以找一个由着他说什么就是什么的女子，不仅省心，还无须这般束手束脚，甚至不用为此改变分毫。可他就是喜欢顾浮，喜欢朝着自己选好的方向，无所畏惧大步向前的顾浮……

傅砚自觉过去几日有好好睡觉，却不知道自己睡得有多不安稳，如今抱着日思夜想的人，很快就平稳了呼吸，沉沉睡去。

时间还太早，顾浮睡不着，就陪着躺了一会儿，直到子时才真正合眼，一觉睡到寅正，眼看着就要卯时了才醒来。外头天还没亮，她担心迟了回去赶不上入宫上课，就小心翼翼地拿开傅砚环在自己腰上的手，轻手轻脚地从床上下来，之后又拿了衣服上楼去穿，穿好正准备离开，就听见身后传来脚步声，是小道童。

小道童手里还端着一盆热水，水盆边上搭着一块棉布。他将热水放到顾浮面前，让她洗把脸再回去。

顾浮没和他客气，顺带问了句："你不用睡觉吗？"

她记得，无论傅砚何时摇铃，小道童都能衣衫整齐地跑上七楼，早上还得准备热水早饭，看着根本就不像是有睡过觉的样子。

小道童告诉她："我是专门负责晚上伺候国师大人的，白天另有其他人。"

所以他不是不用睡觉，而是白天睡觉，晚上就得一直保持清醒，随时待命。毕竟在顾浮来之前，国师就没睡过一次好觉，晚上总得有人供他使唤。

顾浮明白了，于是又问："你叫什么名字？"

"我叫一叶。侯爷若是白天过来，就会见到另一个人，他叫一花。"

被傅砚认定不够细腻敏感的顾浮问："女的？"

"一花是男的……"

"哦。"她又问，"你们都是秘阁的人？"

一叶点头。

"那我问一下，林姑娘——就是前阵从我这儿送去英王府的那位，她如今怎么样了？"

若是旁的秘阁暗卫，定不敢随意乱说，可一叶太明白顾浮在傅砚心里的地位了，便对她知无不言："林姑娘被棠七拦着，见不到英王。林姑娘本也不着急，说是想再拖上些时日，吊足了英王的胃口再出现，比上赶着出头要有用。可听说侯爷您被英王陷害，她便有些坐不住，但让我们的人给劝下了。"

劝下？

顾浮听出秘阁不想废掉林月枝这颗棋子，意味着英王经此一遭恐怕还死不透，便惊道："英王勾结外邦使臣，谋杀玉楼公主，意图挑拨君臣关系，怎的陛下还要护他？"

一叶不敢多说，倒是悄无声息走上楼的傅砚回答了这个问题：“陛下幼时过得艰苦，英王曾救过他性命。”

傅砚醒来后没看到人，又听到楼上有说话的声音，于是也没换衣服，穿着寝衣披了一件外袍就上来了。

一叶行礼退下，去准备热水和早饭。

顾浮朝傅砚走去，问：“吵到你了？”

傅砚摇头道：“平日这个时候我也差不多醒了。”

他抱着她，温热的身子直往她身上靠，并接着刚刚的话题说道：“陛下与先慧文太后都不得先帝恩宠，若是一般皇子也就罢了，偏偏陛下是嫡长，是太子，自然就成了某些人的眼中钉、肉中刺。

“英王母妃得宠，却又比不过皇贵妃，他自己有点儿本事，可头上又压着比他更加厉害的翊王，吊在半空中不上不下，在朝臣眼里也是块鸡肋，但至少比皇兄……”

刚刚睡醒，傅砚有些糊涂，不小心叫错称呼，反应过来后又改口道：“比陛下要过得好。幼时他还曾多次救过陛下的性命，长大后也帮过陛下几回。虽然我同陛下说过，英王帮他只是想让他占着太子位，免叫宸王或翊王当上太子，那样就彻底没了机会。陛下虽心知肚明，却还是对他多有容忍，别看每次我和英王起矛盾陛下都向着我，真要处死英王，陛下也是舍不得的。”

原来如此。

顾浮抬手，捏了捏傅砚的脸。傅砚睡眼惺忪，此时被捏着脸，显得格外无害，甚至有点儿可爱。

顾浮没留下吃早饭，她离开后，傅砚漱洗换衣，对端上早饭的一叶道：“传出消息，就说陛下顾及兄弟情分，不愿重罚英王。”

只要这个消息传出去，自会有人替英王求情，给苦恼的皇帝递梯子，顺理成章减轻对英王的责罚。傅砚不会为了弄死英王而去损害自己和皇帝之间的关系，这是为了他自己，也是为了顾浮，所以英王这次注定死不透他也不强求，他还希望英王能过得再好些，好到能养肥胆子，下回再接再厉，犯下让皇帝不能再姑息的大错。

“是。”一叶领命，退下时悄悄抬眼偷瞄傅砚，就见国师大人神色平淡，哪有半分面对顾侯时候的乖巧绵软。

顾浮回了家，换好衣服吃过早饭，就同穆青瑶一块儿入宫去上课。这段时日以来，入宫上课的姑娘们也发现了一个问题——给她们教授课程的先生三不五时就会换一次，若是教得不好换掉也就罢了，有几位明明教得很好，却也被换掉，这就很奇怪。

不过还好，第二轮选麟画像的推出，让姑娘们把这个问题抛到了脑后。因为第二轮画像不仅比之前更多更全面，还都画得特别好看，就连原先说好不会再收集同一人画像的瑞阳长公主，也都痴迷不已。

唯一让人遗憾的是，第二轮依旧没有国师的画像。为此还有人来问，不愿看到傅砚的画像流入民间，一力反对的顾浮说："我也不知道啊。"

知道内情的诗社姑娘们听了，纷纷掩唇忍笑。

"对了，棠五，你们几个昨日从顾二家中出来，将你们护送回家的那个人是谁？顾二的弟弟吗？"有姑娘问。

被点名的棠五愣了愣："谁？"

"就是骑马那个呀。我昨日去如烟轩拿预定的胭脂，出来正巧遇到你们的马车，可都看见了。"她十分肯定自己没有看错。

棠五昨日喝了点儿酒记不太清，想了想，才想起来是怎么一回事，讷讷道："不是顾二的弟弟，就是顾二。"

"什么？"那姑娘惊道，"不可能！我虽没看清，但也能确定那人穿着一身男装，没戴幂篱也没戴浅露，骑着马跟在马车旁，怎么可能是顾二？"

那姑娘声音大，让课室里的其他姑娘听见，纷纷凑过来询问究竟。然而不巧，上课的摇铃响起，先生也走到了门口，众人只能压下满腹惊奇。到了下课，一众姑娘迫不及待地围上去，顾浮就和她们说自己经常穿男装骑马出门。

"不戴幂篱，也不戴浅露？"

"不戴。"

"难道没人看出你是女子？"

在军营里待了五年都没被人看出是女人的顾浮面不改色道："没有。"

姑娘们不信，就说："或许是被人看出来了，但那人见你穿着男装，才没说什么。"

长公主也来凑热闹："又或者你穿着男装，旁人只当你是男生女相，自然不会管你。"

长公主这话还是挺有说服力的，看看县主的儿子孟长青，长得多漂亮，也没见有人把他当成女子，就因为他穿了男装。

众人打听清楚，纷纷羡慕起了顾家的家风——她们若是穿着男装在外抛头露面骑马，定会被家里人骂。可即便如此，一旦出现了第一个这么做的人，后面出现第二个、第三个也只是时间的问题。

顾浮自己不曾留意，但在其他人眼中，她们这群入宫给长公主当伴读的姑娘，已经成了京城闺秀眼中最令人向往的一个圈子。为了向她们靠近，她们的一举一动都会被人效仿，而顾浮更是她们当中风向标一样的存在，戴浅露、佩长刀仅仅是一个开始。

下午皇后召见顾浮。

如今合适的先生都选得差不多了，书院动工也有一个多月了，剩下的问题就是皇后该以怎样的名义，将第一所女子书院坐实，并开始招生。

平民女子不用想，平民百姓家里，便是供男孩上学都费劲儿，更不可能费钱让女儿家去读书。可问题是，世家大族会肯把家里的女孩儿送过来吗？

皇后最会把握人心："我们创立女子书院的想法，定不能让外人知道，若叫他们知道把女儿送来是学怎么离经叛道的，他们定然不肯，得换个说法。"

"什么说法？"

"来书院可以学习怎么当一个合格的、能为丈夫分忧的当家夫人。"

顾浮蹙眉道："这和我们的想法背道而驰。"

"但也能让一些人家主动把家里的女孩送进来。你看，人人都想让自己女儿嫁得好，女孩们也是这么希望的，这样的理由远比让她们学会如何自强自立要更加诱人。

"至于我们到底教什么，那便是我们自己说了算。真要有人问起来，我们也能寻理由堵回去——女子为何习武？我们不说是为了有自保的能力，就说是为了强身健体，对生育子嗣有益。女子为何学习经义、策问、诗赋？我们不说是为了与男子比肩，就说女子懂了这些能更好地督促丈夫科考。女子为何要学琴棋书画、茶艺香道？我们不说是为了培育出能著书立说的大家，就说学这些能陶冶情操，择婿时能叫人高看一眼。

"男子为何都想读书？因为那样能考取功名。可对世人而言女子读书是无用的，除非能让她们嫁得更好，这也是权宜之计。"

顾浮说："可终有一日我们都不在了，没人会知道女子书院建立的初衷，秉承你这番理念的女子书院会成为比世俗更加可怕的枷锁。"

皇后却不这么觉得："是枷锁还是利刃，犹未可知。你我便是没有那书院，尝过了自由的滋味，都知道哪样的生活才是更好的。她们学了本事，走出了禁锢她们的宅院，难道不会自己判断吗？"

顾浮又问：“你又如何确定我们今时今日定下的课程会被一直延续下去？若只为培养出依附男人的大家闺秀，做一个合格的当家夫人，你说的那些便是不学也无所谓。更何况想法与本事是两码事，一个人若成天听别人告诉自己不该挥刀，那即便手中有刀，她也不会去用。”

皇后与顾浮谈不拢。她们一个擅长经商，更注重怎样达到目的，手段如何并不重要；一个是武将性子，虽然明白兵不厌诈的道理，但也有自己的坚持，无法在根本的原则上做出丝毫退让。结果就是两人各自冷静，决定给对方再想想的时间。

“娘娘，陛下来了。”

顾浮出宫后，皇后强打起精神，听景嬷嬷同她禀报事务。

玉楼公主一案让皇后毛骨悚然，她无法想象那个会武功还杀了玉楼公主的秀女要是就这么混进宫来，能搅和出多少事端。因而多次筛查不算，还定了规矩：即日起宫女、内监三到五人为一组，发现异常而不报者，出了什么事情，将以连坐论处。

报上来的事情多了，不免让她变得比平时更忙，此刻听通传说皇帝来了她这儿，非但不感到高兴，反而觉得皇帝碍事。

皇帝和皇后老夫老妻这么多年，怎么会看不出她藏在端庄仪态下的不耐烦，于是挥挥手，让皇后忙自己的事情去，他就过来坐坐，歇一会儿。皇后得了话，也不客气，真就埋头打理起后宫事务，把皇帝晾在一旁，徒留景嬷嬷挤眉弄眼干着急。

晚上皇帝在凤仪宫留饭，皇后便在饭桌上聊了几句，顺带说起她和顾浮的分歧。皇帝知道她在倒腾女子书院的事情，并未阻止，此刻听说她们在为开书院找理由，笑道：“怎么这么麻烦，直接开不就好了吗？”

这就叫站着说话不腰疼。

皇后幽幽道：“实话跟您说，臣妾不怕别人，就怕魏太傅。若是魏太傅上奏反对，陛下能否替臣妾驳回去？”

魏太傅最忌外戚，李家但凡有点儿风吹草动，他都能死抓着不放。如今皇后要开女子书院，他定比任何人都敏感，认为皇后是在为自己攒班底，下一步就是要插手朝政，任女子为官。

别说，皇后还真想开创先河，让女子入朝当官，但这不代表她要窃取自己丈夫的江山。可惜魏太傅从不吝啬用最大的恶意来揣度李家，皇后这也是没办法。

“这……”

魏太傅曾教过皇帝，说是帝师也不为过，但凡他提出的建议，只要不离谱，皇帝还真不好驳回去，更别说女子书院在世人看来本身就可有可无。

皇帝无法应答，只能转移话题：“如此看来，你的顾虑也不无道理。只是顾二那边不听劝，你准备如何说服她？”

“先看吧，没准她突然就想明白了呢。”

皇后挺喜欢顾浮的，筹备书院的这段日子也让她觉得非常充实。她还时常幻想，若自己出生在一个早早就有女子书院的时代，说不定自己能越过两个哥哥成为家里的顶梁柱，以女子之身做买卖谈生意，赚取旁人穷尽一生也难以累积的财富，到那个时候，即便迫于先帝圣旨嫁给还是太子的皇帝，又有谁敢嘲笑她出身落魄，配不上东宫呢？

但顾浮在性格方面也有缺陷，那就是太过执拗。倒不是说她不懂变通，一个将领不懂变通那不是自寻死路吗？可她在某些事情上有自己的坚持，不然也不会小小年纪就跑去从军，回来家人要给她相亲她还到处搞破坏让人退婚，要不是凑巧她心里有国师，这婚事还有得磨。

皇后也是在皇帝赐婚后，看了顾浮的反应才明白她本就喜欢国师，真是白瞎了自己之前的担忧。

不过她也没打算一味地把人说服，而不反省自身。常言说得好：若要使其亡，必先使其狂。一个人要是狂妄自大到听不进任何话，那他离毁灭也不远了。

于是吃完饭，皇后问皇帝，顾浮的话有没有道理。

皇帝自然是顺着皇后的意思：“顾二不该想着什么事都和人硬来，偶尔也得考虑现实，学会低头和妥协。女子书院若无法建立，她坚持不改开书院的初衷又有什么用呢？”

皇后拉着他的衣袖，改了自称，说：“我想听真话。”

皇帝最受不了皇后改自称，每次她一把自称从“臣妾”改成“我”，他就感觉皇后是在和自己撒娇，旁人听了可能会认为不够恭敬，可他却非常受用，只能无奈道：“利弊分析顾二不都和你说了吗？”

皇后说：“你的话我比较听得进去。”

皇帝实在顶不住，便如她所希望的那样，说了真话：“你们的想法都有道理，目的也都一致，可你……”

他顿了顿，先把皇后拉到自己腿上坐好，用手把人环住，然后才道："可你想过没有，问题和困难是不会因为办法够多而变少的。今时今日你将'开书院难'这个问题解决了，日后书院换了人管理，书院究竟是为什么而建立，就会成为新的问题，留给后世的人去解决。

"你对后世之人有信心吗？"

皇后："……"

虽然这么说有点儿自大，但她真的，更加相信自己。把书院未来的命运交给后人来裁决，她还真不放心。

"我可以在死之前将我建立书院的初衷昭告天下。"

"什么死不死的，别胡说。"皇帝捂住她的嘴，还念了好几句"童言无忌"，然后才回道，"你打算就建一所书院？"

皇后摇头，同时明白了，死前昭告天下这招恐怕没用，除非她这辈子都不打算把书院开出京城。且立院之本哪能说改就改，突然昭告天下，只会让一些人觉得自己被欺骗，越发无法接受女子书院，还不如从一开始就艰难点儿，日后能少些麻烦，少些未知。

皇帝继续道："而且吧……"

还有？

"学生也就罢了，教书先生若是先入为主，觉得女学生稍微学个大概看得过去就行，那你这先生选谁不选谁还有区别吗？"

辛辛苦苦打着瑞阳长公主的名头筛选合心意的教书先生，不就是怕他们看不起女子，不肯好好教吗？

皇后靠进皇帝怀里，默了一会儿才道："我再想想。"

顾家来接穆青瑶和顾浮的马车只有一辆，所以穆青瑶出宫后并未直接回家，而是在马车里等着，直到顾浮从宫里出来。

这期间还发生了一个小小的插曲——安王府的世子从宫里出来，不小心认错马车，险些掀了顾家马车的帘子。

还好顾家的车夫反应够快拦了下来，之后安王世子跟马车里的穆青瑶道歉，穆青瑶身边没丫鬟，只能戴上浅露从马车里出来，落落大方地接受了安王世子的道歉，又三言两语打消了他的尴尬。

安王世子找到王府的马车，发现里面坐着调皮捣蛋的弟弟，就知道定是弟弟干的坏事。果然弟弟见了他就笑："哈哈哈哈，是不是没认出来？顾家的马车和我们家的太像了，我就知道你会认错。”

安王世子抓着弟弟的脖子压在车壁上，做出一副恶狠狠的样子道：“看你哥丢脸还挺得意是吧？”

弟弟嗷嗷乱叫，两人好一通打闹才算完。

彼时马车已经驶出老远，弟弟也不避讳，问：“哥，刚刚那是顾家的表姑娘吧？”

安王世子瞥了他一眼，没说话。

“我偷偷问母亲院里的丫鬟了，母亲有意去和顾家提亲，把顾家表姑娘娶回来给你当媳妇。”

安王世子蹙眉问：“母亲院里哪个丫鬟？敢这么多嘴多舌？”

“哎呀，哥！”弟弟用力拍了下腿，“说正经的，你觉得那姐姐怎么样？”

“不怎么样。”安王世子回忆穆青瑶得体的反应和举止，心中止不住地反感。

先帝干过不少破事，比如给自己不喜欢的儿子找根本配不上他们的妻子。所以安王妃和当今皇后一样，出身都不怎么好，大约是因为越缺什么就越在意什么，安王妃就想给自己儿子找个知书达理、完美无缺的大家闺秀，偏偏安王世子因为幼时见多了别人瞧不起他母亲，所以最不喜欢那种规规矩矩、走个路都像是拿尺子量过的女子，看了就烦。

顾浮从宫里出来，马车缓缓驶离宫门，穆青瑶也放下了手中的书，问：“你看起来不大高兴，是在宫里遇到什么事了吗？”

明明是关心的话，穆青瑶就是有本事把它说得平平淡淡不带一点儿感情，配上她一脸的面无表情，怎么看怎么冷漠。

顾浮说：“同皇后娘娘出现了一点儿分歧，问题不大。”

她不愿细说，穆青瑶就不追问，既不好奇，也不觉得她有事不告诉就是见外，一如既往地无欲无求。顾浮有时候还挺羡慕穆青瑶的，感觉她除了爱干净，就再也没有别的诉求，活得无忧无虑。不过很快，她就发现自己错了，穆青瑶并非任何时候都能保持超然的冷静。

回到家，顾启铮告诉她们，穆青瑶的父亲来了信，说是已经处理好了西北换防，不日就能回京。穆青瑶听说这个消息，居然没像平时那样维持住大家闺秀的伪装，哭得稀里哗啦的。

小胖鸽落到地上，迈着小爪爪一点点靠近，围着她们蹦跶来蹦跶去。

晚些顾浮陪穆青瑶吃了饭。

穆青瑶冷静下来，拿出他们穆家在京城的房契，准备明日旬休出门，找人把常年无人居住的穆府好好打理一番，顺带置备些衣物用品，再多买几个下人回来，免得父兄回家没人使唤。

看穆青瑶没事了，顾浮才去洗澡换衣，踏着夜色前往祁天塔。明日是旬休，她不用早起入宫，可谓天时；祁天塔戒备森严，无人敢随意踏足，是谓地利；傅砚昨天好好睡了一觉，今日若没什么糟心事定也乖乖吃了饭，所谓人和。天时地利人和，她不信今晚还不能将他拆吃入腹。

抵达祁天塔，顾浮问傅砚："好好吃饭了没？"

"吃了。"傅砚抬头看她，问，"不高兴？"

"怎么连你也这么说？"

傅砚抬手，抚上她的脸颊道："别不高兴。"

"没不高兴。"顾浮笑着在他掌心蹭了蹭。

看傅砚眉头微蹙，她只能放下心里那点儿不为人知的迫切，无奈地说起了自己与皇后的分歧。要说这点儿分歧还真不至于让她不高兴，只是心里存了事，难免叫在意她的人看出来。

"我错了吗？"说完，她问傅砚。

傅砚眼都不眨一下就道："你没错，坚持立院根本，方可将你的意志长久地传承下去，不至于被后世之人曲解。"

顾浮笑道："别这么向着我，若叫我坚定了自己的想法，皇后娘娘那边又坚持她的决定，这事说不定得出意外。"

傅砚没说话，似乎是在犹豫。

顾浮亲了亲他的脸颊说："想说什么就说。"

"你可知魏太傅？"

"听说过。"

"魏太傅身份不低，对如日中天的李家又忌惮颇深，是我防着李家做大最好用的棋子，甚至我也经常利用他打压李家。"傅砚说得脸不红心不跳，就好像被他打压的不是他大嫂的娘家一样。

"除他以外还有不少人……不以皇后之名，这般别开生面的女子书院定会惹来数不清的非议，让书院比现在更加艰难。可皇后的名义也并非万能，若不定个无害的立院之本，必会叫有心之人猜忌，且此事一旦失败，之后你要是再想以别人的名义建立女子书院，定会被人疑心这背后有皇后的手笔，到时候就更说不清了。他们会想，这所书院若仅仅是一所普通的书院，皇后为何如此执着？进而越发觉得不妥，为此死谏也不无可能。不要小看那些朝臣，他们固执起来简直能让人恨不得杀之而后快。”

傅砚的话让顾浮陷入沉思，片刻后，她摇了摇头，叹道：“还是再想想，有没有第三条路吧……”

事关重大，她不想赌。

顾浮满脑子官司，不去练箜篌，也没纠缠傅砚，就这么坐着发呆。突然，傅砚轻轻地“嗞”了一声，她迅速回神，看过去，就见他收回手，藏进袖子里。

顾浮伸手道：“拿出来我看看。”

傅砚垂眸，过了一会儿才把手伸出来，说道：“没事，就是被茶水烫了一下。”

“怎么这么不小心？”顾浮让他坐着别动，自己跑下楼去冰井那儿取冰，泡水给他浸手。

傅砚看到她为自己跑上跑下，还去找一叶要烫伤的膏药，全然没了方才发呆时的满脸凝重，暗自心想：娇气就娇气吧。

顾浮将傅砚的手从冰水中拿出，用帕子擦干，随后才打开装着烫伤膏药的瓷罐子，将凉凉的膏药涂抹在他的指腹上。指腹是傅砚自己掐红的，之后泡在放了冰块的冰水里，又冻得通红，所以顾浮也没怀疑，抹完还吹了两下。她的唇距离傅砚的指尖很近，近到只要他动一动手指，就能把一触即化的湿润药膏抹到唇上。

傅砚忍住了没动，之后顾浮放下他的手，看向面前的桌案，问：“别拿笔了，要写什么我帮你。”

傅砚将手收回袖中，应道：“好。”

可应“好”之后，他并未从桌前离开，而是腾出位置，往后挪了挪，让顾浮坐到他腿间。其实他更想让人坐到自己腿上，可惜他这桌子是矮桌，平日自己也都是坐在软垫上，要让顾浮坐他腿上写字，姿势定然不好受，所以只能退而求其次。

傅砚表面不显，心里却是遗憾，还琢磨着明日就叫一叶、一花搬套寻常桌椅来，还得叮嘱他们椅子只要一张，心里的小算盘打得“啪啪”响。

顾浮坐到傅砚身前，感受着背后温热的身躯与腰间环绕上来的手臂，不由得放下苦恼，开始心猿意马，蠢蠢欲动。可她又怕会耽误傅砚处理公务，便只能忍着，在傅砚的口述下执笔往奏报上写批注。

顾浮的字说差不算差，说好也没多好，不够娟秀飘逸，但胜在手够稳，写起馆阁体来工工整整。她写的同时，傅砚还能一心二用看下一本，速度很快，往往她才照他口述写完一本，他就已经看完三本了，导致顾浮开始担心，怕他分神出岔子。

谁知顾浮拿起下一本，傅砚只需扫一眼确定内容，便可将打好腹稿的批注说出，字句流畅简洁，听得人只想拍案叫绝。

两人就这么一个看奏报，一个写批注，不到亥时便把堆成小山的奏报清理一空，完了傅砚还让顾浮替自己写封信，抬头是“吾兄惠鉴”。不过看信的内容，应该不是写给皇帝的，顾浮有些好奇，便问了几句。

傅砚告诉她：“我有个师兄，如今在外云游，他最擅长坑蒙拐骗，叫他回来或许有用得上的地方。”

写完信，一叶上来将奏报和信一同拿下楼。顾浮放下笔，揉了揉手腕，直到耳边听不见一叶的脚步声，才道：“既然事情都处理完了，不如……早点儿睡？”

这话听着寻常，却像是在寂静无声的夜里，往干燥的草堆上扔了个火把。火把上的火先是被落地时带起的风惊动，瑟缩着变小，随后才缓缓烧开，攀着枯黄的草燃起炙热的焰火。这把火烧进了傅砚心底，烧得两人都开始觉得有些闷热，急需一场大雨，或别的什么来降降温，才能舒坦。

“好。”傅砚的声音响起。

应当是他的声音吧？顾浮想，因为听起来和平时不大一样。算了，管他呢。她撑着桌面准备起身，谁知傅砚先她一步，直接将人抱了起来。

顾浮只在刚从军那会儿被老兵往地上摔打时，体会过身体突然腾空的感觉，这会儿重温，险些没条件反射，把制敌的功夫用到傅砚身上去，还好她忍住了。不过她没忍住嘴里的惊呼，可惜这惊呼声听起来不像是被人突然抱起的娇弱姑娘，更像军营里的兵没事围一块儿摔跤，看到谁把谁掼到地上而发出的声音，非常破坏气氛。

可傅砚却扬起唇角笑了，顾浮则一点儿自觉都没有，搭着他的肩问：“重不重？”

“还行。”傅砚抱着她朝楼梯口走去，看着也不费劲儿。

“如果是我刚回来那会儿，你肯定抱不起来。”

顾浮回来后从没停过习武操练，可不知为何就是吃得比原来少，因此整个人都轻了许多。

傅砚抱着她下楼梯，许是觉得不用自己动腿闲得慌，顾浮非要找点儿事做，小嘴“叭叭”不带停，还哪壶不开提哪壶：“对了，我也抱过你。上回提这事你还生气来着，直接把我轰下马车了。”

傅砚脚步微顿，随即加快步伐，进屋后直接用脚把门踢上，接着转身将人放下，把她压到了门上。门闩抵在顾浮后腰，她反手把门闩上，与低头的傅砚蹭了蹭鼻尖……

夜晚从未如此漫长，好不容易两人偃旗息鼓，床榻已经不能睡人了，两人便去了卧房对面的另一个房间。

顾浮也是这才知道，六楼不仅傅砚的卧房有床，对面的房间里也有，不过对面的房间布置太过华贵，傅砚不喜欢，所以从来没去睡过，不承想如今倒是派上了用场。

第二天辰时，在五楼值夜班的一叶红着脸硬着头皮跟来接班的一花交代了一下：“大人的卧房我已经收拾好了，厨房那边我叫他们熬了什锦粥放炉子上温着。还有热水和衣服，也都已经备好。就是下面的人你得看着，来谁都不见，除非是陛下急召，就是李大人过来，你也不能让他上楼，不然大人定会生气……你、你是头一回见侯爷，倒也不用怕，她挺好说话的。”

一花个子比一叶还高些，也穿着道袍，此时垂首站着，认认真真听他把该交代的事情都交代完。

房间里，与顾浮相拥而眠的傅砚率先醒来，下床后披上外衣去看卧房，就见里面已经被收拾齐整，屏风后头的浴桶里也倒满了热水。他折回去把顾浮抱起，回房间洗澡换衣服。顾浮也由着他抱自己，只在揉捏她腰侧时“嘶”了一声。

洗好澡换好衣服，顾浮也不再装死，坐到梳妆台前研究怎么梳头发——一叶给她准备的是一套裙装，总不能像穿男装一样随手扎个马尾。然而连辫子都编不好，注定没这份手艺，还是傅砚拿过梳子，给她梳了个简单的发式。

顾浮惊道：“什么时候学的？”

“没学过，只在出门时看见有人的头发是这样的，感觉很简单。今天也是第一次梳，果然不难。”

“……”可能这就是命吧。

傅砚还在她头发上簪了支发钗，顾浮看着，突然想起昨晚他们俩头发打结在一块儿，因为顾不上，就硬生生扯断了。她觉得下回在床上还是不把头发解开好些，不然打结一次扯断一次，早晚得秃。

收拾好后，一花适时出现在门口，询问他们是要在屋里用早饭，还是到楼上。

傅砚："端楼上。"

一花："是。"

傅砚转身，拉着顾浮的手走出房门，上楼吃早饭。些微的不适让顾浮走起路来不如以往自然，傅砚想抱她上去，让她笑着骂了一句："我腿又没断。"

顾浮不懂，这不是她能不能走的问题，而是傅砚就想抱她，好让她别老记着五年前抱过自己的事情。

吃早饭前，顾浮还写了张条子，让秘阁的人给顾启铮送过去，免得她爹发现她一宿未归，又担心。

"你今天有事吗？"傅砚问。

顾浮摇头，傅砚便道："那留下陪我吧。"

"好。不过明天晚上我可能会来晚一点儿，我舅舅要回来了，青瑶叫我明天下午陪她去一趟穆家的老宅子，还要帮她整理契书和账册，多少得花点儿时间。"

傅砚自然不会有意见，只是提起穆青瑶，他想起了一件事："你舅舅在西北娶了续弦，还生了个女儿，不过送回的书信上，从未提过此事。"

穆青瑶的父亲穆衡娶续弦这件事，顾浮也是头一次听说。

西北和北境接壤，甚至可以算是北境向西边延伸的一部分，顾浮当上北境统帅后，自然也见过自己这位舅舅。当时她还想，即便舅舅离京时自己还小，模样与长大后有所差异，但毕竟是亲戚，舅舅定会觉得她面善，加上她从未更改过姓名，舅舅必然能认出她。她甚至都想好了对策，要如何制止穆衡惊讶之下道破自己的身份，如何劝服穆衡替自己隐瞒性别、来历，以及穆衡要是不肯听从，自己该如何威逼利诱。

她把一切都准备得妥妥当当，却万万没想到，穆衡确实觉得她长相面熟，也曾因她同自己外甥女同名而感到惊异，可却怎么都没往"北境统帅就是自己外甥女"的方向想。对此她又好气又好笑，索性不和他相认。

之后第二次会面，商量完正事的穆衡向她打听起家世背景，就在顾浮以为对方终于开窍，准备摊牌的时候，穆衡突然说起了自己家里的事情。他说自己有个女儿，自小在京城长大，与她年龄相配，问她要不要和他结亲，当他的女婿。

顾浮当时就傻了。偏偏穆衡还挺有恒心，弄得她每次一商量完正事就跑，拼尽全力躲着他，希望他能打消把穆青瑶嫁给自己的念头。

北境的那些人常拿此事打趣，顾浮勒令他们不许瞎说，免得败坏人家姑娘的名声，并不许他们瞎掺和。但凡有谁被穆衡拜托来当说客，都会被扔出营帐，久而久之便没人敢在她面前随意提起穆家的事。大约是因为这样，她还真不知道穆衡在北境娶了续弦，还生了个小女儿。

而且她不知道就算了，穆青瑶也不知道算怎么回事？娶妻续弦生孩子这事还要特意瞒着自己女儿吗？

顾浮隐隐有些不安。

吃完早饭，她在祁天塔陪傅砚待了一个早上。和夜间的祁天塔不同，白天的祁天塔风景格外不错，来的人也多，其中甚至有李禹的二叔——李于铭。

顾浮担心被人发现不好，就去换了件男装，还跟秘阁武卫借了面具，伪装成武卫的样子在傅砚身边待着。

快中午的时候，傅砚出了趟门，他穿着那件带兜帽的外衣，坐着低调的马车，先后去了大理寺和刑部，最后又去了内阁。顾浮一路跟着，隐约听出他在忙青州贪腐一案。又是青州，真不愧为大庸最富庶的地界。顾浮心想，顺带拉着忙起公务就忘记吃饭的傅砚去吃午饭。

饭后皇帝召见，傅砚便带着她入了宫。按照规矩，武卫是不能跟着一块儿入宫的，可皇帝似乎知道傅砚今日的武卫是谁一般，特地派赵公公在宫门口等着，把两人一块儿叫了进去。

午后的日头依旧毒辣，半点儿没有过了处暑就该“出暑”的意思。听说有些人家储藏的冰都不够用了，导致外头冰价飞涨。

顾浮跟着傅砚一块儿步入宫门，顶着太阳一路走到含凉殿，并在半路上后知后觉发现了异样——傅砚得陛下优待，即便没什么急事，入宫也可乘坐步撵，怎么这次会让他就这么一路走过去？

她尝试向赵公公打听，赵公公一脸为难，过了会儿才抬手指向宫城外的祁天塔，小声问他们：“侯爷昨日，可是宿在了祁天塔？”

“……”她好像知道皇帝找他们干吗了。

两人入殿行礼，皇帝并未叫起，让他们俩在地上跪着。片刻后有大臣觐见，皇帝顾及国师的面子，就让他俩到偏殿去跪，于是二人又挪步去偏殿。

两人在偏殿跪了大约一个时辰，皇帝才让赵公公把他们叫回正殿，并劈头盖脸就是一顿训斥——

“朕知道你们俩骨子里都叛逆得很，可行事也该有个度吧？平日厮混也就罢了，留宿也无妨，只要不逾矩，朕就当不知道。可你们呢？！男未婚，女未嫁，竟敢如此肆意妄为！！”

不出所料，皇帝之所以这么生气，是因为知道了顾浮昨晚夜宿祁天塔。要说她也不是第一次留宿了，偏偏昨天被抓，可见皇帝非常清楚他俩昨晚做了什么。

顾浮低头，没敢说话，倒是傅砚，格外理直气壮：“如今距离婚期不到半年，陛下若是担心出什么意外，可以提前婚期。”

皇帝发火：“别想朕事事都顺着你！婚期不改！还有你们俩，以后都给我规矩一点儿！顾浮去祁天塔可以，但是不许过夜！”

傅砚抿唇，显然非常不乐意。

顾浮也瞪大了眼睛看向皇帝，见皇帝黑着一张脸，又不得不低下头去乖乖受训，同时她也反应过来，皇帝刚刚叫了她的名字。姑娘家的名字一般不好随便乱叫，也就只有父母、长辈和丈夫、姐妹会挂在嘴边，也不知皇帝是气急了没注意，还是又把她当成了男子，以皇帝的身份在给忠顺侯下命令。

然而皇帝骂得虽凶，转头又找借口，往顾家派了位太医，并让太医每天早上都给她诊脉，若是不巧这一次就怀了孩子，他也只能捏着鼻子如傅砚所愿，让二人的婚期提前。太医还带了膏药，说是擦膝盖的。

“感觉像多了个爹。”顾浮拿着药膏，到穆青瑶院子里擦。

穆青瑶趁着旬休在外忙了一天，就为让父兄归京能住得舒坦，此刻闻言头也不抬，盯着账册打算盘，很是敷衍地回了一声：“嗯。”

顾浮看她忙得专注，低头抹了会儿膏药，终于还是没忍住，开口道：“青瑶，我白天从望昔那儿知道了一件事，和你爹有关。”

穆青瑶这才抬头看她：“什么事？”

顾浮实在想不到委婉之词，只能直言：“你爹在西北娶了续弦，还给你生了个妹妹。”

穆青瑶愣住，过了片刻才自言自语似的呢喃道：“我爹从未和我说过。”

“我也是头一回知道。”顾浮抹好药，把药瓶子塞好放到一旁，起身走到穆青瑶身边坐下。

穆青瑶缓缓回神，道：“许是怕我不高兴吧，没关系。只是如今知道了，少不得再多备些丫鬟、嬷嬷，院子也要多整理两个出来，不然她们没地方住，人手也不够使唤。”

穆青瑶难受不假，可和父兄团聚的喜悦足以覆盖她所有的不满，所以她很快就整理好了心态，第二天下学便先去了穆府，叫下人多整理出两个院子，然后才去东市采买。采买完，马车从东市出来，准备回曲玉巷。不承想车夫半路停车，说前边的众齐街堵了，问是要等道路清理出来，还是绕小路回去。

顾浮不耐烦等，就说：“绕路。”

要说京城道路四通八达，小路无数，众齐街堵了，定然还有其他人和他们一样绕道而行，偏偏运气不好，走的小路格外僻静不说，居然还遇到了拦路的地痞。

“齐泽？”邀了人出门喝酒的翼王轻唤窗户边的安王世子闻齐泽。

闻齐泽转头看向翼王，就听面容儒雅和气的翼王问：“怎么了？”他摇头的同时关上窗户，起身道：“我去更衣，失陪。”

闻齐泽和翼王喝酒的酒楼位置不大好，窗户推开，下头没什么景色，只有一条僻静的小街。所以从那几个地痞聚集开始，闻齐泽就一直留意着，也看见了那群地痞拦下了顾家的马车。他想起前日见过的顾家表姑娘，当即找了个借口下楼。

可他怎么都没想到，当他从酒楼正门出来，绕到酒楼背后的小街后，看到的不是拼死抵抗的顾家车夫和随行侍卫，也不是慌张尖叫的顾家姑娘，而是倒了一地横七竖八的地痞混混，以及头戴浅露，弯腰拍了拍裙摆的……顾二姑娘。

应当是顾二姑娘，早就听闻这位会武功，曾在御前力战外邦武将，今日一见，果然名不虚传。

顾浮也留意到了他，正要开口，马车帘子突然被人从里面掀起，一个未遮面的姑娘坐在马车里，面无表情，说话的声音和前日见过的顾家表姑娘一模一样，但语气却截然不同：“你衣服脏了。”

闻齐泽心想：重点是这个吗？

顾二姑娘回：“嗯，不小心被蹭到了，你不至于不让我上车吧？”

“别挨着我就行。”

闻齐泽隐约察觉哪里不太对，又听顾浮问：“这些人怎么办？”

“扔去衙门也不过是关几天，传出去对我们也不好。”

闻齐泽蹙眉，不大赞同将这些人就这么放走。顾浮也是这么想的，就说："那找地方埋了？"

穆青瑶非常配合地接了句："我知道城外有片林子，近来天气热，也没什么人去。"

闻齐泽傻眼，终于开口道："两位……"

穆青瑶这才发现有人，飞快松手放下了帘子。

闻齐泽顿了顿，道："这些人虽然可恶，但也罪不至死……"

顾浮看向他道："知道，刚刚那些话是开玩笑的。"

闻齐泽默然无语，这是他听过最凶残的玩笑话。他不说话了，顾浮却有问题想要问他："你是？"

闻齐泽做了自我介绍，并道："在下方才在楼上喝酒，看见你们的车被拦，这才过来看看。"

——完全没想到这里根本不需要他。

"喝酒？"

"对，就是这家……"闻齐泽转头看向小街旁的酒楼，结果一眼就看到了酒楼上边开着窗户往下看的翼王。翼王笑得一脸温和，还朝他们招了招手。

酒楼外墙雪白，圆窗后的青年儒雅俊逸，像极了高雅洁净的玉兰花，按说该让人生出几分不敢靠近的疏离，偏他脸上又带着温和的笑意，瞧着格外平易近人。

"那位是？"顾浮问。

"翼王殿下。"

顾浮愣了一下才反应过来，闻齐泽说的是"翼王"，而非同音不同字的"翊王"。不过两人还是有点儿关系，翼王的父亲正是九年前谋逆的先帝第七子——翊王。

当年翊王府因谋逆被抄，翊王妃在府里放了场大火，还将年龄相近的家仆伪装成自己的儿子翊王世子，让他逃过死劫，也让他在外流落了三年。直到六年前陛下才将其找回，并看在叔侄一场的分上，将他父亲的亲王位传给了他，还特地改了个同音不同字的封号，意思是他虽为翊王之子，但不会受其父影响。那会儿顾浮还没离家，所以她记得非常清楚，当时京城为这件事闹得沸沸扬扬。

后来她去了北境。一次，郭兼喝醉了和她胡侃，说陛下这一步棋走得妙，在三年铺垫后利用翊王的遗孤来展现仁慈，让逐渐无法压制皇帝的世家大族以为只要收手，陛下就会给他们一条活路，从而心生退意，甚至通过出卖对方来投诚。

结果就是被清算得一个不剩。

顾浮收回思绪，对闻齐泽道：“今日之事，希望世子同翼王殿下能当没看见，免得让人知道了，说出去以讹传讹。”

顾浮自是不怕的，她“凶名在外”，连外邦武将都输在她手上，若说打不过几个地痞混混，旁人根本不信。可穆青瑶不同，若有人特意将她从此事中摘出去，让穆青瑶一个弱女子成了谣言的主角，显然不是什么好事。

闻齐泽应下，并保证会亲自把这些地痞绑了带去衙门。他在衙门有熟人，打声招呼的事情，自然会叫这群混账东西吃点儿苦头，并乖乖闭嘴。

“有劳世子。”

他们说话的时候，车夫和侍卫将倒在地上的地痞拖到一边，清出了可供马车通行的道路。顾浮踏上马车，掀开帘子后看到车里捂着脸的穆青瑶，顿了顿，又回头看向闻齐泽，就见闻齐泽避嫌似的侧过身，没往马车这边看。

车夫驱车离开，直到拐弯上大路，顾浮才道：“别捂了。”

穆青瑶依旧捂着脸，没动，只道：“你让我缓缓。”

穆青瑶习惯了在外人面前装大家闺秀，即便偶尔耍耍小性子，那也基本是她装出来的，分寸拿捏十分得当。被不熟悉的人撞见自己那副要死不活的样子，还是头一回，所以她现在有点儿不大好，需要冷静冷静。

顾浮知道她会自己调节情绪，便也不管。果然马车在顾家门前一停下，穆青瑶立刻放下手，脸上看不出任何异样，就好像刚刚什么事情都没有发生，他们只是绕了路，然后就一路平安无事地到了家。

用完晚饭，顾浮回飞雀阁换衣服，准备去祁天塔。翻窗离开之前，绿竹还特意叮嘱：“姑娘，记得早些回来。”

“……”

她算是知道了，表面上李于铭是秘阁的指挥使，暗地里傅砚是秘阁的头头，但实际上，皇帝才是秘阁真正的主人，一声令下，全都盯着不让她在祁天塔过夜。

然而顾浮没想到，更妙的还在后头。

傅砚曾经想过，把自己常用的那张矮桌换掉，换成半人高的桌椅，这样就能把顾浮抱腿上坐。可等桌椅被搬上祁天塔七楼，他又将桌椅扔到了角落里，因为一叶、一花得了皇帝口谕，无论白天黑夜，但凡忠顺侯在，他们俩就必须时时留意，不能再叫两人没了规矩。

那他还费事换什么桌椅？

顾浮不知道这事，见一叶得了闲也不下楼，还好奇地问：“在这儿待着做什么？”

一叶憋半天憋出一句：“是陛下的意思，叫我看着二位大人。”

顾浮猛地扭头看向傅砚，傅砚点了点头，她这才明白皇帝是真的铁了心，说什么也不许他们再胡来。

为此她弹了一个时辰的箜篌，自以为是在借乐抒情，表达满腔悲愤，却不知一叶被折磨得有多想从楼上跳下去。反倒是外头屋檐上的秘阁武卫，早早就听习惯了，此刻再听，连呼吸都不带乱的。

按说解了馋，两人都该消停些，偏偏皇帝发火让他们罚跪，还叫一叶盯梢，反倒叫两人又惦记起。或许皇帝说得没错，这两人就是叛逆，越不让他们干什么，他们就越想干什么。

翌日，顾浮入宫上课，有姑娘在讨论昨日的选麟票数，也有姑娘带了自己买到的画像来做交换，互通有无，还有几个姑娘聚在一块儿，说起了京城这几日被总结出来的种种奇异怪事——

比如，去年腊八，英王府遭了刺客，英王还险些被国师当成刺客一箭射死，那刺客至今也没抓到。但听说自那之后，常有住在宣阳街的人表示，能听见自家屋顶被人踩踏的声音，可出来一看又什么都没有。便有声音嚷嚷着那不是刺客，而是鬼魂，不然怎么会到现在都抓不到人？

还有说书先生把此事编纂，添了不少乱七八糟的情节上去，说国师大人怎么可能失手，那一箭定是瞄准了刺客，可惜刺客不是人是鬼，所以箭矢才会穿透刺客落到英王身上去。

围一块儿讨论的姑娘里面，有一个家住仁安巷的还说：“绝对是真的，就去年腊八晚上，我看到有个黑影在我屋外的窗户边，吓得我险些哭了。后来我壮着胆子去开窗，外头却什么都没有，你们说奇怪不奇怪？”

罪魁祸首顾浮，心虚地喝了口茶。

又如，近些日子很受欢迎的一家酒铺，卖酒的掌柜常说他们家酒铺刚开那会儿，曾在夜里丢了一坛酒，但在摆放酒坛的架子上发现了一袋子酒钱。于是便有人说这家的酒好喝，好喝到连神鬼都爱喝。

顾浮听着耳熟，便向她们打听：“什么酒这么厉害？”

姑娘们告诉她：“说是叫黄沙烫。”

“……”

破案了，那坛酒是被她拿走的，酒钱也是她留的，顾浮还记得那天正好是大年三十，她把酒带到了祁天塔，分了傅砚一碗。如今这事会被传出来，多半是郭兼又缺钱了，便拿这桩旧事做噱头，好让人去买他家的酒。

此外还有城南废弃无人的宅子里半夜传来诡异的歌声；西市码头的船只上明明没有载多少东西，却吃水过重；还有入京述职的官员遇到个江湖骗子，把骗子扔水里之后，骗子没有挣扎，直接沉底不见踪影……加起来有七八起。

顾浮确定其中只有两起和自己有关，便没放心上，只当听个乐。下午皇后召她去凤仪宫，上次两人因分歧不欢而散，这次见面竟都选择了退让。

皇后说："没有什么路是好走的，若能让后人少些磨难，如今辛苦些也没什么。"

顾浮也说："想个折中的法子吧，不改换初衷，但也无须将我们的图谋就这么摆到台面上。"

两人一拍即合，寻起了第三条路。

中途景嬷嬷端上茶点，皇后突然想起什么来，问："我侄儿近来可有去找你？"

皇后的侄儿？李禹？

顾浮摇头，并后知后觉地反应过来，顾家二姑娘的身份可和李禹没什么关系，李禹没道理特意来找她，除非……

她试探着问："李禹……知道了？"

皇后面带苦笑，点了点头。可当顾浮追问李禹是什么反应时，她却又说不出话，只长长叹了一口气。

宣阳街，朝着祁天塔驶去的低调马车突然沉了一沉，驾车的车夫来不及停车，扭身掀起车帘的同时，拔出了藏在靴子里的短刀。

"哟哟哟哟哟！"不速之客发出一串怪叫，并很没形象地退到了马车最里面，让端坐车里的傅砚替他挡刀。

傅砚道："退下。"

车夫这才收刀，并打了个手势让藏在暗处的人不用出来。

"小师弟，日子过得不错啊。"不速之客慢悠悠地出来。

此人样貌寻常，算不上好看，但也算不上丑，属于丢进人群里一眨眼就找不到的类型。但他身上穿着一件雪白的道袍，若是个哑巴，不会胡乱叨叨，就很有几分飘逸出尘的气质。

傅砚称呼他：“师兄。”

傅砚的师兄，蓬莱仙师座下大弟子——司涯不客气道：“说说，找师兄来什么事？”

“帮我骗人。”

司涯大袖一挥，爽利道：“简单。骗谁？”

傅砚轻描淡写地说出一句：“全京城的人。”

司涯愣住：“啥？”

“具体的你随我入宫再说，这也是我一个人的主意，得另外三人同意才行。”

司涯越听越蒙：“还得入宫？不是，什么叫你一个人的主意？另外三个人又是谁？”

傅砚简单说了一下顾浮与皇后如今遇到的难题，并道：“只要陛下与娘娘，还有阿浮同意，剩下就看你的了。”

司涯和傅砚是两个极端，他不仅爱笑爱说话，还很没正经，因此听完这话，他的注意力全落到了两个字上：“那个‘阿浮’就是你媳妇对吧？”

“嗯。”

司涯嘿嘿一笑：“这名字不错。来来来，把她生辰八字告诉我，我给你们俩算算。”

傅砚知道自己这个师兄别的不会，信口胡说哄人开心的功夫一流，明知道是假的，但还是想听些好话，便和他说了。

司涯装模作样地掐指摇头，说道：“哟，你俩前世还有过一段缘，不过吧……啧啧，你们俩上辈子不得善终，所以才有了这辈子。放心放心，这辈子你们定能携手一生。”

谁知傅砚那张不染凡尘的皮囊下藏了颗对顾浮极其贪婪的心，即便听司涯说他俩这辈子能一直在一起，也还是对“上辈子不得善终”这几个字感到了非常大的不满。他半点儿没有顾及同门情谊地说：“再胡说，我割了你的舌头。”

“好好好，不说就是，凶什么？”司涯大声嘟囔，生怕傅砚听不到，“本来头发就白了，别再气出皱纹来，不然年纪轻轻就跟个老头似的，小心弟妹不要你。”

顾浮见皇后有口难言，想着她毕竟是李禹的姑姑，不愿自己侄子在曾经的上峰面前丢脸也属正常，便不再追问。话题从李禹身上拉回来，两人正想继续商讨书院之事，景嬷嬷又来传话，说陛下那边召她们二人过去。

皇后问："陛下可曾说是什么事？"

"没说。但奴婢问了来传旨的小喜子，小喜子说国师带了一个人入宫面圣，随后陛下就让他来召娘娘了。"

傅砚？

顾浮心里纳罕，跟着皇后一块儿去了含凉殿。

含凉殿依灵瑶池而建，宫殿背后是一座巨大的水车，将池子里的水运送至宫殿顶端，可让池水顺着屋顶铺设的水道自屋檐落下，在宫殿外形成雨帘来达到降温解暑的目的。

顾浮跟着皇后入内，瞧见御座之下立着两个白衣青年。其中一个自不必说就是傅砚，满头的白发用一条缎带整齐地束在脑后，眉目如画，气质如仙，光是站着一动不动，也能让人瞧出他身上满满的疏离与冷淡。另一个没见过，样貌也普通，但浑身都带着一股子无害喜庆的意味，叫人很难心生戒备。

看到顾浮过来，傅砚脸上的冰寒慢慢消融，并在同她对视后，两人一块儿微微扬起了嘴角。

司涯虽知道傅砚很喜欢他那未过门的妻子，但亲眼看见了，还是不由得摸起了下巴，啧啧称奇：这还是自己那个冷酷无情的小师弟吗？可别是被人夺舍了。

不等司涯动手验证，皇帝便开门见山，将傅砚提出的主意说了——

近来京中异闻诸多，都是傅砚叫人网罗后散播出去的，就是为了初步验证他的办法是否可行。最后效果不错，无论是百姓还是高门，都对类似的传闻很感兴趣，不管信不信，聚一块儿都能说上两句，还有越说越离谱的倾向。

于是傅砚就想，何不借鬼神之说，助她们一臂之力，这样既不用拿完全背道而驰的理由打掩护，也不用将建立书院的真实目的摆在明处，成为众人攻击反对的靶子。

不过此事不算小，要想骗过全京城的人，光皇后和顾浮同意不够，还得皇帝点头才行，毕竟历朝历代涉及鬼神之说的事件，大多都和皇权更迭有关。例如前朝太祖起义，追随者众，就是因天降大雪，雪融后地面出现了“神谕”，这才让前朝太祖能顺理成章，反了前前朝的昏君。

这种把戏本朝的开国皇帝也用过，还不止一次，怎么玄乎怎么来，硬生生把自己从“反贼”改成了“天命所归”。

这个办法皇后和顾浮还真没想过，心动的同时，也把目光投向御座，看向最后能拍板的皇帝陛下。跟忐忑的顾浮不同，皇后知道这件事多半是稳了，不然不会把她们叫过来。

果然皇帝没有反对。但不是因为他和皇后一样对女子学院有执念，而是从中发现了可以利用的地方——都说“奇闻异事”，光有“奇闻”怎么行，自然还得有“异事”发生，才能叫人信以为真。这些“异事”可以是大雪后突然出现在地上的“神谕”，可以是月圆之夜白狐口吐人言，也可以是返京官员身藏鬼祟，入京之后抵御不住龙气，深夜把自己反锁在屋内，暴毙而亡……

京城迎来了久违的狂风暴雨。因风雨太大入宫不便，皇后暂时停了瑞阳长公主的课，让她们这些伴读免了风里来雨里去的艰辛。不过顾浮还是会在晚上照常去祁天塔，对此傅砚倒是不大希望她来，怕风大雨大，出什么意外。

“放心吧，这点儿风雨算不得什么。”顾浮换下了被雨淋湿的衣服，上楼后一面擦头发，一面转头看向一叶，问，“我换下的衣服还扔在地上呢，你不去收拾收拾？”

一叶满脸为难，最后只能跑下楼去，并特地说了句：“我马上上来。”

一叶一下楼，顾浮就扔开擦头发的棉布，拉着傅砚的衣襟就往他嘴上亲。傅砚也格外珍惜一叶不在的短暂时光，和顾浮交换了一个极尽缠绵的深吻。

“呀呀呀！”楼梯口突然响起的夸张声响，让两人险些咬破对方的嘴唇。

顾浮放开傅砚，侧头看向楼梯口，就见傅砚的师兄司涯站在那儿，双手捂着眼睛，一脸非礼勿视的羞涩模样。

“……”

真要觉得不好意思就赶紧走啊！

可她到底没把心里话吼出来，毕竟这位是傅砚的师兄，且据他所说，这位师兄和他关系不错。

傅砚就没这么多顾忌，朝着楼梯口就是一个字：“滚！”

顾浮开始怀疑，他们俩关系真的好吗？

司涯放下手，义正词严道：“那不行，我得看着你们俩。这还没成亲呢，可不能坏了规矩。”

傅砚脸上写满了“我听你胡扯”五个大字。一个到处坑蒙拐骗的江湖骗子，居然还敢和人讲规矩？

司涯半点儿不在意，反而还挺高兴。

接着一叶也回来了，顾浮只能乖乖捡起方才扔开的棉布，老老实实把头发擦干。

一叶为三人奉上热茶，司涯此人虽然不着调又话痨，但干起事来还是靠谱的。稍微插科打诨一阵后，三人商量起了如何造谣传谣的事情。然而顾浮没想到，在各色惊悚诡异的谣言传开之前，穆青瑶被地痞拦车的事情先被人捅了出去。

她听到消息的当天下午，安王世子闻齐泽就顶着大雨找上顾家，让顾浮替他向穆青瑶道歉，并保证自己绝对没有将此事说出去过，还顺带替翼王的人格做了担保。那么问题就只可能出在那几个地痞混混和教训他们的捕快身上。

“我一定查清此事，给穆姑娘一个交代！”闻齐泽许诺后上马离开，别说伞，连顶斗笠都没戴，可见是被气得不轻。

顾浮站在顾府侧门门口，看着闻齐泽的身影消失在雨幕之中，心里感叹：这人也太老实了，难道就没想过，可能是我们这边不小心走漏了风声吗？

当然她们两个是不可能的，剩下就是当天在场的车夫和侍卫……

顾浮去找李氏，意外得知车夫从昨日起便不见了踪影，她惊觉不对，不仅让绿竹找秘阁的人帮忙调查，还拜托了今日上门的戚姑娘，让郭兼那边去找监门司帮着留意一下。戚姑娘今日上门是她找人去请来的，主要是想通过戚姑娘，向郭兼打听李禹知道她身份后的反应。

要说禁军的事情，向傅砚打听也是一样的，但自从在含元殿偏殿撞见李禹，傅砚就对他充满了敌意。顾浮虽然品不出这股敌意是怎么一回事，但还是遵从了内心升腾而起的求生欲，找了目前跟禁军斗得如火如荼的郭兼打听。

郭兼也正想吹嘘自己如今有多春风得意，生怕妻子记不住话，特地将想说的写在了纸上，让妻子带了来。

顾浮看到戚姑娘掏出厚厚一沓纸，还以为李禹怎么了，结果看完才发现，纸上写的都是郭兼如何带着他手下的赤尧军韬光养晦，最后终于找到时机在皇帝面前崭露头角，抢了禁军几件差事，隐隐有要和禁军比肩的势头。

这才短短两个月，郭兼能做到这个地步是顾浮没想到的。但她翻来覆去看了几遍，发现其中并没怎么提到李禹的情况，更多是嘲讽。她确定纸上就写了这么多，只好转头去问戚姑娘。

李禹出身不凡，又未娶妻定亲，是夫人们口中议论最多的佳婿人选之一。戚姑娘混迹在后宅妇人之间，自然也听说过一些有关他的事情，便说道："都说他近来很古怪。"

"古怪？"

戚姑娘努力回想，勉强拼凑出了个大概，顾浮这才知道李禹前阵子突然称病告假，还在告假期间在大街上打了人，但此事被压了下去。戚姑娘也是从京兆尹夫人口中听来这一消息，之后李禹还办砸了几件差事，不仅被皇帝训斥，还被李家老爷子动了家法。

这么糟心，难怪皇后不肯说。

旁人口中只一句"古怪"，只有李禹知道他自己经历了什么。那日他想起堂哥李锦手中有花重金求来的顾家二姑娘的画像，便丢下友人直接下楼去找。可李锦却因为顾二姑娘如今是国师的未婚妻，以为他堂弟突然问起这事，是要他把画给毁了，便撒谎，说自己那画早早就被父亲——也就是李禹的二叔发现，扔火盆里烧了个干净。李禹虽然遗憾，但也莫名地松了一口气。

直到某次去六部提人，他意外得知了顾家大少爷的名字——顾沉。

莫名地，他就想到了顾浮。

他鬼使神差地去找了被革职的前禁军副统领吴怀瑾，吴怀瑾同顾家二姑娘交换过庚帖，自然也知道人家姑娘的闺名。于是他终于发现，顾家二姑娘的名字就叫顾浮。

没人知道他那天是怎么回的家，等反应过来他已经闯入了李锦的院子，还不顾院里丫鬟的阻拦，把院子搜了一遍，然后搜到了那幅被藏起来的画。他看着画上翩若惊鸿的女子，整个人像是被雷劈过一般，脑袋一片空白。

过了许久，有什么在他脑海里浮现，那是他在北境从军时的记忆，记忆里的顾浮半点儿没有画上的精致和艳丽，不仅穿男装，还成天混在男人堆里，虽然看着瘦弱了一点儿，但因为她在战场上表现勇猛，所以从来没人怀疑过她是一个女人。

顾浮和他不同，身边常有人跟着，那些人和她勾肩搭背，嬉笑怒骂，关系很好。当然也有人和她起过冲突，可打过一架后又莫名其妙混到了一块儿。

顾浮性格好起来很好，没事还会给人画画，画他们老家的爷娘妻儿，有倒霉事也都跟着一起扛，可性格混账起来又特别混账，但对她咬牙切齿的，也多是和她有过命交情的兄弟。

顾浮有很多怪癖，比如夏天不下水，喝酒喜欢下很重的赌注，看着没心没肺，但有熟悉的人死了，她总是会很安静，明明没哭，却看起来很难过。

顾浮杀敌很凶，就跟不要命一样，偏生武功又高，所以没命的往往是遇上她的敌军。

…………

李禹就这么看着顾浮从一个不起眼的小兵到斥候，一点点，一步步，以旁人无可匹及的姿态越过他，走到了前头。奇异的是，当看到曾经在他之下的人成了他的上峰时，自己竟感觉不到丝毫的嫉妒和不甘，甚至有种理所当然的骄傲。

若可以，他想活成她那样。

大雨接连下了好几日，好不容易雨停，虽然没出太阳，阴沉沉的天空看得人心里难受，但也让因为大雨好几日没法出门和即便下大雨也要出门的人都松了一口气。可对某些人而言，下不下雨并不重要，哪怕雨水把京城给淹了，也和他没关系。

剔透的水珠自屋檐上淅淅沥沥地落下，砸在被大雨冲刷干净的石板路上，溅起小小的水花。屋檐下的窗户关得严严实实，窗户后边是一家酒楼的雅间。雅间里，桌上的菜没几碟，酒坛子倒是不少，桌上摆了五个小的，地上放了三个大的，还都是空坛子。而连着喝了这么多酒的人此刻正趴在桌上呼呼大睡，门窗紧闭导致的光线昏暗为他提供了绝佳的睡觉环境。

不一会儿，外头走廊上传来一阵脚步声，脚步声在门口停下，隐约传来一句："就这儿是吧？"

接着"砰"的一声，雅间的门被人从外面踹开，穿着一身红色衣袍的郭兼迈着步子，迤迤然从外头走了进来。被巨响惊醒的李禹昏昏沉沉地抬起头，布满血丝的双眼看向来人。

"这不是李统领吗？怎么一个人在这儿喝闷酒？"郭兼揣着袖子从桌边走过，大约是觉得屋里闷得难受，便推开了窗户。沁凉的风扑面而来，吹散屋内憋了一宿的浑浊空气。

李禹没跟他客气，直接道："滚——"

被烈酒刮过的嗓子变得十分沙哑，使他像用咆哮驱逐入侵者的野兽。

郭兼当然不会乖乖听话，他走到李禹对面的椅子上坐下，跷着腿一晃一晃，语气格外欠抽："我听说你知道了？"

具体知道什么，两人心知肚明。

可李禹喝酒是为了什么？不就是为了能暂时忘记这件事吗？此番又被郭兼提起来，他不由得两腮微鼓，显然是用力咬紧了牙。

郭兼怀疑，自己要是再来早点儿，李禹酒还没醒，说不定此刻就扑上来把他咬死了。但他还是继续说了下去，并竭尽所能地往李禹不愿触及的地方戳刀子："你猜我是怎么知道的？"

没等对方回答，郭兼自顾自公布了答案："端午那日，我被你手下两个人从致雅楼隔壁的酒坊二楼打了一顿扔下来，我还以为我要死了，谁知道一抬头，就看见了她。"

李禹目光狠狠地盯着，似乎是在忍耐。结果郭兼的下一句话就扯断了他那根敏感的神经。

"她戴着幂篱，露在外头的裙摆是绿色的……嗯！"

椅子摩擦地面发出刺耳的声响，桌上的酒坛子被撞倒，滚落在地摔了个粉碎。李禹站起身隔着桌子拽着郭兼的衣领，将人提起来。

郭兼如今虽是赤尧军的统领，但依旧是个肩不能扛、手不能挑的文人，让他指挥赤尧军做事可以，但要和禁军统领打架，那是绝对打不过的。可即便被人拎着，他也没露半分怯色，压着声音说："我不在意她究竟是男是女，也不管她到底是谁，只要她还在，哪怕是鬼我都可以接受。"

李禹红着眼睛，咬着牙吐出四个字："你懂个屁！"

他何尝不能接受死后成鬼的将军，可她没死，不仅没死，还是个女人，他一心向往崇拜的顾大将军是个女人！从一开始就是！

这能一样吗？！

郭兼不甘示弱地回了句："你又懂个屁！"

最后一个音发出来的同时，他故意把唾沫喷到了李禹脸上。李禹猛地甩开他，直接把人摔到了地上，然后抬脚跨过就要走出雅间。

郭兼手脚并用地从地上爬起来，拉住李禹的后衣领，用尽全身力气把即将跨出门的人拉了回来，并猛地关上了门。

李禹准备第二次把人甩开，这次自己不会手下留情，定要他倒地上起不来。可在动手之前，郭兼压着声音恶狠狠地问了一句："你凭什么看不起她？！"

这句话，直白又犀利地点出了李禹知道顾浮性别后反应这么大的原因。李禹看不起女人，可偏偏被他当成男人来仰慕的将军就是个女人。他信仰崩塌，无法接受，他觉得把将军当成兄弟、当成目标的自己就是个笑话。

可他凭什么就因为对方是女人，而抹杀她曾经所做的一切？

李禹微微顿住，给了郭兼继续说下去的机会。

郭兼被刚刚那一摔摔出了火气，话音变得不善起来，毕竟是以笔做刀的文官，此刻胡咧咧起来也是格外地锋利，刀刀见血："你是皇后的侄子，你偷跑出家门去北境参军，被发现了旁人还会夸你一句自强自立未来可期。可她呢？她要是被发现了身份，你知道等着她的会是什么吗？

"不仅名声尽毁，还会牵连家中姐妹。明明是同样的事情，但不会有人说她一句好，只会对她唾弃辱骂，甚至将之活活逼死！免得她留在这世上丢人现眼！"

"那她就不该这么做！"李禹吼道，"累人累己本就是她的错！"

郭兼吼了回去："所以陛下虽放任了她，但也让顾大人给她伪造了一个假身份！"

李禹愣住，郭兼却并未乘胜追击，反而将音量缓缓降低："你知道这意味着什么吗？意味着她无论拥有多少军功，那都是北境统帅顾将军的，和京城的顾家二小姐没有半点儿关系。她保住了顾家，保住了家中姐妹的清誉，可她抛弃了自己的根。你说哪天她要是死了，会不会为了隐瞒身份，故意让自己尸骨全无？"

李禹眸底轻颤，胸口一阵闷疼。

可郭兼却笑了，笑得格外嘲讽："毕竟留着尸首也没用，会被人发现她是个女子，顾家也不会白费陛下的安排，不顾家中其他女子的清誉，将她的尸体带回故土。但是你能，李少爷，你就是死了，都能死得比她好些。可即便如此，她还是比你能耐，比你厉害。

“所以，你凭什么看不起她，你有什么资格看不起她？”

太阳从厚重的云层裂缝中透出微弱的日光，洒落在酒楼二层走廊的地板上。

雅间的门被人打开，郭兼走出来，转身关上门后理了理方才被李禹拉扯歪的衣襟，随后才看向日光下靠墙而站的一个人。

顾浮一身月白色的男装，怀里抱着顾竹给她打的苗刀，额上系着少年气满满的网巾。郭兼无声地朝她行了个礼。

顾浮点点头，直起身朝楼梯走去。

本该热闹的酒楼今日被包下，外头还围了一圈赤尧军，不让人轻易靠近，所以郭兼方才吼得是半点儿不含糊，全然不怕被人听了去。他下楼后让手下回去忙活，自己跟着顾浮走了一段路，还不大乐意地和她叨叨：“我说将军，他要过不去心里那道坎儿，你让他在坎儿上趴着不就好了，犯得着叫我来劝他吗？”

“你那叫劝？”

郭兼“嘿嘿”一笑，说：“反正效果都一样，我还能爽一爽。放心，他以后肯定没脸再自甘堕落。”

顾浮想想道：“也是。”

两人并肩而行，她突然察觉到一束目光落在身上，转头看去，就见宿醉的李禹站在窗户边，呆呆地望着自己。

发现自己偷看的人看过来，李禹像只受了惊的雀鸟，飞快躲到了窗子后边。

顾浮微愣，随即笑着收回视线，再没回过头。

有关穆青瑶的谣言，很快就被压了下去。

一来穆青瑶在京城闺秀圈里人缘好，会嚼她舌根的并不多；二来是有不靠谱的传言，说顾家出来的姑娘都会武功，只是穆青瑶怕羞，这才从未在人前展露过自己的武艺——为此顾浮特地拉着她学了几招简单的招数，好拿出去糊弄人；三来嘛……京城突然谣言四起，各种“奇闻异事”不要钱似的往外冒，其热度甚至能与选麟争锋，更何况是诋毁一个女子的流言。

那些“奇闻异事”不仅惊险刺激，还特别耸人听闻。可越是如此，讨论的人就越多，怕的人也特别多。比如穆青瑶，明明已经从顾浮口中得知这一切都是秘阁散播的谣言，可还是怕得晚上睡不着觉，跑来飞雀阁找她一块儿睡。

顾浮倒是无所谓，只觉得穆青瑶大半夜跑来跑去挺麻烦的，就问："干吗不叫你院里的丫鬟陪你？"

穆青瑶十分平静地说出了非常惊悚的话："我半夜要是醒来，发现丫鬟背对着我，然后她转过身来，根本没有脸怎么办？"

"你就不怕我没脸？"

穆青瑶笃定道："你不会，你是从战场上下来的，一身正气，可镇邪祟。"

"……"总觉得"一身正气"这个说法好耳熟。

可穆青瑶自己吓自己，还是睡不着，顾浮没办法，三番五次提醒她那些都是假的，还一个个掰碎了和她解释。

"半夜踩人屋顶和在酒铺留酒钱的都是我；被扔水里的江湖骗子多半会水，下水后趁机浮水跑了；城南荒宅半夜传来歌声一事，巡夜武侯那边已经上报，说是无处可去的乞儿，爬狗洞进了人家空置的宅子；货船吃水过重是船上私运了其他货物没上报，京城一些权贵就喜欢这么干，可以躲税，只要给西市码头的人一些钱就行；赴京的蕲州州牧在家中暴毙，是陛下要除他，杀人的秘阁武卫在屋顶动了手脚，所以门窗从里面紧闭；安王府的老太妃……嗞，这个我还真不知道，好好的一个人气都断了，怎会突然活过来呢？我去找安王世子问问。"

"你去问，问完和我说一声。"穆青瑶盖好被子，躺得十分安详。

和穆青瑶一样的姑娘不在少数，但也仅仅是在夜里害怕，白天还会和人讨论，显得格外兴奋，可没过半个月，害怕和兴奋就变成了惊恐。

因为城中突然出现了一个半仙，他虽不像国师那样外貌出众，仙气飘飘，但也十分厉害，帮着不少人家破解了家中发生的怪事，一时间很受追捧。

半仙逐渐在京城里混出了名气，一天有人问他，京城近来如此多的奇闻怪事，是不是上天有什么启示？半仙一开始还不肯说，最后被逼急了没办法，就神神道道念了一堆，最后总结说是地府近来出了事，致使京城阴气过剩，前些日子的大雨就是预兆。还说要想杜绝这类怪事发生，保京城安宁，需得平衡阴阳。怎么平衡呢？

——献祭尚未出嫁、阴气过剩的女子。

"竟要献祭未出阁的女子，将她们送出城外活埋，这不是疯了吗？！"戚姑娘来找顾浮，气得根本坐不住。

那日半仙说要献祭未出阁的女子后，当即就遭到了叱骂，毕竟谁也不希望自家的女孩儿成为祭品。甚至还有人激愤之下拿刀捅了半仙，结果半仙毫发无损，一滴血都没流，越发证实了他的本事。

那半仙还说，阴阳失衡，长此以往，京城必定大乱。京城乃国都，国都若是无法安宁，必将动摇国之根本。说完，半仙的衣摆之下生出浓浓白雾，白雾散去后人便不见了踪影。

不过还好，半仙消失之前说了，若在城中献祭女子，会使阴气更重，所以皇帝下了令，要监门卫守住各处城门，不叫任何人以任何理由带女子出城，以免真有人疯魔了，做出那等伤天害理之事。

可这并非长久之计，半仙失踪后，城内的怪事持续不断，甚至有极端之人将自己生活不顺遂也都怪到了阴阳失衡这件事上，红着眼怂恿邻里将各家未出阁的女孩儿送出城去献祭。

戚姑娘这几日到处跑，她告诉顾浮，有婚约在身的姑娘还好些，夫家会帮护一把，将原就定好的婚期提前便可；那些还未定人家的就惨了，天天惊恐不已，以泪洗面。她们的家人还病急乱投医来找她，问她这儿有没有话本里写的假死药，好保下自家女儿一条性命。

混乱持续了两天，这两天朝堂上亦是吵得不可开交，有人劝陛下大局为重，也有人说以人命做献祭有伤天和，还有人提议全城搜捕找到那个半仙，说不定还有别的办法可破此局。

到第三天，从不上朝的傅砚第一次站在了朝堂之上，提出了另外的破局之法。他说那半仙所言不假，但也不是只有献祭未婚女子一条路可走，挑选百余名尚未婚嫁的女子，令她们长期居住于皇城边上，时间长了也可达到削弱阴气的效果。

傅砚说得轻飘飘的，也没解释原理，就一副“你们爱信不信”的模样，说完就出宫回祁天塔去了。

当天消息传到宫外，上至高门大户，下至贩夫走卒，都在议论此事。就在众人觉得这法子未必靠谱的时候，失踪多日的半仙不知何时出现在了一家酒楼。他听说这一消息，站在原地愣了许久，久到酒楼里的人都识出了他的身份，他才开口，让人带他去皇城边上。众人哪有不依，并跟在后头，围着皇城溜达了一圈。最后，半仙站在一处才建好没多久的园子门口，恍然大悟一般拊掌而笑——

“以龙气为掩，混淆阴阳，此法甚妙！妙啊！”

彼时半仙身后已经跟了不少人，听到此话，众人心中皆是一振——难道这办法真的行？！他们正想要确认，那半仙就已经大笑着扬长而去，众人紧追不舍，结果一个拐弯，就不见了他的踪影。

在拐角处的屋顶上，司涯用手臂撞了撞带他上屋顶的秘阁武卫，小声道："如何，我演得可像？"

秘阁武卫没有回答，司涯唉声叹气道："你们怎么都和我师弟一样不爱说话？这样不行，会讨不到媳妇儿的！"

秘阁武卫想提醒司涯，国师已经有了忠顺侯，但想想自己一接话，他又定会叨叨叨说个没完，武卫就硬生生把话咽了回去。

当天下午，半仙赞同国师之法的传言就已经演化出了好几个版本。其中最夸张离谱的一版，说半仙敬佩国师的道行在他之上，也为自己险些害了京城诸多女子的性命而羞愧不已，于是拔剑自刎以谢罪，死后还有仙鹤飞来，带走了他的尸体，说得是有鼻子有眼。

第二天，皇帝在早朝上提及此事，说半仙最后停步的园子在皇后名下，皇后愿意为了京城的太平，将这所才建好的园子腾出来安置百余名尚未婚嫁的女子。

皇后还写了一份奏疏，从安抚民心等各个角度出发，提议改换名头，不说他们囚禁百余名未婚女子是为调和阴阳之气，只说她建了一所女子书院，挑选百余名高门贵女来此读书修习，而姑娘们每月旬休皆可返家，到了年龄要出嫁，也能离开书院，同时再补送一批年纪小的姑娘进来读书，以保证人数不会减少。皇后还身先士卒，提前把瑞阳长公主预定进书院，免得引发不必要的猜忌和恐慌。

大臣们原本还有些担忧，怕自家姑娘被选入这"百余名"之内，自此被困在皇城边上，不见天日。他们中还有人早就相互联系商量，要向皇帝上奏，从平民百姓中挑选，好独善其身。

如今听了皇后的奏疏，大臣们纷纷安心不说，还都萌生了新的念头——皇后把瑞阳长公主都送进了书院，可见剩下的女子也是要从他们这些官宦人家中挑选。若将自己家的女孩儿送进去，不仅性命无虞，能照常婚嫁，还能成为瑞阳长公主的同窗，顺便替自己赚取舍身为民的名声。

这……何乐而不为？

就这么着，女子书院直接跨过了"能不能力排众议成功建立起来"的难题，并得到了京城世家大族的追捧。更有人说，历来进士皆称之为"天子门生”，那女子书院的学生，就是皇后的门生。

谁不想和天家扯上点儿关系呢？

皇帝还特地请了国师为书院起名，国师挥笔写下“灵犀书院”四个大字，被做成牌匾挂在了书院的大门上。

然而京城未婚女子众多，各家之间的关系也是错综复杂，为了更好地挑选学生，皇后接连几日分批召见，终于在七天后，选出了第一批入学女子学院的学生。

说来也是奇怪，从那百余名姑娘进入灵犀书院开始，京城内的怪事便戛然而止，顿时就恢复了往昔的宁静。

天气逐渐转凉，穆青瑶的父兄回京那日，顾浮跟书院请了一天假——这次被选入灵犀书院的学生年龄分为两个阶层，一是和瑞阳长公主差不多大，年龄在十五岁到十七岁左右；二是年龄在十岁到十二岁的小姑娘，所以顾浮和穆青瑶都因年龄不符而被排除在外。

但皇后给顾浮留了司业的职位，让她协助管理书院。而顾浮虽然年纪不大，还没成婚，但因是国师的未婚妻，她并未在担任司业一职上遭到任何反对。等书院的管理模式固定后，她有了空闲，还要兼职当武师傅。

京城里会武的女子实在太少了，而习武又不像学文，一招一式都有讲究，纠正起来免不了肢体接触。皇后挑选了许多武师傅，最后还是决定先找出身将门、擅长骑射的女子来教基础，再让顾浮来教武功。

顾浮都想好了，她愿意将未来余生都耗费在女子书院上，和皇后一起从调整学生入学年龄、增加学生人数开始，一步步将灵犀书院打造成她们理想中的模样。等到灵犀书院稳定，她们还可将书院塑造为祥瑞的象征，在京城以外的地方建立第二所、第三所……

和顾浮不同，自从不用入宫伴读，穆青瑶就把时间都花在了穆府上，还每日掰着手指头算日子，全然没有往日的淡定与从容，可见她盼这一天盼了有多久。

所以顾浮特地在穆衡回京那日，放下书院的事务，入了趟宫。

如她所料，穆衡携家小入城后，先让那在北境娶来的续弦以及小女儿回了穆府，自己则带着儿子穆邵卿入宫面圣。

顾浮看时间差不多，就去宫门口等着。她一身男装，牵着匹马，等了大约半刻钟，终于等来了穆家父子。这对父子看见眼前人的背影，俱都感到眼熟，等人转过身，两人先是以为自己看花了眼，随后面露惊骇，仿佛青天白日见了鬼。

穆邵卿更是指着人，结巴道：“顾、顾……”

顾浮没等他把“将军”二字说出口，就走上前来，行礼道：“舅舅、表哥，好久不见。”

穆衡不是傻子，联系顾浮的面容和名字，再结合对他们的称呼，他还有什么想不明白的。可即便如此他还是深陷震撼无法自拔，还险些对面前这个小辈回了平辈礼。

父子俩彻底傻掉，从西北带回来的下人将他们的马牵过来，顾浮叫他们上马他们便上马，带他们俩朝曲玉巷去，他们也都乖乖跟着。

半路上，穆家的下人察觉路不对，便提醒道：“老爷、少爷，这不是回家的路。”

穆衡和穆邵卿齐齐看向前头带路的顾浮，顾浮回头道：“自然不是回家的路。怎么，你们不去顾家接青瑶吗？”

穆衡说：“是是是，是该先去把青瑶接回来。”

那下人又一次插嘴道：“老爷，您忘了夫人舟车劳顿，身体不适，还在家里等着您吗？”

不等穆衡说话，顾浮嗤笑一声道：“舅舅，你家的下人好生机灵，手也伸得挺长，竟管起了主人家的事情。”

穆衡还没调整过来眼前这位并不是北境军的统帅，也不觉得她教训自己的家仆有什么不对，甚至因此责怪起了妻子。他早便知道这个再娶的妻子习惯收买自己身边的下人来邀宠，但因享受妻子的依恋，一直以来也都纵着。可见是纵坏了，竟觉得他好摆布，要拦着他去接青瑶回家。

顾浮又道：“青瑶很想你们，这些年在京城，顾家虽不曾亏待过她，但终究是寄人篱下，总有人觉得她好欺负。去年腊月，我刚回来那会儿，还曾亲眼看见她被临安伯爵府家的庶女推入湖中。”

穆邵卿猛地回神：“什么？！”

穆衡亦是咬牙切齿道：“他们怎么敢！”

顾浮说：“这些事，青瑶多半不会告诉你们，那就由我来说，希望你们别觉得她在京城过的都是好日子，就觉得对她没有亏欠，也别因为有了新的女儿和妹妹，就忽视了她的感受。”

顾家。

穆青瑶不仅紧张，还有些忐忑，因为顾浮说穆衡在北境见到她的时候根本没认出她，所以穆青瑶很怕，怕十几年的分离让父亲也认不出自己。

不对，她又想，认不出才是正常的，毕竟是从小孩长大成人，样貌变化自然是大。

可穆青瑶还是无法平复心情，她在厅堂里来回走动，各种胡思乱想。比如，自己是否把一切都安排妥当了，会不会有什么遗漏？又如，父亲续弦不曾告诉她，那哥哥呢？哥哥有没有娶嫂子，不会娶了嫂子也没告诉她吧？再如，面对父亲和哥哥，是该像平常一样伪装自己，给他们一个好印象，还是像面对阿浮一样，表露自己真实的面貌？

但很快穆青瑶就发现自己多虑了，因为看到多年未见的父兄，她根本来不及选择，眼泪霎时间就流了满脸，吓得穆衡和穆邵卿两个大老爷们那叫一个手足无措。

他们一眼就认出了穆青瑶，只因她和她那早已去世的母亲实在是太像了，导致父子俩百感交集。特别是穆邵卿，看到穆青瑶就想起了早逝的母亲，忍不住一块儿红了眼眶。

顾启铮和顾启榕兄弟俩今天也在家，顾家帮着养育穆青瑶十几年，穆衡父子少不得留下吃顿饭，叙叙旧，等离开已经是下午了。

穆青瑶的行李早先已经搬了不少去穆府，剩下还有两车东西，跟着一块儿拉过去就行。从顾家大门出来，穆青瑶拉着顾浮，很是不舍。顾浮笑着道："想我了就过来住几天，我让婶婶把你的院子留着，你随时能来。"

穆青瑶抱了抱她，只觉得自己十几年流的眼泪都没有今天流的多。

穆青瑶坐马车，穆衡父子骑马。一路上穆邵卿都驱马跟在车旁，和妹妹说这些年在西北的事情，其间穆青瑶还问："哥，你娶妻了没？"

穆邵卿笑道："当然没有。我要是娶了亲，还能等你来问？当然是早早就和你说了。"

穆青瑶掀起车窗帘子又问："那父亲娶妻续弦，你们为何都不和我说？"

穆邵卿僵在了马上。

穆青瑶无意让兄长难堪，便又接了句："若非阿浮及时提醒了我，你让妹妹和小娘回来后住哪儿？"

穆邵卿这才松了一口气，连连告饶请罪："吴小娘当年只是被父亲收作妾，想着也不是什么大事，就没告诉你。后来父亲将她扶正，又生了三妹，怕你一个人在京城知道这个消息会难过，这才瞒了下来，不是故意伤你心的。"

穆青瑶轻哼一声："原谅你了。"

穆邵卿"嘿嘿"笑着，然后想起什么，忍不住问："你可知道顾、顾二姑……"

她知道哥哥想问什么，怕让人听见，抢先岔开了话题："阿浮虽没嫁人，但是有婚约了，哥哥还是死心的好。"

穆邵卿先是愣住，反应过来后涨红了脸："我没要问这个！"

"那哥哥要问什么？"

穆邵卿支支吾吾道："她、她既然有了婚约，为何拖到如今还没成婚？"

穆青瑶想了想她哥问这个问题的目的，答道："阿浮曾陪顾家老夫人去坐忘山礼佛，在那里待了五年，去年腊月初八才回的家。"

五年，时间对上了。

穆邵卿便是再不愿相信也不得不承认，自己在北境认识的顾将军，就是顾浮。

回到家，穆青瑶总算见到了吴小娘和自己的三妹穆白娣。

吴小娘出身西北，大约是有外邦人的血统，五官轮廓非常深邃，鼻梁高挺，看着格外有韵味。穆白娣今年十二岁，穿着一身鹅黄色的衣裙跑过来，先是对着穆衡和穆邵卿喊了爹爹和哥哥，然后又拉着穆青瑶，和她撒娇："你就是姐姐吧？姐姐，你的院子居然建在水上，好漂亮啊，我想住姐姐的院子！姐姐，你把院子让给我吧！"

穆青瑶看着穆白娣，不自觉就挂上了温柔又无奈的笑意，隐约间还透出些许无措，像是习惯了任人揉捏，根本不知道该如何拒绝别人。

穆衡看着，突然就想起顾浮的话，心里不免涌起一阵愧疚和后悔，并对穆白娣道："胡闹什么？像你这般没个定性，还想住水榭，掉水里怎么办？！"

穆白娣不高兴，可想起母亲的叮嘱，还是忍了下来，噘着嘴十分不情愿地"哦"了一声。

说到这儿，那吴小娘才笑着上来劝道："白娣不懂事，青瑶你别和她计较。"

穆青瑶也没说什么，只对这位初次见面的小娘行了礼。

吴小娘亲亲热热地"哎"了一声，又当着穆衡的面对穆青瑶说自己从未来过京城，被这儿的繁华吓了一跳，府里许多东西也都没见过，稀罕得很。就是这府里的下人是穆青瑶买来的，卖身契都在她手上，所以不大听自己的话，就想让她给一点儿脸面，好让自己能管管府里的下人。

穆衡本还对吴小娘存着气，觉得先前险些就因她不懂事忘了去接女儿回家，可听完吴小娘的话，他又不免起了怜惜，想着她自是比不得大户人家里出来的懂规矩，也就原谅了，还忍不住想要偏袒，让穆青瑶把管家的权让出去。

穆青瑶没错过穆衡的表情变化，于是她赶在她爹开口之前，对吴小娘说："小娘莫急，你初到京城，不了解京城的物价，也不知各家登门往来要送什么才不算失礼，贸然接手容易出岔子，所以账册和对牌就先放我这儿吧。你和妹妹舟车劳顿，先歇两日，之后我再一一教你，等你学会了，你便是要我帮着管家，我也定装作听不到，跑我那些诗社的小姐妹那儿躲懒去。"

穆青瑶不是不会揽权，只是先前住在顾家，住得万事顺心，没有争抢的必要。如今吴小娘一来，就借着自己的出身卖惨博取穆衡的怜爱，想要夺取掌家的权力，她自然要借力打力，让吴小娘因此露怯，也让穆衡知道吴小娘没能力也没眼界执掌中馈。

果然，穆衡没有贸然拿自己在京城的人缘来宠吴小娘，还让穆青瑶别累着，慢慢教就是。

回到自己居住的水榭，穆青瑶身边的丫鬟还有些奇怪："姑娘平日什么都不在意，怎么这回……"

穆青瑶淡淡道："我不在意，不代表别人能随便抢走。"说完，她停顿片刻，缓缓舒出一口气，没想到，住自己家，竟会比住在顾家还累。

送走穆青瑶，顾浮看时间还早，就回了趟书院。书院管理森严，即便带着验明正身的玉牌，也得通过层层检查才能进去。书院内部很大，景致也不错，并依靠景致将各处分成了三个部分：一个是学生们居住吃饭的地方，一个是上课的学堂，剩下一个就是骑马射箭用的教场。

除了顾浮以外，书院还有三个司业，都是女子，其中两个是宫里出来的嬷嬷，还有一个是永安县主。两个嬷嬷性格严厉，永安县主则温暾和善，顾浮不上不下，所以四个人里，反而是年纪最小的她居中调停，更有话语权。

书院刚开那会儿，永安县主看不少姑娘都躲着偷哭，就想先停一下课程，等姑娘们适应了再说。两个嬷嬷却认为，直接让姑娘们上课比较好，等忙碌起来，她们就顾不上想家了。两边争执不下，最后还是顾浮劝住了永安县主，一边让课程继续，一边让她专门负责开解那些心情抑郁躲着偷哭的姑娘。

如今姑娘们都已经习惯了书院里的生活，还纠集了拥有相同兴趣的姑娘，开起了诗社、茶社、画社等各种社团。

有姑娘别出心裁想拉顾浮进自己的社团，特地等了大半天，终于看见人，就跑来问她喜欢什么，还说她喜欢什么自己就办什么社。

顾浮想了想，说："武社？"

那姑娘问："顾司业喜欢跳舞？胡旋舞还是长袖舞？"

"武功的武。"

"告辞……"

晚上，顾浮照常去祁天塔，见到傅砚的第一句话就是："好好吃饭了吗？"

傅砚应："吃了。"

顾浮朝楼梯口看了眼，问："师兄不在？"

"他嫌不能出门太闷，下午就出城去了。"傅砚以为她这么问是怕有人打扰他们，心里不免期待起来，等着她把一叶支走。

结果顾浮并未理会一叶，而是走到傅砚身边坐下，和他絮叨起来，并从穆青瑶的小娘说到书院，还说有学生过来问她，能不能旬休不回家，只因那学生觉得待在书院比待在家里要舒坦，自己没同意。

顾浮说得口渴，喝完一杯茶后发现茶壶空了，就看向一叶。

一叶自觉下楼去端热水，顾浮放下空茶壶，继续说："还有些姑娘，大约是觉得我和她们年纪差不多，遇到什么苦恼、麻烦都来找，弄得我有些招架不过来。"

傅砚放下笔，道："顾司业。"

顾浮愣住：你叫我什么？

傅砚像是感受不到她的困惑，接着道："我也有苦恼，你能听听吗？"

顾浮笑了一声："你说。"

傅砚便说："我那未过门的妻子，不知怎的，近来总是冷落我。"

顾浮坐直身子，脸上写满了"我有吗"三个大字。傅砚看着她，表情和声音都很平静，可说出来的话，听起来特别哀怨："虽然她每天都有来看我，但嘴里说的却是别人，她是不是厌弃我了……"

尾音消弭在唇齿之间，顾浮一只手摁着傅砚的后脑勺，另一只手捧着他的脸，清苦的茶味随着细密的舔吮，在两人嘴里蔓延。

稍稍分开，顾浮用只有对方能听到的音量，呢喃道："我嘴里说的是别人，含着的可是你。"

顾不上还未调整平缓的呼吸，傅砚又凑上去咬住了她的唇。

直到一叶的脚步声越来越近，两人才松开彼此，顾浮叹息道："这日子怎么过得这么慢啊！”

两人这几日太过安分，导致一叶放松警惕，没像原来那样干什么都快去快回。等他端着热水脚步轻快地回到七层，看见一脸不满望向他的忠顺侯和国师，他才打了个战，惊出一身冷汗。

他硬着头皮，挪动沉重的步伐走到桌边，往茶壶里加满热水，随后飞快地走到边上，放轻呼吸，尽量减少自己的存在感。

见没办法把一叶吓走，顾浮只好收回视线，拉过傅砚的一只手来玩。傅砚也由着她，改换另一只手继续翻阅奏报，下笔批注。

少顷，一只白鸽自外面飞进来，停顿几息后像是察觉到了危险，眼看着就要飞走，被一叶快速抓在了手中。

看着这只连靠近都不敢的鸽子，顾浮突然就想起司涯曾经男扮女装，单独来找过她。那会儿书院才刚进学生，她每天都要在顾家和书院之间来回跑，有一次马车才出家门就停下，车夫说遇着碰瓷的了。

顾浮掀起帘子，就见一个戴着幂篱的姑娘坐在马车前的地上，一没被撞二没被轧，就是不肯起来。于是她戴上浅露下车，走近后才发现，那个身材略显高挑的“女子”，竟是男扮女装的司涯。

顾浮无语。

司涯尖着嗓子道：“这位姑娘，你的马车撞到我了，不说赔些银两，好歹送我回家吧。”

“……”行吧。

她就这么把司涯扶上了车。

一上车司涯就掀了幂篱，活像个蹲路边的庄稼汉，拿着幂篱当扇子扇风，一边扇，一边压低声音说：“等你半天了。”

“师兄找我何事？”

司涯喝了口车上备的茶：“和你聊聊阿砚。”

顾浮一听，扬声对着外头的车夫道：“去待贤街。”

待贤街在京城的西南角，离马车现在的位置非常远。车夫有些犹豫：“姑娘，要是先去待贤街，再去书院，时间恐怕赶不上。”

“没事，先送这位姑娘回家要紧。慢慢走，不着急，小心别又撞着人了。”

坚信司涯是碰瓷的车夫担心这是京城新冒出来的骗局，专门用“不赔钱”来使人放松警惕，想把他们家姑娘骗到偏僻的地方再行凶。于是车夫让马车后面跟着的侍卫回家去，多带上一些人来，以防万一。

马车一路朝着待贤街驶去，马车里，司涯控制着音量，说书似的说起傅砚小时候的事情。他说，傅砚幼时被宫里人带出京城，托付给一户农家，然而运气不好，撞见了蓬莱仙师。蓬莱仙师虽顶着世外高人的名号，但其实就是个黑心烂肺的畜生，拐带小孩不说，还到处招摇撞骗，不仅骗人家的钱财，还糟蹋人家姑娘。

蓬莱仙师见傅砚天生白发，是个可以拿来骗人的好工具，就把他说成天煞孤星，专克身边人，由此把人从农户手里骗了过来。之后为了把傅砚塑造成仙人的后代，蓬莱仙师用尽手段，让当时还小的傅砚不敢哭不敢笑，还得出口就会说些玄而又玄的道理和诗文。

为此傅砚每天都得背好多东西，背了还不算，还要学会用淡漠的口吻说出来，这样才能唬住人。若是没背好，或者语气不对，蓬莱仙师就会饿着他，或者给他吃自己炼出的丹药。那些丹药气味十分古怪，可驱逐虫蚁和各种小动物，蓬莱仙师拿其他小孩试过药，确定不会致命，只会让人服用后非常痛苦，痛到满地打滚抽搐，生不如死。长期食用，还会在食用者身上留下丹药的气味。

怕时间不够用，司涯专挑最骇人的内容来说。

例如，有一次蓬莱仙师为了骗某地一富商，叫人用绳子把年仅七岁的傅砚吊起来，营造出他从天而降的假象。那个拉扯绳索的小孩嫉妒傅砚不会被打骂，就松手让他从高处摔了下来。蓬莱仙师没骗到钱还露了馅，便让其他孩子把那个松手的小孩活活捂死。至于傅砚，为了不失去这么好的工具，蓬莱仙师自然会找大夫给他医治，但药钱会从其他小孩的饭钱里扣，导致那些小孩越发敌视傅砚……

"阿砚十四岁那年，一个老太监找到了老畜生，要老畜生和他一块儿利用阿砚的身世联手骗取先帝的信任，却也因此让阿砚和当今皇帝相认。之后他们兄弟俩联手，弄死了老畜生和老太监。"

司涯喝了口茶，实诚道："我和你说这些吧，其实就是想让你知道阿砚以前过得有多惨，让你多心疼心疼他。"

顾浮听得呼吸困难，过了好一会儿才道："我会的。"

…………

"阿浮，"傅砚转头看见顾浮愣愣地看着他，便问，"怎么了？"

顾浮把他的手贴到自己脸上，摇了摇头。怕傅砚不信，她还主动开口转移他的注意力："你师兄他……到底是男的，还是女的？"

傅砚奇怪道："怎么这么问？"

"我见过他穿女装，还挺好看。"

傅砚垂下了眼帘："你想知道的话，下回他再来，我叫人把他衣服扒了。"

"倒也不至于……"

"那就别在我面前夸别的男人好看。"

顾浮失笑，凑上去在傅砚的唇角亲了一下，说："你最好看。"

边上抓着鸽子的一叶："……"

九月，秋高气爽，正是品蟹赏菊的好时候。永安县主起头在书院内办了场赏菊宴，让姑娘们旬休结束后带菊花来书院，最后大家投票，选出品相最优的花王。有姑娘别出心裁，不仅带了菊花，还带了几笼螃蟹，交由书院的厨房料理。

顾浮作为学生们最喜欢的司业，自然也在受邀之列，于是她特地入宫，去皇后那儿抱了盆极为稀罕的绿菊赴宴。姑娘们一看到她带来的绿菊，纷纷表示顾浮是司业，不是学生，不在参选范围内。

顾浮问："那为何永安县主能参加？"

姑娘们异口同声道："反正你不能。"

于是，顾浮被无情地踢出了评选，怀里的绿菊也被拿了去。她没办法，索性坐到一旁吃吃喝喝看热闹。

没过一会儿，永安县主找来，说是瑞阳长公主不见了。

"出书院了？"

永安县主摇头，说："书院外的侍卫都说没看到，应该还在院里。"

顾浮起身道："我去找，这事先别让其他人知道。"

她离开举办赏菊宴的大厅，从没人的课堂找到学生们居住的松园，最后在教场边一棵大树旁看到一架梯子，于是走到树下，果然透过枝叶，看到了坐在树上的瑞阳长公主。

今日赏菊宴，永安县主为了让学生们玩得开心，特地允许穿自己的衣服。可瑞阳长公主依旧穿着书院统一分发给学生们的裙衫，还坐在碗口粗的枝丫上，看着眼前空旷的教场发呆。

顾浮爬着梯子上树，坐到瑞阳长公主身边，问："公主殿下怎么不去赏花？"

瑞阳低下脑袋，快快道："没心情。"

顾浮回忆了一下近来发生的事情，问："可是因为左迦部求娶公主一事？"

就在几日前，左迦部送来的书信抵达京城，书信上写道左迦部愿意与大庸谈和，作为代价，他们索要了不少金银珠宝、绸缎米粮，还有就是要娶他们大庸的长公主——瑞阳。

皇帝没有答应，一来是不愿牺牲自己最疼爱的大女儿；二来，左迦部在北境惯有凶名，从来都是攻下一城便杀光城中百姓，使北境百姓恨透了他们。如今北境边防足以抵御左迦部，若就这么谈和，只怕会让仇恨滔天的北境百姓不满。

现下左迦部谈和一事还在商议，但皇帝的态度很坚决，按说瑞阳不该不高兴才是。但面对顾浮的询问，她点了点头。

早在父皇给顾浮和小舅舅赐婚开始，瑞阳长公主就把她当成了自己的婶婶。现下有些话不好告诉母后，怕母后担忧，但和这个婶婶说说却是可以的——

"昨日旬休，我本想着回宫去跟母后求一盆品相不错的菊花，带回来抢个魁首，可我才回宫，便有人来劝，话里话外都是我身为一国公主，享尽荣华富贵，就该在这个时候自请远嫁，为父皇分忧。"

顾浮挑眉道："谁来劝你？"

瑞阳数道："我外祖母、舅母，还有那几个姑姑，外祖母为了让我听话，还差点儿下跪。我吓了一跳，也不知道为什么他们非要我嫁。

"是。身为公主是该为国尽责，可既然父皇和母后都不曾强迫我，他们凭什么这样逼迫？可我再想想，又觉得他们说得似乎没错，若能让北境战事平息，牺牲我一个，似乎也是情理之中。"

她问顾浮："你说，我是不是应该去见见父皇，告诉他我愿意嫁？"

顾浮沉下脸道："你别听她们放……胡说，也绝不可向陛下自请去和亲。"

这是除了父母以外，头一次有人这样坚定地告诉她不可以去和亲。瑞阳嗓子有些发紧，问道："为何？"

父皇和母后都说，北境的安宁不该由她一个女孩来承担。可瑞阳总觉得那是父皇和母后对她的偏爱，他们越是如此，她越是愧疚，越是无法眼睁睁看着他们为了自己置北境百姓于不顾。

如果顾浮的答案也是如此，她恐怕无法说服自己心安理得地接受父母的偏宠，甚至有可能明天一早就离开书院，到早朝上，让父皇同意将她送去和亲。到时候当着文武百官的面，父皇想不答应都不行，也算是成全所有人，尽了她身为一国公主的职责。

顾浮扯了扯嘴角，显出几分平日里少有的痞气："你当真相信，送你去和亲，左迦部就会消停，北境就会安宁？"

瑞阳愣住："不是吗？"

顾浮确定，整个京城再没有人比她和郭兼更加了解北境，了解左迦部："北境境外有许多部族，左迦只是其中之一，因喜欢屠城而比较显眼。安抚了左迦部不代表其他部族就吃饱了肚子，不会再来边境劫掠。而且……"

瑞阳咽了口口水："而且？"

顾浮冷笑道："左迦部已经连续两年不曾攻占我大庸边境城池，为此不得不东迁，去侵扰东部小国。可因他们凶名太盛，东部几个小国担心唇亡齿寒，便齐齐联手抵御，叫他们只能捡些残羹剩饭来吃。

"你当左迦部为什么突然要跟我们议和？多半是觉得撑不过今年冬天，想借议和得到些钱财米粮，吃饱壮大后明年再来。说是要娶你，到了明年必会先拿你做筹码，让大庸用钱财将你赎回，然后用我们大庸米粮喂饱的部众来劫掠大庸的边境，杀大庸的子民。

"听说左迦部还有共妻的风俗，到时候长公主殿下即便回到大庸，也会是世人眼中的残花败柳，没人会记得你自请远嫁的大无畏，甚至会认为是你没有尽好和亲的责任，才导致左迦部再次来犯。"

"如何？"顾浮看着微微张开嘴，彻底呆掉的瑞阳长公主，"殿下要听那些人的，辜负陛下和娘娘对你的宠爱呵护，把自己推进火坑吗？"

斑驳的光影透过枝叶洒落在顾浮身上，她侧头看着瑞阳长公主，脸上带着堪称和善的笑容，可说出来的话却像一把把淬了毒的匕首，让天真的瑞阳被扎了个透心凉。

浸染着寒意的风吹拂而过，瑞阳打了个寒战，险些没坐稳从树上掉下去，幸好顾浮及时伸手，摁住了她的肩膀。瑞阳脸色苍白，顾浮的话和刚刚差点儿掉下去的惊险让她心跳得飞快，搭在树枝上的手轻颤不已，脸颊也微微发麻。

"这里有些冷，我们去太阳底下走走吧？"顾浮看瑞阳浑身都在抖，于是提出建议。

瑞阳张了张嘴，发出第一个音的瞬间，眼眶就湿了："我、我腿软，可能——下不去。"

顾浮揽着她的腰，抱着她从树上跳下。突如其来的失重感让瑞阳尖叫出声，她紧紧抱着顾浮，即便稳稳落到了地上，也没把手松开。

顾浮任由她把脸埋进自己怀里，小声地啜泣。

过了一会儿，瑞阳抬起头，满脸泪水，抽泣着问："她们，外祖母她们，为什么……"

顾浮知道她想问什么，想了想，道："大约是对北境没什么了解吧。"

瑞阳懵懂地点了点头，其实她还想问，既然这些事情顾浮都能知道，那她的外祖母为何不能为了她去问问别人？她的表哥李禹不就在北境从过军吗？可瑞阳终究还是没有问出口，大约是怕顾浮答不上来，又或者是怕能答上来。

然而许久之后，瑞阳还是知道了答案，因为李家要"懂分寸，识进退"，要"谨小慎微，不仗着外戚的身份恃宠而骄"，要"时时刻刻谨记身为臣子的本分"，要"为君分忧"。所以他们不能因为陛下偏宠就护着她这个外孙女，免得朝臣把北境战乱不止的原因归咎于皇后专宠，说李家女自私自利，不肯为国牺牲自己的儿女，平白污了李家的清名……

顾浮安抚好瑞阳，离开书院后就入了趟宫，把事情同皇后说明，免得李家人再做出别的什么事来。

皇后知道瑞阳昨日旬休，也知道自己的母亲和嫂子都入了宫来探望，可她怎么都没想到，她们竟是来逼瑞阳的，就像当年逼她嫁入东宫一样。

"母亲如此大义，那为何陛下看在我的分上提拔禹儿时，你们不知道避嫌叫禹儿辞了君恩，免得惹人闲话？"凤仪宫，皇后召来自己的母亲，当着面撕破了脸皮。

李老夫人不敢置信地看着皇后，震惊道："娘娘，那可是我们李家的嫡孙！李家未来的荣辱皆系于他一人之身，你怎忍心这样对他？"

"瑞阳才是我的女儿！"皇后展现出了以往从未有过的狠厉，"听着！本宫有今日是本宫自己赚来的，往日看在养育之恩的分上，本宫甘愿照拂李家，可你们要是再敢打瑞阳的主意，本宫定叫你与父亲生不如死！"

李老夫人看着皇后，惊恐的眼神仿佛在看一个全然不认识的陌生人。

一旁的景嬷嬷扶着颤颤巍巍的李老夫人，劝皇后："娘娘，老夫人毕竟是您的母亲，您怎能这样同她说话？"

皇后朝景嬷嬷看了过去。

李老夫人入宫那日，皇后特地让景嬷嬷去瑞阳那儿送了东西，回来后特意找她问过李老夫人都和瑞阳聊了些什么，景嬷嬷只说是闲话家常，瞒下了逼瑞阳自请和亲的事情。

皇后知道景嬷嬷心在李家，可这么多年两人相互扶持，也自认从未亏待过对方，却怎么也没想到最后会是她在背后给了自己一刀。

皇后侧开脸，停顿后说道："景嬷嬷年纪大了，既然你心里只有李家，那本宫恩许你出宫，回李家去吧。"

景嬷嬷愣住，随即"扑通"一声跪下，膝行到皇后面前，拉着皇后的衣摆连声哀求："娘娘！娘娘您不能，您不能这样对奴婢啊！奴婢对您忠心耿耿，您……"

皇后挥了挥手，当即有人上前将景嬷嬷捂嘴拖了下去。

皇后看向自己的母亲，见她气得脸色涨红站立不稳，忍下仅剩的一丝不忍，决绝道："母亲若还想让李家和禹儿好好的，就安分点儿。本宫并非靠陛下恩宠才能活着的后宫女子，即便不依靠娘家，本宫照样能坐稳后位，不信你可以试试。"

皇后这边警告了李家，皇帝那边也召见了自己的姐姐和妹妹，别的不多说，只告诉她们："你们若是觉得应该同左迦部议和，朕成全你们，即日就下旨封你们为长公主，前往北境和亲。"

几位公主惊疑不定，胆小一点儿的直接就傻了，胆大的开口提醒道："陛下真会开玩笑，怕不是忘了，我们都是有夫之妇，怎、怎么好去和亲？"

皇帝笑道："放心，左迦部盛行共妻，父子兄弟之间享用一个女人皆是寻常，自然不像大庸这般在意女子贞洁。至于驸马那边，朕会好好补偿，你们只管去就是，毕竟你们心怀天下，想来应当是迫不及待了。"

皇帝说完，几位公主俱都吓破了胆，哭着求皇帝饶过她们。

皇帝收敛了笑容，眼底一片冰寒："朕知道你们在想什么，你们一个个都是先帝娇宠出来的，朕为太子时也不过是你们消遣的玩意儿。如今你们还是'公主'，可朕的女儿何德何能竟敢位居'长公主'，你们当然不甘心。既然如此朕成全你们，反正左迦部要的是'瑞阳长公主'，大不了朕将'瑞阳'的封号一并给了你们，瑞阳向来孝顺，想来也不会介意。"

几位公主几乎哭晕过去，叫喊声让上了年纪的赵公公听得脑壳疼。

之后皇帝还下旨，将这几位公主禁足于公主府，还派了人看着，不让她们与外界通信往来。就这么关了两个月，无法打探外界消息的公主们惴惴不安，生怕皇帝当真将她们封成"长公主"，更怕哪天醒来被人打扮好押送去北境和亲，每日杯弓蛇影，差点儿疯掉。

像是要赶在入冬前抓住这难得的宜人节气，京城许多人家都办了宴席，就连皇后也多次召见命妇贵女入宫，谈天说地。

有命妇听说皇后养了一盆极为珍贵的绿菊，便出口恭维，说想要看一看，开开眼界。可皇后并未叫人端花上来，而是没好气地提起了顾浮，说："她呀，特地来给本宫请安，原还以为她是想本宫了，结果竟是书院里要评花王，来本宫这儿要花的，还把本宫那盆好不容易养出来的绿菊给抱走了。"

皇后的话听起来像是责怪，可谁都不是傻子，自然能品出字里行间的亲昵与纵容。放眼全京城，除了瑞阳长公主，还有谁敢这般放肆，入宫把皇后叫人专门培育出来的花拿走。

在场众人看出皇后与顾二亲近，回家后办起宴席来都不忘往顾家送封请帖。顾浮没空赴宴，本想都辞了，后来得知穆衡会带着妻儿去参加安王府那位老太妃的大寿，这才从一堆请帖中，找出了安王府送来的请帖。

与此同时，被困在府中近五个月的英王也终于有了出门走动的机会。

原来英王刚出生那会儿，因生母品阶不够，曾被送去老太妃那儿养过几年。后来英王的生母得了宠，求得先帝皇恩，把英王接回到了身边，那时老太妃也有了安王，膝下有子，两边倒是没因此结仇。

前阵子老太妃病重，险死还生，醒来后就忘了许多事情，还以为自己活在十几年前，膝下同时养着安王和英王，就闹着要见英王。安王生为人子，不得不想办法替母亲如愿，就去皇帝那里求了恩典。

英王终于能够出门，棠沐沐身份不够去不了，又不想眼睁睁看着英王妃陪同左右，索性耍起手段，想让英王妃也去不成。英王妃不甘示弱，同时她也恨极了自己的疏忽，让棠沐沐乘虚而入得了英王的宠，两边因此斗得如火如荼，分毫不让。她们谁都没想到，真正的赢家此刻正在书房，以丫鬟的身份给英王研墨。

林月枝吊了英王许久的胃口，在英王以为林月枝只是自己幻想出来的一个人物后，林月枝终于出现在了他面前。

那天桂花开得正好，林月枝带着英王年纪最小的儿子在花园里玩儿，淘气的小孩踹了一脚桂花树，桂花花瓣如雨一般纷纷落下，点缀了她明媚耀眼的容颜。

那之后英王就将林月枝安排到了自己的书房，并常常试探，想知道她是否就是那个任劳任怨守在自己身边的人。

林月枝矢口否认，说英王认错了人，可在他接二连三的试探下，林月枝还是“不小心”露出了马脚。之后英王调查了一番，发现她原先是棠沐沐身边的丫鬟。在自己病重期间，英王妃到处想法子求人顾不上他，棠沐沐想要利用这次机会获得他的宠爱，可又嫌照顾病人麻烦，就把他扔给了林月枝，后来又怕他见到她，就把人从自己身边调走。

英王把自己找出来的“真相”摆到林月枝面前，林月枝吓了一跳，跪下求英王不要因此责怪棠沐沐，还说棠沐沐于她有大恩，若英王责怪，她会良心难安。

英王爱极了林月枝的心地善良，便答应道：“看在你的分上，本王不怪她。”

只是棠沐沐妄图骗他，这笔账绝不会就这么轻易揭过，暂且先拿棠沐沐当靶子，由着她和英王妃争抢，也好保下他心里真正喜欢的人。

听闻英王妃与棠沐沐如自己所料，斗得不可开交，英王冷笑一声不予理会，只是瞧见一旁研墨的纤纤玉手，开口问了句：“你不想去？”

化名“银月”的林月枝眨了眨眼，笑道：“奴婢不爱出门，只是……”

英王拉住她的手，问：“只是什么？”

林月枝小声道：“如今还是花季，王爷此次出门，可否为奴婢带一朵漂亮的菊花回来？”

英王笑道：“这有何难。”

林月枝红了脸，连忙把手从英王掌心抽出来，羞涩地转身去倒茶，免得叫英王发现她眼底难以抑制的恶心。

老太妃大寿，安王府门前来来往往的车马就没停过。

按说老太妃前些日子险死还生，寿辰不该大操大办，可府里曾请过那位传说中的半仙，半仙掐指一算就算出了老太妃的生辰，特地叮嘱今年的寿辰必须大办，以人气镇邪祟，方能化解后续的灾厄，甚至还能带来福运。因此安王府半点儿没敢含糊，京城内收到邀请的各家也都愿意帮一把，说不好还能从中蹭点儿福运。

安王府送来的请帖上也请了顾家二房的，只是不巧李氏的娘家出了点儿事，得和丈夫顾启榕一块儿回去，为此还特地把顾小五拜托给了顾浮。所以这天顾启铮带上顾浮和顾小五，以及硬被拖出门的顾竹一块儿，出门前往安王府给老太妃贺寿。

许是有国师未婚妻这一层身份在，顾家马车一到门口，便有下人去向安王妃禀报。

没过多久，安王妃赶了来，亲自领着顾家人进了门。

许多人说安王妃出身小门小户，没有大家闺秀的雍容大气，可顾浮看着眼前脸圆肤白，说话不会弯弯绕绕的安王妃，感到无比的舒心。

安王妃和戚姑娘有些像，可惜性子太柔，没有戚姑娘那般自信泼辣。不过她们俩处得来，所以二人早就成了朋友，安王妃也从戚姑娘口中听说过顾浮，知道她是个好相与的性子。

果不其然，几句话的工夫，安王妃就喜欢上了同顾浮相处的氛围，还带着顾小五一块儿去见了老太妃。老太妃糊涂记不住人，但会叫顾浮“顾二丫头”，还特别喜欢顾小五，抱着她就不肯撒手。最奇怪的是，顾小五虽然性子内向胆小，却不怎么怕老太妃，没一会儿一老一小就说起话来，两人一个童言童语，一个答非所问，竟也相处得分外融洽。

后来老太妃开始打瞌睡，安王妃才带着顾浮和顾小五离开，前往宴厅。路上安王妃问道：“我听说你与穆家二姑娘是从小一块儿长大的情分，那你可知穆家如今这位夫人是个什么性子？同她相处需要注意点儿什么？”

这些问题的答案顾浮还真知道。

穆青瑶虽然搬出了顾家，可两人的书信往来就没断过，还时常见面，穆青瑶自然会说起自己家里的事情，所以有关穆衡的那位续弦，顾浮真是再清楚不过了。

她对安王妃道：“穆夫人是从西北来的，不大懂京城的规矩，故而行事也算谨慎。唯独一点，王妃若是不想听她说些令人无言以对的话，让场面变得难看，就绝对不要在她面前夸青瑶。”

安王妃微微错愕，随即点头道：“知道了。”

顾浮的话并非有假，事实就是如此，穆家这位小娘平时看着挺正常的，虽然不大懂规矩，至今还会把穆青瑶的闺名挂在嘴边，但总体来讲挑不出太大错处。可只要有人在她面前夸穆青瑶，她就会用一种谦虚的口吻贬低，让人根本分不清到底是存心，还是无意的。

顾浮索性釜底抽薪，不让事情有发生的可能，同时也让人知道穆家这位小娘听不得别人夸原配骨肉的好，这样就算传出什么难听的话，旁人也只会说穆家那位继母不慈，故意败坏穆二姑娘的名声，而不是穆二人品不行。

入了宴厅，顾浮找到穆青瑶，特地把人拉到自己身边坐下。没过一会儿，和她们相熟的姑娘们也都跟着坐了过来，其中一个还带来了安王府的三姑娘，大家聚在一块儿说说小话，吃吃喝喝，气氛和谐愉快。其间宫里送来赏赐，老太妃出来谢恩后又在宴厅小坐了一会儿，安王妃怕她精神不济累着，就送回了后院歇息。

安王府的三姑娘见母亲走远，就拉着顾浮，一脸神秘地说要带她们去花园玩，于是一众姑娘又移步去了花园。来到花园，看见用两人高的篱笆和藤蔓植物做出的迷宫，顾浮总算知道这位三姑娘为什么非要带她们过来了——这样别出心裁的景致，确实值得炫耀一番。

姑娘们纷纷跑进迷宫里玩，顾小五刚吃饱有些犯困，顾浮就带着穆青瑶一块儿去了距离迷宫较远的湖心亭，还叫绿竹和穆青瑶的丫鬟在岸边等着，不用跟过来。

四周无人，顾浮终于能问一句："你上回写信，说舅舅要给你相看人家？"

亭子顶上，察觉到有人入内，本想跳下来打声招呼就走的安王世子闻齐泽突然停下了动作。等反应过来，他已经屏住了呼吸，极力降低自己的存在感，避免被同样身怀武艺的顾浮发现。

穆青瑶点了点头，眼底显出几分疲色："从父亲回京起，送来我家求亲的帖子就没停过，都被我刻意压了下来。结果前几日没注意让吴小娘知道了，她在我父亲面前提起，父亲便让我把求亲的帖子都送到他那儿去。"

穆青瑶微微停顿，突然笑了一下，说道："还好我还有个哥哥。"

蹲在亭子上的闻齐泽听到这一声笑，不知怎的心里有些堵。他希望顾浮能说些什么安慰安慰穆青瑶，但是她没有，而是任由穆青瑶继续倾诉——

"前日父亲说要把我嫁给兵部尚书家的幼子，我叫哥哥去打听那人的品行，正巧撞见那人在乐坊大放厥词污我名声，哥哥怒极把他打了一顿，这桩婚事自然也就没了下文。可若……"

穆青瑶抬头，看着远处的天空，呢喃似的问道："可若没这么巧呢？"若没这么巧撞见那人不堪的一面，哥哥回来说那人还行，自己是不是就要嫁过去了？

睡眼蒙眬的顾小五听不大懂她们在说什么，但也感觉到了穆青瑶的难过，于是从顾浮腿上跳下来，跑去抱住穆青瑶。

穆青瑶低下头，弯腰把顾小五抱到了自己腿上。顾小五坐稳后用短短的手臂环住她的脖子，还把脸往她脸上蹭，哄道："姐姐，不难过。"

穆青瑶抱紧了她："嗯，姐姐听小五的。"

闻齐泽松了一口气，心想顾浮这个表姐还没一个奶声奶气的女娃娃体贴。

也就是他这一刹那的松懈，顾浮察觉到亭子顶上有人。她站起身喝道："下来！"

穆青瑶吓了一跳，随即就看到曾经见过两次的安王世子跳进亭子里，对着她们拱手行礼，态度十分诚恳地表达了歉意。

第二次被闻齐泽听见自己说心里话，穆青瑶没有像上回那样羞愤，而是继续顶着面无表情的脸，平静地回了句："我若是不原谅，你准备如何？"半点儿没有在宫门口初见时那般好说话。

闻齐泽也干脆，他摘下腰间一个荷包，从中拿出一块玉佩递给穆青瑶："姑娘若有用得上我的地方，尽管叫人拿玉佩来吩咐，我定尽力而为，算作冒犯姑娘的补偿。"

穆青瑶伸手拿过玉佩。柔嫩的指尖轻轻触过男人的掌心，闻齐泽压下心中的悸动，再次行礼，告辞离开。

顾浮看着闻齐泽走远的背影，突然问："你有喜欢的人吗？"

穆青瑶看过来，顾浮继续说："如果你有喜欢的人，我替你把关，没问题就去求陛下给你们赐婚，总好过被你爹随便嫁了。如果你不想嫁，我也帮你，我有经验，知道怎么逼人退亲。"

穆青瑶认真想了想，摇头说："不嫁人太麻烦了，还是嫁吧。至于嫁谁我自己选，选好了告诉你。"说到这里，她想起什么，又说道："我近来时常遇见翼王殿下，出门遇见也就罢了，在家也能不小心撞见，听说是来找我父亲的。"

顾浮挑眉道："你觉得他行？"

"不行，他家不仅有王妃，还有两个侧妃。"

"是，都脏了，你肯定不喜欢。"

穆青瑶被逗笑，笑完又说："可能是我想太多，但总觉得太巧了，有些不安。"

"放心，翼王既然已经有了妻室，你爹总不能把你嫁去做妾。"

倒不是顾浮有多相信穆衡，而是以穆衡的身份，除非是疯了要把自己的脸扔到地上踩，不然绝不可能做出把自己女儿送去给人做妾这样的糊涂事。

两人在亭子里闲聊了一会儿，突然有丫鬟跑来，说老太妃请顾二姑娘过去。

顾浮微愣，问道："只叫了我吗？"

丫鬟低着头说："是，太妃娘娘只叫了顾二姑娘您一个。"

穆青瑶抱着已经睡着的顾小五说："去吧，小五有我看着呢。"

顾浮只好带上绿竹，跟着丫鬟一块儿离开花园。然而走到半路，她突然停下了脚步。

"顾二姑娘？"丫鬟回头催她。

顾浮道："这不是去后院的路。"

丫鬟不知所措地看了看她，又看了看绿竹。

一直没出声的绿竹突然道："姑娘，你就跟她走吧。"

顾浮愣住，随即想到什么，不仅乖乖跟着丫鬟走，还加快了脚下的速度。

丫鬟带着二人从小门出了安王府。小门外，停着一辆非常眼熟的马车，顾浮跳上马车，一进去，车里的人就把她拉进怀里，微凉的唇贴着她的耳朵，轻声道："要在白天见你一面可真不容易。"

马车外，身着粗布麻衣的一花挥动马鞭，赶着车离开这条小巷子，七拐八拐后，终于拐上了大路。

马车内，顾浮偏头蹭了蹭傅砚的唇，问他："你这一身是怎么回事？"

傅砚今日穿了一身黑衣，样式和秘阁武卫的衣服有些像，窄袖束腰，还带了护臂，丝绸般的白色长发也全都用一条缎带绑到了颈后。这一身打扮，让傅砚多了几分往日没有的干练飒爽，看着不再像是高高在上的谪仙，更像黑夜里穿行的刺客，手持利刃，来去无踪。

傅砚不知从哪儿拿了套一模一样的出来，递给她道："你也有。"

顾浮挑眉问："我以为你只是来找我的。"

傅砚垂下眼帘："我倒是想。"

可要叫皇帝知道他大白天无缘无故跑来把阿浮从安王府带走，说不准会像上次一样把他们叫进宫去责骂，他可不想让她再被罚跪一次。

顾浮拿过衣服放到桌上，开始解腰上的裙带。傅砚在一旁看着，起先是觉得该看的自己都看过了，不该看的也看了，如今再看一回，应当没什么。

但很快他就发现自己错了。

顾浮解系带的动作很快，很利落，全然没有半点儿羞涩委婉的意思，松开裙带后就先把下摆扎进裙内的短衫给脱了，露出挺拔的肩背。接着她站起身，解了系带的裙子随着她的动作落到地上，只剩下一条穿在裙子里面的衬裤。衬裤是白色的，很薄，轻轻晃动间能隐约看见那双笔直修长的腿。这双腿傅砚曾无遮无拦地看到过，当时的他可一点儿都不知道害羞，如今隔着一层薄薄的布料，却反而感到了难以言喻的局促。

傅砚侧开脸，无处安放的视线在马车内这片方寸之地来回地看，死活找不到归处。

马车内站不直，顾浮低着头弯着腰解开衬裤的系带，白色的系带从交缠处被抽出，发出一声长长的布料摩擦的轻响。傅砚终于还是没忍住，转过身把额头磕到了车壁上。

这一下磕得不轻，低头换衣服的顾浮听到声音才注意到傅砚的不自然，问："望昔？"

傅砚维持住语气的平静："没事，你快换，换完我给你解头发，顺便记一下你这发式是怎么弄的，回来我给你梳回去。"

顾浮又一次感叹起了人和人之间的差距，她死活都学不会编简单的辫子，可傅砚却能看一次就知道怎么梳复杂的发式。

顾浮换好衣服，坐在桌边绑护臂，傅砚挪到她身后，将她头上的首饰一一摘下。

马车还在行驶，顾浮终于想起问道："我们这是要去哪儿？"

"待贤街。早前我叫人散播传言，其中有一则说西市码头的货运船明明没载多少东西，却吃水过重，还记得吗？"

"记得。你不是叫人去查过，发现是一些人家为了避税，串通码头的人偷偷运货吗？"

傅砚将顾浮的首饰放好，开始解她的头发："是这样没错。可后来发现，其中有三艘船上的货物无法查明，还一下船就不见了踪影。"

"可有线索？"

傅砚一边记发式，一边回道："这三艘船分别归属不同的商队，来历、途径也各有不同，唯一的共同点就是，那三艘船都去过青州，且都是用来运载香料的货船。"

"香料？"顾浮用力扯紧护臂上的系带，"看来那批货物味道很重。"

傅砚把她的头发全散开，拿梳子梳好，扎到一块儿："不好说。"

"所以，你查到了那批货物的下落，要我陪你去确定？"

傅砚点头道："上回查青州贪腐案，我发现英王同青州曹帮有来往。你知道我就是喜欢把什么事都往他头上扣，便叫师兄借着上回装神弄鬼的机会，劝安王府大办老太妃的寿宴，再叫秘阁安插在老太妃身边的人时时念叨，让她吵着要见英王，致使安王求到御前，让英王有机会出门来见一见老太妃。果然英王一出门，就有随行的英王府侍卫偷偷离队，秘阁的人一路暗中跟随，确定那人入了待贤街。”

马车外越来越安静，大概是快到待贤街了，毕竟城南这一片远离皇城，又不像城东、城西有东、西二市，地价虽然便宜，但人也少，有许多空置的荒宅。

顾浮低声问：“你怎么不叫秘阁的人来查，非要自己涉险？”

傅砚抓起她的手，嘴里说着：“这样我不就能过来看你了吗？反正你武功高，我轻功好，我们俩一起不容易出岔子，还能两个人单独待一会儿。”手却在顾浮掌心写道：若让别人去，陛下会知道。

傅砚想瞒着皇帝，任由英王把自己作死，可他又想知道英王在谋划什么，把一切都掌握在手中，自然就需要亲自动身走一趟。他有预感，这次如果不叫上顾浮一块儿，日后她若是知道了，定会非常非常生气。

果然，顾浮反手抓了傅砚在自己掌心写字的手，凑上去在他唇角亲了一下，低声道：“算你聪明。”

马车缓缓驶过待贤街，并未停留，而是绕去隔壁街，钻进一条小巷子，行了两个路口，才终于停下。傅砚来之前就记下了这里的路，下车后带着顾浮跃上屋顶，直奔目的地。

那是一座内部排列着许多泥瓦房的宅院，只有一片空地可供数辆马车停放卸货。英王府的侍卫只在这里待了不到半盏茶的时间就走了，此刻宅院里只有几个人在泥瓦房之间巡逻，剩下的人……顾浮拿出自己曾经作为斥候的专业素养，仔细去听去看，确定剩下的人都在中间那座二层小屋里。

他们此次来只为确认那三艘货船上面多出来的东西究竟和英王有没有关系，如果有，他究竟偷偷运了什么进京。所以他们并未惊动宅院里的人，而是先让轻功好的傅砚潜入那一间间泥瓦房，确定里面究竟藏了什么，再去确认总共的数量。其间顾浮留在屋顶勘察，对傅砚进行提醒，以防他进入泥瓦房时没有防备，被巡逻查看的人发现。两人还约好了一套简单的暗号，由顾浮学鸟叫，以次数和声音长短来代表不同的意思，方便远程联络。

傅砚很轻松就进入了第一间泥瓦房，并在没多久后出来，又去了下一间。

大多数人都会在重复的行动中逐渐放松警惕，顾浮却反而越来越专注，慢慢回到了昔日在北境的状态。她趴伏在视野极好的屋顶上，呼吸越来越轻，耳边听到的声音也越来越清晰，巡逻武卫的脚步声、他们行走时衣物摆动的轻响、远处二层隐约传来的争吵、兵戈碰撞……都随着清风飘入她耳中。

她随着傅砚的移动跟着改变位置，虽不如他那般行走之间快如鬼魅，无声无息，但也是身法轻盈，不曾叫宅院里的人发现分毫。

傅砚进入第五间泥瓦房，没过一会儿，突然有两个巡逻的人商议着要回去喝一杯，就折返方向，朝傅砚所在的那间泥瓦房走了过去。顾浮发出鸟叫声提醒，傅砚及时藏了起来，那两个巡逻的人进去后喝酒吵闹，并未发现屋里还有一个人存在。

时间慢慢推移，两人越喝越上头，甚至还砸了酒坛子，把其他巡逻人给吸引了过去。

顾浮常听人说“关心则乱”，她原本是不信的，或者说并不觉得这样的情况会发生在自己身上。她什么大风大浪没见过，事关傅砚，她该更小心谨慎才对，怎么会乱了阵脚？

可真当遇上会让傅砚置身危险的情况时，她才知道，自己也乱了。

傅砚轻功是很厉害，可也仅此而已，若被人发现，很可能会被堵在屋子里逃不出来。她和他的距离太远了，或许自己应该再靠近一点儿，这样就算发生什么意外，也能及时出手相救，但这么做极大可能暴露自己，在傅砚被发现之前，她会先被发现。

于是理智和冲动将顾浮分割成了两半，一半劝她安静待着，告诉她相信傅砚，并和她分析只要傅砚不被发现，他们就能全身而退，就算被发现了，他可能会受伤，自己也能冲进去将他带走；另一半以疯狂的不安催促她再靠近点儿，虽然被发现了会让傅砚盘算的一切功亏一篑，但至少能保证他不受到一丝一毫的伤害。

顾浮有一刹那失去了判断能力，回过神后才压制住冲动，没让自己毁了傅砚的计划。她静静地看着那间屋子，像极了夜里捕食的猫，眼睛仿佛凝固了一般，十分诡异。

闻声而来的巡逻人一边骂骂咧咧，一边把喝醉的那两个人从屋里拖出来，拖到空地的水井边泼水醒酒，还有人去了中间那座二层小屋禀报。不一会儿就有几十人，从二层小屋鱼贯而出，来到空地上，似乎是准备对巡逻期间喝酒的那两人实施惩罚。

顾浮确定人都去了空地那儿，终于又一次发出鸟叫声，提醒傅砚赶紧出来。

傅砚从屋里出来，继续搜查下一间泥瓦房。这次他加快速度，甚至还去二层小屋走了一圈。等他出来，顾浮拉着他回了原来那条偏僻小巷，但却没有直接去找一花，而是去了距离马车稍远的另一处拐角。

才一落地，她就抱住了傅砚，环绕在他腰上的手臂非常用力，用力到像是要把人勒死一般。傅砚任由她抱着，也不嫌疼，还低头亲了亲，算作安抚。

顾浮显然是觉得这点儿安抚不够用，于是按着傅砚的后脑勺，踮脚咬住他的唇，几近粗暴地啃了一通才罢休。

隐约听到马车靠近的声音，两人气喘吁吁地分开彼此的唇舌。

赶在一花到来前，顾浮问："里面藏了什么？"

傅砚食髓知味地舔了一下唇，正要开口，顾浮嗅到了他身上沾染的气味，问："火药？"

他点头："里头囤积的分量，足以同时炸开几道宫门。"

分量如此之多的火药，英王的目的昭然若揭。

那么问题来了，他会挑选怎样的时机，使用这批火药？

顾浮脑子转得飞快："冬月围猎？"

依照祖训，每年冬月皇帝都必须携王公大臣一块儿前往犀山猎场，英王要是想尽快动用这批火药，多半会挑在那个时候。

此时一花已经驾着马车来到他们面前，傅砚拉着顾浮上车，并回道："多半是。"

帘子垂下，一花驱车回安王府，顾浮知道傅砚不想让秘阁的人——比如，驾车的一花察觉到什么，便没再多说，只解了腰带，准备把衣服换回去。

这次傅砚学乖了，从她解腰带开始就转过了身。

顾浮看他转身，终于察觉到什么，松开解腰带的手，从傅砚背后靠了上去，抱着他低声问："害羞了？"

傅砚没有转头看，但顾浮看到了他逐渐变红的耳朵，便往前凑了凑，张口含住他的耳垂。

傅砚眼睫轻颤，没有回应也没有阻止，于是顾浮变本加厉，双手在傅砚身上肆意游走，唇瓣也滑落至他颈侧，吮吻啃咬，落下一个又一个深色的印记……

打断他们、没让他们更进一步的是，一花非常响亮且生硬的咳嗽声。

傅砚："……"

顾浮："啧。"

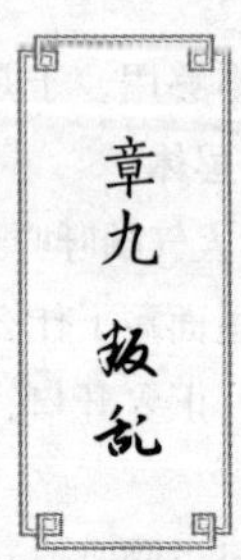

章九 扳乱

穆青瑶抱着熟睡的顾小五，等到其他姑娘都从迷宫里出来了，也没见顾浮回来。她有些担心，正想去问问，就见绿竹过来，告诉她："穆姑娘，我家姑娘还在老太妃那儿，一时间脱不开身，想请您再代为照看一下五姑娘。若到了散席我家姑娘还未从老太妃那儿离开，恐怕得麻烦您帮她把五姑娘送去老爷和三少爷那儿。"

穆青瑶点头应下："好。"

之后穆青瑶带着顾小五和其他姑娘在一块儿，直到散席顾浮还没回来，穆青瑶就牵着她一块儿去找顾启铮和顾竹。

今日赴宴的人都在往大门口走，各家男女分别从男席和女席汇聚到中庭，安王世子闻齐泽还有他的弟弟正帮着安王夫妇一块儿送客。

穆青瑶四下寻找顾启铮和顾竹，却不想先看到了吴小娘和穆白娣。

"娘！姐姐在那儿！"穆白娣扯了扯吴小娘的衣袖。

吴小娘正在和几个刚认识的夫人说话，闻言转头看向穆青瑶，还朝她招了招手。

穆青瑶无法，只能带着顾小五去打招呼。她正琢磨着，吴小娘要是故态萌发，在这里当着这么多人的面说她的不是，自己该怎么应付过去，就听见穆白娣娇声对吴小娘说："娘！我刚刚在花园看到姐姐，她和好多大哥哥在一块儿呀！"

这话说得不像样，当即便有跟着穆青瑶一块儿的姑娘怒斥穆白娣——

“胡说八道什么！”

“就是！穆二她一直跟我们在一起！”

穆白娣脆生生道：“可是我看见了，你们丢下姐姐去玩迷宫，姐姐带着顾家的小妹妹，和很多大哥哥在一块儿！”

那几个姑娘这才记起，她们确实曾分开过一小段时间，可如今的情况，自然是要咬死不松口。

就连穆青瑶也为自己申辩：“我没有……”

吴小娘柔着声打断她：“好了好了，有什么事回家再说。”语气中带着不合时宜的嗔怪，像是半点儿都不意外她的行为，默认她就是这般放浪，会与诸多外男厮混的姑娘。

陡然升起的愤怒让穆青瑶呼吸急促起来，四周投射而来的视线更叫她胸腔几乎要炸开。耳朵嗡嗡作响，她好像听到有人在偷偷议论，说没想到她竟是这样的人；又好像没有，一切都只是她气急导致的幻听。但有一点可以确定——今日出了这个门，消息传扬出去，她的名声就彻底完了。

穆青瑶的身体开始颤抖，视线的边界也有些发黑，她想再说些什么，什么都好，就是不能让自己就这么被毁掉，绝不能……

“她那会儿跟我在一起。”熟悉的声音宛若天籁。

众人转过头去，就看见安王世子闻齐泽带着弟弟越过人群走来，沉着脸，十分吓人。

站定后，他对吴小娘，同时也是对在场的人说：“母亲早就为我向穆家提了亲，今日不过想让我与穆二见上一面，只是我一时昏了头，见她为照顾顾家的小丫头没跟其他姑娘一块儿，便拦下她说了会儿话，就在花园的湖心亭。当时除了我和穆二，顾二也在场，府里的丫鬟可以做证。”

闻齐泽怕“偶遇”的说法太过巧合没人信，也不确定自己离开后过了多久穆青瑶才跟其他姑娘碰面，索性就把问题都揽到了自己头上。

议亲时男女双方私下见上一面本就寻常，是他不顾规矩将人拦下说了许久的话，这样也能证明穆青瑶从头到尾都不曾见过其他男子。

吴小娘扯了扯嘴角，表情怪异道：“谁人不知顾二姑娘和青瑶是从小一块儿长大的情分，自然什么都向着她，世子也不必为了我家姑娘说这些话来骗人，免得连累了你们安王府的名声……”

闻齐泽冷声打断道：“我还给了她一枚玉佩。”

说完他看向穆青瑶。穆青瑶对上他的视线，先是愣了愣，然后才拿出之前在湖心亭时，闻齐泽作为赔礼给的那枚玉佩。

她其实没想过要用这枚玉佩让闻齐泽替自己做什么，就是气这人每次出现的时机都这么巧，才故意拿了赔礼，准备寻个机会再还回去，却怎么都没想到，这枚玉佩会在这个时候派上用场。她张开手指露出掌心上的玉佩，安王世子的弟弟惊呼出声："这不是祖母给大哥的玉佩吗？"

拿着玉佩的手颤了颤。

闻齐泽的祖母——老太妃。

如此来历的玉佩，确实不像是闹着玩儿随便给的。

闻齐泽也是心情复杂，他之所以选择给出这枚玉佩，是因为这是祖母给的，他怕摔碎了，平日都将其放在荷包里，除了家人，外人都不曾见过，这样就算出现在穆青瑶手上，也不会被人认出来，招惹闲话。没想到反而因此坐实了两人正在议亲的谎言。

有闻齐泽的证明，穆青瑶的情况总算不那么糟糕，但还不够，光凭这样还堵不住悠悠众口。她另一只手垂在身侧，攥紧了裙子——她要救自己，安王世子都帮到这个地步了，她必须把自己彻底救出来。

她咽了咽，干涩的喉咙感觉不到丝毫滋润，反而有些疼。她忍着疼，开口问穆白娣："你刚刚说的那些话，是谁教的？"

穆白娣没想到穆青瑶会突然把矛头指向自己，见所有人都把视线转过来，顿时有些惊慌，满脸无措地朝吴小娘看了一眼。

吴小娘把她拉到身后，笑着道："她一个小孩子家家懂什么？自然是看到什么就说什么。"

"那你让她说，她看到的'大哥哥'都是谁，不认识就叫她一个个认！她认不出来，小娘你总该能认得出来吧？我不信小娘会让她一个人去花园玩，你把人都找出来，一个个对质，看看他们当时在哪儿，身边可有人做证。我问心无愧，小娘你敢吗？"

吴小娘为难道："这种得罪人的事情怎么好放在台面上说？"

穆青瑶咬破自己的嘴唇，尝到了血腥味。她看着吴小娘，不懂为什么会有人心黑成这样，更不懂这么做究竟图什么。

既然如此，那就大家一起死好了——穆青瑶从未如此生气，这一刻她脑子里只剩下玉石俱焚这一个念头。

然而不等她开口，身后突然传来顾浮的声音："那我们就来说些能放上台面的好了。谁家不希望自家姑娘清清白白，为何穆夫人非要变着法儿地把穆二贬到泥里去？就因为穆二不是你亲生的？”

顾浮的话语既直白又犀利，这还不算完，她走到穆青瑶面前，转头看了一圈，点出其中一位站在边上看热闹的夫人，扬声道：“可是福德街的刘夫人？”

那位刘夫人突然被点名，险些没反应过来，但还是笑了笑说：“顾二姑娘找我有事？”

“没什么，就是问问。上回你家办喜宴，穆夫人也去了，你可曾记得什么？”

刘夫人看似在回忆，实则是在权衡，但很快她就拿定了主意，毕竟一边是西北大将军的夫人，另一边却是未来的国师夫人，以及极有可能成为安王府世子妃的姑娘，要如何取舍，还真不难——

“我确实记得有一些奇怪的事情。”她顺带把其他夫人也拖下水，“不仅我一个人记得，那日在场的都有听见，我不过夸了穆二姑娘一句，穆夫人便说穆二姑娘不值当夸，还说了许多不大好听的话。”

刘夫人身边的一位夫人也道：“这么说来还真是稀奇，穆二姑娘同我家丫头关系也不错，常来我家做客，这都好几年了，我和我家丫头都觉得穆二是个好的。反倒穆夫人，这才回京多久，就看出穆二不好来了。”

有她们两人起头，剩下一些心存疑虑的人也都跟着开口，为穆青瑶说起话来。

穆青瑶过去十几年在京城也不是白待的，她性子淡薄，也就爱干净这一个执念，平日又喜欢装大家闺秀让所有人都满意，自然积攒下不少的人情，让人愿意为她说上一句公道话。即便有和她不熟的，也因对吴小娘这种置自家姑娘声誉于不顾的手段感到惊骇，生怕这种事情会落到自己或自己的孩子头上，于是也出声偏袒。

穆青瑶听着，知道自己算是逃过一劫，眼泪溢出眼眶，止都止不住。还不懂具体发生了什么的顾小五连忙掏出自己的小手帕，踮起脚尖想要递给她。

一旁的闻齐泽也拿出了自己的手帕，因为身高问题，他递的帕子在顾小五上头，惹得顾小五撇了撇嘴，很不高兴，却又不敢说什么。

穆青瑶哭得厉害，根本没注意到有两个人同时给她递了手帕，还是顾浮将顾小五的手帕拿了来，塞到她手里。闻齐泽默默收回自己的帕子，低头看见顾小五正看着自己，扬起的脸庞上隐隐透出一丝得意。

“……”

另一边，成为众矢之的的吴小娘彻底失去了原来的淡定，她带着突然开始哇哇大哭的穆白娣想要离开这里。

就在这时，穆衡得了消息赶来，一块儿来的还有准备送他出门的安王夫妇，以及顾启铮和顾竹。

穆衡赶来的路上就听说了事情的经过，他不愿被人看热闹，就想先将人带回去，等回去了再教训穆白娣和穆青瑶。至于吴小娘，他不信她会教小女儿说那些话来污蔑大女儿，所以吴小娘在他眼中是无辜的，他只觉得是穆白娣年纪小弄错了什么，而穆青瑶也不该因此把脏水都泼到吴小娘身上，让人觉得是她故意坑害继女。

顾浮见穆衡这等表态，就拉住了穆青瑶，说：“祖母想你了，回家住几天吧。”

顾小五也壮着胆子大声道：“还有我娘！我娘也想姐姐了！姐姐回家！回家陪小五玩！”

若是寻常的顾家小辈，穆衡决计不会理会，偏偏这么说的是顾浮——曾经的北境统帅，于是他在态度上就显出了几分不大自然的尊重：“不劳烦了，青瑶今日先跟我回家，改日再登门顾府……”

“穆兄何须见外，”顾启铮出声打断，脸色非常难看，显然是对穆青瑶被人这么欺负感到了极大的不满，因此说出的话内容再礼貌，也抑制不住其中的怒气，“穆二自小在我顾家长大，与浮儿情同姐妹，我亦将其视如己出，如今不过是叫穆二回自己家小住几日，怎么算得上劳烦？”

马车行过热闹的街道，吵嚷的叫卖声不绝于耳。

马车里，穆青瑶已经停止了哭泣，靠在顾浮的肩头安静不语，像是在发呆，又像是在回忆什么。哭过的眼睛时不时便会迎来一阵湿润，再被她用帕子擦干，周而复始。

顾小五坐在一旁，手里捧着热腾腾的红枣糕，正一点点慢慢地啃。此外，她腿边还放了不少东西，比如用糯米纸裹着垫在油纸袋上的糖葫芦、做成花朵模样的粉色桃花酥，还有雪白软嫩、奶香十足的雪花糕……

突然有人在车窗边敲了敲，顾小五连忙放下红枣糕，掀开车窗帘子，果然就看见自己哥哥又递了包吃的进来，这回是外皮如纸薄、颜色如雪白的茯苓夹饼。

顾小五接过纸袋子，奶声奶气地回了句："谢谢哥哥！"

顾竹看她嘴边都是红枣糕的碎屑，小声嘟囔了一句："别光顾着自己吃啊。"

他这些点心，其实都是买给穆青瑶的。

穆青瑶比顾竹还小一岁，但在行事上，穆青瑶更像他的姐姐。方才在安王府，他和大伯顾启铮一块儿赶到，场面已经被顾浮稳住，顾启铮又一力做主要将穆青瑶带回顾家，全然没有他说话的份儿。当然，他也不敢说话，不单单是因为不爱被人注视，也因为他与穆青瑶隔着关系，贸然出头反而容易害了她。

所以他只能在回家路上多买些吃的，借口给自己的亲妹妹顾小五，其实是给穆青瑶，用这种笨拙的方式来表达自己的关心。

顾小五似懂非懂地点了点头。

其实要说"关系"，自从顾浮的母亲去世后，顾、穆两家的关系也远了不少，即便穆青瑶从小在顾家长大，顾家也没有理由在穆衡这个亲爹反对的情况下将人带走，只能说顾启铮和顾浮这次都表现得太过豪横，以至于没人发现有哪里不对。

马车在顾家门前停下，顾浮带着穆青瑶还有顾小五回了后院。

漱洗收拾后，穆青瑶道："给姨父添麻烦了。"

顾浮摆了摆手说："有什么麻烦的。你别看我爹总爱板着脸，拿教条规矩来压我，可我觉得吧，要不是我那早已仙逝的祖父教得严，他说不准会比我还不守规矩。这次他给你爹甩了脸子，虽说是气急，但多半不会后悔，只会觉得出了口恶气，心里舒坦。"

"原来你也这么觉得。"

顾浮一愣，问："什么？"

穆青瑶端坐在梳妆台前，眼睛还是肿的，嗓子也有些沙哑，但说话的语气已经恢复到了平常的模样，无波无澜："我一直就觉得，你和姨父挺像的。"

她说："我从没见过有谁丧妻后能因心念旧爱而这么多年坚持不娶，那模样和你回京后死活不想嫁人的样子像极了。偏偏这也是'规矩'，和有没有心爱之人无关，而是在许多人眼里，男子丧妻就该再娶，哪怕娶得差些，屋里也必须要有女人，仿佛屋里没了女人，男人就活不下去一般。

"可姑父做到了，所以我就以为父亲也会如此。后来听你说他在西北娶了续弦，我除了不大高兴，其实还有些好奇，父亲究竟是因为'喜欢'，还是因为‘规矩’才娶了吴小娘。”

她轻声道：“如今看来，大概是因为‘喜欢’吧。”

因为喜欢，所以盲目偏袒。

顾浮抬手拍了拍她的肩膀道：“不说这些了，想想以后吧。”

“嗯。”穆青瑶点头，深呼吸一口气，缓缓吐出，然后冒出一句，“我想出家当姑子，这样就不必为难安王世子娶我，也不用再管那些乱七八糟的事情了。”

惊天之语，仅次于一个女子说她想要跑去北境当兵。

所以跑去北境当过兵的顾浮反应很淡定，还问：“留京城，还是去京城外的庵庙？”

“我觉得坐忘山不错。”

顾浮回忆了一下——回京之前她在坐忘山住过几天，所以有件事情她印象非常深刻，觉得有必要说一下：“那里的姑子不让香客带话本。”

搬家时话本足足堆了一车的穆青瑶僵住。

“想来那里的姑子也是不让看话本的，要不我偷偷给你带？”

穆青瑶不像顾浮，不是那种喜欢破坏规矩的人，也理解一个尼姑庵不让看情爱话本的合理性，于是改了主意：“那算了吧。”

生活已经这么艰难了，没有话本的她和沙漠里失去水源的商旅有什么区别？

可今日之事闹得沸沸扬扬，她若不出家，便只能出嫁，嫁给安王世子。问题是安王世子也不一定要她，不过只是临时帮她一把，真要上赶着求嫁，未免太不识相。一个不小心把人逼急了，安王府直接上门退掉这桩本就不存在的亲事，丢人现眼的还是她。

穆青瑶半点儿不觉得闻齐泽替自己解决了麻烦，就有义务负责到底，所以她想找出个两全的法子，不让自己的情况变得更糟，也不让闻齐泽豁出婚姻大事来帮自己。其间她被顾老夫人叫去安慰，因心里存了事，整个人都有些心不在焉，老夫人只当她惊魂未定，越发心疼。

宵禁之前，被顾浮遣出去的绿竹带回来消息——

穆府那边一切如常，因为穆白娣年纪小，吴小娘又哭得厉害，所以穆衡仅仅是责骂了这对母女，并未追究旁的事情。吴小娘还在穆衡面前煽风点火，让他说什么都不要让穆青瑶嫁去安王府，还说这事都怪安王世子，若非他拦了穆青瑶说话，穆白娣也不会错看胡说。

这次穆衡并没有听吴小娘的，一来事情已经传开，他不好拒绝；二来安王府门第不低，穆青瑶嫁过去也不算吃亏。所以他下午就修书一封，送去了安王府，商量起两家的婚事，准备假戏真做。

而安王府那边，闻齐泽并未把所有真相告诉安王，所以在安王眼里，是自己儿子跟个登徒子似的把穆家二姑娘拦下说话，还将老太妃给的玉佩送给了对方，临了见人家姑娘因为自己被继母坑害，不愿眼睁睁看人姑娘被毁，又怕坏了王府名声，才编瞎话说他们家早就和穆家提了亲。

把安王气得那叫一个够呛，不仅让闻齐泽罚跪，还拿马鞭抽了他一顿。闻齐泽硬生生扛下，愣是没有将真相吐露半分。

至于穆衡那封商议亲事的信，安王也收到了，但他不愿让闻齐泽觉得自己做错了事情还能得偿所愿娶到媳妇，只拿了信和安王妃商量。

穆青瑶听完两家的消息，也写了封信，还拿出了那枚玉佩，拜托夜间出门的顾浮帮她把信和玉佩送去给安王世子。

“不用我再陪陪你？”顾浮问。

穆青瑶躺在床上看着这个月新出的话本，头也不抬地回道：“我没事了，你自去吧。”

顾浮：不愧是你……

顾浮翻窗离开，穆青瑶对着书页盯了许久都没动过，最后索性把书合上，熄了灯在漆黑的屋子里躺着发呆。

顾浮踩着别人家的瓦檐来到安王府，找了一会儿才找到闻齐泽罚跪的书房。她推开窗户，闻齐泽听见动静还以为是贼，正要起身拿人，却因跪得太久膝盖痛，才起来一点儿就又跪了回去，若非及时用手撑住地面，怕是整个人都要摔地上去。

“世子殿下，是我。”顾浮跳进书房，溜达到闻齐泽身旁，蹲下把信和玉佩给他递了过去。

闻齐泽先是惊讶来人，然后看到玉佩，又把注意力转移到了信上：“这是？”

“看完你就知道了。”

穆青瑶想了大半天都不知道该怎么办，听完绿竹带回的消息后，她做了一个决定——把选择权交给闻齐泽。这件事闻齐泽纯粹是被殃及无辜，既然如此，那就让他按照自己的意愿来选择要不要娶她，所以信的内容十分简单，就是问他的意愿。但是信里没说，如果闻齐泽愿意娶，她就嫁；如果不愿意，她会想尽一切办法，不拖他这个局外人下水，哪怕要为此出家当姑子。

闻齐泽有些迷茫地问："不能娶吗？"都这样了，他还不能娶穆青瑶？

顾浮说："她怕你只是一腔热血冲出来帮她，并没有真的要娶，正等着穆家明天识相点儿上门来退亲。"

"我没有。"

"那你娶她？"

闻齐泽应道："好！"

"……"

顾浮终于觉出味来："你喜欢她？"

闻齐泽微愣，过了会儿才结结巴巴道："也……也不算喜欢吧，就是……不想看她不高兴，觉得她……她挺好的。"

顾浮顿了一下："我和你说件事儿？"

"你说。"闻齐泽看着对方，眼神有些奇怪，像是在看自家老丈人。

"青瑶爱干净，虽然你用脏兮兮的手牵她她也不会说什么，但她肯定会在心里骂你。"

闻齐泽心想：倒也不必藏在心里，直接骂出声，或者动手打也是可以的。

他清了清嗓子，说道："记住了。"

随后顾浮拿到了闻齐泽的回信，那枚玉佩也再次交由她，转送回去给穆青瑶。

顾浮拿着信和玉佩去祁天塔，准备先去看看傅砚再回家。

其实方才她想对闻齐泽说的是："青瑶爱干净，你若纳妾，她也不会说什么，但会打心底里嫌弃你，特别特别嫌弃你。"后来她改了口，主要是觉得这事儿不适合让她来说。

顾浮此前叫人传了口信，所以傅砚和秘阁的人都以为她今晚不会来，此刻突然蹿上屋檐，武卫们险些对她动手。她比了个噤声的手势，然后跟武卫们一块儿蹲在屋檐外面，偷偷往里瞧，只见傅砚正专心处理奏报，顺带吩咐一叶传信卫州和护州。一叶拿着傅砚的亲笔小字条离开，之后也没上来，大概是怕某人不在，自己留在七楼会碍了主子的眼。

顾浮觉得这个机会不错，就跃了进去，不由分说把傅砚压到地上，还制住了他的双手。傅砚猝不及防的模样让她想起了去年除夕，自己喝了点儿酒跑来祁天塔，那会儿外头还没这么多武卫，她就是这样把他压到墙角，还说——

“你身上好香啊！”顾浮低头，在傅砚颈侧乱嗅。

傅砚先是轻唤：“阿浮。”然后也想起去年除夕，她曾对他说过同样的话。

那时他们还不熟，因不满对方的无礼，直接道破了她的身份。然而顾浮并不承认，还和他装傻，特别轻佻地问他：“什么‘顾侯’？是你的相好吗？平日都是她来找你？要不要换我试试？”

当时怎么听怎么令人恼怒的话，如今想起来，竟生出了另一番滋味。

顾浮也是这么觉得的，还学着当时的话问傅砚：“什么‘阿浮’，是你的相好吗？”

傅砚有些想笑，忍住了，轻轻点头道：“嗯。”

顾浮松开他一只手，捏了捏他的下巴：“平日都是她来找你？”

傅砚渐渐被带入戏，淡淡道：“是。”

两人离得很近，顾浮像极了正在勾引有夫之妇的登徒子，在他耳边极尽暧昧地问：“那今晚，要不要换我试试？”

傅砚停顿了一下，像是禁不住诱惑，在认真思考要不要“红杏出墙”。回想起白天在马车上的浅尝辄止，他将被松开的那只手，搭到了顾浮肩上，并给出了回答：“好。”

窗门微启，清凉的风将满室的旖旎气味吹散。

顾浮和傅砚坐在榻上，两人穿着宽松雪白的寝衣，寝衣边角还点缀了几支桃花的图样。

顾浮刚洗完澡，随便擦了擦自己的头发，就另拿了条干净的棉巾，细细擦拭起了傅砚的白发。两人相对而坐，傅砚为了方便她给自己擦头发，乖巧地把头低了下去。

少顷，敲门声响起，顾浮声音懒散地回了句：“进。”

没精打采的一叶推门而入，怀里还抱着个木盆，进屋后目不斜视，径直走到矮榻对面的床边，将弄脏的被褥团成团扔进木盆，然后又打开边上的衣柜，从里边拿出新的被褥，往床上铺好，这才抱着木盆离开房间。

顾浮看了有些想笑，结果下一秒就被抱起，带去了床上。

“明早再回去。”傅砚一边说，一边拉过被子，给两人盖上。

“不行，我还得把信和玉佩给青瑶带回去。”

傅砚听完，竟扬声吩咐一叶，叫他去送。

顾浮笑出声：“行行行，在你这儿睡一晚。”

然而她身体困倦，神志却因先前的刺激显得格外清醒，所以便引着傅砚多说了几句话，好多听听他的声音，放松放松精神。

“之前听你叫人传信卫州和护州，可是在为冬月做准备？”

卫州和护州离京城最近，调用这两州的府兵护卫京城，最适合不过。

傅砚双手抓着顾浮的一只手，揉捏把玩，应道：“嗯，冬月围猎会带走大半的禁军和赤尧军，往年也曾向这两州调遣过兵将来护卫京城，陛下不会起疑。”

“事后陛下定会发现你对他的隐瞒，你打算怎么和他解释？”

“实话实说，大不了被陛下撤掉职务，反正我攒了不少钱，到时候就住到忠顺侯府去。”

顾浮笑出声：“这么豁得出去，你和英王到底什么仇？”

这回傅砚想了想，才说道：“英王一直将我视作陛下的走狗，先帝驾崩后，他和他的母妃给我添了不少麻烦。”

顾浮挑了挑眉，大约是因为“走狗”这两个字被安到了傅砚头上的缘故，她竟觉得有些可爱。

傅砚却以为她是不高兴别人这么看他，就把她拉下来亲了亲，才接着道：“最开始我只是想要报复，偏他那时候也是年轻气盛，失了大位心有不甘，没办法同陛下作对，就只能冲我下手。我不可能次次都忍他，结果就变成了现在这样，他想我死，我也想他死。不把他彻底解决，玉楼公主的事情还会出现第二次。”

顾浮明白了，她躺到枕头上，逐渐涌起的困意让她睁不开眼，睡着前，她叮嘱道：“记得提前把林月枝从安王府捞出来。”

傅砚伸手将她抱进怀里，说：“好。”

第二天，顾浮起得比傅砚要早，她顶着凌乱披散的长发在床上坐了一会儿，才转头叫醒身边的人。

傅砚睁开眼，睡眼惺忪地看着她，呢喃道：“真想每天早上都能一睁开眼就看见你。”

顾浮用手顺了顺自己的头发道：“快了。”

过完年，他们两人就能完婚，满打满算也不超过三个月。大概也是因为如此，皇帝这次并未责骂他们，只让先前叫去顾家的太医继续留在那儿，还把顾启铮的名字添到了冬月围猎的随行官员名单上，并叫顾浮也跟着一块儿去。

顾浮当时就蒙了：“陛下容禀，望昔没我睡不着啊。”

皇帝笑容和蔼地揭穿了傅砚的谎言："放心，他能睡着的。先前你因玉楼公主一案没法儿去祁天塔，他不照样能按时入睡？怎么，他没和你说？"

她愣愣地看向傅砚。

傅砚："……"

两人离宫的路上，傅砚没敢说话，顾浮安静了片刻才道："有些生气，但又怕对你生气，会如了陛下的愿。"

傅砚借着衣袖的遮挡，悄悄勾住她的手指："我知道错了。我就是鬼迷心窍，想你再多心疼心疼我。"

顾浮很是受用："原谅你了。"

傅砚知道她不想去犀山，不仅是担心自己睡不着，还担心英王谋逆，他一个人留在京城应付不来，于是就把自己的计划仔仔细细地说了一遍，让她安心。

另一边，安王府也在同穆家商议后，定下了过定的日子。

顾浮直到过定当天早上才将穆青瑶送回穆府，过完定又把人带了回来，防穆家就跟防贼一样，生怕那吴小娘又整出什么事来。

结果其间还真出了件不大不小的糟心事。

穆青瑶离家后，整个穆府就落到了吴小娘手里，那些下人的卖身契她也搜了出来。因此在过定当天，竟有下人听吴小娘的指使，把受邀前来观礼的翼王带进了后院。

温润如玉的男子停步在穆青瑶的院门前，正要迈步踏上台阶，就听见斜上方传来冷冷的警告声："再往前一步，我就剁了你的腿。"

翼王微顿，随即后退，看向了院门旁的白墙，在黛青的墙檐上看到了顾浮。他扬起一抹略带困惑的笑，问："这里面不是穆将军的书房？"

顾浮冷硬地说："不是。"

翼王像是明白了什么，歉然道："对不住，我恐怕是迷路了。"

顾浮抬手指了指左边的路："往那儿走，穿过随墙门右拐，顺着连廊笔直地走下去，就能看见垂花门，从那里出去后随便叫个人，自会带你去舅舅的书房。"

"多谢。"翼王道，随即转身离开。

看着翼王清瘦挺拔的背影，她突然想起那日她们的马车被堵，翼王好像也在。

顾浮严防死守的做法虽然保护了穆青瑶，但也造成了一些影响，至少在外人看来，穆衡与穆青瑶之间父女情分淡薄，导致穆青瑶虽然是西北大将军的女儿，却没人会觉得，娶她能给安王府带来什么实际利益上的好处。

对此穆青瑶并不在意，也不想听别人说什么出嫁后还是要靠娘家这样的鬼话，她不被自己亲爹和小娘害死就不错了，靠他们，嫌命长吗？

至于安王府那边，安王妃早在穆衡回京之前就有意替自己儿子求娶穆青瑶，为的仅仅是她那一身大家闺秀的风范，不然也不会刻意跟顾浮打听怎么和穆夫人相处。

后来出了事，安王妃和安王一样以为是自己儿子不懂事险些害了人家姑娘，一边心疼儿子罚跪挨鞭子，一边又忍不住可怜穆青瑶，觉得穆家太过糟心，能减少往来反而是好事。

安王倒是有些遗憾，不过本来他就是个闲散王爷，对名利也没什么追求，只希望家人都好好的，便没把这事放在心上。

步入冬月，随御驾一同前往犀山的官员们俱都忙碌起来，毕竟一去小半个月，手头上的公务得临时交接给留守京城的同僚。

皇帝下旨，顾浮得和顾启铮一块儿去，穆青瑶本想留在京城，但收到了安王府那边的来信，说是安王夫妇也去犀山，安王妃叫她跟着顾浮一块儿，到了地方也好陪自己说说话、解解闷。

穆青瑶本就是个无所谓的性子，收到信后就去跟李氏要了帮大房这边筹备行李的差事，也算是帮了李氏大忙。

出发那日，羲和门大开，禁军分列在被称作御道的羲和大道两旁。

御驾通过羲和大道出城，留守京城的官员则在羲和门相送，其中最为显眼的，就要数这次同样留在京城的傅砚了。之所以说他显眼，不仅因为他的身份，也因为他一头白发，在阳光下看起来真是无比耀眼。导致之后的旅途上，总有人寻借口来找顾浮，希望能和她打好关系，日后有什么事情要问鬼神，也能走走她的路子。顾浮懒得一个个应付，索性换上男装，骑马而行。皇后看见，还给她送了一对宝相花纹的护腕。

司涯曾以半仙的名义传出要献祭未婚女子的话，那之后虽然建立了灵犀书院，可还是有许多女子不敢随意出门。后来还是一位和顾浮一块儿在宫里读过书的姑娘带头，学其穿男装，家里人也没反对，都觉得这样更加安全，导致许多姑娘都有样学样，穿起了男装。

这次随行的女眷里也有喜欢男装又会骑马的女子，只是碍于场合不敢乱来。如今看顾浮换上男装，还得了皇后的赏赐，便大胆起来，跟着换了男装，和自家兄弟一块儿骑马。

犀山距离京城足足五日的路程。

御驾离京的第二天，傅砚同往日一样早起，等他走上七楼，立刻便有人来向他禀报英王府的动静。小到昨天夜里叫了几次水，大到守卫松懈后有多少英王府的侍卫趁机混出府……只要和英王有关，就没秘阁探子说不出来的细节。

傅砚听完，顿时没了胃口，可想起顾浮离京前的警告，他还是强迫自己喝了半碗粥。

用完早饭，和一叶替换开始上白班的一花跑上楼，说是目前还在英王府的林月枝托秘阁探子送了张小字条过来。傅砚伸手拿过，抬起手的动作让袖口微微下滑，露出手腕上系戴的长命缕。

长命缕用五色丝线编成，配在一身白的傅砚手上有些突兀，就仿佛一幅素雅的白梅画卷，被人不小心蹭上了五彩的色泽。

这是今年端午节，顾浮给他系的那条。端午那日回来他就把长命缕放进了盒子里，顾浮离京后不知怎的，又被他拿了出来戴上。

展开林月枝托人送来的字条，傅砚看完内容，眼底浮现出些许错愕。

…………

抵达犀山的第一天，随行的宫人与各家仆役开始布置营帐。王公大臣与女眷们各自聚集，或四处走动，或叫人往地上铺一块大布，坐下休息。

顾浮穿了一身男装，和姑娘们凑一块儿显得有些奇怪，索性骑马四处溜达起来。

犀山虽然被叫作“山”，但其实只是一个较高的山丘，山丘上有一座离宫，是过去一位不敢违背祖制，又不想住营帐的皇帝叫人建的。之后那位皇帝因好逸恶劳、昏聩无能，使大庸陷入了风雨飘摇的境地，最后是那位皇帝的侄子夺取了皇位。

此后犀山离宫就成了摆设，哪一任皇帝要是敢在冬月围猎的时候不住营帐住离宫，大臣们必将以死相谏。

猎场就在犀山的山脚下，营帐则设在猎场与离宫之间。

顾浮转了一圈，在营地附近发现一条绕过犀山直入猎场的小溪。她蹲在小溪旁洗了洗手，站起身遥望猎场，有些蠢蠢欲动。

冬月围猎并不仅仅有入猎场打猎这么一项活动，同时还会在最后几天进行军演。往年军演都是用来磨炼禁军的，今年有了赤尧军，定会变成一场极其激烈的争斗。可惜她只能看着，别说参与军演，连和其他人一块儿入猎场打猎的机会都没有。

顾浮越想越不甘心，就跑去皇后那儿发牢骚。皇后正忙着，懒得应付，就派人去皇帝那儿，转达了她的期望。

没过一会儿，皇帝下达口谕，叫人在猎场外围划分了一小块地方，命名“小猎场”，并清走毒蛇猛兽，只留一些小动物，让女眷们也能过一过打猎的瘾。

“……”行吧，总好过没有。

顾浮兴致缺缺，其他姑娘则兴奋极了，她们有的跑去借男装，有的去找自己兄弟借弓箭和马，还有的更离谱，连上马都不会，找顾浮现学。

顾浮本想入猎场痛快一下，结果却成了姑娘们的武师傅，每天都在教她们如何骑射，就这么混了两天。直到第三天，她骑着马，慢慢悠悠地溜达到了小猎场边缘。

为了避免女眷误闯到隔壁猎场，也为了避免男子误闯小猎场，小猎场边缘围了一圈赤尧军侍卫。那群侍卫看到有人过来，本能地拦了拦。

顾浮挥挥手说：“不过去，不过去，我就看看。”说着，她停下马，探头往外看。

大约是因为女眷都在这边的缘故，附近时不时会出现男子，倒也不是心怀不轨，不过是天性使然，想在姑娘们面前秀一秀箭法和本事，也因此被赶来了不少野兽。

顾浮看见一群少年在追赶一只豺，然而接连几箭都没法儿将它拿下。眼看着那只豺就要冲到小猎场这边，赤尧军正要动手拦下，突然一支箭从他们身后射出，将豺钉到了地上。

少年们受了惊吓一般纷纷勒马，赤尧军转头看去，就见顾浮笑着道：“我不好过去，可否劳烦你们帮我捡一下？”

赤尧军真就过去，把她射中的猎物拿了过来。

之后顾浮就在小猎场周边徘徊，也不越界，可但凡有把猎物赶过来，想当着小猎场内女眷的面一秀英姿的，都会被她抢走猎物。

姑娘们也放弃了去抓小兔子，跟在顾浮身后看她欺负人，为她喝彩叫好。

本以为这么做之后，特地把猎物赶来小猎场的人会变少，谁知道次日赶猎物过来的人更多了，一个个都不信邪，非要当着她的面赢她一次，可结果都一样，只要被她看见，猎物就没有逃脱的可能。

于是两天下来，顾浮狩得的猎物竟也能在男子那边排得上号。

第五天，皇后下令在小猎场外面围起了两人高的布墙，赤尧军守在布墙外，彻底将两个猎场隔绝开来。这么做的理由很简单，被赶来的猎物太多，谁也没办法保证顾浮和赤尧军能把所有野兽都猎下，为了其他女眷的安全，只能如此行事。

顾浮能理解，所以并没有埋怨什么，反而十分满足那两天的狩猎，重新开始教姑娘们骑射。

这天晚上，顾浮因为没洗头被穆青瑶嫌弃，只能偷偷跑到小溪边把头洗了。洗完正要回去，就看到两个熟悉的身影顺着小溪一路走来，一个是翼王，一个是穆邵卿。

顾浮擦着头发和他们打招呼，因为穿着男装，穆邵卿恍惚间又把她当成了曾经的北境统帅，吓得浑身一颤。

"顾、顾二姑娘。"

"表哥不用这么见外，叫我顾二就行。"

"嗯，好……我……我还有事，就先回去了。"穆邵卿同翼王告退，随即转身就走，看着竟有些像是落荒而逃。

顾浮一头雾水，转头看向翼王，正想告退离开，就听见翼王说了句："听闻顾二姑娘箭法超绝，可惜小猎场围了布墙，此后恐怕再也没办法去猎猎场那边的野兽了。"

顾浮面无表情地"哦"了一声。

两人也就见过两次面，加上这次是第三次，不太熟，也没话聊。

但翼王似乎很想和她聊聊，又接着道："原先不曾猎过野兽也就罢了，如今知道自己的能力不在男子之下，却不得不回到小猎场，顾二姑娘不会不甘心吗？"

营地的火光打在翼王身侧，一半明亮，一半却深陷黑暗。

还没擦干的水珠顺着发丝缓缓滑落，打湿了顾浮的肩头。她随口道："还行吧，总不能因为我一个，让其他人身陷危险。"

翼王轻叹道："这世上本就没有绝对安全的地方，你有这个能力，为何要委屈自己？"

顾浮轻笑出声："不过是打猎，有什么好委屈的。"

翼王语带惋惜："姑娘应该能听出来，本王说的并非打猎这件事。"

她缓缓收敛脸上的笑意。她与翼王隔着一丈多的距离，静静对望片刻后，又开口问：“翼王殿下是从我表哥那儿听说了什么？”

“本王曾意外救下过一名神志不清的北境军医，从他口中听说过将军你的事情。”

笑容再次出现在顾浮脸上，然而笑意未及眼底。

“翼王殿下是说，你在京城，救下了北境的军医？”她在“京城”和“北境”两个词上咬了重音。

“是啊，也不知那位军医是如何从北境来到京城的。我知他所言甚是机密，便将人留在了府上，将军可要见一见？”

顾浮笑容越发灿烂：“殿下都说了那军医神志不清，他的话怎么能信？这么说来，他是不是北境的军医也不一定，殿下也该谨慎些，莫要轻信来历不明的人。”

翼王没有坚持，而是顺着这话点头道：“姑娘说得是。”

顾浮告退，然而没走几步，身后又一次传来翼王的声音：“姑娘觉得……”

她停下脚步。

“若那疯子所言为真，一个京城的姑娘跑去北境，从军杀敌，最后成为一军统帅，姑娘觉得，这位女将军最后的结局会是什么？”

顾浮侧身看他，反问：“难道不是战死沙场，为国捐躯？”

翼王朝她所在的方向走了一步，追问道：“如此功绩，为何不能是加官晋爵，名留青史？”

空气中沉默了片刻，顾浮没有回答，而是极其讽刺地笑出了声。回到营帐，穆青瑶还在等她，见她一头湿发，连忙放下手中的书，去拿了条干净的棉巾给她擦头发，一边擦，一边说道：“我就随口一嫌弃，你也不必大晚上跑出去洗头。”

“还是洗洗吧，我自己也觉得难受。”

擦好头发，顾浮没有换衣服睡下，而是把头发束好，准备去找皇帝。然而才出营帐，她便听见疾驰的马蹄声，直奔皇帝所在的御帐。

她快走几步，在御帐外见到了绿竹。

绿竹跌跌撞撞地跑过来，脸色苍白道：“姑娘，京城那边来信，英王率府兵攻入皇城控制百官，不仅炸毁宫门，还派兵将国师大人围困在祁天塔，放火、放火将国师大人烧死在了塔内……”

天将破晓之际，顾浮猛地掀开御帐从里面出来，阴沉的脸上压着风雨欲来的怒火，周身皆是不再遮掩的凶煞之气。她抢了一旁备着的马和马倌手里的鞭子，翻身上马后用力挥动马鞭，骑着飞奔的骏马在营帐与篝火之间穿梭，直奔营地出口。

赵公公急忙从御帐里出来，被人扶着跑了几步，拿着拂尘的手指向顾浮离去的背影，用尖锐且带着腔调的声音对左右喝道："拦下她！"

四周的禁军俱都上马追了过去。马蹄声惊醒了不少人，他们掀开营帐出来，就看见顾家的二姑娘穿着男装骑着马，身后还被禁军追着，直直冲向营地出口。营地出口设置有拒马，拒马上捆带的枪头闪着凛冽的寒光，可那顾家的二姑娘丝毫没有要停下的意思，反而越跑越快。

在一阵惊呼声中，她骑着马高高跃起，竟就这么跃过拒马，冲出了营地。追在后头的禁军被迫停下，等到拒马被移开，人早就没了踪影。

东方缓缓升起一抹耀眼的光辉，不等天光大亮，顾家二姑娘抢马离营还甩掉了禁军的事迹就已经传遍了整个营地。但英王谋逆攻占皇城，并火烧祁天塔一事，就只有少数几位官员知道。

清晨各处都忙碌着烧水做饭，一个换了衣服假扮成仆役的小太监悄悄跑进翼王营帐。营帐内，翼王坐在棋盘前，单手执棋子，像是在思考一般，用玉质的白棋在金丝楠木制成的棋盘边上敲出一下又一下的声响。

小太监小跑到翼王身边，下跪行礼。

翼王专注于眼前的棋局，不曾赏半分目光给那小太监，只淡淡道："说。"

小太监连忙将自己得来的消息尽数告知："顾二姑娘得知京城的消息后十分着急，她笃定英王手上没有足够的兵马，不会在占据京城后派兵攻打犀山，就想向陛下借赤尧军，以夺回京城，确认国师的生死。可听陛下的意思……"

"陛下不肯。"翼王将棋子扔回棋盒，玉石撞击的脆响让小太监越发低下了头。

"他当然不会肯，即便国师替他拔除了英王的爪牙，即便用兵如神的忠顺侯向他保证会将京城夺回，可这一切又怎么比得上皇帝陛下的自身安全重要？"

翼王说着，发出一声轻笑，一如既往地温柔似水："兄弟又如何，功臣又如何？平日里百般纵容，就真以为自己与旁人不同？殊不知天家无情，只不过是时候未到罢了。”

当年他爹翊王受尽先帝宠爱，结果却是死于斩刑，他娘寻了下人给他当替死鬼，放火烧光翊王府，自己也死于火海，这才保下他这条性命。谁能想到在那之前，他还能随意入宫，朝将他翊王府上下赶尽杀绝的先帝喊“皇爷爷”呢？

不多时，小太监离开翼王营帐，低着头匆匆离去。

翼王身旁抱剑而立的侍卫低声询问：“忠顺侯已离开营地，我们是否按原定的计划行事？”

翼王沉吟片刻，叹道：“本想拿下了西北大将军与禁军，还能再拿下个北境前统帅，可惜了……我知道英王蠢，但没想到他能蠢到这个地步，竟这般急不可待地杀了国师。”

“北境那边已有卫骁将军，殿下何必抓着忠顺侯不放？左右一个女子，又失了兵权……”

“你懂什么？”翼王打断道，“千军易得，一将难求。更何况她还没暴露身份。她在北境的根基，又岂是卫骁能比的？”翼王摆摆手，“不说这个了，按计划吩咐下去，今晚动手。”

侍卫：“是。”

原定在今天的最后一场围猎突然中止，皇帝传下口谕，除了被他叫去的大臣，其他人——哪怕是仆役都必须在营帐里待着。营帐外还围了禁军把守，导致整个营地不复昨日的热闹，只剩下令人窒息的寂静。

御帐内，被召来商议且知道京城情况的文官武将们正在为后续的事宜争吵不休。皇帝端坐上首，一手扶着额头，脸色极其难看。

最终皇帝决定，让穆衡带兵符去卫州和护州调兵，护御驾回京，夺回京城。

穆衡拿了兵符，率手下兵将疾驰出营。皇帝叫李禹将大臣们带去旁边的营帐，不许他们随意走动，也方便随时传唤。

夜深，头痛欲裂的皇帝并未去休息。赵公公端来热羹汤，轻声道：“陛下，您都一整天没吃东西了，多少吃点儿吧。”

皇帝沉默着摇了摇头，可就是这样简单的动作，都让他的脑子疼痛难忍。赵公公还要再劝，忽闻身后响起动静，接着便有狂风席卷入内，竟是有人擅自从帐外掀开了御帐的门帘。

随着狂风一同到来的，还有身着亲王服，缓步踏入的翼王。翼王身后跟着一队侍卫，就这么迤迤然走进来，竟无一人阻拦。

赵公公先是愕然，随即震怒："翼王殿下！陛下不曾召见，你怎敢不经通报擅闯御帐！"

这一声训斥喊得响亮，隔壁营帐里还未歇下的大臣们都听见了，他们面面相觑。最后还是镇南将军率先走到营帐门口，掀开了厚重的门帘，就见本该守在帐外的禁军不见踪影，整个营地一片死寂，一个人都没有，只剩熊熊燃烧的篝火在风中摇曳，发出"噼啪"的轻响，宛若鬼火。

大臣们吓了一跳，连忙赶到隔壁，才进去就看到了带着侍卫的翼王站在陛下面前，长身玉立。温文尔雅的翼王侧身看向他们，脸上露出了和平日一般无二的温和笑容，还打了声招呼："诸位大人来了。"

"翼王殿下这是要做什么？"内阁大臣胡全率先提出了质疑。

"没什么。"翼王笑着道，"只是想和陛下，算笔旧账。"

大臣们心底泛起不安，胡全更是喝道："放肆！"

翼王不怒反笑，提醒道："我已叫禁军将诸位大人的家眷带到别处，诸位若是不想同家人阴阳相隔，还是不要轻举妄动得好。"

大臣们这才明白，营地里为何一个禁军都看不到。

坐在桌案后头的皇帝眉头紧蹙，问他："钧之，这究竟是怎么回事？"

闻钧之，翼王的名字。

翼王转头望向皇帝，说道："臣自然会将此事说清楚，不过在那之前，还请陛下先去见我的父亲。"

翼王的父亲，因谋逆而被处死的翊王。说着，翼王身边的侍卫拔刀朝皇帝走去。

赵公公挡在皇帝身前，门口的大臣们想要冲上去护驾，却被翼王的其他侍卫拦下。于是武官同侍卫打了起来，有文官想要越过他们，却被出手狠辣的侍卫砍伤，便只能对着翼王破口大骂，全然没有往日的风度和自持。

更有甚者以为翼王和英王联手，才会有现下的局面，便对着翼王咆哮："陛下已令穆将军持兵符到卫、护二州调兵，你当真以为你们的奸计能够得逞吗？！"

翼王一瞬不瞬地看着皇帝的表情，悠然道："陛下被英王的逆举活活气死，临死前特地叫穆将军去调兵，还禅位于本王，本王自是要替陛下率兵回京，拿下英王那个乱臣贼子。"

翼王的野心昭然若揭。他不再听别人对他的谩骂，而是欣赏着皇帝脸上的愕然，心情愉悦地等着自己的侍卫将皇帝的头砍下，告慰他父母的在天之灵。

赵公公整个人扑到皇帝身上，侍卫索性举起长刀，准备将这对主仆一同杀死在御座之上。

皇帝并未看向那把要取自己性命的长刀，即便到了如今这个地步，他的视线还是不曾从翼王身上离开，他说："钧之，现在收手还来得及。"

翼王笑而不语，侍卫挥刀落下。可那把长刀还未碰到赵公公的衣服，鲜血便如水柱一般喷涌而出，落得赵公公满身满脸都是。

黑色长靴极其放肆地踩在御案之上，鸦青色的长袍衣摆落下，同时有像球一样的东西跟着一块儿滚落在地。

翼王的笑容凝固在脸上，他猛地扭头，对侍卫道："把他们杀光！"

话音落下的同时，一道黑影掠过，刀刃割破皮肉的声响接连响起，还在同武将缠斗的侍卫一个接一个，人头落地。

赵公公颤颤巍巍地退开，掏出手帕给同样被血弄污的皇帝擦脸。

解决完侍卫的顾浮则站在彻底傻掉的大臣们面前，低头看着自己手中通体漆黑的苗刀，抱怨道："这把刀太锋利了，我就想割个脖子，没想把他们脑袋割下来。"

大臣们还没回过神，就听见皇帝问了句："离宫如何？"

顾浮应："陛下放心，李禹和郭兼已经将皇后娘娘还有诸位大臣的官眷送至离宫安顿。"

"李禹？！"翼王听到这个名字，脸上满是不敢置信。

顾浮看向翼王："可不就是李禹嘛。"

她踱步走到翼王面前，抬起手用刀尖对着他，问："所以翼王殿下为什么觉得，李禹会放着现成的外戚不当，同意助你行事，去贪所谓的从龙之功？"

关于这个问题，她后来问过李禹。李禹知道她不会告诉别人，鬼使神差地说出了大逆不道的心里话："那是靠姑姑得来的风光，若叫我来选，我当然希望是靠自己的实力为李家带来荣耀。"

换言之，翼王的思路其实是对的，他看穿了李禹的本质，知道李禹是一个被家人抱有过高希望，过度自尊甚至有些自负，急于证明自己的人，所以他抛出的诱饵，直戳李禹内心最深处的渴望。他甚至隐晦地承诺过，会为李家留下皇后的性命。

但李禹没说的是，翼王向他抛出的诱饵不仅仅如此。

翼王似乎知道李禹同顾浮交情不浅，就说自己捡到了北境的军医，知道北境的前统帅是女子，还说："陛下顾忌忠顺侯的女子身份，将其从北境召回，说到底还是顾及世俗的眼光。可要换成是我，绝不会因为一个女子身份，就埋没她的才能。"

翼王的话没有打动李禹，反而提醒了他顾浮的存在。

过去几年的相处让李禹知道，顾浮是个记性很好的人，她不会忘了是谁让她有机会去北境从军，更不会为了重新上战场，就背叛最初为她打开那扇大门的人。所以李禹清楚，任翼王舌灿莲花，也绝对没有可能将顾浮收入麾下。

也就是说，投入翼王麾下，就要和顾浮为敌。

顾浮在北境那些年，可曾打过败仗？

没有，一次都没有。

本能的畏惧让李禹假装没有看出翼王若有若无的试探和邀请。说到底，他还是不想与顾浮为敌。

犀山离宫很大，房间也多，但整体风格偏向粗犷，透着一股子古朴与大气。

翼王谋逆并非心血来潮，他筹谋多年，所行之举堪称瞒天过海，就连秘阁都不曾发现端倪，能在最后关头才被识破，也是他的本事。

如今离宫各处戒严，三步一岗五步一哨，也就顾浮得了陛下恩准，可以在离宫内随意走动。于是她就从屋里跑出来，抱着那把通体漆黑的苗刀坐在离宫的高墙上吹风。

前日，她从绿竹口中得知英王攻占皇城，火烧祁天塔，还烧死了傅砚。说实话，她当时真的信了，因为她知道的计划不是这样的。

傅砚说了，他会让英王成功攻占皇城，炸毁宫门，留下英王确实要谋反的人证、物证后，再让卫州和护州的兵发起进攻，夺回皇城，将其拿下。之后只要等到皇帝回京就行。其中难度最高的不是怎么夺回皇城，而是怎么确保被挟持的百官的安危。死的要是皇帝看重的官员，傅砚这遭必将受到比革职更加严厉的责罚，所以几乎每一个官员身边以及诸位大人家中都被安排有秘阁的探子严阵以待。

傅砚从没说过会有火烧祁天塔这样的情况发生，所以顾浮被吓了一跳。她不顾阻拦跑进御帐，想要找从京城赶来报信的人，询问清楚情况，然后就看到皇帝一脸淡定，端坐在御案之后等着她。

顾浮心里"咯噔"一下，同时也松了一口气——傅砚若真的出了事，陛下不可能是这个反应。这时绿竹也跟了进来，脸上丝毫没有方才的着急与慌乱。她这才想起来，绿竹的演技一直都很好。

所以是陛下故意叫绿竹演戏吓她？

顾浮不大确定，但还是下跪向皇帝请罪，将傅砚原先的计划全盘托出。

皇帝看她把事情都说了，心里积压几天的气多少消下去一点儿，但还是不高兴，便嘲了句："你们俩倒是默契，把事情都干完了才来和朕交代。你们眼里到底还有没有朕？"

顾浮低着头，任皇帝撒火。毕竟这事是他们故意隐瞒在先，只能认错。

皇帝又骂了两句狠的，放在寻常官员身上多半已经被吓晕过去，偏顾浮胆子大，感觉皇帝骂她就和顾启铮骂她没差别，都是听起来吓人，其实不痛不痒。她等着皇帝给她更加实质性的惩罚，却没想到他骂完喝了口茶，然后就没有然后了。

顾浮有些蒙。

皇帝瞥了她一眼，道："怎么，觉得朕骂得太轻，还没听过瘾？"

"臣不敢，"顾浮讷讷道，"就是觉得……嗯……陛下是否还有话没说。陛下若要严罚，臣与望昔绝无怨言。"

"这事自然没完，不过得等回去再说。现在先说说别的。"

顾浮迷茫："别的？"

皇帝将傅砚几天前派人快马加鞭、日夜不休送来的消息说了出来，顾浮听后才知道，这事虽然是他们的错，但也因为他们俩误打误撞，揭出了一个所有人都没发现，也根本没想到的阴谋。

时间回到他们离京后的第二天，傅砚收到了林月枝托秘阁探子送来的小字条，上面写着林月枝从英王口中得来的一个消息——英王早于六年前就在京城藏下了数量众多的火药，最近正准备使用。

林月枝不知道顾浮和傅砚早就知道火药的事情，急忙将消息送来，因此让傅砚在其中发现了不对劲儿的地方：英王的火药是六年前备下的，与最近那三艘偷运货物，无法查明货物内容的货船无关。

接着傅砚开始了新的调查，最终确定林月枝所言不假，存放火药的宅子确实是六年前就被人买下，附近巡逻的卫兵武侯也对看管火药的宅子和里面居住的人有印象。

至于为什么是六年前——六年前正是皇帝收拢大权最关键的时期，皇帝甚至在那时遭遇过一场十分惊险的刺杀。也就是在那场刺杀中，他们兄弟二人被顾浮所救，让她有了去北境从军的机会。

那么新的问题又来了，那三艘货船上面到底偷运了什么？

但凡傅砚选择将这个问题先抛到脑后，拿下了英王再说，结局就不会是如今这个模样。京城或许无恙，但翼王也会因为英王的失败改变计划继续蛰伏，直到新的时机到来。到那时候，傅砚多半已被革职，被翼王收为己用的卫骁已在北境统帅的位置上坐稳，羽翼丰满，一旦起事，鹿死谁手犹未可知。

不过还好，傅砚选择查到底。他从青州入手，本该和原先一样一无所获，但却意外从顾浮的大哥——顾沉那里得到了一些消息。

大约半年前，顾沉所在的衙门要派人去青州公干，顾沉为了带妻子出门散心，特地领了这项差事，还阴错阳差结识了长宁侯的三子——温溪那个跑去青州不知道干什么的三哥温海。

温海在青州干起了黑市的买卖，因为这勾当上不了台面，他直接被长宁侯赶出了家门。而顾沉通过温海得知，这些年一直有人通过黑市购买年轻健壮的劳力。傅砚顺着这条线，终于查出了那批货物的真面目——不是什么金银玉石，也不是铁器火药，而是人，翼王花了很长时间从青州陆续购买，且经过训练，最后统一送来的人。那些人伪装成码头苦力，下了船自行散去前往集合的地点，所以秘阁查不到那批货物的去向，因为“货物”自己长腿跑了。

傅砚因此将目光投向翼王，并拔出萝卜带出泥，在英王过往的种种行为中，都发现了翼王的影子。于是他写信给皇帝，把一切都交代了，表示自己会守好京城，但之后会让人送来京城失守、英王闯入皇城挟持百官的消息，只为引诱翼王出手。

皇帝不反对傅砚的做法，但也气他最初将自己蒙在鼓里的行为，这才有了让绿竹故意去吓顾浮的一幕发生。

傅砚给皇帝的信中还提到，翼王曾多次接触李禹。皇帝直接问了李禹，李禹也不傻，没有隐瞒事实，也没有和盘托出，只说翼王确实在酒后对他讲过一些很奇怪的话，但他没听懂，便不曾同皇帝提起。

皇帝不管李禹是不是真的没听懂，让李禹在京城送来假消息后，装出一副动摇的模样，主动去找翼王联手，算将功折罪。之后他又和顾浮商议了一整晚，顾浮也将失踪军医在翼王手上的事情说了出来。皇帝听完沉默许久，最后决定让她假装与自己闹翻离营，然后再折回来，暗中保护……

顾浮在高墙上坐了许久才起身，准备去找皇后，拜托皇后出面与安王商议他们家同穆青瑶的婚事。穆衡与翼王平日里私交甚密，有共谋的嫌疑，如今已被拿下，就在离宫的地下监牢里关着。

在翼王的计划中，李禹和禁军是最关键的一枚棋子，要让禁军带走官眷作为人质，还得让其支走赤尧军，方便他对皇帝下手。却不想此举反而给了禁军和赤尧军机会，让他们将营地的人偷偷转移去离宫，同时派出人去拦截穆衡。

穆衡毕竟是西北大将军，李禹和郭兼任何一个人单独带禁军或赤尧军，都没可能这么轻松将其拿下，还得是两人联手。郭兼出脑子，李禹领着经验更加丰富、对犀山周围更加了解的禁军包抄追赶，才成功将人抓获。

穆衡是否参与谋逆还得查，若查出证据，穆家父子难逃死罪，吴小娘和穆白娣一个是穆衡的妻子，一个才十二岁，没许人家，多半是要充入奴籍。

但穆青瑶还有活路。穆青瑶许了人家，只要安王府不退婚，她就归属于她的夫家，不会受娘家谋逆所牵连。所以无论结果如何，顾浮都得先保证她的婚事不出意外。

若穆家父子真与翼王有瓜葛，顾浮就是绑也要把穆青瑶绑上安王府的花轿，至于安王府会不会嫌弃父兄都是逆贼的穆青瑶……只要能先将人保下，大不了日后和离，叫顾启铮收穆青瑶做义女，当他们顾家的姑娘。

顾浮走下高墙，拐过弯角，遇到了镇南将军。她同这位镇南将军不熟，倒是对镇南将军的儿子——少将军林毅略知一二。林毅曾经与棠沐沐有过往来，后来棠沐沐将各家子弟耍得团团转的事情暴露，镇南将军觉得林毅在自己的庇护下活得太轻松了才会这么轻易被骗，于是向皇帝求了恩典，将人送去北境历练。之后开始选麟，这位林毅少将军一直都是排榜上的热门人选，排名从未掉出过前二十。

此刻见到镇南将军，顾浮只当巧合遇见，行礼后准备离开，谁知镇南将军在她面前停下，一脸严肃地问——

“你到底是什么人？”

顾浮抱着那把漆黑的苗刀，脸上写着大大的“困惑”二字：“将军这话是什么意思？”

寒凉的风拍打在她脸上，虽然还穿着男装，梳着男子的发式，可当她睁大眼睛，学着寻常女子那般露出懵懂而又无辜的眼神时，瞧着还真有几分不谙世事的天真。

镇南将军林翰海看着眼前微微歪着头的顾浮，内心不见丝毫动摇。因为他清楚地记得昨天晚上，御帐之内，翼王要取陛下性命，那时的他在和翼王的侍卫缠斗，无暇分身，事态危急之际，这位顾二姑娘突然出现，削下了逆贼的脑袋。那一下，干脆利落得像是在削萝卜，喷涌而出的鲜血洒得哪儿哪儿都是，她就这么站在鲜血之中，却不见丝毫的恐惧与畏缩，从容得像是早就习惯了用手中的兵刃夺取他人性命。

林翰海很清楚，武功高强和会不会杀人是两回事。那日玉楼公主同顾二比武，顾二又挑战了护送外邦使臣入京的武将，虽然打遍全席无敌手，但从头到尾都是点到即止，并没有伤及那些武将的性命，所以那会儿他也没觉得奇怪。

可这次顾二杀了人，且杀人后的反应一点儿都不像从未杀过人的闺阁女子。而她之后的举动，更加具体地展现了她对杀人这一项行为的熟练——当时翼王见形势不妙，下令让侍卫对他们下死手，林翰海这才发现那些侍卫原来保留了实力。要说原因，大概是翼王觉得他们还有用处，如今弑君失败，翼王自然要把皇帝看重的大臣统统解决掉。

可就在那些侍卫要动手的时候，顾家二姑娘越过翼王，以迅雷不及掩耳之势，将侍卫的脑袋削了下来。

林翰海恐怕短时间内都无法忘记顾浮在他面前挥刀杀人的模样。

顾浮杀人的时候，脸上不带丝毫的凶蛮与狠戾，也没有沉溺于杀戮的疯狂与欣喜。她很平静，仿佛夺取旁人的性命对她而言，是跟喝水、吃饭一样简单又寻常的事情。

——这绝不是一个普通的官家女会有的表现。

所以林翰海抱着疑虑找到顾浮，并提出了疑问。

结果显然并不理想。

林翰海目光锐利地说："你不用在我面前装傻，我知道你绝非寻常女子，不然陛下也不会将自己的安危托付给你。我只是奇怪你的来历，想知道你到底是谁。"

顾浮垂下眼帘，默了片刻，道："将军应该知道，我能不能说，你能不能知道，都不是你我能决定的。"

林翰海听懂了："那我去问陛下。"说完，他转身离去。

顾浮在原地站了一会儿，才继续迈步，去找皇后解决穆青瑶的事情。

林翰海当真去找了皇帝，他来到离宫主殿外，殿外有一排站岗的赤服侍卫，是赤尧军。层层通报后，赵公公快步从殿内赶来，将他迎了进去。

在殿内同样站着侍卫，但身着玄衣，是禁军。林翰海进去的同时，有禁军将除了亲王服、手脚戴着镣铐的翼王从殿内带了出来。

两人擦肩而过，翼王扬起温和的笑意，全然不像一个阶下囚，甚至还有心思探究林瀚海来找皇帝的目的："将军可是来问那位顾二姑娘的？"

翼王才说完话，就被禁军推了一把，脚上的铁链相互牵绊，让他摔倒在地。翼王缓缓地从地上爬起来，林翰海没有丝毫停留，就这么直直地走了过去。

被无视的翼王笑出了声，所有人都觉得皇帝是个圣人，却不知他和自己其实没什么两样，都是为了目的能不择手段的无情之人。

这边翼王被押送去地下监牢，那边林翰海叩见皇帝，单刀直入地说出自己来的目的。

皇帝放下笔道："朕正好有件事要同林将军说，与顾二有关，林将军也替朕参谋参谋。"

皇帝的干脆让林翰海有些猝不及防，但他还是如愿得到了想要的答案。

如今这位顾家二姑娘确实是顾启铮亲生的女儿没错，但同时也是那位死后被追封为忠顺侯的北境军前统帅。

林翰海得到这个答案的时候，差点儿以为皇帝是在逗他玩。一个女子，去北境参军五年不曾被人识破身份，还立下了如此功绩，这怎么可能？

然而君无戏言，皇帝是认真的。林翰海的认知遭到了冲击，皇帝在这个时候展现出了与翼王十分相似的体贴——他给了林翰海足够的时间来消化这个事实，其间看完了京城送来的奏报，还给傅砚回了封信。

等到林翰海回过神，皇帝发现他脸上满是"可惜"，而非"厌恶"，眼底不由得多了几分笑意。

但其实，林翰海会为顾浮感到可惜，并非因为他与常人不同，不介意女子从军。若在以前，让他得知北境军前统帅是女子，他定要骂一句荒唐，并对其充满敌意和厌弃，毕竟在他眼中，女子从军就是出格，无论功绩如何，都该遭人唾骂。

但偏偏，林翰海有个被他扔去北境的儿子——林毅。林毅出身于将门，这辈子也就在棠沐沐身上栽过跟头，此外无论是武功还是心性，那都是京城一等一的少年英才。

可等到了北境，林毅才发现人外有人。

顾浮，北境军前统帅，一个早已故去并被神化的人物。

因为年龄差不多，林毅本对其不屑一顾，可随着深入的了解，便是他也忍不住骂一句"贼老天"，竟让这样的将才早早离世。

林毅送回京城的书信中，也多有提及这位顾大将军，让林翰海对这位英年早逝的北境军前统帅充满了敬佩，还自动给人升了一辈，常在书信中把顾浮当成自己的同辈，让林毅多多向她学习。

如此这般下来，也不怪林翰海会转变对女子从军的态度。

确定了林翰海的态度，准备了不少后手的皇帝也改变了策略："秘阁今早来报，已寻得北境军现任统帅卫骁与翼王勾结的罪证。朕不能容他，但北境，总要有人去守。"

林翰海愣住："陛下是想……"

皇帝摇了摇头，说："只是想想罢了，具体如何，朕也在犹豫。"

皇帝如果非要让顾浮重掌北境，林翰海或许还会劝其三思，可皇帝说他还在犹豫，林翰海反而开始考虑此举的可行性。

入了冬，议和失败的左迦部怕是又要来劫掠，卫骁谋逆，绝不能留，可拿下卫骁，北境怎么办？北境才刚换了统帅不到一年，又要再换，若是顾二以外的人，能镇得住吗？

林翰海的忧虑在回京之后变成了心惊。

边关急报，玉楼公主的故国——磊国，在大庸东南边境发动突袭，致使东南边境损失惨重。同时东部的尹国也落井下石，尹国质子早就趁着英王谋逆，在翼王党羽的帮助下逃出大庸。另一边，西北的边境布防遭到泄露，西北边境被虎视眈眈的部族接连攻下三城，其中一城由左迦部占领，城中上万百姓，皆被屠戮殆尽。

战报入京后，皇帝急召大臣入宫，和他们一同被召进宫的，还有顾浮。

顾浮是被傅砚接进宫的。国师的马车高调而又张扬，她上车后还有点儿蒙，听完军报才回过神："西北边防泄密？不是才刚换的防吗？"

她说完想到一个人："不会又是我舅舅吧？"

顾浮要疯，若是叛国之罪，恐怕连安王府都保不住穆青瑶。

傅砚忙碌了半个多月，每天只睡两个时辰，还都是顾浮大晚上过来逼他睡的，所以他现在像是回到了认识她之前，睡眠严重不足。

他说："不全是。你可还记得穆衡在西北娶的那个续弦？"

顾浮反应很快："她是细作？"

"是细作，也是翼王的人。大理寺那边费了不少法子才撬开她的嘴，她母亲是沂河人，父亲是中原人，她从小在沂河部长大。后来沂河部没了，她作为异族舞姬被人辗转送到翼王府中，翼王利用她的复仇心把她安排去西北，让她成了穆衡的妾室，不过她倒是能耐，让穆衡甘愿将她扶正。”

傅砚靠着顾浮，调整了一下姿势，抱紧人闭上眼道：“她还说了一件事情。

“她说翼王一直都想拉拢穆衡，却始终没能得逞，于是翼王想将穆衡的女儿——就是你表妹，纳入府中，让穆衡不得不成为他的同谋。然而翼王已有正室，西北大将军的女儿不可能为人做妾，休妻再娶又动静太大，所以……”

“所以他要毁了青瑶的名声，再摆出一副不嫌弃的模样，将人抬入翼王府。”顾浮终于知道，穆青瑶被地痞堵路的流言是谁传出去的了。还有吴小娘，她宁可被人看笑话也要让穆青瑶名声不保，并不是因为她蠢，而是从一开始，她的目的就和他们想的不一样。

顾浮扶住自己发沉的脑袋问：“这份供词，能证明穆衡没有参与谋逆吗？”

“暂时还不能，”傅砚提醒道，“还有穆邵卿。”

顾浮想起了那晚在犀山小河边，同翼王一块儿的穆邵卿。

傅砚又将话题拉回到战报上：“除了西北，还有尹国和磊国。尹国质子是翼王安排人放走的，尹国早先还在内乱，尹国质子的母亲是尹国的王后，一直希望质子能回国夺位，好保证自己的地位不受动摇。但陛下同尹国五王子达成了协议，只要大庸不将质子送回，阻碍五王子登基，五王子就能保证尹国绝不与大庸作对。不承想翼王抓住机会与尹国王后交易，只要翼王能让质子回国夺位，她就帮他在边境引发骚乱。

“磊国那边本就因玉楼公主一案与我大庸起了嫌隙，眼看着就要和解，也是翼王动了手脚，导致了如今的局面。”

换言之，这一切皆是翼王的手笔。他篡位失败，但早早就留下了一个烂摊子，足够让他们焦头烂额。

若是篡位成功，这些事情也会发生，但足够的外部压力会让朝臣们忘记翼王的父亲曾是反贼，之后卫骁收复西北，翼王再解决磊国，他这皇位基本就算坐稳了。

这等心机，顾浮甘拜下风，只是她不懂：“陛下叫我入宫是什么意思？让我去顶替卫骁？陛下不怕我暴露身份吗？”

傅砚睁开眼，淡淡道：“他需要你占住北境军统帅的位置。就像当初，英王需要陛下占住太子位，免得让宸王或翊王夺去一样。”

顾浮瞬间领会了这话的意思。

北境这个地方，确实比较特殊，它不像西面临海，水陆分割；也不像东边富庶，因人口稠密地域划分极为细致，各地之间能相互制衡；更不像南边地貌崎岖，用兵贵精不贵多。北境地形开阔，又有各大部族虎视眈眈，是战火不休的苦寒之地，也因此，北境军人数众多，管辖范围远比其他三境要大，且影响力也不是其他三境的边境军所能比的。

如今西北出了状况，北境军又需要新的统帅来接手，待西北平定，多半会把其再次纳入北境之中，这意味着北境的范围又扩大了。这么一块地方，陛下绝不可能将它轻易交出去。

有卫骁和翼王谋逆在先，北境军里哪些人是干净的还需要细细去筛，所以目前最便捷可靠的办法就是让朝廷从京城派人。可现成的将帅基本都与京城的世家大族挂钩，例如镇南将军府一系，便出自贺州林氏。陛下吃够了世家大族的苦头，对他们十分防备。

这么一来，曾担任过北境军统帅的顾浮无疑是最好的人选。且顾浮在那儿“死”过一回，过去一年，她在北境一带早已被神化，让她去执掌北境，收复西北，最合适不过。

皇帝曾将顾浮急召回京，主要是担心她暴露身份，对北境的安稳以及朝廷用人造成影响。可现在情况不一样，比起北境统帅是女子带来的影响，将北境控制住才是目前最重要的事情。

但顾浮还是不明白：“那也不必特地叫我入宫。”

只要说北境军前统帅还活着，直接让她去就好了，不必专门让她入宫，毕竟犀山一行，有不少官员见过她的容貌。

傅砚从顾浮身上起来，像是怕她不高兴，他声音压得很低：“这是我的意思。”

顾浮愣住。

傅砚说：“你们还在犀山的时候，我给陛下写了封信。我问他，要是让你去北境收拾烂摊子，能不能让你光明正大地带着兵出城。”

傅砚在顾浮面前说得软乎乎的，还“能不能”，可在信里全然不是这么回事，这也是他这么多年来，第一次在正事上对皇帝表达出近乎强硬的态度。

“我知道你不在意这个。”他抓住顾浮的手，放在自己胸口，“可我在意，哪怕不能让后世的人都记得，但至少现在的人会知道，拥有这番功绩的人不是死后无迹可寻、连祖籍都含混不清的忠顺侯，是你顾浮。”

而且他想得很周到：“你放心，消息短时间内不会传到北境去，也不会影响你接手那边。”

傅砚说这话的时候根本不敢看顾浮的眼睛，漂亮的眉眼低垂着，淡漠中隐隐透出些许委屈，顾浮知道，他是在替自己委屈。

她抬起另一只手，环着傅砚的脖颈把人拉过来，用自己的额头抵着他的，问："谁说我不在意这个？"

傅砚抬眼，对上一双含笑的眸子，她说："原先觉得太麻烦，没有必要，可你愿意为我去争，我很开心。"

勾起的唇角近在咫尺，傅砚凑上去，吻住了她的唇。顾浮温柔地回应着，深刻而又细致，仿佛要将其融到骨子里。

入到宫中，接引的太监将他们引去紫宸殿，殿内文臣武将齐聚，顾浮入内时，正听到兵部尚书在和林翰海争吵，听内容，应该是在军需问题上产生了分歧。

她的出现让众人感到意外，而她到来后，将北境战事压下不提的皇帝终于再次提起。有官员提到林翰海的儿子林毅就在北境军，认为可以先委以重任，具体事宜待夺回西北三城再议。林翰海不觉得林毅能担此重任，遂看向顾浮。

众人奇怪，也都跟着看了过去，就听见她说："北境军排外，历来的北境军统领俱都是从其内部提拔的。少将军背靠镇南将军府，恐怕无法让北境军彻底顺服。"

顾浮用上了自己在北境说话时的语气，乍一听去雌雄莫辨。众人惊疑不定，有人想叱问她一个女子，为何要在这里插嘴议论朝政。然而顾浮一眼望去，不加遮掩的气场叫那人感觉自己像是被猛兽盯上了一般，生生将话语吞了回去。

另有一人看出端倪，也不欲辩驳，而是提出了另外的人选："赤尧军统领郭兼，本就是从北境而来，计诡且善谋，不失为最佳人选。"

顾浮听得嘴角直抽，痞气一下子就上来了："郭兼文官出身，让他随军一个月都能要了他的命，你让他领着赤尧军在皇城内外走走还行，你让他去北境带兵打仗？放过他吧，大人。"

顾浮的又一次反驳让人再也无法忽视她的存在，虽然没人敢在御前骂她，但还是有官员说了："顾二姑娘有何高见，不妨说来听听？只是切记，莫要纸上谈兵，惹人笑话。"

这话说完就有人笑了。

只见顾浮淡定道："最坏的可能，卫骁拒不交出兵符，带领北境军放弃防线，挥军南下，到时候无论是北境还是京城，都将危矣。"

"他敢！！"有文臣大怒。

"卫骁若是不敢，就不会与翼王同谋。"顾浮继续说，"我也奉劝诸位大人，莫要将北境看得和京城一般，那里多的是目不识丁的莽夫，在你们看来重如性命的礼义廉耻，在他们看来还不如吃饱肚子重要。"

"顾二姑娘说得头头是道，想来心中已有接手北境军的人选，不妨说来听听？"有人看不惯一个女子竟站在殿内侃侃而谈，遂出言为难。

顾浮一脸认真地说："若忠顺侯还活着，她便是最好的人选。"

像是为了呼应前面有人说的那句"惹人笑话"，她话音才落，便有人笑出了声。顾浮任由他们笑，只在他们笑完后问："我说得难道没有道理吗？"

众人摇着头，面目含笑满是不屑，更有人说："姑娘说得有道理，就是不知姑娘准备如何招魂，将忠顺侯从阎王殿召回来呢？"

众人又是一阵大笑，不仅是笑顾浮异想天开，也是在发泄听到军报后的惊恐，与多次被驳斥的恼怒。

镇南将军默默挪动脚步，远离了他们。年迈的辅国公也是没有参与嘲笑的人之一，他走到人前，对皇帝道："时间紧急，还望圣上早做决断。"

可谁都没想到，皇帝居然问辅国公："国公觉得，忠顺侯如何？"

众人皆是一愣，辅国公回过神，道："若忠顺侯还活着，自然是最佳人选。"

皇帝点了点头，开口，没再唤顾浮为"顾二"，而是直呼她的名讳："顾浮。"

众人又是一愣，他们或许都不知道顾家二姑娘的闺名，但却知道忠顺侯的名字。然后他们就听见，穿着一身男装的顾家二姑娘走到辅国公身旁，行礼道："臣在。"

"朕命你领北境军统帅一职，即日出发前往北境，捉拿逆贼卫骁，除尽翼王党羽，驰援西北。"

皇帝的声音回荡在紫宸殿内，旨意的内容没有任何问题，但被赋予重任的对象，让众人目瞪口呆。

从未想过还有这样一天的顾浮没有丝毫迟疑，说出口的话语掷地有声——

"臣，遵旨。"

二夫人李氏至今都还是蒙的。她怎么都没想到，他们家侄女不过是和往常一样入了趟宫，出来竟就成了陛下任命的北境军统帅，还立马就要离开京城，前往北境。是她还没睡醒吗？那这梦也未免太过离奇，话本子都不敢这么写。李氏脑子空白，仅凭本能赶去飞雀阁，询问有没有什么需要帮忙准备的。

顾浮不在院里，绿竹替她谢过李氏，坦言没什么需要，就将人送走了。毕竟是出门打仗，不是游玩，不用带衣裙、首饰、点心、茶叶之类的东西，顾浮也早早吩咐过，把她的男装打包好就行，剩下的自己来收拾。

另一边，顾浮去了老夫人的院子，同老夫人告别。不同于上次的不辞而别，这次她好好和老夫人说了自己要去哪儿，去做什么。老夫人用颤抖的双手环抱着她，哽咽着说不出话。

顾浮耐心地安抚着，向老夫人承诺自己会好好的，让她不用太过忧虑，安心在家等自己，别总去佛龛前跪着，对膝盖不好，也别叫赵嬷嬷帮着偷吃点心，大夫说了她得忌口……

祖孙俩唠了好长一段时间，顾浮才从老夫人的院子里出来。刚一出院子，她远远就瞧见了顾启铮的身影。

赵嬷嬷悄声道："姑娘您刚过来，老爷就来了。奴婢们请他进院坐坐，他说自己在外头站一会儿就走，结果站到了现在。想来应该是在等姑娘。"

顾浮微愣，随即道："谢嬷嬷提醒。嬷嬷不用送了，回去照看好祖母。"

赵嬷嬷应下，顾浮转身离去，走向那假装路过的顾启铮，笑道："顾大人，等我呢？"

顾启铮看着她，眉头微蹙："高兴了？"

"可高兴了。"她笑颜灿烂。

顾启铮迈开步子，边往前走边说："别高兴得太早，这事还没传开，要是传开了，定有人骂你。"

顾浮连忙跟上："到时候我都不在京城了，怕什么？倒是父亲你，别被气着了。"

顾启铮冷哼一声，没有说话。

本想像叮嘱老夫人一样叮嘱她爹几句，可她实在想不出话来，只能说些别的："青瑶如今还在大理寺，我托望昔打点过，不会让人受委屈。安王府那边有皇后娘娘替我看着，安王世子也答应我了，绝不会退婚。青瑶若要成亲，我定赶不回来，劳烦父亲替我多看着些，莫叫安王府欺辱了去。"

"那是你从小一块儿长大的妹妹，也是我看着长大的，她的婚事何须你一个同辈来操心，我自会看着。若穆家当真……就让穆丫头从我们顾家出嫁，只管把顾家当她娘家就是。"

"那我就放心了。"

顾启铮又是一声冷哼。

父女俩走到飞雀阁门口，顾浮突然来了句："大哥不在家，我又要去北境，父亲若是觉得家里清冷，不妨与同僚出门喝喝茶、吃吃酒，看看歌舞、听听小曲，或者听祖母的，给我找个小娘也行啊。"

顾启铮听得额头青筋直暴："滚！"

"这就滚，这就滚。"顾浮麻溜滚蛋，跑进自己的院子。

顾启铮在院门外站了一会儿，心中的怒气来得快去得也快，他知道她说那话是故意的，想缓解一下离愁，可一想到顾浮走后，一儿一女都不在身边，他心中难免孤寂。

冷风拂过，才刚入冬，顾启铮就感受到了彻骨的寒。

就在这时，顾浮又在门口探出头，说："跟父亲推荐一下明善街的聆音阁，那儿的姑娘唱曲儿好听，父亲不妨一去。"

这话让顾启铮的那点儿伤春悲秋瞬间烟消云散，他怒发冲冠："你——你还敢去明善街！你……"他气得左右看了看，没找到趁手的东西，索性脱下鞋子，朝院门扔了过去。

顾浮躲回门后，这下是真的滚了。

忠顺侯还活着的消息在皇帝下旨当天就传遍了京城，让整个京城为之轰动。这时众人还不知道他们热议的对象是顾家的二姑娘，一个个都打听忠顺侯何时出京，想要一睹这位北境军前统帅的真容。

因边关告急，皇帝下旨后的第二天，一应兵马以及随行的官员就已经准备就绪，顾浮也换上了久违的轻甲，骑着高马在最前头，走过京城的街道，领着队伍朝城门走去。京城不少人都在道路边围观，其中还有许多姑娘，穿着男装挤在酒楼二层高高的窗台边往下看。

棠五扯了扯身边的卫姑娘，低声问她："你觉不觉得这位忠顺侯有点儿眼熟？"

卫姑娘仔细瞧了瞧，讷讷道："我得缓缓，你先别说话。"

棠五："？"

前去北境的队伍出了城门，顾浮似有所感，回头看了一眼，就看到高高的城门上，站着一抹熟悉的白色身影。

"等我回来。"她用只有自己能听到的音量，轻轻说道。

城门之上，傅砚像是听见了一般，同样轻声地回了句："等你回来。"

因是国事，而非秘闻，顾浮离京后，宫里发生的一切终于传到了宫外。一时间众人都有些无法确定接踵而来的边境异变、忠顺侯没死、顾家二姑娘就是忠顺侯，这三件事到底哪个更吓人。

反正京城又炸了锅，有人说顾家二姑娘本就是男子，也有人说她是女扮男装，就连离京五年的旧事也被人翻了出来，成为顾二就是忠顺侯的佐证。

京城一家茶楼里，一群读书人正在议论近来发生的各种国家大事，从双王谋逆，说到磊国、尹国对大庸边境的侵扰。也不知道是谁提起了北境，立刻就有读书人摆出一副不畏强权的模样，谴责顾二举止荒唐，并认为朝廷无能，竟让女子出征，满朝的武将难道都是死的不成？

众人正义愤填膺，突然有人笑出了声。那笑声出现的时间非常恰好，正卡在没人说话的间隙，因而显得清晰异常，让人想忽视都不能。

笑声的来源很快就被锁定，是一名身穿青衣的年轻男子。明明是在茶楼，男子手中却拿着一小坛子酒，众人问他，是否也觉得朝廷让女子带兵出征可笑。青衣男子喝了口酒，随即像是被酒液辣到了，"哈"了一声，然后才对众人摇头道："我是觉得，你们可笑些。"

众人大怒，随即你一言我一语，引经据典，似乎把青衣男子看成了顾浮本人，势要将其说得抬不起头来。

然而他们说完后，青衣男子依然面不改色，还反过来问他们：“当初左迦部要与我大庸议和，求娶瑞阳长公主，当今圣上执意不肯，诸位都说长公主身为皇女，应当为国效力，全无一人提及满朝的武将，那会儿你们可都把边境安危押在长公主一人身上，仿佛我朝无人能敌左迦部一般。怎么换了女子带兵打仗，要将左迦部赶出我大庸国土，诸位反倒想起我大庸武将来了？”

有人驳斥道：“这如何能相提并论！既然要打仗，自然是让男人去，女人就该在家相夫教子，混在都是男人的军营里算怎么回事？”

青衣男子又给自己灌了一口酒：“有道理，要不你去？”

那人：“什——什么？”

青衣男子打着酒嗝道：“你不是男人吗？”

“我等文人，自然……”

青衣男子猛地将酒坛子掼到地上，用酒坛炸裂的声音打断了那人的话音：“文人！文人难道就不能舍身为国吗？！武惠帝时期，贺、连、遂、嘉四国来犯我大庸东境，承恩侯魏契随军出征，将所见所闻写成《东境十六歌》，传扬天下。本朝辅国公，三朝元老，亦是不懂武的文人，年轻时曾随景帝御驾亲征，献计献策，助景帝击退敌军。他们哪个不是文人！哪个不是吾辈读书人的典范！”

“你们这些人，就是在败坏文人的名声！”青衣男子似乎是喝醉了，起身后站都有些站不稳，但说出的话却是振聋发聩——

“西北被蛮夷连夺三城！其中一城惨遭左迦部屠戮，死民上万！此等举国激愤之际，尔等没有能耐，也没有胆量上战场为国效力，却偏要坐在战火所不能及的都城，对边境之事指手画脚！辱骂前方为我大庸浴血奋战的将领，当真是，当真是令我敬佩！

“敬佩！”

喝醉的青衣男子连说两声“敬佩”，说完也不看那些人涨红的脸，脚步不稳地朝茶楼外走去，一边走还一边笑，笑得人心里发虚。

茶楼陷入一片死寂，之后再有人提及北境，众人也仿佛没听见一般，不再议论。只是谁都没发现，那青衣男子离开茶楼后，慢慢退去醉态，脚步也逐渐变得沉稳，方才的模样竟都是装的。

与此同时，茶楼里的情况被人汇报到了兴乐街的一座大宅子里，这座大宅子就是傅砚曾经送给顾浮的生辰贺礼，前几天终于挂上匾额，上书“忠顺侯府”四个大字。

因祁天塔被烧，带着一花、一叶入住侯府的傅砚听探子汇报完茶楼的情况，便让其退下。

这只是一个开头，再花上些时间，他定能将京城内的舆论彻底扭转。想到这儿，他不由得叹息，若非京城还有一堆事情走不开，他真想学学承恩侯与辅国公，跟着顾浮一块儿去北境。

一晃眼，又到了年节。因年末发生的种种意外，朝廷的年假比往年要推迟许多天，临到腊月二十八才放假。然而这并不影响日渐热闹的节日氛围，家家户户俱都忙碌着，筹备起年货和年礼。

除夕这天晚上，顾启铮依例入宫，参加宫中的年宴。和往年不同的是，今年来和他打招呼的同僚竟是武将居多。顾启铮也说不清这样的变化是从什么时候开始的，或许是在顾浮抵达北境，拿下逆贼卫骁，顺利执掌北境军权的消息传入京城之后，又或者是他将穆青瑶从大理寺接回，执意要认她做义女开始。反正等他反应过来，身边已经多了许多关系不错的武将，大家同朝为官，只需多些往来，很快就能拉近关系。

宫宴不比寻常家宴，讲究规矩，所以即便歌舞再好看，底下的气氛也依旧充满了克制。但在宴席即将结束之际，宫外突然传来军报，一时间歌舞骤停，驿使通过检查后进入殿中，带来北境的消息，竟是忠顺侯率北境军驰援西北，与西北军一起发动突袭，抢回了边境两城。

殿内一片哗然。振奋人心的消息让满朝文武喜出望外，也让这次宫宴出现了难得的热闹氛围。

宫宴散去后，同顾启铮搭话的人更多了，待他回到家中将这个好消息告诉家里人时，众人也都欣喜不已。

“太好了，太好了！”老夫人拉着穆青瑶的手，问顾启铮，“那浮儿是不是很快就能回来了？”

顾启铮苦笑道：“哪能这么轻松。”

他出宫时，听新认识的武将给他分析了，这次是顾浮艺高人胆大，知道北境军新换统帅，敌军若能得到消息，定会以为他们北境军内需要时间磨合，顾不上来帮西北，因而放松警惕。加上这次是北境军与西北军联手突袭，夺回一城后，趁着他们以为大庸军队不会分散兵力的间隙，再次突袭，才能接着夺回另外一城，其中一城还曾被左迦部屠戮过，不怕他们拿城中百姓为质，不然也不会夺得这么轻松。

况且北境如今的情况，并不是将三城夺回就算结束。顾启铮叹息，也不知道浮儿这回会在北境待多久。

老夫人的身子守不了夜，李氏要照顾年纪还小的顾小五，穆青瑶又是大病初愈，顾启铮便早早叫她们回去休息，只留了弟弟顾启榕和侄子顾竹，三人一块儿守年夜。

穆青瑶先送了老夫人回屋，被拉着好生叮嘱了一番，才带着顾浮给她留下的绿竹和林月枝，回到自己院里。双王谋逆案已尘埃落定，英王擅闯皇城挟持百官、炸毁宫门、火烧祁天塔，这都是铁一般的事实，因此陛下回京后没再手软，直接将英王打入死牢，赐毒酒一杯。

同谋者皆处以死刑，府中女眷依照律法充入奴籍。英王妃是宰相赵长崎之女，据闻英王带人闯入皇城之时，被皇帝留在京城代理朝政的赵长崎第一个挺身而出，痛斥英王。英王看在他是自己老丈人的分上没有杀他，但他却为了证明赵家不曾参与谋逆，一头撞到柱子上，以死明志。

多亏傅砚早就安排了人，所以赵长崎撞柱子的时候被拦了一下，后续又有太医诊治，捡回了一条命。但在皇帝回京后，赵长崎还是上书请辞，告老还乡。

英王死前，林月枝向他表明了身份，然后被秘阁从死牢里捞了出来。林家的案子过去太久，许多证据遗失，所以即便找出当时被英王买通的官员，也依旧无法翻案。但对林月枝而言，能送英王去见自己的爹娘和姐姐，她便已经心满意足，不会再贪心更多。

翼王的案子要复杂很多，涉案人员也更多，其中就包括了穆衡父子。穆衡本人确实不曾参与谋逆，但他的妻子是细作，他的儿子投靠了翼王，他身为丈夫，身为父亲，逃不了一死。

穆家与其他几家一同被抄那日，安王世子闻齐泽特地入宫向皇帝禀明穆青瑶已为闻家妇，与穆家的一切无关。

当然回去后闻齐泽就被他爹关起门打了一顿。谋逆这事一旦受到牵连，就会被定成抄家灭族的大罪，不退婚已是迫于皇后懿旨，如今还上赶着往前凑，安王恨不得抽死这个逆子。

最后还是安王妃把丈夫劝了下来。

安王妃的想法也很简单，左右这事改不了，与其畏畏缩缩让人看轻安王府，不如干脆点儿，让别人知道他们不是背信弃义的小人。当然她这也是因时制宜，若在先帝时期，她定不敢说出这样的话，然而当今皇帝是出了名的仁善，若非英王、翼王犯的是谋逆大罪，也不至于落个如此下场。

安王还是犹豫，担心表现错了会让皇帝误会。

于是安王妃又道："半仙不是说了吗，大办寿宴能驱邪迎福，穆姑娘就是在老太妃寿宴上定下的，我总觉着那穆姑娘就是半仙说的'福'。你看嘛，她要是命不好，怎么就能这么凑巧，赶在冬月前许了我们家？可见她就是个有福气的。而且你可别忘了，她与忠顺侯感情好得可跟亲姐妹一样。"

一语惊醒梦中人，安王光顾着看穆家了，差点儿忘记穆青瑶是在顾家长大的，还有个正在北境领兵、位列侯爵的表姐。

之后穆青瑶从大理寺出来，顾家毫不避讳地将人接了回去，不仅替她筹备婚事，顾启铮还认了做义女，让安王彻底放下了心。

穆青瑶在离开大理寺后大病了一场，不管吃多少药，始终不见好。父兄问斩那日，她更是呕了血，若非之前被皇帝叫来给顾浮问脉的太医还在，穆青瑶怕是要随着她父兄去了，可即便救了回来，情况依旧不容乐观。

林月枝见穆青瑶身子一日弱过一日，终于在一天夜里，坐到了无法入眠的她床边，问："你可知，我为何会跟着将军从北境来京城？"

穆青瑶不知道，林月枝便把她家因英王而遭到污蔑，全家灭门的事情说了。说完，她将穆青瑶散落在脸颊边的一缕青丝拂到耳后，轻声道："你知道我有多羡慕你吗？我家是遭人陷害，可我依旧难逃厄运，被人押去西北充作军妓。姐姐护着我，没叫我在路上就被破了身子，也因此在抵达西北后，让我有机会被西北军挑拣出去高价卖了换钱。

"后来我遇到将军，识破她的身份，还故意告诉她，其实是想让她杀了我灭口，因为那样的日子我一天都不想再过下去了，可她没有杀我。她知道我的遭遇后为我赎身，还买了宅子来安置我。听将军手下说，她曾向西北军打听了我姐姐的下落，但没和我说。因为姐姐不在了，毕竟军妓营那种地方，怎么可能活得下来？将军怕我伤心，便没让我知道。后来她要离开北境，特地将我带走，问我是想找个好山好水的地方住下，还是跟着她回京城。我求她带我回京，因为我想替父母和姐姐报仇，想让英王偿命……"

仇恨像熊熊燃烧的烈火，将林月枝烧得面目全非。如今再说起来，她依旧难以平静，可她愿意揭开自己的伤疤劝慰穆青瑶，只因为对顾浮来说，穆青瑶是很重要的家人。

“你比我幸运，自小就认识将军，所以哪怕你父亲娶的细作泄露了军事机密，致使西北损失惨重，哪怕你哥哥勾结逆贼，犯了必将牵连你的大罪，你依旧能在将军的庇护下，逃离被人踩进污泥里的命运。我也知道，你如今这样，定是觉得与其活着，不如死了一了百了，可我还是希望你能好好想想，他们虽是你的父兄，可一直以来养育你的是顾家，担心你、照顾你、把你当成家人的也是顾家，至少为了他们，让自己好好的吧。”

穆青瑶从林月枝说话开始就在默默地流泪，待到最后，她已是泣不成声。

也就是从那一天开始，穆青瑶重新振作起来，努力让自己恢复健康，变回原来的模样。只是偶尔，夜深人静，卸去首饰与妆容，面对镜子里的自己，她还是会忍不住发呆，出神。

“姑娘，该睡了。”绿竹过来提醒她。

穆青瑶这才回过神，去床上睡觉。

第二天，大年初一，前一天晚上从北境来的战报跟长了翅膀似的飞遍京城，让本就热闹的年节更添了几分喜庆。

如今说起忠顺侯，也没人敢再说她的不是，更有些读书人格外针对看不起忠顺侯的人，让京城的舆论风向变得和之前截然相反。

因为顾浮，京城不少闺阁女子也在意起了边境的战事。

从书院得了五日假期的瑞阳长公主早起去向皇后请安，闲聊时说起这事，瑞阳长公主安静了片刻，突然道：“母后。”

“嗯？”

“女子书院存在的意义，我似乎有些明白了。”

皇后让瑞阳作为表率进入书院之前，就和她坦白过，说那些异闻怪事不过是建立书院的手段，让她不必感到害怕。可惜瑞阳道行不够，怎么都猜不透皇后费尽心机弄这么一所女子书院是要做什么。直到她经历了左迦部的求亲，险些被骗远嫁，后来又得知顾浮曾去过北境从军，如今又听说了前线战场的事，这才终于明白了——

不想被人摆布欺瞒，就不要局限自己的眼界，只看那些人想让你看的东西，做那些人想让你做的事情。要学习，不断地学习，学会自己思考，学会探究和冒险，学会持笔拿刀，让自己变得强大，强大到旁人不敢打自己主意的地步。

女子并非天生比男子差，只要接受同样的教育，她们能拿出同样甚至更好的成绩。可手中无刀，就只能任人宰割。就比如说她，若她如顾浮一般是个领兵打仗的能手，那些人怕是疯了才会敢逼她去和亲。

皇后也没多问，只说："明白了，就记住。"

记住此刻的心情、此刻的感悟，不要轻易动摇，把她与顾浮的想法还有期望一并延续下去。总有一天，她们都将化作黄土，但被人传承下去的意志将永生不灭。

忠顺侯府，主院外的小桥下流水潺潺，主院屋内，傅砚趴在桌上睡了一晚。袖子宽大的白衣沾染上点点墨迹，几张纸铺散在桌面，被傅砚的手臂压着，上面写满了"顾浮"二字。桌边，两个小酒坛子早已被喝空。

昨晚是除夕，傅砚没有守年夜的习惯，但他实在睡不着，便没有勉强自己入睡，而是让一花拿了两小坛黄沙烫来，自斟自饮。

去年除夕，顾浮拎着一大坛子黄沙烫擅闯祁天塔，把他堵在墙角用言语调戏不说，还和他借了两个酒碗来喝酒。

也是那一晚，长期无法安眠的傅砚在她走后喝了留下的那一碗酒，沉沉睡去，一觉睡到第二天早晨，看到了新年第一天的日出。

两人相互确认心意后，傅砚还以为未来的每一年除夕，他都能和她一起度过，可怎么也没想到，顾浮又跑北境打仗去了。而他则因为事务缠身，不得不留在京城。

烈酒入喉，本以为能缓解对心爱之人的思念，却不想酒意上头，让那份被死死压制的思念翻涌而起，如烈火一般叫人五内俱焚。喝醉的傅砚拿着笔，起草了一份自请护送北境军饷的奏折，接着细细润色，誊抄到空白的折子上。写完后，他叫一花把奏折送进宫里去。可这大晚上的，又不是边关急报，怎么送进宫去？

一花知道傅砚醉了，也没提醒，只把奏折拿走，准备第二天早上再送。

写好折子，傅砚还不肯睡，因为他突然想起，顾浮第一次问他名字的时候，他在纸上写下了，当时她觉得自己的字好看，就让也写写她的名字。

他拒绝了。

他怎么能拒绝呢？

傅砚感到懊悔。

于是他又拿起笔，在空白的纸上写下顾浮的名字，写完又觉得没写好，便换一支笔又写了一次。等回过神，空白的纸张已经被他写满，上头用不同的笔、不同的墨，写得密密麻麻全是“顾浮”。写了好几大张，他才顺着醉意闭上眼，趴在铺满名字的桌上，缓缓睡去。

傅砚醒来前，屋外还下了一场小雪。雪停后沉云散去，露出耀眼的晨光。从睡梦中醒来后他动了动有些僵硬的手指，撑着桌面坐起身，感觉脑子有些沉，索性往后把头靠到了椅背上。

屋外候着的一花端了热水进来，傅砚洗脸的时候，一花将桌边的酒坛子收走，并从袖中拿出一个巴掌大小的药瓶子，放到桌上，说：“这是太医院按照大人的吩咐，研制出的新药。”

傅砚将药瓶子拿到手中，问：“折子呢？”

他虽然喝醉了，但记得昨晚后来发生的事情。

一花回道：“已差人送入宫中。”

傅砚点头，随着这动作，后脑勺竟隐隐传来阵痛。从未宿醉过的他闭了闭眼，道：“叫太医过来给我看看。”若在这个节骨眼儿上因为着凉生病，北境可就去不成了。

新年头一天，有人沉浸在新的发现之中，有人琢磨着怎么跑去北境，还有人，为了不被家中长辈逼着相亲，才过中午就迫不及待地跑出家门，坐茶楼里听人说书，消磨时间。

温溪和魏太傅的孙子魏文衿，两人先是一同被棠沐沐欺骗感情，如今又被两家家长一同逼着相看姑娘，可谓名副其实的难兄难弟。为了避免被家里人抓回去，两人没带随从，挥退酒楼的小厮后，雅间里就剩他们二人。

一楼大堂，说书人正在讲忠顺侯女扮男装去北境从军的事迹，也不知道是真是假，反正听着不仅惊险刺激、扣人心弦，还很叫人动容。

魏文衿听着听着，突然说道：“你爹娘是不是险些就把你嫁到顾家去了？”

正在喝茶的温溪被茶水呛得直咳嗽，好不容易停下来，他擦着嘴道：“什么叫我‘嫁过去’？”

“不然呢？叫忠顺侯嫁给你？没看人家国师都住进侯府了吗？”

“这都什么跟什么啊。”温溪抽着嘴角，“我跟二哥——就是顾二，只是兄弟，当初还是她教我如何说服我爹娘退的婚。我们俩根本没影的事儿。”

“这样啊。”魏文衿看着温溪的眼中充满了怜悯。

原来不是温溪任性错过了忠顺侯，而是忠顺侯根本看不上他。

温溪被怜悯的目光看着，心里的火噌噌噌往上蹿，当即拍桌而起：“不喝了！喝什么茶，我找先生去。”

温溪的先生就是魏文衿的爷爷魏太傅。魏文衿正躲着家里人呢，怎么敢让这小子跑去自己家呢，立马就伸手把人拉住，好声好气地道歉。

温溪冷哼一声，由着魏文衿给自己端茶倒水。

可即便魏文衿做足了姿态，温溪心里依旧不高兴。他也说不清到底为什么，而且他还想起了大哥温江曾经对他说过的一句话——

“错过了顾二，你定会后悔。”

他当时是怎么回的？

他说他不会，因为他那会儿喜欢棠沐沐，喜欢到山崩地裂、至死不渝，结果转头就发现棠沐沐脚踩两条……很多条船。他所谓的喜欢，不过就是大哥眼中的笑话。

就算他不想承认，也不得不承认，很多时候他大哥都是对的。若当初，自己要是听话接受了与顾二的婚约……温溪猛地打了个哆嗦，抬手往脸上拍了两下，想什么呢，顾二如今可是有婚约在身的人，且他家出尔反尔退了婚事，即便顾二和国师的婚事吹了，恐怕也没他什么事。

这么想着，温溪心里越发难受起来。倒也不是说他忽然就喜欢上了顾浮，只是少年人对自己曾经看走眼感到懊恼。

一楼说书人的声音还在继续，抑扬顿挫，声声入耳。温溪听不下去，就让魏文衿陪自己上街到处走走，正好魏文衿也待腻了，两人就一块儿离开茶楼，溜达去了明善街。

“大白天的来明善街，你也不怕被你爹打断腿。”

魏文衿经过棠沐沐那一遭后，在男女之事上肆意了许多，此刻听温溪提起他爹也不怕，一边表示：“你不说我不说，谁知道。”一边熟门熟路地把人带去了一家教坊。

他介绍道：“这里的女子都是官妓，英王府和翼王府被抄，不少女眷可都被充到了这里。”

温溪实在不懂这等烟花之地有什么意思，索性闭嘴。偏魏文衿就是想显摆自己的老练，嘴都不带停的：“不过像王妃、郡主那般的人物，照例是被充入掖庭。能被带到这儿的，多半是王府的姬妾、丫鬟，聊胜于无吧。”

温溪凉凉道：“真是委屈你了。”

两人跟着领路的教坊嬷嬷入座雅间，才坐定，突然从屋外扑进来一个女人。那女人蓬头垢面，长发披散，衣衫也凌乱得很。

正同魏文衿说话的教坊嬷嬷横眉竖目，让屋外那几个粗壮婆子把女人拖走，然后才来同他们赔礼道歉："那姑娘是近日新来的，不懂事，还请两位爷千万别怪罪。"

魏文衿挥挥手道："光说有什么用，还不如多叫几个姑娘来陪爷喝酒。"

教坊嬷嬷应道："一定一定，奴这就去叫姑娘来。"

温溪耳朵在听他们说话，眼睛却落到了那个被拖走的女人身上，那女人嘴巴里被塞了布团，挣扎间露出一张对他来说既熟悉又陌生的面孔。

温溪心脏猛地一紧，直到雅间门被关上，他才稍稍平复心绪。

魏文衿抬头看他脸色不对，问："这是怎么了？"

担心棠沐沐诈尸，曾去坐忘山上香拜佛的温溪声音飘忽道："没，就是觉得坐忘山不太灵。"

"什么？"

他没再解释，看向魏文衿的眼底带上了对方之前对自己用过的怜悯："别问了，好好快活吧。"

无论那个女人是不是棠沐沐，为了不让魏文衿对一个官妓"旧情复燃"，气着魏太傅，温溪决定去告状，彻底杜绝他再来明善街的可能。

三月，草长莺飞，帮着西北军夺回最后一城的顾浮还在西北大营里，被手下几位将领吵得头大。

因为西北边防泄密一事，陛下有心整顿这边，上个月来了旨意，将西北纳入北境，方便顾浮像对北境军一样，把西北也筛一遍。就这么一下，顿时让整个西北大营的气氛变得微妙起来，两军将士闲暇时经常比试，旨意来了之后，因比试受伤的情况越来越多，军医都把状告到了她跟前。

这边顾浮跷着腿，听手下在那儿吵吵；另一边，北境军副统帅和左领军躲在帐外，悄声说话。

"先说好，我也是从底下那些人嘴里听来的，无论怎样你都不许对我动手啊。"左领军再三强调，生怕被殃及池鱼。

副统领不耐烦道："行行行，你快说。"

左领军左右看了看，做贼似的低声道："他们说，将军当初诈死，不是被送回京城疗伤，而是……而是……"

副统领往他后脑勺上狠狠掴了一掌："而是什么你到底说不说？"

"嘘！小声点儿！"

左领军的反应太过奇怪，副统领只好压着性子，粗声粗气道："赶紧的！"

"而是被人识破了身份，不得不回京！"

副统领眼皮直跳，问："什么身份？"

询问的同时，他把手搭到了刀柄上，一副谁敢说顾浮是敌军奸细，他就把传谣的人抓出来大卸八块的架势。

"女子身份！"

副统领一时没反应过来："啊？"

"就是……那个！女人！"左领军生怕副统领听不明白，还在胸前十分粗俗地比画了一下。

副统领道："将军说得对，你们就是吃饱了撑的！等着，我这就去和将军说，让每天的操练再加两倍！"

左领军慌了，比听别人说将军是女人还慌："别别别别别！"

两人正拉扯，忽闻一声："报——"

一个小兵直冲主帅营帐跑来，大声道："京城押送军饷的来了！一同来的还有绥州州牧，现就在外头！"

话落，顾浮从营帐里出来，让小兵去放人进来。

小兵领命而去，顾浮则看向一边的副统领和左领军，挑了挑眉道："两军不和我已经够烦的了，你们俩都是北境军的人，可别给我内讧。"

副统领和左领军迅速缩手站直，假装什么事情都没发生。

不多时，押送的车队进入军营，领头两人一个是绥州州牧，北境军的老熟人；另一个应当就是此次负责押送的钦差大人，但看着……

是神仙吧，一定是神仙对吧？目睹车队入营的人不约而同地在心里想到。一群糙汉子也不会什么华丽的辞藻，就是觉得如果这世上真有神仙，大概就长这个模样。

"神仙"从马上下来，唇角微微勾着，对他们的统帅道："忠顺侯，别来无恙。"

一旁的绥州州牧诧异道："二位认识？那正好，既然认识不如我们进去坐下聊，我这边……"

呆愣的顾浮回过神，三步并作两步走上前去，不等绥州州牧把客套话说完，大庭广众之下，直接抱起傅砚转了个圈。

顾浮后悔了，真的后悔了。

她要知道当众抱傅砚转圈圈会惹他生气，说什么都会忍一忍，等到没人的时候再好好表达自己的欣喜之情。

如今错已铸成，她只能想法子挽回，然而傅砚根本不给她独处的机会，态度也变得如同初见一般，生疏而又冷淡，越发像个不染俗尘、无心无情的神仙。

顾浮着急死了，又怕当着旁人的面哄他会让人更加生气，只能硬忍着，把该交接的先清点交接了再说。

一通忙碌下来，已是傍晚，绥州州牧与随行的官员不好留宿军营，只能赶在天黑前回城。

“就让诸位大人回我府上休息吧。”绥州州牧说道。

顾浮眼皮一跳，想起这州牧一直想把自己的女儿嫁给她，没少请她到府上做客。那州牧千金自小在边境长大，也是个热情大胆的，总嚷嚷着要嫁就嫁最好的，仗着边境不像京城规矩多，常常在宴席上露面，不是献艺就是倒酒。有一次顾浮喝多了留宿州牧府，还差点儿被带去那姑娘的闺房。

如今傅砚来了，京城人士，又是国师，长得还好看……不行不行，绝不能叫他住到州牧府去。

顾浮心中警铃大作，提出要带傅砚去自己那儿住。虽然西北这边还不算她的大本营，但卫骁在时，曾大肆收受贿赂，在西北也有几座别人孝敬他的宅子，如今虽已尽数充公，但为了方便，自己便留了一座备用。

顾浮去住过几回，正好这两天没事，她亲自把这次随行的官员都带了过去。府中下人早早就换了一批，侍卫都是从军中退下来的老兵，剩下的便是上了年纪的粗使婆子，一个丫鬟都没有。

为免入城被人围观，傅砚还特地戴上了兜帽，入府后才将帽子摘下露出真容，导致府里的人一个个都和军营里的人反应一样，以为自己看到了神仙。还有几个婆子，趁没人注意，双手合十对着傅砚的背影拜了拜，闭着眼，嘴里念念有词。顾浮看见，想笑又不敢笑，转头吩咐婆子把主院收拾收拾，给国师大人住。

那婆子操着一口西北方言，问道：“将军今晚要回营？”

顾浮摇头说：“不回。”

婆子一脸迷茫地问：“主院给国师大人住，那将军住哪儿？”

顾浮理所当然道：“主院又不是只有一间屋子。”

婆子明白了，另外又把主院侧屋收拾了出来。

晚上府中备了一桌子好饭好菜招待从京城来的官员，官员们知道顾浮是女子，若放平时，他们定不敢随意与其同桌吃饭，甚至来的这一路上都在做心理准备，免得心里硌硬。

可这一天下来，亲眼看见顾浮在军中的一言一行，意外发现她虽为女子，但其表现和男子几乎没什么区别，渐渐也就忘了这点，同桌吃饭时也没想起来，聊着聊着就聊上了头，甚至跟着一块儿喝起了北境这边的烈酒。顾浮可是每次拼酒都不会输的人，加上她刻意为之，待到席散，那些官员俱都醉成了烂泥。

副统领被留在军营，性子跳脱的左领军和出身京城的林毅被拉来作陪，他们俩在顾浮的示意下给京城官员灌了不少酒，但都默契地避开了傅砚。左领军是根本不敢同傅砚这般神仙似的人物说话，生怕自己语气重些都能将人冒犯；林毅则是因为母亲信仰国师，心里存了份敬重，故而不敢耍心机将人灌醉。

他们不敢，顾浮也不敢，所以其他官员都是被扶着离开的，就傅砚是自己站起身，被管事领着去了主院歇息。顾浮在后边跟着，其间傅砚愣是没回过头，进屋后直接关门。

领路的管事转头看到顾浮，正要行礼，就被挥手打发走了。待人走远，她才走到屋门前，抬手拍门。

席散后，林毅正准备去休息，结果还没进屋，就被左领军搭着肩膀，拉出客院。

“白天人多，趁现在去找将军问问，她和那个国师怎么认识的。”

饭桌上喝了点儿酒，此刻只想回屋睡觉的林毅说：“你可以自己去。”

左领军瞪了他一眼：“我要是敢一个人去早就去了，还用得着来找你？”

林毅无言以对，被拉着一块儿去了主院。两人都不知道主院主屋现在住的是傅砚，他们绕过府中巡逻的侍卫，一入主院就朝着主屋走去，然而还没看见大门，就先听到了顾浮的声音——

“望昔？望昔你开下门啊！望昔，你让我进去吧，我知道错了。”

俩人立时刹住脚，对望一眼，然后不约而同地开始往后退。才退出主院，里头又传来一阵清脆的雀鸟鸣叫。

左领军在院外花坛边蹲下，双手抱头，一脸“万万没想到啊，万万没想到”的表情。

林毅一头雾水："怎么了？"

左领军说："听见那鸟叫没？"

"听见了，有什么问题吗？"

"那是斥候营曾经用过的暗号。将军以前在斥候营待的时候，用的就是这一套暗号。"

林毅神色一凛："将军说什么了？"

左领军一看林毅的表情就知道这傻孩子误会了，本觉得不大好说，此刻又忍不住告诉他："将军说她想和国师睡觉。"

林毅整个僵住，迟疑道："你确定这是斥候营的暗号？"怎么这么下流呢？

"其实本来还都挺正经的，也不知道是哪个王八羔子，把暗号弄得越来越不像样，要不然也不会被换掉。"

左领军无视了林毅的震惊，猜道："那些说将军是女子的传言都是从京城来的，你说会不会是因为咱们将军和国师有一腿，京城那边才那样传？"

林毅并不知道顾浮是女子，他爹从京城寄来的信中也没提到过此事，但他确实有在军中听见类似的传闻，如今又听左领军提起，下意识就蹙起了眉头。

左领军接着道："京城里的人也太没见识了。"说完才想起林毅也是从京城来的，补充道："没说你啊。我就是觉得，为什么不说国师是女子？肯定是欺负咱将军在京中无人。"

"可将军是比国师矮一些。"

"矮怎么了？咱们常去的那家酒肆，那女掌柜不也比跑堂的高吗？人家不也是夫妻。"

"……"

"要我说，就国师那脾气，"左领军心虚地看了看附近，确定没人才接着道，"还得咱将军哄着，怎么也该把他说成女的，没事造谣将军做什么，这不欺负人吗？如今到了我们的地盘，可不能再叫人占了便宜去……"

左领军叨叨了一大串，最后终于结束自己的长篇大论："就这么说定了，那些京城来的官员要敢再造将军的谣，我就教训他们。行了，回去吧。"

…………

主屋门前，顾浮有察觉到左领军等人的靠近，但见他们自觉离开，便没去理会，专心哄傅砚开门。屋里没动静，但她知道傅砚肯定没睡，好不容易久别重逢，没自己他肯定睡不着。

顾浮索性使出撒手锏，用之前两人暗探火药库时定下的暗号，说了句荤话催他给自己开门。没过一会儿，门真就从里面打开了，傅砚方才进去怎么样，现在开门就怎么样，脸上的表情还板着，看得她心里直痒痒。

顾浮挤进去，顺手把门关上，靠进傅砚怀里踮着脚往他唇上凑。

傅砚抿了抿唇，可还是没忍住，任她撬开了自己的唇，小小的别扭就这么在这一吻间消弭于无形。

顾浮这次在北境待了三年。

三年的时间里，她不仅夺回最初被侵占的西北三城，还遵从皇帝的旨意，将西北大军整合进北境军，让北境军一度成为全大庸规模最大、管辖范围最广的一支力量。其势之大，让知道顾浮是女子，笃定她不会造反的朝臣们也起了忌惮之心，频频上奏，希望皇帝分割北境军权，并将其召回，以防北境军危及京城。

如果领军之人不是顾浮，如果当今圣上不是仁慈之君，北境好不容易得来的安宁必将被打破。偏偏皇帝愿意信任她，肯对她放手，顾浮也敢硬着头皮顶着猜忌和非议，将自己的目标贯彻到底。

所以头两年，将北境分割的声音被皇帝亲手压下，也正是因为有了皇帝的支持，顾浮才能如此顺利地将北境彻底梳理一遍，挑出适合的将帅人选，替日后区域划分做好准备。

第三年，皇帝终于下旨，将北境一分为三，并为重新整编的三支军队赐名玉衡、开阳和摇光。而身为最后一任北境军统帅的顾浮，将暂领大都督一职，着手三军整编，待到一切安置妥当，再撤职返京，也算安了朝臣们的心。

其间傅砚往返于京城和北境之间，一年里头差不多有一半的时间都在北境，导致几乎全北境军都知道，这位神仙似的国师大人，和他们的前统帅、现大都督有着不可言说的亲密关系。

在顾浮即将二十四岁的那年春天，她正式卸任，收拾收拾准备回京。傅砚要早一个月回去，说是皇帝春猎离京，召他回京监朝，所以两人没一道。

临走的时候，玉衡军统帅，也就是曾经的左领军，特地安排了一场饯别宴。

左领军两杯烈酒下肚，壮起胆子跟顾浮埋怨，说这大都督当得好好的，回京城去干吗。说完就被摇光军统帅——顾浮曾经的副统帅猛地拍了一掌后背，示意他别瞎说，皇帝的旨意，哪里是他们能够置喙的。

宴上都是顾浮一手提拔的亲信，还有此次和她一块儿回京的林毅，她便也没装样子，笑着说道："回京成亲啊！"

热闹的气氛出现了短暂的停滞。

三年前，傅砚曾说过，想让全天下的人都知道她是京城顾家的二姑娘，私心想让她拥有本就属于她的荣耀，还很忐忑地保证，消息不会这么快传到北境去，不会影响她接手北境军。

三年后，果然全大庸都知道北境军的统帅是个女子，只有北境军内部还在疯狂"辟谣"，甚至她亲口承认，众人也都摇头不信，觉得将军这人心脏，定是在唬他们，想看他们上当受骗的笑话。

说来这事儿还跟左领军有关，顾浮也不知道这厮是怎么想的，居然那么笃定她是男子，还到处造谣，认定她是因为跟傅砚关系过于亲密才会被误会，说得大伙都信了他的鬼话。

这会儿顾浮说自己要成亲，他们难免好奇将军要娶谁，国师又是个什么反应。

顾浮支着脑袋，将他们的模样看在眼里，一边觉得好笑，一边琢磨着要不要走的时候穿个女装吓一吓他们。奈何穿女装不好骑马，皇帝那边又让她在春猎结束之前到猎场，伴圣驾一同回京，因此只能作罢。不过离开前，她还是很认真地和他们重复了一遍："我当真是女子，和我成亲的也不是谁家姑娘，就是望昔。"

因为太过认真，林毅还有左领军等人终于产生了一丝动摇。

之后顾浮与林毅，还有一小支护送回京的亲兵快马加鞭，终于赶在春猎结束之前抵达猎场。这支亲兵里面有认识郭兼和李禹的人，于是顾浮就将亲兵扔给了禁军和赤尧军，自己则带着林毅去见皇帝。

大约是因为三年时间不算长，皇帝还是之前那副模样，岁月不曾在他脸上留下过多的痕迹，依旧是那个温和的君主。

他嘉奖了顾浮，问了几句边境的近况，又说起了她和傅砚的婚礼，最后才说皇后也很想念她，让她去收拾收拾，见一见皇后。

从头到尾，林毅都站在一旁，没什么存在感。

林毅在北境也立下过不少军功，但在顾浮面前只能算是小巫见大巫，所以他并不意外这种情况。可从皇帝说起婚礼开始，他就有些蒙——

原来要和将军成亲的人，真的是国师。

可是好奇怪啊，为什么说是去顾家迎亲，又为什么说成亲后住忠顺侯府，这到底是谁娶谁？还有将军一个外臣，怎么好去见皇后？难道将军和李禹一样，也是李家的人？

不等林毅想出个所以然，顾浮已经告退离开，留下他一个人面对皇帝。

不久后林毅的爹——镇南将军林翰海来了，父子二人久别重逢，场面很是感人，林毅也将心里的疑惑暂时抛到了脑后。

皇帝将林毅视作很有潜力的将才，不免同林家父子多说了一会儿话。等从御帐出来，林毅正想问自己父亲有关顾浮的事情，就看见不远处被好几个夫人和姑娘围着的……大都督？

林毅被雷劈了似的僵在原地，呆愣的表情让他那一身坚毅刚硬的气质荡然无存，看起来就像个二愣子。

也不怪他，实在是顾浮现下的模样和她在北境那会儿相差太大，穿了一身京城时下最流行的裙装不说，头发也梳成了女子的发式，发间点缀几支简单的钗环，脸上还抹了浓淡适中的胭脂。走近一点儿，隐约还能听见有人唤她“顾二姐姐”。

这到底是怎么回事？！

恰好顾浮也看见了林毅，十分恶劣地朝他笑了笑。

穿着男装时给人感觉肆意邪气的坏笑，突然在穿着女装的顾浮脸上出现，竟显得格外……惑人。林毅膝盖一软，当着他爹的面摔了个狗吃屎。

林瀚海：“……”

顾浮揽着身边的穆青瑶，对围着自己的女孩们说：“我还要去见皇后娘娘，待会儿再来找你们。”

已经嫁做人妇的棠五对身边一位姑娘说道：“你瞧着吧，世子妃要是不提醒她，等她从娘娘那儿回来，定把我们忘得一干二净，到时候还得我们去找。”

众人哄笑着，放走了人。

等那群女人散去，站起身的林毅才开口问他爹：“刚、刚刚那位是……”

他不敢认，于是带着渺茫的希望，向林翰海求证，希望能得出一个合理的答案，比如说，那是大都督的妹妹什么的。

林翰海蹙眉道：“你在她手下待了三年，怎么换身衣服就认不出来了？”

还真是顾浮！

林毅颤抖着双手捂住了自己的眼睛：“你怎么都不和我说？”哪怕写封信告诉我也行啊！

林翰海淡淡地瞥了傻儿子一眼：“如今这天下，除了你们原先隶属于北境军的人，还有谁不知道忠顺侯是女子？”

“……”

林毅被刷新认知的同时，顾浮正和穆青瑶一块儿，朝皇后的营帐走去。

穆青瑶成婚的时候顾浮不在京城，但人人都知道安王世子妃的娘家是顾家，那大名鼎鼎的北境军统帅——忠顺侯顾浮是她姐姐，所以并没有人敢轻易看低她。

两人的相处也和曾经一样，在穆青瑶面前，顾浮想说什么就说什么，可以毫无顾忌地付出信任，也不用怕自己的话太过惊世骇俗，吓到对方；而在顾浮面前，穆青瑶也不是那个人人称赞、进退得当的完美女子，她懒得摆出那副和善的笑颜，说起话来的语气也是平铺直叙，淡得仿佛没有什么事能轻易牵动她的情绪。

穆青瑶虽然已经嫁人，但掌家的事宜还是安王妃在管，她不过搭把手，因为闲得慌，就自发去灵犀书院当起了教书先生。

她顺口说起了些书院里的日常：“原先我只负责教学生画画，后来总有教经义和策论的先生来同我换课，对学生说我身子不适把课腾给了他们，弄得我实在没事干，便又兼任了术数课。可每个月都有考试，我为了让学生拿出好成绩，只能和香道课的先生换课，和学生说教香道的先生病了，由我来代课……”

顾浮听得直笑，也不知是被逗笑的，还是欣喜于书院这三年来的不断改革。要知道当初建立的时候，可没有每月考试的规矩。她也不确定这样的改革是好是坏，但她喜欢这种剑悬颈上的紧迫感。

皇后营帐内，瑞阳长公主也在。顾浮向皇后行礼，刚起身，瑞阳就走到她面前，向她行礼。顾浮连忙躲开，却被皇后制止：“受着吧，没什么受不起的。”她便只好受下这一礼，并在瑞阳长公主行礼后又回了一礼。

顾浮赶到猎场已是最后一天，所以没什么机会大显身手。但因陛下旨意，她得以护送圣驾回京。

于是在圣驾抵达京城的那天，羲和门城门大开，顾浮身披铠甲，骑着骏马走在最前方，领着浩浩荡荡的队伍整整齐齐地进入城门，踏上羲和大道。羲和大道宽四十五丈，两旁禁军林立，禁军往外便是御道排水的沟渠，沟渠对面又是一排武侯伫立，越过武侯才是前来叩拜的百姓。

圣驾华丽威严，有百姓忍不住抬头悄悄地看。待队伍走过御道，圣驾入宫，两旁的禁军、武侯尽数散去，有关领军的消息在城内逐渐传开——

今日护卫圣驾入城的不是禁军统领，也不是赤尧军统领，而是忠顺侯，他们大庸第一个女将军、女侯爵。

一大早天还没亮，有要上朝的人家便点起了屋内和廊下的灯火。

顾家往日只点大房老爷和大少爷的院子，顾浮回来后，整个大房那叫一个灯火通明。

顾浮毕竟是功臣，所以哪怕朝臣们极力反对，皇帝还是在朝中给她留了个位置，开创了女子入朝为官的先河。

朝臣们原先还觉得以顾浮的本事，在外打打仗就算了，回到朝中定是领个虚职，每日上完朝就去兵部点卯，当个摆设。不承想这人回来没几天，就在早朝上和人吵了一架。争吵的内容还与东境有关——继磊国之后，东境又有小国蠢蠢欲动，他们倒也不是想跟大庸硬碰硬，只是不想纳贡，但生意还想和大庸继续做下去，说白了就是贪心不足。

而那些小国之所以有这样的底气，其实也和他们向大庸提供的货物有关。比如，其中的桑国。桑国盛产布料，他们能提供一种比麻布更加紧密、厚实、耐磨，还防水的布，是搭建营帐、制作船帆的最佳布料。

又如林国。他们国内种植一种名为胶树的树木，胶树的树汁凝固后会变成具有弹性的固体，经过加工附着在车轮上能达到防震的效果，还能做成鞋底，十分耐磨且柔软，做工也比需要一层一层纳的布鞋简单。

再如云国。他们从地底下挖出了“燃墨”，其形如水，色如墨，味道非常难闻，但可做柴火燃烧，也可替代火药，引发爆炸，是军造司这几年来的新宠。

这些货物都具有独特性，在大庸境内，甚至是其他东境小国里都找不到相似或者比他们更好的替代品。

可皇帝不打算惯着，直接下令东境军，发动了战争。此举对大庸自然也有影响，但显然对那些小国影响更大。近一年来，眼看着北境恢复安宁，和磊国结盟的小国怕大庸腾出手来彻底灭了它们，就想着议和。

朝中目前分成两派：一派主战，认为就这么放过那些小国，会让其他小国觉得他们大庸脾气软，日后没事就骚扰一下，看情况不对就议和，长此以往有损国威；一派主和，认为没必要打，有损国库，更有损他们的大国气度。

偏就顾浮别出心裁，提出了新的想法。

这场战不能继续打下去，东境不比北境，北境不打不行，不打就会被外族劫掠，不打就要给出大量的金银粮草去跟外族谈和。但东境贸易繁华，其税收也是国库的一笔重要收入，战火一旦蔓延，反而会损害大庸自身的利益。

这也是为什么皇帝非常想将这几国打下收入囊中，却迟迟不驳回主和派的原因之一。

但也不能就这么放过，不仅是为了敲打其他东境国家，也因为那几个小国所拥有的东西实在太特殊了，别说皇帝舍不得，顾浮也舍不得。

所以顾浮支持议和，但要让那几个小国补上这几年的朝贡，还得多倍补偿大庸这些年来的损失，威胁它们不赔就打，这样既可以维持东境的安稳，又能震慑其他小国，让它们清楚，想要和大庸作对，就得先掂量掂量自己的国库是否交得起赔款。

也不知是这提议真的有问题，还是提出这意见的人的性别让朝臣们有偏见，反正结果就是——顾浮同时得罪了两派人马。

但她也不怵，来一个撑一个，来两个撑一双。虽然没有因为吵赢了架就让此事敲定，但也让众臣明白，和谁吵架也不能和顾浮吵架，反正这个朝堂之上，他们找不出比她还牙尖嘴利的武将。

退朝后，皇帝留下了顾浮与几位朝臣，又详细问了她的想法。不过这次，她的说法又多加了一层内容，那就是逐渐增加这几国的朝贡与税收。

"它们不义在前，我们便是不仁，其他小国也不大可能会因为同情而对它们伸出援手，毕竟这些年来，那些老实纳贡的小国生意也因为它们受到了影响。一旦它们不堪重负，拒绝缴税或来朝，大庸就有理由出兵。到那时候，它们已被耗空国库，打起仗来也不容易殃及其他小国与东境的通商。"

顾浮的话让几位大臣侧目不已，之后皇帝又问了许多没提到的细节，顾浮有内阁做情报库，知道的自然也不少，皇帝的问题她都能回答上来，甚至还都想好了应对的方案与合适的人选。

最后因为皇帝满意的态度和暗示，在场的几位大臣从第二天早朝开始，和顾浮站到了同一战线。

顾启铮作为她的亲爹，因为官阶不算特别高，没少被自己女儿殃及，可他能怎么办，亲生的女儿也不能说丢就丢了，只能生生受着。也因为这，他在朝臣之中的地位变得有些诡异。明明只是个三品侍郎，顾家在京城也算不上什么了不起的人家，但往来邀约的几乎都是些高门大户，就连安王见了，也把他当成正儿八经的亲家，不曾有丝毫怠慢。

偶尔顾启铮坐马车上朝，看见车前骑马和他一块儿的顾浮都会特别感慨，让侯爵给一个三品侍郎开道，满朝算下来也就只有自己了。

这天顾浮下朝，正准备先去吃个早饭，结果被等在殿外的瑞阳长公主拦下，说是皇后找她。顾浮跟着瑞阳去见皇后，走着走着若有所感回了个头，就见朝臣们自殿内鱼贯而出，有一身着青衫的官员，站在原地看着她们……

不，是看着瑞阳。

“他叫柳如宣，”瑞阳的声音传来，顾浮回头，就看见她脚步不停，目视前方，淡淡道，“出生于青州。”

顾浮想了想，说：“有些耳熟。”

瑞阳笑出声，提醒道：“可还记得当年的第一届选麟？”

她想起来了，当年选麟，瑞阳长公主特别沉迷于收集画像，并看好一位青州才子，正是叫柳如宣，为其一掷千金。然而她不知道，曾有人用非常恶劣的手段，将柳如宣骗来京城，只为讨好瑞阳长公主。偏瑞阳还以为他是自愿来见自己的，结果被愤怒的柳如宣误会，两人不欢而散。

可即便如此，瑞阳还是欣赏柳如宣的高洁，希望他能得魁首，甚至频频砸钱，把他砸到了排榜的头几名。却没想到柳如宣根本不在意选麟，还痛批瑞阳，说她身为长公主，不该如此玩物丧志。

之后出了左迦部求娶的事情，瑞阳对选麟彻底失去兴趣，收集来的画像也都被放在架子上堆灰。

再后来，柳如宣似乎是解开了误会，想同瑞阳道歉，但以他的身份，只要瑞阳不放话，他哪里见得到尊贵的长公主殿下。

瑞阳也是存了心，不让柳如宣有和自己道歉的机会，又常常在他面前出现，感受着对方落在自己身上的目光，总觉得格外痛快。

说起选麟，顾浮又多问了一句：“那年选麟的魁首是谁？”

“国师。”

倒也算意料之中。

“第二届也是他。”

“……”

“第三届设置了五个榜单，投票的纸笺也分了类别，国师连拿两个榜单的魁首，另外三个分别是不同的人。”

顾浮发自内心地感到敬佩，在不放弃国师信众的情况下，又给其他人提供了夺魁的机会，不愧是皇后。

到了凤仪宫，皇后着人拿来样衣，让顾浮自己挑选嫁衣的款式。

顾浮和傅砚的婚礼延迟了三年，好不容易等到人回京，自然不能再拖下去。

祁天塔被烧后，皇帝下旨在原来的位置上修建了国师府，这些年傅砚总往北境跑，就算回京也是住在忠顺侯府，从没挪过窝。但为了婚礼能顺利举办，他勉为其难地搬进了国师府。

傅砚搬进去后顾浮偷偷去看过，发现他就带了几件衣服和用惯的笔墨纸砚，别的什么都没有。

顾浮笑道：“真不住这儿？”

傅砚态度很坚定：“住侯府。”

顾浮绕着样衣看了一圈，发现其中除了裙装，居然还有男装。皇后见她在做成男装的嫁衣前站了一会儿，就问：“可要穿男装出嫁？”

她思虑片刻，摇头道：“不用，我是女子，穿女子的嫁衣便可。”

瑞阳说：“穿男装不也挺好的吗？反正成婚后国师也是住到侯府去，你若穿男装，简直就像是你娶了国师一样。”

“可我是女子啊。平时也就罢了，若连成婚也穿男装，会不会让人误会，觉得我本来就是个男人？”

瑞阳没听懂，但皇后听懂了，她挥挥手，让人把男装的嫁衣撤掉。

顾浮是女子，她的一切都将成为后世女子的榜样，若被有心之人篡改或模糊性别，被后人误会，无法记得女子的优秀，那她们所做的一切就都毁了。

看男装嫁衣被拿走，顾浮松了一口气，其实主要的原因还是她自己想穿样式繁复又华丽的裙装嫁衣，男装固然英俊挺拔，但在大婚那天，她更希望自己的打扮能偏向女子的漂亮。

她明白皇后和瑞阳一样想让她颠覆男娶女嫁的传统说法，可她觉得这样的颠覆还太早了，而且也没必要。因为她所做的一切并不是因为她像个男人，而是因为她本身就这么厉害。

若将她从“一个厉害的女人”改换成“一个像男人的女人”，仿佛她的一切成就不是因为女子也有无限潜力，这样的说法她恐怕无法接受。

挑选好嫁衣的当天晚上，顾浮又趁夜去了趟国师府，看到了傅砚房里那件新郎服。她抱着新郎服，惊觉自己还从没见过傅砚穿红色的衣服，叫她忍到婚礼当天又忍不住，索性连哄带骗，亲手帮他换上那身新郎服，又亲手替他把衣服一件件脱了下来。

屋外，一花坐在门口台阶上，隐约听到了布帛撕裂的声音，庆幸宫里送了两套一模一样的新郎服来，不至于手忙脚乱临时赶制，真是可喜可贺。

胡闹半宿，顾浮干脆在国师府歇下，睡到第二天寅时想起还要上朝，才艰难地睁开了眼睛。结果她一睁开眼，就看到傅砚在她身旁用手支着脑袋，一脸纠结的模样仿佛有人拿刀架在他脖子上，要逼他做出生死抉择。

顾浮看见他便忍不住心情愉悦，于是勾起唇角，才睡醒的嗓音带着些微的沙哑，问他：“怎么不睡？”

傅砚的白色长发略微凌乱，上身仅着一件寝衣，没系衣带，袒露出宽厚的胸膛与点点红痕。

“我在想要不要叫你起来。”他很是纠结，明明知道她要上早朝，可又担心昨晚那么一通胡闹，她会很累不想起床。自己甚至都想好了，若要为她告假，该找什么借口才能不那么容易被皇帝识破，免得皇帝又骂他们俩没规矩。

顾浮起身往他唇上啃了一口：“直接叫就是了，有什么好纠结的。”

看她矫健依旧，即便傅砚清楚她的体格远超常人，还是忍不住牙痒，总觉得是自己没能好好满足对方。

可又看到顾浮下床时动作稍微有些不自然，那点儿不忿瞬间烟消云散，只剩懊恼，懊恼昨晚不该由着她胡来，应该再克制些的。

一花端来热水与属于忠顺侯的朝服，又安安静静退了出去——他很清楚，留下来只会碍事。

顾浮漱洗穿衣，长年的军营生涯让她不会因为一个晚上睡眠不足就露出疲态，可看见傅砚蹙着眉头认真为她整理衣服、梳拢头发，还是忍不住放松精神，坐在梳妆台前闭眼小憩。

傅砚帮她梳好头发，低头就看见她闭着眼睛万分乖巧的模样。

顾浮是不容易晒黑的体质，晒得狠了只会红肿脱皮，所以这几年下来，她并未被晒黑多少，穿上红色的圆领朝服，便更显得白皙。

大约是察觉到了傅砚的视线，顾浮鸦羽似的睫毛轻轻颤动，傅砚鬼使神差地拿起胭脂盒，往她唇上涂了抹艳丽的口脂。夺目的色泽并未让身着朝服的顾浮显得怪异，反而越发诱人。

傅砚没经受住诱惑，等反应过来已经咬住了对方的唇。

顾浮睁眼，正要凑上去吻他，结果傅砚立马退开，并抬手按住了她的额头，一脸认真道：“不行。”像极了不许家里小孩再吃糖的大人。

顾浮“啧”了一声，闭眼时的乖巧模样荡然无存。

为了不让人知道她昨夜留宿国师府，还得从离皇城极近的宣阳街折返回家，然后再从家里出来，非常费事。

成亲之后就不用这么偷偷摸摸了吧？她越发盼着婚期能快些到来。

三月二十七，谷雨，同时也是忠顺侯与国师大婚的日子。虽然这两人的身份都很一言难尽，但婚礼还是尽可能地照着正常的流程进行。

顾浮早晨起来梳妆打扮换衣服，中午同家人一道吃辞家宴，原本气氛还挺伤感的，老夫人都要哭了，说她捧在手心里的孙女，怎么转眼就要嫁人了呢？

结果顾浮一句：“祖母若是舍不得，我多带望昔回家住就是了。”

直接把老夫人逗得破涕为笑。

顾启铮更是吹胡子瞪眼，因为他知道自己这个女儿真能干出这种事。偏偏以她的身份，即便这么干了也没人敢说什么，所以顾启铮只是瞪她，并未斥责。

下午重新梳妆打扮，并换上嫁衣，等待傅砚来迎亲。其间李氏、霍碧燕，还有穆青瑶都来了，顾小五则拉着绿竹跑进跑出，嚷嚷着传达外头的情况。

顾浮原本还担心穆青瑶和她大嫂关系不好会起矛盾，后来发现大嫂不像曾经那般猜疑了，甚至还会笑着和穆青瑶说上几句话，不免有些意外。

待人都出去了，穆青瑶告诉她：“大哥和大嫂回京后，特地托人给我送了不少东西，怕被人误会也没敢随便道歉，只在私下里和我把话说开，同我道了声对不住。”

"就这样？"出门走一趟散散心真这么管用？

"不然呢，我都嫁出去了，她还怕我抛夫弃子，去跟她抢丈夫不成？"

顾浮点点头："也是……等等！抛夫弃子？"哪来的子？她猛地扭头看向穆青瑶的肚子，一脸不可思议，"你……"

穆青瑶捂着肚子："不过就是怀了身孕，倒也不用这么看着。"

顾浮呆住。知道有人怀孕，和知道自己姐妹怀孕的感觉是完全不同的，她拉过穆青瑶，在肚子上摸了摸，感觉特别新奇。

穆青瑶被摸得不太自在，毫不客气地把自己肚子上的手打掉："等你有了摸自己的去。"

顾浮表情放空："我和望昔要是有了孩子，那会是什么模样？"

穆青瑶想象了一下，发自内心道："要是像你，我担心她把京城给拆了。"

顾浮跃跃欲试："要是像望昔，会不会也是一头白发？"

两人尽情畅想了一番，直到迎亲的人来了，才堪堪打住。

按照规矩，新郎上门迎亲，自然要被新娘的娘家兄弟为难一番。然而傅砚毕竟是传说中的国师大人，一路骑马而行，跟来了不少百姓，乌泱泱地往门口一围，顾竹第一个认尿。顾沉倒是硬着头皮出了几题为难，这几道题还是他早早就准备好的，不算简单也不算难，可以撑撑场面，也不怕忘词。奈何傅砚要赖作弊，让秘阁的人提前拿到了题目，所以轻而易举就给出了答案。

反倒是安王世子闻齐泽帮着拦了许久，才让傅砚带着人进顾府，拜见了长辈，奉茶后带走了他心心念念的忠顺侯。

花轿走后，顾小五赏罚分明，叉腰数落了两个哥哥好半天，又给闻齐泽这个姐夫奖励了一包藕酥，还偷偷告诉他穆青瑶近来喜欢看什么类型的话本子，让闻齐泽好好谢了她一番。

国师府的喜宴办得隆重又热闹，收到请帖的人家没一个敢缺席的。唯一的不足便是傅砚鲜少与这些京城世家来往，所以众人也不敢灌他酒，面对他时多少带着点儿胆怯与拘谨。

反倒是顾浮出现后，气氛才开始变得热络起来，因此也没人说身为新嫁娘就该在新房里待着，甚至还有人庆幸与国师成亲的是忠顺侯，要不是这个胆大包天敢在婚礼上抛头露面的女子，他们还真无法想象这场婚礼会冷成什么样子。

后来也不知道是谁起的头，那些个和顾浮在朝堂上吵过架的大臣开始排着队与她拼酒，最后都被灌得趴到了桌子底下去。其间傅砚一直跟在身边，怕她光喝酒对身体不好，时不时会夹几口吃的到她碗里。

自然也有人嘀咕，觉得这样放肆出格的女子怎么配得上国师大人。

顾浮耳聪目明，即便酒桌上热闹吵嚷，依旧听到了那些不好听的话，她原先并不放在心上，只是喝到后面有些醉了，心里才变得不大痛快，便在余光瞥见傅砚动筷的时候扭头，朝他看去。

她一句话没说，就这么看着傅砚，傅砚愣了愣，接着就将刚刚夹起的一块鱼肉递到了她唇边，顾浮笑着张口，吃下了鱼肉。众目睽睽之下的亲密举动让那些个醉汉开始胡乱起哄，要新娘和新郎在这里喝交杯酒。

还清醒的宾客来不及阻止，一只酒杯就被塞到了傅砚手里，顾浮手中的酒碗也被拿掉，换成了小巧的杯子。这下别说那些喝醉了的，便是没喝醉的也都伸长了脖子来看热闹。

顾浮朝傅砚挑了挑眉，用眼神询问他是否愿意。若他不愿意被这么多人盯着喝交杯酒，她可以动手把起哄的郭兼揍一顿扔给戚姑娘，然后带他回房里慢慢喝。

回过神的傅砚缓缓勾起一抹浅笑，算作回答。

别人怎么看顾浮不知道，她就觉得他这一抹笑实在太好看了，好看到她心跳开始加速，拿杯的手微微颤抖。

手臂交错相环，两人一同喝下自己杯中的酒，辛辣回甘的滋味让顾浮觉得这么小小一杯，竟比先前喝的那几坛子黄沙烫还要醉人。

四周的起哄声几乎要将国师府的屋顶掀翻。放下酒杯，傅砚拉住了顾浮的手，十指交扣，轻轻吐出的话语就这么穿过热闹与喧嚣，清晰地传到了她的耳朵里，也传进了她的心里。

他说——

“我的。”

顾浮扬起灿烂的笑颜，收紧了两人交握的手——

“你也是，我的。”

（正文完）

穆青瑶的婚期定在初春，不仅是因为初春有宜婚嫁的好日子，也因为她的婚事越快办越好，迟了容易出差错。所以穆青瑶过定后不到一年就要从顾府出嫁，嫁进安王府，成为安王世子妃。

嫁给不熟悉的男子——这种事情穆青瑶也不是没有想过，所以问题不大，只要维持住伪装，日子总能过下去。

而且她最擅长自我开解，因此很快就从中找到了能让自己高兴的事情。比如，她的婚期避开了她最讨厌的夏天，这样就不用担心自己会在费事又费时的婚礼上热得满身是汗，度过一个臭烘烘的新婚夜。这么一想，她藏在扇子后面的温婉笑容不免真实了几分，因为这对她而言真的太重要了。

辞家，出阁，拜天地。

送入洞房后，穆青瑶轻轻转动扇子，想着如何才能让安王府的下人早些端来热水，毕竟是大喜的日子，安王世子要是在喜宴上喝多了，定然一身酒气，有热水也好洗一洗。

可一个新嫁娘，才入门就使唤夫家的下人，还是叫水这样微妙的吩咐，会不会显得有些奇怪？穆青瑶再知书达理也是头一回出嫁，难免生疏。

不过很快她就知道，她根本没办法吩咐安王府的下人，因为布置一新的房间里只有她一个人，除非扬声叫门口的婆子进来，不然没法让她们去端来热水，可又不好走到门边去，坏了规矩，因而只能作罢。在新房里等得无聊了，她就开始在脑子里编话本，打发时间。

门口传来动静的时候，穆青瑶知道是安王世子来了，在这电光石火的一刹那，她想起一个很重要的问题——

她的丈夫叫什么名字来着？

穆青瑶略微一慌，要说庚帖上是有他们俩名字的，偏偏她只看了一遍，后头又出了这么多事情，时间一长就给忘了。而且旁人说起安王世子来，都是口称“世子”或“世子爷”，鲜少叫到他的名字，不然自己也不会忘记这么重要的事情。

但很快穆青瑶就淡定了，因为她反应过来，自己也可以和旁人一样叫他“世子”。这就跟当家夫人叫自己丈夫“老爷”一样，并非什么稀罕事，安王妃还叫安王“王爷”呢，所以还是问题不大。

穆青瑶冷静下来，开始专心应付这个属于自己的新婚夜。

此时的闻齐泽还不知道自己的新婚妻子已经把自己的名字给忘了，抱着忐忑又紧张的心情，推开了他们夫妻二人的新房。床边一身嫁衣的女子恬静又美好，他走到床边，却在看到那张因着了浓妆而染上艳丽的面容时，不由得看呆了。

穆青瑶准备迎接自己身为安王世子妃的后半生，然而喝交杯酒后，她面具式的笑容就碎了，因为她的丈夫说：“我知道你未必想要嫁给我，你若不愿意，我可以不碰你，直到你愿意为止。”

穆青瑶整个傻了。

“你以为是在写话本吗？”沉迷话本，但又能将话本与现实彻底分割开的她对闻齐泽发出灵魂质问。

闻齐泽愣住，对话本没什么研究的他显然没懂新婚妻子是什么意思。

穆青瑶只好掰碎了告诉他：“不管我愿不愿意，你娶了我又不碰我，不会让人觉得你是在敬重我，只会让人觉得是在嫌弃我。”

闻齐泽急了，心里话脱口而出：“我没有！能娶到你我高兴还来不及，怎么可能嫌弃？”

穆青瑶被突如其来的表白冲击了一下，讷讷道：“你……”

闻齐泽别开脸，道：“我只是不想勉强你。”

被人这般珍重对待，穆青瑶心底升起一股说不清道不明的情绪，并越发懊恼自己怎么没记住他的名字。也因为他的坦诚与珍惜，自己好像丧失了伪装的能力，没办法用谎言告诉对方她愿意，总觉得这么做了，会对不起对方那份珍重。

同时穆青瑶也在心里劝自己不要这么轻易被打动，安王世子如今的反应很可能是因为新婚燕尔，一时新鲜。若就这么当了真，尝试让人走进自己心里，等最后这位世子爷腻了倦了，受伤的只会是她。

若放以前，穆青瑶一定能把持住，可如今不同，她失去了血缘亲人，最信任的姐妹也不在身边，她又从顾家出嫁，来到了一个全然陌生的环境。说到底，她也不过是个小姑娘，让她在经历过种种遭遇后拒绝这样的珍重，太难了。

她问他，语气不由自主地平淡下来，失去起伏："你准备怎么办？"

"我可以假装我们已经圆了房。"闻齐泽说。

穆青瑶顿时就想起了话本里经常写的那些桥段，比如，割手指滴在喜帕上假装处子血；又如，一男一女坐在一张床上，为了骗屋外听墙角的嬷嬷，故意发出各种匪夷所思的动静……

她怀疑安王世子就是想这么干。事实也确实如此，她忍不住问："世子平时爱看话本吗？"

闻齐泽一脸迷茫地摇了摇头。

穆青瑶就奇怪了，一个平时不爱看话本的人，究竟是怎么做到想法与话本如此同步的？她想了想，摇头道："别这么麻烦了，除非你想与我和离，不然迟早有这么一天的。"

好不容易在对话中平静下来的闻齐泽顿时又陷入了紧张的旋涡："你的意思是……"

穆青瑶"嗯"了一声，在这一瞬间，她并未感到羞涩或难堪，只在心里期盼这位安王世子能突发奇想跑去洗个澡，因为对方刚从喜宴上过来，就这么站着，她已经闻到了他身上的酒味。

刚一想完，闻齐泽突然转身，走出房门。

走——走了？这又是什么展开？她试图用话本的思路去猜对方的意图，可就是猜不到对方干什么去了。

屋门大敞着，守门的婆子时不时往里看，似乎也很迷茫。时间就这么一点点过去，就在穆青瑶以为今晚要独守空闺的时候，闻齐泽终于回来了。他换了身衣服，头发也有些湿，似乎是……

"我刚去洗了澡，方才同人喝酒，险些被吐一身，洗洗干净些。"

这一刻，穆青瑶感到了发自内心的愉悦，所以当闻齐泽坐到她身边，慢慢靠近的时候，她并未表达出任何抗拒。

厚厚的床帐将床内、床外彻底分割成两个世界。初尝人事的穆青瑶发现，话本的内容也不全是骗人的。只是她从未想过自己会用这么陌生的音色一迭声地去唤另一个人，更没想到安王世子会对“世子”这个称呼表达出不满，在她耳边轻喘着，让她换个称呼。

阅尽无数话本的穆青瑶猜，对方可能是希望自己叫他的名字。

若是在这时候告诉他自己不记得他的名字了，他是会气到抽身而去，还是气到不管不顾，直接把她弄死在床上？

穆青瑶艰难地咽了口口水，唤道：“夫君……”她简直佩服自己，都快神志不清了，还能反应如此迅速。且从对方的反应来看，大约也是满意的。

新房里的动静直到后半夜才停下，穆青瑶累得连根手指都动不了，却还在用仅剩的清醒，想“能不能洗个澡再睡”这样可笑的问题。待到她逐渐陷入梦乡，过了不知道多久，可能也就半盏茶的时间，又迷迷糊糊醒了过来，因为她感觉自己被人抱起，放进了水里。

她感动哭了，甚至没有多余的精力去思考为什么一切都能这么如她所愿，哼哼着抱紧了闻齐泽的脖子，依赖的模样让闻齐泽险些没克制住。

第二天早上醒来，穆青瑶怀疑昨晚的记忆有虚假的成分在里面，不然很难解释，安王世子为什么这么恰好就做出了她所希望的举动。然而怀疑归怀疑，问是不可能问的，不仅不能问，她还得忍着身体的难受早早起床，去给公婆敬茶。

闻齐泽比她起得早，等她梳妆完毕，他已经在院子里练完一套拳法。见自己的新婚妻子从屋里出来，闻齐泽迫不及待地走上前，抱住了她。

穆青瑶面不改色，可对方一身汗就来抱她的举动，还是让她有些许不适。这种不适并非她所能控制的，也没有任何恶意，她也想像寻常人一样，不那么讲究干净不干净，可就是做不到，还曾为此给自己和别人带来糟糕的经历。

也因为这个，她学会了伪装。她是这么想的，既然无法改变自己，那就伪装自己吧，爱干净带来的苦果必须由她自己来承担，旁人不该因为她的毛病而被为难。要知道这世上只有一个顾浮，也只有顾浮会在听到她说自己的手指脏了想要切掉时理解她，没将她当成疯子，并将院里的剪子都藏起来，免得她伤害自己。

穆青瑶摆出昨晚没能顺利摆出的温婉笑容，拍了拍闻齐泽的手臂，提醒道：“世子，该去正厅给爹娘敬茶了。”

闻齐泽松开手，盯着她看了一会儿，突然问：“你是不是在心里骂我？”

“……”这厮怕不是能听到她的心声？

穆青瑶惊疑不定，但还是努力保持住了脸上的笑容，问：“世子为什么会这么觉得？”

闻齐泽捏了捏她的下巴，告诉她：“顾二和我说过，你爱干净，但就算我用脏兮兮的手碰你，你也不会说出来，只会在心里骂我。”

穆青瑶懂了，难怪昨晚的一切会如此合她心意。她垂眸，因为唇角还带着笑意，这个动作让她看起来显得格外温柔：“阿浮随口胡说的，世子不必放在心上。”

“可我看她说得没错。”闻齐泽压低了声音，或许是觉得大白天说这些内容不太好，但还是想要告诉她，“昨晚我抱你洗澡的时候，你看起来很开心。”

穆青瑶昨晚困得一点儿防备都没有，所以很诚实地表达出了能在睡前洗澡的欣喜。她笑容微敛，问：“世子会因此而不高兴吗？”会因为她太爱干净，根本控制不住自己的好恶而不高兴吗？

闻齐泽“嗯”了一声。

穆青瑶就不明白了，若是会因为这个感到不高兴，不将这一切戳破不就好了？反正她能伪装好自己，别说出一身汗，便是沾一身污泥来抱，她也能装出一副温柔似水的模样，为什么非要点出来？难道安王世子连她心里想什么都要管吗？

就在她满脑子困惑，觉得闻齐泽这个人真是不可理喻的时候，他突然说：“我不希望你对我藏着、掩着，你若想要骂我，直接骂就是了。”

她愣住，才反应过来两人竟都会错了对方的意思。

闻齐泽说的“不高兴”，不是指她爱干净这个毛病，而是不高兴她将心里的想法藏起来。

穆青瑶脸上的笑容彻底淡去，有些难以抑制自己的心情。冷静下来想想，即便顾浮提前打过招呼，闻齐泽也可以完全不当回事，反正她已经嫁进安王府，安王府便是磋磨死她，旁人也不会说安王府一句不是，最多就是惹恼顾家。可最后无论是和离还是一纸休书，受到影响的都不会是他安王府。

但闻齐泽还是把顾浮的话听进去，并记在了心里，新婚夜当晚更是站在她的角度考虑了许多，现下还当着她的面告诉她，有什么不喜欢的，想要骂的，可以直接说出来，骂出来。

这人究竟是怎么回事？

就在她迷茫的同时，闻齐泽又拉着她的手道："你若骂不出口，动手打我也是可以的，我母亲最喜欢私下里掐我父亲了。"

穆青瑶又懂了，原来是"家学渊源"。

"时间不早了，我先去换身衣服，回来再洗澡，好不好？"闻齐泽征求道。

她缓缓地点了点头。

被带去正厅的路上，她有一种预感：自己恐怕暂时无法用虚假的一面来面对闻齐泽了，至于这个"暂时"会是多久，要看他对她的耐心能维持多久。

这样也好，穆青瑶想，在他坦诚对待自己的时候，自己也坦诚地面对他，直到未来某天他厌倦了，找到另一个想要如此珍惜的人，自己再戴上那副早已习惯的面具，做个通情达理、宽容大度的正房夫人也不迟。

来到正厅，穆青瑶作为新妇给安王与安王妃敬了茶。安王一脸严肃，这倒是意料之中，安王妃则是笑吟吟的，似乎还和以前一样喜欢她，这在意料之外。两人都没为难她，喝完茶又说了几句话，内容无非就是让他们夫妻俩好好过日子云云。

在这期间穆青瑶有个重大收获——安王世子的字是"惠之"，安王与安王妃都这么叫他。随后安王便让他们回去了，还说老太妃最近越发嗜睡，叫他们下午再去老太妃那儿请安。

穆青瑶跟着闻齐泽离开正厅，还在思索那两个字是哪个"惠"，哪个"之"，突然闻齐泽拉住她，躲到了路边的树丛后面，她疑惑地看过去，闻齐泽对她比了个噤声的手势。

片刻后，安王与安王妃从正厅出来，穆青瑶听到他们在说话，重点是两人说话的语气和相处的模式完全颠覆了她对他们的印象。

原来安王并不像表现出来的那样严肃沉默，安王妃也不是只会恭恭敬敬地喊安王"王爷"，他们俩私底下说起话来和寻常百姓家的夫妻很像，会相互埋怨、嫌弃，可又都透着只属于他们的亲昵——

"看那孩子累得，脸都白了，早知道就传话让他们再多睡会儿。"这是安王妃。

"我跟你说什么来着，谁让你不听我的。"这是安王。

"我这不是怕青瑶以为咱家不懂规矩吗？惠之也是，一点儿都不疼媳妇，定是跟你学的。"

"你说这话的时候能不能摸摸自己的良心？我昨天给你送那支金钗的

时候你不还夸我好呢吗，怎么一夜过去我就变得不会疼媳妇了？”

“那就是惠之自己不学好，怪他自己。”

“哼，成天往外跑，他能学什么好？”

两人渐渐走远，被亲生爹娘背后损了一通的闻齐泽对穆青瑶补充道：“他们不是不喜欢你，是看你太累，想让你早些回去歇息。”说这话的时候，他有些不好意思，毕竟原因在他。

穆青瑶迟疑地点了点头，回到院里才反应过来，她出正厅时一门心思琢磨着闻齐泽的字，表现得太过沉默，让他以为自己误解了安王与安王妃没说几句话就叫他们离开的用意。

这都什么跟什么啊？她头痛，她发现自己与安王世子总会在奇怪的地方，对对方产生奇怪的误会。

回到自己的院子后，闻齐泽按照他之前说的，叫人打来热水洗澡。夫君洗澡，做妻子的当然不能自己跑去睡回笼觉，于是穆青瑶拿了块布去给他擦身子，擦着擦着就被拉进了浴桶里，理由是两人方才抱了好几回，她也该洗一洗。

“……”我信你个邪！

从浴桶里被抱出来时，穆青瑶甚至不需要重新酝酿睡意，一闭眼就能睡死过去。院里的下人轻手轻脚地进屋收拾，有几个脸皮薄的丫鬟，看见洒了一地的洗澡水和浴桶里漂着的世子妃的小衣，羞得脸像煮熟了一般，又红又烫。

三朝回门，讲的是新嫁娘出嫁后的第三天回娘家，一般都会有丈夫陪同，若丈夫疼爱妻子，甚至还会一起在妻子娘家小住几日。

看到闻齐泽叫人准备换洗衣服一块儿带上，穆青瑶越发觉得这人就是来克自己的，不然为什么他做的每件事都能敲在她心头最柔软的地方！

要命的是，她到现在都没想起他的名，只知道他的字。

回到顾府，闻齐泽被自己的岳丈顾启铮叫去喝茶，穆青瑶则被李氏拉去屋里说些体己话。李氏还多问了几句，确定她在安王府过得不错，总算将心放下。顾小五看自己心心念念的穆姐姐回来了，抱着她的腿死活不撒手，差点儿要晚上赖着不走。

因为这里不是安王府，闻齐泽难得没碰穆青瑶，只是抱着她纯睡觉。睡前两人还聊了一会儿，从顾家到穆家，再到安王府。

闻齐泽说："母亲一直很介意自己的出身，怕会因为自己让别人瞧不起安王府，但在我和父亲眼里，她真的非常好。先帝一直都不喜欢我父亲，所以对父亲来说，是母亲让他不再怨天尤人，也是母亲让他找到了更加自在的生活。对我而言，母亲是亲手将我养育长大的人，旁人鄙夷她出身低，不懂规矩，我不会感到丢脸，只会觉得那些人多嘴多舌，让我厌烦……"

穆青瑶安静地听着，直到闻齐泽慢慢没声，她以为他睡了，轻唤道："世子？"

闻齐泽闭着眼，在穆青瑶脸边蹭了蹭："我不喜欢你跟别人一样这么叫我。"

她从善如流道："夫君。"

"喊我名字。"

"惠之……"

离开顾家那天，穆青瑶这边出了点儿小小的意外。曾在她身边伺候过的一个丫鬟，跪下求她带自己一块儿回安王府。

这个丫鬟在穆青瑶出嫁后就被调去了顾家后厨，可她似乎并不知道，将她从陪嫁名单上除去的人不是李氏，而是穆青瑶自己。

穆青瑶不会蠢到引狼入室，直接就拒绝了，并让院里的人别再放这个丫鬟进来。可当她去顾启铮那儿找闻齐泽，路过花园的时候，看到那丫鬟跪在地上向闻齐泽哭求，姿态和声音与在她面前演绎得一模一样。

她倒是看过陪嫁丫鬟历尽艰辛磨难，最后成为当家主母的话本子，也不知道闻齐泽会不会朝着这个思路走。

闻齐泽看到她，直接丢下那个丫鬟走了过来。他今日穿了一身紫檀色的长袍，银冠束发，肩头停着一只圆滚滚的小胖鸽。小胖鸽也被留在了顾家，闻齐泽似乎很喜欢它，住顾家这几天总是投喂，还任由它停在自己身上，也不嫌沉。

他走过来道："我想同你说件事。"

穆青瑶看了眼跪在原地抹眼泪的丫鬟："你说。"

知道自己的要求并不合理，闻齐泽有几分心虚，为此他先做了个铺垫，可惜效果不怎么好："我记得你嫁过来的时候，没带多少自己用惯的丫鬟、婆子，母妃也怕你在王府没几个熟悉的人，过不惯，所以……"

穆青瑶静静地看着他，指尖微微发凉。

“我想带它回府可以吗？”闻齐泽将肩头的小胖鸽抓下来，双手捧着，“左右这只鸽子也是你养的，带回去陪着你，也算有个伴。”

“……”

小胖鸽睁着绿豆眼，看起来一脸无害，很有几分话本里天真纯善的女主人公的样子。

穆青瑶看了眼小胖鸽，又看了眼闻齐泽，确定他不是在开玩笑，而是真的想将小胖鸽带回安王府。只是带回去的理由不太站得住脚，这个问题不大，总比让她开口跟顾家讨要一个丫鬟要好解决。

于是她点头，说：“可以。”

闻齐泽看起来很高兴，他松开手，任由小胖鸽扑扇着翅膀飞回到他肩膀上：“是都收拾好了，特地来找我的吗？”

“嗯，陪我去跟父亲道个别吧。”自从顾启铮认了她做义女，她便将“姨父”改口成了“父亲”。按说该叫“义父”，可顾启铮养了她十几年，非半路拜认来的父辈，担得起这一声“父亲”。

“好。”

闻齐泽牵着穆青瑶的手，带她去和顾启铮道别。他还说：“我知道你担心岳父一个人在家太冷清，我会时常过来，替你好好孝敬他。”

“劳烦你了。”

“夫妻之间，说这个做什么。”

穆青瑶侧头往后看了一眼，见那跪在地上满脸泪痕的丫鬟终于回过神，起身朝他们奔来，结果被跟在两人身后的婆子按住，捂上了嘴。她收回视线，牵着闻齐泽的手不由自主地收紧了力道，试图以此压下心里陡然升起的不安——

若有朝一日他倦了自己，将对自己的这份珍惜与爱重给了别人，到那时候，自己真的能坦然接受，伪装大度吗？

拜别顾启铮，两人又回到安王府。

闻齐泽因成婚特地请的假也过完了，从第二天开始便恢复日常，早起去大理寺点卯。他在大理寺任职寺正，每天都要经手不知道多少案子，翻阅大量旧案文档做断罪参考，偶尔回到家，也会说起自己在大理寺办差时遇到的奇案和翻到的旧案记录。

穆青瑶也是这才明白他的想法为何总会跟话本的发展如此相似，因为现实中发生的离奇事往往比话本还要离谱，自己这个丈夫长时间泡在各类卷宗档案里头，思考方式可不就越来越往不可思议的方向靠拢吗？

她听那些奇案，听的时候还挺兴致勃勃，嗑着瓜子喝着热茶，惬意非常，可一到夜里就开始害怕。

原本夏天到了，她说什么都不肯在睡觉时同闻齐泽挨一块儿，嫌他身上火气太旺，一晚上下来能把她焐出一身汗。闻齐泽若非要靠上来，她就会把他推开，反正是他自己说的，心里不情愿可以直接骂，也可以直接动手。

穆青瑶这么做后闻齐泽也没不高兴，更多的是委屈，睡在床沿边的身影像极了被主人嫌弃的大狗子，每每这个时候小胖鸽还会飞过来，安慰一样去蹭他的脑袋。

可自从听了那些案子，穆青瑶夜里总被惊醒，还感觉背脊凉飕飕的，忍不住往闻齐泽身边靠。闻齐泽半梦半醒间将她抱住后，她也不会再动手推开，甚至会主动往怀里钻。

闻齐泽尝到甜头，讲故事的兴头越发旺盛。穆青瑶想捂住耳朵不听，偏她才刚过门，不敢胡乱叫人去替自己买话本，正是想听故事想疯了的时候，常常闻齐泽讲的故事一起头，她就停不下来，想要一直听下去。

后来她发现，原来安王妃也爱偷偷看话本，于是装作感兴趣的模样私下里借了几本来看，看完又再去借，弄得安王妃把她视作知己，每每买了新话本，看完都要叫人把书包好给她送来。

穆青瑶解了馋，闻齐泽那套也就失去了效用，但那会儿天气也开始转凉，繁华的京城步入了清爽干燥的秋季，穆青瑶也不会再因为怕热，就把他从自己身上推开了。

安王府里的事情基本上是安王妃在管，穆青瑶嫁过来后只需要打理自己跟闻齐泽的院子，偶尔陪安王妃出门赴几场宴席就行。正巧碰上皇后给灵犀书院招先生，她就去试了一试，运气不错被留下，成了书院里教丹青的女先生。

穆青瑶还以为自己的生活能变得充实些，万万没想到书院里新定下了月考制度。像琴棋书画、香道、茶道这类课程的考核不难，加上书院的姑娘们都是大户人家出身，入书院前都接触过这些，所以考起试来得心应手，不会有分数太低的风险。与之相对，教经义和诗赋的先生们就惨了，这两类都是科考的项目，及格线高不说，还不好教。学生的月考分数和先生们的月俸挂钩，致使教这两门的先生总跟别的先生借课，借了又不还，让穆青瑶好不容易充实起来的生活顿时又恢复了清闲。

即将入冬，穆青瑶也懒得再费工夫去找别的事情来做，索性窝在桌前拿起笔，开始写自己最爱看的话本。她将故事编得挺长，写完上册便迫不及待叫丫鬟把话本拿去书局卖，奈何书局的人认为写得不好，才看到一半就断言这书没人看不值钱，所以不收。

穆青瑶听了丫鬟的转述，很不服气，她看了这么多年的话本，写出来的东西怎么可能一文不值？但书局那边的反应还是让她受到了不小的打击，她将话本收好，原本准备要写的下册也随之夭折。

直到快过年那会儿，她无意间翻到自己写的话本，一开始还没反应过来，看完两章心想：这谁写的，这么没意思，得记一下作者的名号，日后好避开免得再花冤枉钱。

翻到书封一看，才想起这是自己写的。

穆青瑶又一次受到了打击——她写的东西，居然连自己都不爱看，难怪书局不收。

心情低落了一两天，很快她又调整回来，把这事抛到了脑后。过年期间，穆青瑶跟着安王妃一块儿入宫去拜见皇后。皇后还记得她，同她说话时聊到书院，问要不要兼职教些别的，因为书院还会继续招收学生，如今的先生已经有些不够用了。

穆青瑶也想，但问题是她还能教什么呢？琴棋书画她都行，可教这些多半又会被人夺走上课的时间；经义、诗赋、天象、术数这些虽然会一点儿，但还不到可以当先生的地步。

琢磨了几天，穆青瑶最后决定去书院和学生一块儿上课，不会就学嘛，反正她闲着也是闲着。却不想在术数方面她表现出了惊人的天赋，不到一年就学完了别人需要三四年才能学完的内容，并向书院申请，兼任了术数先生一职，和曾经抢她课的先生一样，开始抢起了别人的课。

书院的课程虽然紧张，但也不会让她忙得脚不沾地。回到家后，还有十分充裕的时间去和安王妃说话聊天，再去给老太妃请安，晚上还会被闻齐泽拉着消耗多余的精力。此外她还在看话本，并迷上了一本最近新出的名为《煮雨记》的话本。

《煮雨记》的作者名号很陌生，穆青瑶原先也没见过，但作者写得很好，所以她还曾怀疑过作者是不是哪个换了名号的大家。后来她又打消了这个猜测，因为《煮雨记》的文风实在太特殊了，和之前看过的其他话本都不一样。

《煮雨记》目前只有上册，穆青瑶看完就一直盼着下册能快点儿出来，结果左等右等等不到，只能把上册翻来覆去多看几遍。看着看着，她隐约察觉出几分熟悉感——这话本里人物的名字好像在哪儿见过。

她死活想不起来到底是在哪里看过，索性把手边的话本连同安王妃那边的都翻了一遍，最终发现了一个很诡异的情况——《煮雨记》里的人物，以及里面的情节，居然和自己一年前写的话本十分相似。

这不可能，她想，她写的这本除了自己，也就书局的人看过，可书局那人就看了半本，怎么能知道后面的剧情？！

穆青瑶很是困惑地把目光放到了《煮雨记》的书封上，然后她就发现，《煮雨记》的作者叫“卉织居士”。

卉织居士……卉织……惠之？！

春寒料峭，屋内伺候的丫鬟巧倩见世子妃坐在书堆里发呆，便上前轻声提醒道：“世子妃，世子快回来了，这儿要不要收拾收拾？”

穆青瑶回过神，放下手中的《煮雨记》，看了眼乱七八糟散落在地的各种话本，道：“收拾吧。”

她说完，巧倩叫来另一个丫鬟，两人一块儿将地上的话本整理好，放回到了书架边的小柜子里。小柜子是闻齐泽叫人打造的，专门用来放话本。丫鬟把书都收拾好，只剩《煮雨记》和穆青瑶亲手写的那本，被她紧紧握在手里，待下人通传说世子回来了，穆青瑶便将这两本书在桌上摊开。

闻齐泽早已养成习惯，一回院子就先去侧屋换了衣服，然后才进入主屋。他见妻子坐在桌前没有回头，便放轻脚步从背后靠近，将人拥入怀中。

“看什么这么专注？”他问，并开始期待怀中人的回答。

谁知这次并没有迎来意料之中的回答，而是听到怀里人略显恍惚的声音：“这本《煮雨记》，与我写的那本好像。”

闻齐泽心里“咯噔”一下，陷入了沉默。

穆青瑶扯了扯嘴角，苦笑道：“或许是我想多了吧，《煮雨记》这么好看，我写的这本哪里能与它相比？竟还妄想是自己的书被人给抄了，真是厚颜无耻。”

闻齐泽哪里能听得了这样的话，遂投案自首，坦白道：“你别难过，我，这书——这本《煮雨记》是我写的！”说完又察觉不对，立马改口：“不对，是我照着你的书写的，是我抄你的。你没妄想，是我的错，厚颜无耻的也是我，明明知道这是你想的故事，却还——却还瞒着你投给了书局，怪我。”

穆青瑶没想到这么顺利就让闻齐泽说了实话，慢慢收起脸上装出来的难过与痛苦，但因为他在背后抱着自己，所以没看到，只听见她说：“解释一下？”

闻齐泽老老实实把事情的来龙去脉，以及自己的心路历程都交代了一遍：“我看你写这话本花了好长时间，大冬天冻得手都红了，就想着替你润色润色，让你知道你想的故事其实很好，只是因为从来没写过，不熟练，这才没写好。”

穆青瑶接受了这个说法，但还是不明白：“那你怎么不把它拿给我看，反而递去书局卖了？”

闻齐泽沉默着将脸埋到她颈侧，过了一会儿才吐出一口气，闷声道：“我不甘心。”

她心想也对，《煮雨记》写得实在太好了，闻齐泽无法甘心自己写的故事就此埋没，只给她一人观赏，也能理解。

谁知他又冒出一句：“我不甘心你当着我的面，说想见别的男人。”

“……”

好吧，她习惯了，反正这两年里没少发生这样的误会，他们两人的想法永远都对不上，问题是——

“我什么时候说过这种话？”天地良心，她穆青瑶可不是什么水性杨花的女人，更不会蠢到当着自己丈夫的面说想见别的男人，其中定有误会。

闻齐泽不依不饶道：“‘若能得之一见，此生无憾矣’，这话是不是你说的？”

沉默良久，穆青瑶终于在大脑的犄角旮旯里将这段回忆给刨了出来。

当时书局还没开始卖《煮雨记》，她沉迷于另一本叫《金钗泪》的话本，因为写得太过感人，看到最后都哭了，还将写《金钗泪》的作者好一番夸赞，认为此人必定不是凡俗，感慨之下便说了那句话。

她讷讷道：“我就随口一说。”

闻齐泽抱得更紧了，别扭道：“是情之所至，还是随口一说，你自己心里清楚。”

好酸……

“《金钗泪》的作者也未必是男子。”她努力辩解道。

闻齐泽抬头，淡淡道：“是男的。”

她缓缓睁大了眼睛。闻齐泽捏着她的下巴让她看着自己："你以为大理寺这边查个人很难吗？"

穆青瑶无语，这家伙，竟就因为自己一句话，把《金钗泪》的作者是谁都给查出来了。

硬气地要了通性子，闻齐泽又软下声，轻轻道："你不知道这些日子，你拿着《煮雨记》来回看，我有多高兴。"

穆青瑶忍了忍，终于还是没忍住，问："那《煮雨记》下册……你写了吗？"

"上册是按照你写的那本来改的，你又没写下册，我当然也写不了。"

"你可以自己编啊。"

"太费事了，要不是想给你看，我连上册都不想写。不如你把下册写了，我继续给你润色？"

穆青瑶努力、仔细、认真地回想，最终绝望道："我把下册想写什么都给忘了。"过去整整一年，她怎么可能还记得自己当时想写什么。

闻齐泽松开手站起身，去一旁的书架上拿来一沓纸张放到桌上。她定睛一看，居然是自己写话本时随手记下的语句和剧情思路，也不知道这人是什么时候替她收起来的。

可穆青瑶实在不想写，她已经看透了，写话本哪有看话本舒坦啊！

于是她靠进闻齐泽怀里，抱着他，问："我不想写，剩下的你自己想，把下册写了给我看，好不好？"

闻齐泽没松口，倒不是真的不想，就是想听她再多说几句求自己的话。

果然，穆青瑶为了《煮雨记》下册无所不用其极，还主动坐到他腿上。闻齐泽根本抵抗不住她这般主动，等反应过来，自己已经说了"好"。怎么可能说"不好"呢？越来越喜欢的人坐在他怀里这样求他，便是叫他去死都甘之如饴。

炎夏，穆青瑶回顾家去看望顾启铮，闻齐泽陪她同行。

这两年多以来，逢年过节她都会回趟顾家，闻齐泽更是常去顾家拜访，上门的理由也不难找，毕竟他在大理寺办差，顾启铮转去户部之前也在大理寺和刑部待过，算是他的老前辈，去讨教一二实属寻常。

然而他们的马车才走动没几步，穆青瑶便听见外头有人着急忙慌地喊了一声："齐泽！"陌生的呼喊内容让她根本没反应过来，还在想谁啊，这样大声叫喊。

直到闻齐泽叫停马车，告诉她："是我在大理寺的同僚，大约是有急事，我下去同他说几句话。"

穆青瑶这才反应过来那声音唤的是她丈夫。不是"世子"，也不是"闻大人"，更不是"惠之"，难道是他的名字？方才没留心，所以也没听清。

闻齐泽出去后她忍不住侧耳细听，就听见他的同僚赶到马车边，来了句："齐泽你听我说，巡街的武侯刚刚来报，说是之前被通缉的犯人找到了，事不宜迟，你立刻随我去趟明善街。"

明善街——乐坊妓馆的聚集之地。

这么些年过去，她差点儿忘了自己不记得丈夫的名字这件事，却怎么也没料到会在这样的话语中得知丈夫叫"齐泽"。

车外的闻齐泽吓破了胆，生怕会被误会，连忙掀开车帘子解释，表示同僚叫自己去明善街只为调查一起命案，绝不是去找女人寻欢作乐。同僚这才知道安王世子的夫人也在马车上，心知要遭，连忙跟着一块儿解释。

穆青瑶看他急得满头大汗，安抚道："好了，我还不知道你吗？去忙吧，父亲那边我同他说一声就行。"

闻齐泽愣住，没被妻子误会，他本该开心，但不知为何，此刻只觉得哪里不大对劲儿——大约是想多了吧？

将心底的异样感压下，闻齐泽随着同僚一道前往明善街。当天回家后他一直在观察穆青瑶，发现态度和平时没什么两样，甚至没因为说好要去顾家，结果自己临时变卦而生气。

他顿时有些不高兴，去明善街办差的时候自己可担心了，怕穆青瑶不高兴，也怕她会误会，为此可是严防死守，没让明善街任何一个女人靠近过自己。怎么回到家后，她这个当妻子的也不说来查看查看，闻闻他身上有没有沾到别的女人的香粉或胭脂。

闻齐泽分不清他到底是在郁闷自己的努力没有得到夸奖，还是在郁闷她对自己的忽视。但因为这事儿不算大，发作起来显得他小家子气，故而也只是憋在心里，没去讨要说法。

不承想两天后，安王与安王妃有事入宫不在家，安王妃的娘家哥哥上门拜访，会将这件藏在闻齐泽心底的不痛快彻底引爆。

安王妃小门小户出身，闻齐泽虽然不觉得这有什么，但他清楚自己母亲的哥哥不是什么好人，从小受尽折磨的母亲也常常劝他不要给舅舅家好脸色，可他因为顾忌母亲的颜面，一直都对舅舅家多有容忍。

因此他虽警惕，却还是接待了舅舅，至于舅舅带来的表妹，则被他扔给了妻子招待。

之后发生的事情出乎他的意料，简单来说就是穆青瑶两年无所出，舅舅特地找了安王妃不在家的日子上门，想仗着长辈的身份将自己女儿塞给闻齐泽做妾，好为安王府传宗接代。今天他将女儿送过来，就没打算再带回去，也是算准了闻齐泽会看在安王妃的分上，忍气吞声给他一分薄面。可他没想到，忍了许多年的闻齐泽会怒而赶客，不给他半点儿情面，女儿也被一同赶了出去。

担心舅舅一家会破罐子破摔，闻齐泽特地派王府的府兵到府外震慑，还叫府中管事去安王妃娘家警告，确保万无一失才去看穆青瑶的情况。

丫鬟巧倩在院子门口等了半天，看见世子来，立马向他告状，说那小姑娘忒不要脸，竟骂夫人是不下蛋的母鸡，还趾高气扬地叫夫人别挡她的路。

闻齐泽听得恼火，他从来没这么气过，他的青瑶，他小心翼翼捧在手心里疼爱的妻子，竟在他的眼皮子底下被人这样欺负。他加快脚步，想要好好安慰，然而进屋后却看见穆青瑶倚在窗户边，神色如常不说，看到他还笑着问："舅舅走了？"

闻齐泽愣住。

穆青瑶却仿佛感觉不到对方的诧异，随口闲聊了几句书院里发生的趣事，只字不提方才所受的委屈，也不问那个表妹到底是怎么回事，就好像自己的丈夫会不会纳妾，会不会碰别的女人，都与她无关一般。

难以名状的苦涩自闻齐泽心底升起，漫至舌根，最终化作一句沙哑的话语，挖出了他这几年来一直藏在心里，不敢轻易触碰的一个问题——

"你是不是，根本就不在乎我？"

闻齐泽一直记得，穆青瑶嫁给自己是"不得已"，是"没办法"。因为不定下这门亲事，她的名声会被毁掉；因为不嫁给自己，她就会被父兄牵连，变成任人买卖的罪奴。他在大理寺任职，为了避嫌不曾参与穆家的审讯，但通过同僚记述的档案，还是知道了翼王的谋算。

他至今记得那份属于吴小娘的供词是怎么写的，看完后他还打了自己一巴掌，因为翼王对穆青瑶的算计从那日邀他去酒楼就开始了。可他呢？在翼王派人四处散播穆青瑶的流言时，他竟上顾家的门向顾浮保证此事非他所为，还用人格为翼王做了担保。

他就是个被人玩弄于股掌的傻子。他甚至可以想象翼王若是得逞，等待着穆青瑶的会是什么，她会被彻底毁掉名声，从可以风光大嫁的西北大将军之女，变成翼王府的妾室，被人用一顶轿子悄无声息地从侧门抬进王府，被翼王妃与两个侧妃压着，从此过上水深火热的日子。

等到翼王谋逆失败，她作为翼王府的妾室将无处可逃，沦落成谁都可以轻薄作践的教坊女子，连赎身的盼头都不可能有，因为官妓比民妓还惨，她们至死都不可能摆脱贱籍。

所以闻齐泽不后悔那日在老太妃的寿宴上挺身而出，但他也知道，若没有那些破事，穆青瑶不一定会嫁给自己。每每想到这点他就难受，他不想感谢那些让她沦落至此的遭遇，但又觉得自己与她的姻缘是乘人之危得来的。

而让他意外的是，穆青瑶并不抗拒自己的触碰。他太开心了，开心到得意忘形，以为她心里已经有了自己。

可真是这样吗？那为什么她从来都不会因为自己可能纳妾而紧张难过？这不合理，至少不符合人之常情。

但对穆青瑶提出自己的疑问后，闻齐泽又退却了，他没等她回答，或者说害怕听到她的回答，就直接转身离开院子，晚上更是睡在了书房。

这是夫妻俩成婚后第一次分房睡，虽然没有到处嚷嚷，但还是惊动了王府里的其他人，并在王府仆役的以讹传讹之下，两人分房睡的理由也从“没人知道怎么回事”变成了“王妃的娘家哥哥白天来过，想将表姑娘塞给世子做妾，世子非但不肯还把人给扔了出去，世子妃大度劝阻，让世子觉得世子妃心里没他，恼怒之下甩袖而去”。

安王妃信以为真，觉得是娘家的糟心哥哥让这对恩爱小夫妻闹了矛盾，自责不已。想要撮合吧，又觉得儿媳妇的做法没啥可指摘的，反倒是自己儿子，小气死了，不过就是劝阻一两句就上纲上线，觉得媳妇儿不爱自己，简直丢人，遂发动全家轮流去书房，给闻齐泽做思想工作。

安王信奉棍棒底下出孝子，但去的时候棍棒和鞭子都被王妃给没收了，只能空着手去骂几句，还让下人把书房里的被褥都拿走，好断了他想要睡书房的念头。

之后是安王妃，安王妃对着闻齐泽好一通开解，闻齐泽想把自己的发现和想法都摆出来，证明他不是无事生非，但又怕会让母亲对穆青瑶产生意见，所以只能憋着，等安王妃说完了自己走。

安王府除了安王与安王妃、闻齐泽和穆青瑶，还有一个主子，那就是闻齐泽的弟弟。

弟弟性格很皮，闻齐泽和穆青瑶第一次见面，就是因为他看王府的马车和顾家的马车很像，便故意把王府的马车停远，让从宫里出来的闻齐泽认错了马车。

弟弟注定不会给他哥带来什么好话，因为他很喜欢穆青瑶这个嫂嫂。嫂嫂不会因为他的言谈举止有多出格就对他避而远之，但也不会纵容或者教训他，而是会好好问清这么做的原因和想法，看起来像是早就习惯了身边有人行事出格一般。

虽然嫂嫂没怎么帮过他，但他喜欢嫂嫂愿意听他说话的态度，所以比起哥哥他更偏袒嫂嫂，因此一来书房就让他哥快回去和嫂嫂道歉。

闻齐泽的反应也干脆，拎起弟弟的领子就把人扔了出去。弟弟气得拿石头砸坏了书房的窗子，让冷风灌进去，叫他哥今晚睡不成安稳觉。

闻齐泽觉得弟弟有点儿傻，书房不能睡，难道他不会去找别的屋子睡吗？王府这么大，难道连间多余的空屋子都没有？他打开书房的门，准备另寻一间屋子睡觉。结果才一开门，就看到了站在门口的穆青瑶。他下意识后退，回到了书房里。

穆青瑶接过丫鬟手里抱着的被褥，踏进书房。

“父亲将被褥送了回去，我担心你晚上不肯回来在书房硬撑，着凉就不好了。”她说着，将被褥铺到书房的矮榻上。

闻齐泽站在桌前背对着她，没有接话也没有看。

“我知道你在想什么……”穆青瑶顿了顿，因为她想起过去两年自己对他的理解总是会出现偏差，所以出于谨慎，又问了一句，“你觉得我心里没你，不然也不会对舅舅想把表妹塞给你当妾这件事毫无反应，对吗？”

闻齐泽补充道：“还有上回我没陪你去顾家，而是去了明善街，你也没生气。”

穆青瑶无奈了，哪有人会像他这样，生怕别人不误会自己的。她铺好被褥，走到他身后，说：“你不是说了去办公务吗？”

“那这回呢？”

“你先转过身来看着我。”

闻齐泽顿了许久，才缓缓转身，穆青瑶直接而又坦诚地道：“我心里有你，也很在乎你。”

这句话让闻齐泽那颗悬着的心慢慢放下——和穆青瑶不同，他很好哄，也容易相信她的话，所以糟糕的情绪一扫而空，甚至开始按捺不住想要欢呼雀跃的心情。

但他还是按捺住了，并说："我不信。你若在乎我，怎么可能不吃我的醋？像我就经常吃你的醋。"听起来竟有些骄傲。

穆青瑶差点儿被气笑："难道你要我对你说，'我这人爱干净，你若碰了别人，就别再来碰我'吗？"

闻齐泽隐隐心动，并反问道："为什么不可以？"

他说："你若愿意这么说，我会很高兴，那证明你心里有我。"

他理所当然的说法让穆青瑶愣住，第一反应便是这人没救了，真当自己活在话本里吗？想一生一世一双人，就能一生一世一双人？但看他一脸的坚定，她的眼睛不免有些酸涩，一直以来压抑着的情绪隐隐有要爆发的趋势。

从嫁给闻齐泽，并喜欢上开始，她没有一天不在说服自己，告诉自己若真有一日失去了他，一定要从容，要体面，要装作不在意，别让自己像个泼妇，别让自己在失去心爱的人后再失去仅剩的自尊。

可为什么这个人从来都不按常理出牌，还变着法地让她越陷越深？

他真的太坏了！穆青瑶心想，他从来都不替别人考虑，也不想想他这样炽热的爱意会不会将被他爱着的人惯坏，不想想若是有朝一日收回了自己的爱，深陷其中的人要怎么爬出来。

他不能这样。

但是……但是能遇到他，真是太好了。

穆青瑶也没觉得自己有多激动，但温热的泪水就是不受控制地溢出了眼眶，把闻齐泽吓得魂飞魄散。

她看他手忙脚乱地为自己擦眼泪，语无伦次地哄着，有点儿想笑，但不知道为什么眼泪反而流得更凶了。或许是他刚刚的话太过动听，又或者是自己情绪上来了，突然就想不管不顾赌一把，试着相信闻齐泽会一直爱自己，就像话本里写的那样美好。

于是她开口任性道："你要是碰了别人，就别来碰我。"

闻齐泽一愣，他发现穆青瑶虽然语气很强硬，但看着自己的眼神却透着轻微的忐忑与委屈，就像一个习惯了夜晚与月光的孩子，一面对阳光充满向往，一面又怕自己会被灼伤……

闻齐泽强大的想象力在这一瞬间发挥作用，让他触及了穆青瑶藏在内心最深处的不安，顿时心软得一塌糊涂。

他上前一步抱住她，语气郑重地承诺道："好，我答应你。"

大雪纷飞，丫鬟往炭盆里加了些炭，随即悄无声息地退了出去，脸上满是担忧和小心。果然她才退出屋门，屋里就传来穆青瑶的声音："你怎么可以这样对我？"

丫鬟浑身一颤，低着头快步离开，以免被殃及池鱼。

屋内，穆青瑶看着闻齐泽，眼眶通红，脸色苍白，眸底轻颤还泛着盈盈的水光，娇唇抿成一条直线，浑身都透着一股难言的悲恸与哀伤。

穆青瑶对面，闻齐泽低垂着脑袋，想要抬手去拉她的袖子可又不敢，脸上满满都是后悔，然而嚅动的嘴唇却说不出任何祈求原谅的话。

毕竟这次是他太过分，明明她三番五次向他索取保证，自己也都答应了，可最后还是没能克制住本能，出尔反尔做了她最不愿看到的事情。所以自己不怪她发这么大的火，甚至他也自我责怪，为什么没有信守承诺，为什么要辜负她的信任。

为什么身体是自己的，他却稀里糊涂地没控制住呢？

穆青瑶吸了吸鼻子，闻齐泽连忙拿手帕想给她擦擦，却被一掌挥开："别碰我。"

"罪魁祸首"彻底慌了，他拿起桌上的稿纸，说："我去把它改了，这次绝不把你喜欢的那个人物写死，你看行吗？"

穆青瑶难过道："晚了，他在我心里已经死了。"

说完她又拿过稿纸看了一遍，这回倒是冷静了许多，还叹道："如此结局，对他来说或许便是圆满吧。"

闻齐泽给她披上外衣，道："对吧？我写的时候就觉得，这个人必须死，他若活着，反而没有死了精彩。"

"那你还答应我不会把他写死？"

闻齐泽看她渐渐消了气，整个人也放松下来："我以为能给他找条精彩的活路，可一动起笔来他们就像活了一样，哪里是我写他们，分明是他们自顾自地活着，我不过是记一下他们的人生罢了。"

这话让穆青瑶格外嫉妒。

《煮雨记》下册已经完全写完了，桌上那份文稿，就是下册的最后一个章节。因为写话本是在闻齐泽散班归家后进行的活动，还得看他有没有空闲、有没有灵感，所以下册写了很长时间。

这些日子以来，闻齐泽写一点儿她看一点儿，越看越有种冲动，想要一块儿写的冲动。

当然《煮雨记》她是不会再碰了，所以又新编了一个故事。新故事要简单一些，且内容不长，只花了她一个月的时间。因为是第二次写，比上回要好许多，至少她放了几个月后再看，能好好看下去，也不会觉得无聊，但还是不够精彩。

她也想过或许是故事的题材限制了自己的发挥，于是又让闻齐泽替她“润色”了一遍，然后她明白了，故事是无辜的，她就是没有写话本的天赋。所以闻齐泽一说起自己写话本的感悟，她就特别羡慕，感觉那是自己怎么都无法触及的境界。

不过还好，尺有所短，寸有所长，闻齐泽写话本的天赋比她厉害，但她学术数的天赋比闻齐泽厉害。过去一年她一边教书院的学生，一边继续学习，去和年纪大些的学生一块儿上课，学的内容也开始越来越难，然而她却觉得如鱼得水，很多题目闻齐泽要看好几遍才能捋顺，她看一眼就能明白。

收好稿纸，去而复返的丫鬟端着食盒进来，心里高兴：好了好了，总算不吵了。同时丫鬟心里也纳闷，两位主子向来感情好，脾气也好，就是这段时间不知怎的，世子妃变得格外容易动怒，幸好这怒气多半是冲着世子去的，而且来得快去得也快。

丫鬟把早饭摆好，闻齐泽拉着穆青瑶到桌边坐下。

因为天气冷，安王妃想让家里人多补补，便吩咐厨房定了新菜式，所以这几日的早饭格外丰盛。可穆青瑶看了没什么胃口，即便勉强自己也不过只吃了半块酸枣糕，热腾腾的鲜香鱼粥一口都没动，说是闻着好腥。而且吃完她就又回到床上睡觉，闻齐泽确定她没生病发热，也就由着她。

还是安王妃听说了，赶忙让人去请宫里的太医，一诊脉，果然有了身孕。穆青瑶大概这辈子都忘不掉闻齐泽当时的表情，就跟睁着眼做梦一样，恍恍惚惚的。

之后安王府便跟炸开了似的，安王妃里里外外地安排，安王努力端着，但还是难掩要当祖父的喜悦。弟弟则特地跑来跟穆青瑶保证，日后肯定带着小侄子或小侄女一块儿玩耍，被他哥又一次拎着后衣领给扔了出去。

安王妃怕自己儿子粗手粗脚，睡觉压到儿媳妇的肚子，遂让他们俩分开睡。闻齐泽不愿去别的屋，就叫人在屋里的榻上铺了被褥。顿时，宽敞的大床上就只剩下了穆青瑶一个人。她心想也行，这样夏天也能一个人，不至于被热醒。

可半夜她醒来，身边的床铺空空的，摸不到人她很不习惯，于是起身，掀开厚厚的床帐朝闻齐泽唤道："惠之。"

穆青瑶不习惯，闻齐泽也不习惯，所以至今还醒着，听到声音，他立刻从榻上起来，走到床边问："怎么了？"

穆青瑶无意识地抠了抠床帐，仰着脑袋说："冷。"

闻齐泽没领会到她的意思，转身朝外走去，还道："我去叫人来加些炭，不过这样的话得把窗子打开些，你记得把帐子拢好，别被风吹到了。"

穆青瑶手疾眼快地拉住他，说："加了炭又开窗，不也还是冷吗？"

"不会，窗子就开一点儿，会暖和的。"

没想到她这次格外固执："我觉得不会暖和。"

闻齐泽愣住，然后终于反应过来，改口道："好像是不会暖和，那不如我到床上，两人睡一块儿能暖和些。"

他看妻子一脸正经地点头说："这倒是个办法。"

闻齐泽掀开床帐上了床，他没有马上去抱她，而是把自己焐热了，才伸手将人抱住，抱住后还忍不住发笑，被方才委婉求抱的穆青瑶踢了一脚。

"是你自己非要上来的。"

他应："嗯，母亲问起来我就说是我一意孤行，你也拿我没办法。"

穆青瑶心满意足，总算是安心睡下了。

因为年节书院休假，穆青瑶在家的时间多了起来，每日除了听太医的话多走动、晒太阳，还会抽时间看新话本。但因为精神不太好，她总有些看不进去，就叫同样空闲的闻齐泽念给她听。

也不知是巧合还是命该如此，闻齐泽给她念的新话本里有这么一个桥段。说是新嫁妇成婚后忘了自己丈夫的名讳，为了不让人发现，她一边想办法弄清自己丈夫的名字，一边糊弄自己丈夫和身边的人。

闻齐泽念的时候笑了好几回，说也就话本敢这么写。

"……"

穆青瑶有些按捺不住，这要放平时她肯定不敢说，可如今就格外敢想敢做。她拿走闻齐泽手里的话本，先是做了一堆铺垫，然后才将自己曾经也没记住他名字的事娓娓道来。

闻齐泽傻了，再三确定对方不是在开玩笑后，问："那你是什么时候知道的？"

"就那天，我们准备去顾家，结果你被叫去明善街那次。"

闻齐泽站起身在屋里走了一圈，回来捏着穆青瑶的鼻子，恶狠狠道："你等着，等你生完我再来收拾。"

穆青瑶彻底放心了，这中间那么长时间呢，到那时候他的气也多半消得差不多了，问题不大。

夫妻俩将恩怨先存着，继续过年假。

刚开始怀孕那会儿，闻齐泽非常不适应，两个月过去之后他就习惯了，并隐隐透出些许严父的模样。所以当穆青瑶拿孩子做借口，说自己要什么的时候，他的反应非常冷酷。

比如这天，穆青瑶突然想吃金蝉轩的果酥，她唤道："惠之。"

"嗯？"

她一脸认真地说："我肚子里的孩子想吃果酥，你替我去买吧。"

闻齐泽淡淡地瞥了一眼她的肚子道："他想吃我就给他买？我是他的爹，还是他是我爹啊？"

穆青瑶抿唇道："我想吃。"

闻齐泽这才起身："要什么味的？我多买些，免得你晚上饿了想吃。"

弄得穆青瑶就很忧愁，话本里都说借子邀宠，显然到她这儿没什么用，还是靠自己比较实在。

三月中旬的时候，穆青瑶盼了三年的顾浮终于从北境回来。她故意没告诉自己怀孕的事情，还让别人也别说，就想看顾浮什么时候能反应过来。

结果倒好，人家愣是没发现，就觉得她胖了，直到三月二十七成婚那日，她暗示了一句，对方才猛然惊觉。

穆青瑶在院里陪顾浮的时候，闻齐泽正在外头为难上门迎亲的国师傅砚。按道理来讲两人本该不熟，只有顾启铮知道，他俩私下的关系有多微妙。

顾浮在北境一待就是三年，她大哥顾沉也在青州待了两年，这期间因为穆青瑶的缘故，闻齐泽时常上门拜访顾启铮。

傅砚也有心替顾浮照顾家人，奈何对顾启铮来说，不管傅砚是不是他家女婿，他都对这位国师大人心存敬畏，因此他同闻齐泽关系更加亲近一些。

傅砚表面没说什么，心里自然是不甘心的，所以他和闻齐泽之间一度充满了火药味。

后来傅砚为了见顾浮，频繁往来于京城和北境。大约是有感于他们两人之间的感情，闻齐泽主动同傅砚握手言和，还给他出谋划策，教他怎么讨好老丈人，两人的关系才算缓和。

因此在大婚这天，闻齐泽相当不客气，一点儿不怕傅砚会在事后报复。而且因为他拦得漂亮，顾家五丫头还和他说了穆青瑶最近爱看的话本题材，也算是意外之喜。

《煮雨记》写完后，闻齐泽有心给妻子专门写一本她爱看的，但她就是不肯告诉自己爱看什么，说是爱看的题材太偏了，写出来没人看，想让他去写时下流行的话本题材，免得埋没了才能。

可闻齐泽不在乎，本来他写话本就是为了穆青瑶，所以别人喜欢什么他不管，他就想写她爱看的。

后来闻齐泽给穆青瑶写的话本虽然题材很偏，篇幅也长，写了整整五年，却比当初的《煮雨记》还要受欢迎，不仅闺秀圈人手一本，男子也爱看，甚至连茶楼的说书先生都在说他写的故事。

穆青瑶啧啧称奇道："这哪里是老天爷赏饭吃，分明是老天爷追着给你喂饭。"

追着自家龙凤胎喂饭的闻齐泽停下脚步，转头问："所以现在报应来了是吗？"

老天爷追他喂饭他不肯好好吃，于是赐下这么一对儿女，让他也尝尝追着人喂饭的滋味。当然他也可以交给奶嬷嬷去喂，毕竟是王府，缺什么都不可能缺人手，俩孩子一人三个奶嬷嬷伺候，够够的了。

主要是他不服，为什么别人喂的时候他们都会乖乖吃饭，偏他一拿起勺子，这俩娃就跑得一个比一个快，眼里到底还有没有他这个爹了？

穆青瑶乐不可支，笑声和俩孩子玩闹的声音混在一块儿飘出窗户，随着春风拂过枝头微绽的花苞，缓缓散去。

番外二 婚后

顾浮从瑞阳长公主那儿换了一块血翡给傅砚做耳坠，作为交换，她得去灵犀书院，给学生上半年的课。

"还以为你会叫我帮你去柳家打人呢。"顾浮举起血翡对着阳光看了看，剔透的质地与温润的手感叫她非常满意。

她的对面，褪去稚气的瑞阳喝了口热茶，淡淡道："他不配你出手。"

瑞阳如今已不必再去书院上课，但她没有离开书院，而是当起了司业。

这些年下来，皇后和顾浮又在青州增添了一所新的女子书院，但因为顾浮有官职在身，皇后还得打理六宫，所以两人的精力并不足以支撑继续建第三所。

按照皇后的意思，京城和青州以外的女子书院会交给瑞阳去筹备，因此这几年瑞阳没少在京城和青州两地之间来回奔波，只为把书院的运行模式彻底摸透。

至于顾浮口中所说的"打人"，则和青州才子柳如宣有关。

瑞阳长公主与柳如宣之间有过一段复杂的经历。

最初是瑞阳因选麟而看中柳如宣，下面的人想要讨好她，就用卑劣的手段把人弄来了京城。之后柳如宣误会瑞阳，以为是她使了那些手段来逼自己入京，对她厌恶非常。

后来误会解开，柳如宣想要道歉，瑞阳却开始躲着他。那时候的瑞阳也不知道自己喜欢柳如宣，躲开他只是想让他追悔莫及，最好能因此一直看着自己。

然而在顾浮回京后的第二年上元节，柳如宣偶遇出宫游玩的瑞阳，总算将憋在心里许久的道歉说出了口。

上元节是一整年下来唯一会取消宵禁的日子，可想而知柳如宣向瑞阳道歉的时候，周围是如何热闹。大街小巷人来人往，各式各样的花灯将夜色点缀得无比绚烂，瑞阳看着灯下容貌俊秀的柳如宣，怦然心动。

她大胆而又直白地表达了自己的心意，柳如宣虽然意外，但也没有拒绝。

之后瑞阳便经常女扮男装，偷跑出宫去找他。柳如宣一开始感到讶异，让瑞阳注意自己的公主身份，不要做这么出格的事情。瑞阳不听，依旧我行我素。柳如宣虽然不适应，但心里其实很享受她为自己所做的一切。

两人在一起的时间长了，自然也会说些对未来的向往——柳如宣想要为江山社稷做一份贡献，瑞阳想建立第三所女子书院，却不想两人因此产生了分歧，柳如宣希望瑞阳成亲后能稳重些，在家里好好待着。哪怕是长公主，既然成了亲，那就是他的妻子，总在外面跑像什么样？

深陷爱恋的瑞阳有些犹豫，但后来发生的一件事让她彻底下定决心，挥剑斩情丝——她去青州书院的时候发现，柳如宣在青州有个红颜知己，对方是那儿的第一名妓，两人至今还保持着书信往来。

柳如宣没碰过那妓子一根手指头，也不会蠢到让长公主和一个妓子争宠，可他不打算断掉与那妓子的书信往来，只因他欣赏对方的文采，知道对方虽然深陷泥潭，但却出淤泥而不染。且他知道两人的书信往来无关风月，只是知己之间的日常问候，所以问心无愧。

好一个问心无愧！

气愤的瑞阳质问柳如宣，为何她连成婚后想要去办书院都不行，他却可以和一个风尘女子保持联系？

柳如宣当时看自己的表情，瑞阳这辈子都忘不掉，那是混杂着笑意的困惑——就好像她的问题有多可笑一般。

瑞阳心里空落落的，但她不愿就这么放弃，于是她警告他，若不主动断了和那妓子的联系，她有的是办法让那妓子消失在青州，毕竟她和别的女子不同，她是长公主。结果柳如宣对她说："那就请殿下莫要再纠缠于某，某虽出身贫寒，但也不愿屈服于强权之下。"

他在威胁她。

瑞阳喜欢柳如宣，就是喜欢他的高洁与不屈，可没想到，有朝一日，自己会在他这样的性格上吃到苦果。

瑞阳把血翡给顾浮那天，距离柳如宣的婚期只剩半个月。

新娘子不是她。

但她不后悔。

顾浮回京后忙于公务和成亲，后来怀孕，皇帝特地给她批了假，让她好好休息。偏她闲不住，便开始帮忙建立青州的女子书院。

不到一年，青州的书院顺利落成，但她这孩子却生得并不顺利，甚至可以说得上惊险。

可她一养好身体就又忍不住忙碌了起来，她得保证青州书院的运行不出差错，又要回到朝堂继续任职。孩子有不爱出门的傅砚照看，但她也不好一点儿都不管，所以根本没时间去理会京城的灵犀书院。

如今青州书院已经步入正轨，渊儿那孩子也稍稍长大了些，只要协调好公务，她便能腾出时间来书院上课。

顾浮名头太多，是大庸第一个女将军、女侯爵、女官，所以她来的那天，整个书院都有些沸腾。

与她相熟的永安县主为她介绍书院如今的制度与内部的格局变动，并表示长公主希望她除了教授武艺，还能在课室里给学生们上课。

"什么课？"

"殿下也没细说，就是希望你能和她们讲讲你在北境的经历、在朝廷上做官的感想，或者教她们兵法之类的。"

"哦，还以为是让我教箜篌呢。"

顾浮自认只有一身武艺比较出彩，要说在课室里上课，她觉得也就弹箜篌这一项比较拿得出手，毕竟在京城那会儿她可是每天都在练，回京之后也没落下。

没听过她弹箜篌的永安县主道："也行啊，待会儿就叫人去库房给你挑一架箜篌搬去课室。"

出于好奇，这节课永安县主也去了，结果课还没上完，她便扶着墙从课室里溜了出来，可怜里头的学生，不能在摇铃之前出课室，只能生生受着。但还好，除了箜篌之外，她的其他课并没有辱没她如今的成就与名声。

因为是顾浮第一天上课，傅砚还特地带着儿子顾渊来书院接她回家。接到通报的永安县主立刻将人请进书院，并借此机会拜托国师大人帮个忙——

顾浮对自己弹箜篌的水平一点儿数都没有，真就想教学生，永安县主不好意思开口阻止，只好请傅砚出面劝阻。她是这么想的，国师大人是顾侯的丈夫，肯定知道顾侯弹的箜篌曲有多可怕，应该能理解她的心情。

"劳烦国师大人，帮着劝劝顾侯。"永安县主将希望都寄托在了傅砚身上。

然而傅砚眉头微蹙，问："为何要劝？"

永安县主哽了一下，想说"因为难听啊"，但终究是不敢明说。她不敢，傅砚却是敢的。

他说："我觉得挺好听的。"

永安县主整个傻掉了，脸上满满都是不敢置信的恍惚。

一旁的顾渊摸了摸自己脖子上挂着的埙，皱着小脸，心想：明明是自己吹的埙更好听。

另一边，下了课的顾浮正准备离开书院，突然被一个名叫赵燕的学生叫住了，说是有些问题想要问。于是她将人带去了无人的茶室，准备倾听这位学生的苦恼。

"顾大人……"

赵燕话才开口，顾浮就道："在书院里叫我先生就好。"

赵燕点点头，改口道："先生，我明年就要离开书院了，但我不想嫁人，我想像温先生一样游历天下，去更远的地方看看。可他们都说我是女儿家，应遵从家里的安排嫁人生子。我不知道该怎么办，问了很多人，都无法做出决定，所以能否请先生为我……为学生指点迷津？"

顾浮将水壶放到小炉子上，又从桌边的柜子里拿出茶叶和茶具，问："你武功学得如何？"

赵燕微微挺直背脊，略有些骄傲道："上个月的武科月考，学生拿了第一。"

顾浮打开茶叶罐子，确定里面装着已经碾碎的茶叶，又问："可曾想好要去哪儿？和谁一块儿出门？"

"学生的好友舅舅家是开镖局的，学生想先和他们一道，去哪儿都无妨，多走几趟学些本事长长见识，日后熟练了再独自出门。"

"家人呢？"

"祖父、祖母都已不在，家中除爹娘外，只有两个哥哥、一个妹妹。

爹娘身体无恙，但不大同意学生出远门，哥哥们听话孝顺，都帮着爹娘，妹妹去年刚入的书院，很支持学生，只是她年纪小，说的话没什么人听。”

顾浮发现赵燕的回答十分流畅，像是早早就将这一切都考虑到了，不免有些奇怪：“你都想得这么清楚了，还怕什么呢？”

“我……”赵燕想了想，最终还是摇头道，“我不知道。”

热水烧开，顾浮拿起水壶，先将茶具清洗了一番：“我无法告诉你什么是对，什么是错。”

热水烫过茶壶与茶杯，她又斟酌着夹了茶叶放进茶壶：“无论是外出游历，还是听从父母、兄长的意思留在京城安心嫁人，我都没办法保证你的未来一定幸福美满。”

放好茶叶，顾浮将水灌入茶壶，壶内的茶叶被沸水冲刷着，慢慢浮起。

“你若选了出门游历，说不定会在外头遭遇盗匪，死于非命，临死前满怀怨恨，心想早知如此还不如在京城里好好活着；你若选了留在京城嫁人，万一运气不好遇人不淑，丈夫薄情、公婆刻毒，你除了受着没有别的办法，每次从梦中惊醒，都会后悔自己当初为何不好好坚持，哪怕死在外头，也好过活着却像死了一般……”

顾浮盖上茶壶，望向一脸错愕的赵燕，笑着问：“是觉得我说的这些太晦气了吗？”

赵燕讷讷地点了点头，随即又摇头道：“不，你说的这些也不是没有可能。长公主殿下曾说过，有些事情并不是不去听、不去想，它就不会发生。”

顾浮没想到瑞阳还和学生们说过这样的话，她点头道：“嗯，但这些事也未必会发生，你不必为此畏首畏尾，但必须有所准备。你可以将一切都想得无比顺利，这样能为你增添一份动力，但也要做好最坏的打算，这样出了意外你也不会因措手不及而方寸大乱。”

赵燕听着这话，连连点头。

顾浮拿起茶壶，给自己和赵燕倒了杯茶。茶水入杯，她话音一转，问：“你刚刚说，你曾问过许多人？”

“嗯。”

“那你问过自己吗？”

赵燕愣住。

顾浮放下茶壶，端起茶杯朝她比了比：“为何不问问自己呢？”

赵燕连忙拿起自己那杯茶，但注意力却全都集中在了耳边，她听见顾浮问："你自己是怎么想的？"

顾浮从茶室出来往外走，没走几步就听见有学生跑来告诉她："先生，国师大人来接你啦，现正在花厅呢。"

她向那学生道谢，同时加快脚步来到花厅，就见傅砚坐在椅子上，儿子顾渊坐在腿上，小胖手抓着他的衣襟，呼呼大睡。

"怎么来书院了？"顾浮上前抱起儿子，小声问道。

傅砚起身拉住她的另一只手，道："来接你。"

顾浮笑得开心，两人一块儿离开书院。

马车朝忠顺侯府驶去，她先是说了一下自己让他久等的原因，还告诉他："那学生说还是想要出京看看，我便琢磨把温溪叫来书院上几节课，毕竟外出游历这事儿，温溪比我熟。"

赵燕开头说的温先生就是温溪。

温溪至今未曾成婚，科举倒是考上了，但在翰林院没待几个月便辞官而去，借着他三哥的商队到处跑，就是不回京，其间还写了数篇传扬天下的游记，但依旧把长宁侯和魏太傅气得够呛。

方才赵燕问的时候顾浮就在想，要什么时候女子出远门也能如男子这般不管不顾就好了。可惜世道如此，她也不能不负责任地怂恿赵燕离家出走，只能让人家自己决定。

顾浮突然道："我去北境之前也曾想过，或许这一去，就再也回不来了。"

傅砚微微蹙眉，显然是不喜欢她说这样的话。

"我当时很怕，因为我空有一身武艺，别的什么都不会，比今天来找我的那个学生差多了，去北境的路上怕得根本就睡不着觉。但我更怕留在京城，我怕这个繁华的地方会将我心底的不甘一点点打磨干净，让我变成别人所希望的样子，所以最后还是去了北境。

"也还好，我去了北境。"

傅砚看着顾浮，不知道是不是他的错觉，总觉得她此刻回忆着过往微笑的模样像是在发光，便趁儿子还没醒，往她唇上碰了碰，然后将额头靠到了她的肩膀上。

顾浮双手环住他问："怎么了？"

傅砚低声道："没什么。"

——真的没什么，就是更加喜欢你了。

番外三 五年前

事情发生得非常突然。

半个时辰前，顾浮还在寺庙里陪祖母上香拜佛，半个时辰后，溜出寺庙透气的她在山间迷了路，环顾四周，目之所及的景象大抵相同，根本看不出寺庙在哪个方向。她不慌不忙地找了棵树，踩着树干一跃，轻轻松松就够到了足有碗口那么粗的树枝，再一用力，就用手臂撑着上了树。

视野拔高后，她终于看到了寺庙的飞檐，离得挺远的。

确定了寺庙的方向，顾浮并没有就这么从树上下来。她踩在树枝上，高处的风比地面上的要凛冽许多，吹起了她的裙摆和搭在臂弯的披帛。

顾浮今年十四岁了。八岁那年，她冒充她三弟去书院揍人，叫书院的武师傅相中，顶着三弟的名字被收作徒弟，练起了内家功夫。去年，武师傅见到了她三弟，得知她不仅冒名顶替自家弟弟，还是个女子，便再也不肯教她什么，还同她断了师徒关系。

女子习武做什么——许多人这样问她。

她才想问：女子为何不能习武？

若女子不该习武，为什么娘亲会在她幼时便教她拳脚功夫？若女子不该习武，上天又为什么要给她习武的天赋？

她不觉得娘亲是错的，老天爷大概也没错。

顾浮望着远处的寺庙与广阔的天际，思及近日祖母和婶婶忙着为她相看人家，除了难以遏制的焦虑，还有某个挥之不去的念头，在她的内心蠢蠢欲动。

打断顾浮思绪的，是忽然出现且越来越近的打斗声。

顾浮立时放轻了呼吸，朝打斗声传来的方向看去。少顷，她瞧见有两伙人一边打，一边朝她这里靠近，没看清那伙人的脸之前，她心下浮现无数个猜测，并衡量是出手，还是赶回寺庙，叫人即刻紧闭寺门，免得那两伙人中有土匪，杀完人朝寺庙去。

可看清那伙人里头某个人的脸后，顾浮改变了想法。无他，只因她在某年上巳节去临水苑的时候见过那张脸，那是当今的圣上。

皇帝知道，这次是他大意了。

自登基起，他没有一天不谨小慎微、步步为营，只因君弱臣强，他需要时间来摆脱那群老臣的桎梏。直到两年前，他才终于找到机会，开始一步步、一点点，静悄悄地拢回那些本就该属于自己的权力。

两年过去，他与那些世家的矛盾终于挑到了明面上，朝中有人着急了。可即便被刺客追杀至绝境，他也不想死，他的梓潼还在宫里等他回去，还有他的弟弟，他那从出生起就被父皇下令活埋，好不容易才寻回来的弟弟……皇帝看了眼被侍卫背着陷入昏迷的傅砚。

可身处山林，叫天天不应，叫地地不灵，他带来的侍卫也在刺客的追杀下死了许多，剩下几个一边与刺客周旋，一边带他们逃命，已经快要撑不下去。

除非他之前派出去的人长了翅膀从天而降赶来救驾，不然他根本看不到哪怕一丝一毫的生机。

只能走到这儿了吗？

皇帝满心的不甘，向来温和的面容也在这一刻如寒冰霜冻，透出几分罕见且骇人的凶煞与肃冷。

然后……真有什么从天而降，将其中一个刺客撞翻在地，还捡起了掉落的刀，挥手便抹了他脖子。

变故来得突然，等皇帝转身，就看见一个小姑娘手持大刀，对上那群一路追杀他的刺客。

应当是……小姑娘吧？

毕竟穿着女子的衣服，看身量与容貌，年纪也不是很大的样子。

可那小姑娘的身法实在太快了，起先还有些肉眼可见的滞涩，像是还不习惯一般，甚至险些在混乱中伤到他的侍卫。可慢慢地，她的动作变得流畅了起来，她不再拘泥于使用最开始抢来的那把刀，地上可以踢的石子、搭在臂弯里的轻飘飘的披帛，甚至是她的双手，都成了她收割刺客的利器。

皇帝看到眼前这不可思议的一幕，停下了逃命的脚步。

待刺客被诛杀殆尽，那小姑娘背对着他们站在刚倒下的一具刺客尸体旁，看动作，似乎是低头看了看自己的手。

没有了兵戈相撞的响动和急促混乱的脚步声，天地间突然变得好安静，只有隐约的雀鸟鸣叫，以及风吹过枝叶的飒飒声响。刮来的风同时吹散了空气中的血腥味，一路跟随皇帝的赵公公被冷风糊脸，回过神后终于松下了一路紧绷的神经，“扑通”一声跌坐在地。

赵公公跌坐的声音让那小姑娘回头看向他们，幸存的侍卫虽然身负重伤，但还是尽职尽责地摆出了戒备的架势。哪怕他们都清楚，眼前这小姑娘能以一人之力扭转局势，他们根本不是对手。

顾浮看出他们对自己的警惕，也没磨叽，随便把刀一丢，抬手就朝皇帝行了一礼——

“臣女顾浮，见过陛下。”

顾浮恭敬的态度和她自报家门的速度获得了皇帝一行的信任。再后来，他们在附近找到了一间木屋。木屋是寺庙里的人为不小心在山林间迷路的人建的，里头备有干粮和水，还有处理伤口的药物。因为侍卫们都受了伤，他们决定先在这儿歇歇脚。

顾浮注意到他们一行除了侍卫和公公，还有一个被外衣裹得严严实实、昏迷不醒的人。

他们朝木屋走去时，背着那人的侍卫因为身上有伤，流了太多的血，眩晕了一下，险些带着背上的人一块儿滚下山去。

得亏顾浮手疾眼快，一手一个把人捞了回来。

——好轻。

这是她捞回那人的第一个想法。

——是个姑娘?

这是她的第二个想法。

因为看清了那人露在外面的下半张脸，白皙、消瘦，紧闭的唇淡淡的没有血色，同样白皙的脖颈旁滑出一缕轻盈的白发，仅仅半张脸，就透着股难以用言语形容的仙气，所以她猜这人是个姑娘。

因为这个误会，当侍卫向皇帝请罪时，顾浮直接把那“姑娘”抱了起来。

“我来抱吧。”

赵公公看着被小姑娘轻松抱起的傅砚，一脸欲言又止，但见皇帝没有反对，他也只能闭上自己的嘴。

进入木屋后，顾浮还理所当然地让这个还在昏迷中的“姑娘”靠进了自己怀里。赵公公装作没看见，忙前忙后地伺候着皇帝。侍卫们留人在外头看着，剩下的轮流进来处理伤口。

皇帝此前问过，为何她会一个人在林子里？

面对皇帝的询问，顾浮只说自己是随祖母来坐忘山礼佛，因为嫌闷出来散步，不小心迷了路，没有告诉皇帝自己此前已经找到了回寺庙的方向，也没有直接把他们带去。因为她有个大胆的想法，无论如何都想试一试。

显然此刻就是尝试的好机会，她主动开口，向皇帝索要起了救驾的赏赐。

皇帝还是头一次遇见这样直白的人，一方面对她高强的武功感兴趣，另一方面也是好奇她会想要什么，就让她说出了心中所求。

顾浮说：“陛下，我家三弟有意去北境从军，奈何爹娘不肯……”继八岁那年顶着三弟的名字跟书院武师傅习武后，顾浮又一次把她那可怜又好用的三弟拎了出来。

她不说是自己想从军，也不说自己心里那些旁人根本无法理解的困惑，只简单粗暴地把自己的期盼安到了三弟头上，希望能替自家三弟争取到从军的机会。

只要能成功，后续去参军的，绝对会是她，而不是她三弟。

皇帝本以为这小姑娘只是武功高强，心无城府，所以才会在救驾后那么迫不及待地讨要赏赐，就连赵公公也忍不住想要提醒，在皇帝身后朝那姑娘使眼色，可那姑娘就跟瞎了似的，硬是把自己所求给吐露得一干二净。

听完顾浮的话，赵公公安心了，皇帝对面前此人的感觉也再一次发生了变化，他甚至有些动容。此人所求并非身外之物，也无关个人，仅仅是为她的弟弟求个报效国家的机会。且这机会也不是指求个一官半职，而是要去北境那样艰苦的地方参军。

皇帝的语气越发温和，他同顾浮又商议了送她三弟去参军的细节。顾浮表示家里人定然不会同意，也不希望太过仰仗陛下的关照，因此只要了朝中武官的举荐信，说是让她三弟拿着举荐信自去北境从军就是。

皇帝问："就让他一个人从京城到北境去？"

顾浮点头，她年纪虽小，却已经有了同龄人所没有的冷酷："臣女也不知道以他的本事能否在军中立足，若他连一个人从京城到北境都做不到，那还不如早些归家，莫要到军营里给人添麻烦才好。"

她这话看似是在说自己三弟，其实是说给自己听的。若连脱离顾家一个人在外行走都不敢，那还求什么上战场杀敌？在外行走要是出了岔子，结果好些就是灰溜溜地回家，最差不过死她一个；要是在战场上成了拖累，影响的可是她的战友，北境的将士。

皇帝看着眼前的顾浮，心想着小丫头能有如此高强的武艺和不同寻常的心性，她的弟弟定然也差不到哪儿去。

此时的他丝毫不知，那份举荐信是顾浮为自己求的，更不知道在未来，眼前的小姑娘能替他执掌北境军权，让"顾浮"之名响彻北境，成为境外诸多部族一生都无法磨灭的噩梦……